HEYNE BÜCHER

SCIENCE FICTION

Herausgegeben von Wolfgang Jeschke

Von **Lois McMaster Bujold** erschienen in der Reihe HEYNE SCIENCE FICTION & FANTASY:

Die Quaddies von Cay Habitat · 0605243
Fiamettas Ring · (in Vorb.)

DER BARRAYAR-ZYKLUS:

Scherben der Ehre · 0604968
Barrayar · 0605061
Der Kadett · 0605020
Der Prinz und der Söldner · 0605109
Ethan von Athos · 0605293
Grenzen der Unendlichkeit · 0605432
Waffenbrüder · 0605538
Spiegeltanz · (in Vorb.)
Cetaganda · (in Vorb.)

Lois McMaster Bujold

WAFFENBRÜDER

Roman

Aus dem Amerikanischen übersetzt
von
MICHAEL MORGENTAL

Deutsche Erstausgabe

WILHELM HEYNE VERLAG
MÜNCHEN

HEYNE SCIENCE FICTION & FANTASY
Band 0605538

Titel der amerikanischen Originalausgabe
BROTHERS IN ARMS
Deutsche Übersetzung von Michael Morgental
Das Umschlagbild malte Michael Hasted

Umwelthinweis:
Dieses Buch wurde auf
chlor- und säurefreiem Papier hergestellt.

Redaktion: Wolfgang Jeschke

Erstveröffentlichung by Bean Books Enterprise, New York
Mit freundlicher Genehmigung des Autors
und Thomas Schlück, Literarische Agentur, Garbsen

Printed in Germany 1996
Umschlaggestaltung: Atelier Ingrid Schütz, München
Technische Betreuung: M. Spinola
Satz: Schaber Satz- und Datentechnik, Wels
Druck und Bindung: Elsnerdruck, Berlin

ISBN 3-453-10879-0

KAPITEL 1

Sein Kampflandeshuttle kauerte still und stumm im Reparaturdock – feindselig, für Miles' voreingenommenen Blick. Die Außenfläche aus Metall und Fiberplastik war verkratzt, eingedellt und angebrannt. Im Neuzustand war das Shuttle stolz, glänzend und effizient erschienen. Vielleicht hatte es aufgrund seiner Traumata eine psychotische Persönlichkeitsveränderung durchlaufen. Noch vor nur wenigen Monaten war es neu gewesen …

Miles rieb sich müde das Gesicht und stieß den Atem aus. Wenn hier eine beginnende Psychose herumschwebte, dann war sie nicht der Maschinerie entsprungen, sondern in Wirklichkeit dem Auge des Betrachters. Er nahm den gestiefelten Fuß von der Bank, auf der er sich niedergelassen hatte, und richtete sich auf, wenigstens so weit es sein krummes Rückgrat zuließ. Kommandantin Quinn, die auf jede seiner Bewegungen achtete, tat es ihm gleich.

»Da«, Miles humpelte am Rumpf des Shuttles entlang und zeigte auf die Backbordschleuse, »ist der Konstruktionsfehler, der mir hauptsächlich Sorgen macht.« Er winkte den Vertriebsingenieur der Kaymer Orbital Werft näher heran. »Die Rampe dieser Schleuse fährt automatisch aus und zurück und kann auch manuell bedient werden – so weit, so gut. Aber ihre Versenknische ist im Innern der Luke, was bedeutet, daß die Tür nicht geschlossen werden kann, wenn aus irgendeinem Grund die Rampe hängenbleibt. Ich hoffe, Sie können sich vorstellen, was das für Konsequenzen haben kann.« Miles brauchte sie sich nicht vorzustellen;

sie hatten sich für die letzten drei Monate seinem Gedächtnis eingebrannt. Als ständiges Replay, das man nicht abschalten konnte.

»Haben Sie das beim Einsatz auf Dagoola IV herausgefunden, Admiral Naismith?« fragte der Ingenieur in einem Ton echten Interesses.

»Ja. Wir haben ... Leute verloren. Auch jemanden, dem ich sehr nahestand.«

»Ich verstehe«, sagte der Ingenieur respektvoll. Aber seine Augenbrauen zuckten.

Wagen Sie ja nicht, das amüsant zu finden ... Zum Glück für seine Gesundheit lächelte der Ingenieur nicht. Er war ein magerer Mann von leicht überdurchschnittlicher Größe und reichte an der Seitenwand des Shuttles so weit hoch, daß er mit der Hand an der fraglichen Versenknische entlangfahren konnte. Er zog sich hoch, bis er mit dem Kinn auf Höhe der Spalte war und spähte hinein, dann murmelte er Anmerkungen in seinen Recorder. Miles unterdrückte den Impuls, wie ein Frosch auf und ab zu springen und dabei zu versuchen, das zu sehen, was der Ingenieur anschaute. Das hätte würdelos gewirkt. Da seine Augenhöhe nur bis zum Brustkorb des Ingenieurs reichte, hätte Miles eine Trittleiter von etwa einem Meter gebraucht, um die Nischenspalte der Rampe überhaupt auf Zehenspitzen zu erreichen. Und jetzt war er, verdammt noch mal, einfach zu müde für gymnastische Übungen, und er hatte auch keine Lust, Elli Quinn zu bitten, sie solle ihn hochheben. Er reckte das Kinn hoch – der alte unwillkürliche, nervöse Tick – und wartete, die Hände hinter dem Rücken verschränkt, in einer Rührt-euch-Stellung, die seiner Uniform angemessen war.

Der Ingenieur sprang mit einem Plumps wieder auf den Boden der Andockbucht herunter. »Ja, Admiral, ich glaube, Kaymer kann das für Sie durchaus übernehmen. Was sagten Sie noch mal, wie viele dieser Landeshuttles Sie haben?«

»Zwölf.« Vierzehn minus zwei war zwölf. Außer in der Mathematik der Freien Dendarii-Söldnerflotte, wo vierzehn Shuttles minus zwei 207 Tote bedeutet hatte. *Schluß damit,* sagte Miles entschlossen zu der höhnischen Stimme, die in seinem Hinterkopf solche Rechnungen durchführte. *Das nützt jetzt niemandem mehr.*

»Zwölf.« Der Ingenieur machte sich eine Notiz. »Was sonst noch?« Er beäugte das ramponierte Shuttle.

»Meine eigenen Ingenieure werden die kleineren Reparaturen erledigen, jetzt, wo es so aussieht, als würden wir eine Weile an einem Ort bleiben. Um dieses Rampenproblem wollte ich mich persönlich kümmern, aber mein Stellvertreter, Kommodore Jesek, ist der Chefingenieur meiner Flotte und möchte mit Ihren Spezialisten für Wurmlochsprungtechnik über die Neukalibrierung einiger unser Necklin-Stäbe sprechen. Ich habe einen Sprungpiloten mit einer Kopfverletzung, aber wie ich hörte, ist die Mikroneurochirurgie zur Implantation von Sprungsteuermodulen keine Spezialität von Kaymer. Und Waffensysteme auch nicht?«

»Nein, in der Tat nicht«, bestätigte der Ingenieur schnell. Er berührte eine Brandstelle auf der zerkratzten Außenfläche des Shuttles, vielleicht fasziniert von der rohen Gewalt, von der sie stumm erzählte, denn er fügte hinzu: »Kaymer Orbital bietet hauptsächlich Service für Handelsschiffe. Eine Söldnerflotte ist in diesem Teil des Wurmlochnexus ein bißchen ungewöhnlich. Warum sind Sie eigentlich zu uns gekommen?«

»Ihr Angebot war das niedrigste.«

»O nein – ich meine nicht die Firma Kaymer, sondern die Erde. Ich habe mich gewundert, warum Sie zur Erde gekommen sind. Wir liegen ziemlich abseits von den Haupthandelsrouten, abgesehen für Touristen und Historiker. Äh … bei uns ist es so friedlich.«

Er fragt sich, ob wir hier einen Kontrakt haben, erkannte Miles. Hier, auf einem Planeten mit neun Milliarden Bewohnern, dessen kombinierte Streitmächte aus den fünftausend Dendarii Kleinholz machen konnten. Meint er, ich sei drauf aus, auf der alten Mutter Erde Unruhe zu stiften? Oder daß ich unsere Sicherheitsvorschriften durchbrechen und es ihm erzählen würde, wenn ich so etwas vorhätte …? »Ja, friedlich, ganz genau«, sagte Miles sanft. »Die Dendarii brauchen Ruhe und Erholung. Ein friedlicher Planet abseits der Hauptkanäle des Nexus ist genau das, was uns der Doktor verordnet hat.« Er krümmte sich innerlich, wenn er an die Arztrechnung dachte, die auf sie zukam.

Es war nicht Dagoola gewesen. Die Befreiungsoperation war ein taktischer Triumph gewesen, fast ein militärisches Wunder. Sein eigener Stab hatte ihm das immer wieder versichert, so daß er vielleicht anfangen konnte zu glauben, es sei wahr.

Der Ausbruch aus dem Lager auf Dagoola IV war die zahlenmäßig drittgrößte Fluchtoperation aus einem Kriegsgefangenenlager in der Geschichte gewesen, sagte Kommodore Tung. Militärgeschichte war Tungs Hobby, dem sich der Kommodore fast besessen widmete. Er mußte es wissen. Die Dendarii hatten über zehntausend gefangene Soldaten, ein ganzes Kriegsgefangenenlager, den Cetagandanern unter der Nase weggeschnappt und sie zum Kern einer neuen Guerillaarmee auf einem Planeten gemacht, den die Cetagandaner früher als eine leichte Eroberung betrachtet hatten. Die Kosten waren so gering gewesen, verglichen mit den spektakulären Ergebnissen – abgesehen von den Personen, die für den Triumph mit ihrem Leben gezahlt hatten. Für sie war der Preis unendlich gewesen, geteilt durch Null.

Es war das Nachspiel zu Dagoola gewesen, was die Dendarii so viel gekostet hatte, die wütende Verfolgung durch die rachedurstigen Cetagandaner. Sie waren ihnen mit Schiffen gefolgt, bis die Dendarii durch politische Jurisdiktionen geschlüpft waren, die die Kriegsschiffe des cetagandanischen Reiches nicht durchqueren konnten. Danach hatten die Cetagandaner die Jagd mit geheimen Mord- und Sabotagekommandos fortgesetzt. Miles hoffte, die Dendarii wären endlich den Mordkommandos entkommen.

»Haben Sie dieses ganze Feuer auf Dagoola IV abbekommen?« fragte der Ingenieur weiter, immer noch fasziniert von dem Shuttle.

»Dagoola war eine verdeckte Operation«, sagte Miles steif. »Wir reden nicht darüber.«

»Vor ein paar Monaten hat das in den Nachrichten ganz schön Furore gemacht«, versicherte ihm der Erdbewohner.

Mir tut der Kopf weh… Miles drückte die Hand auf die Stirn, kreuzte seine Arme und legte sein Kinn in die Hand. Er lächelte dem Ingenieur zu. »Wundervoll«, murmelte er. Kommandantin Quinn zuckte zusammen.

»Stimmt es, daß die Cetagandaner einen Preis auf Ihren Kopf ausgesetzt haben?« fragte der Ingenieur fröhlich.

»Ja«, seufzte Miles.

»So, so«, sagte der Ingenieur. »Aha, ich hatte gedacht, das sei bloß so eine Geschichte.« Er rückte ein bißchen zur Seite, als wäre er verlegen oder als wäre das Flair morbider Gewalttätigkeit, das den Söldner umgab, ansteckend und könnte auch auf ihn überspringen, wenn er Miles zu nahe kam. Er räusperte sich. »Nun, wie steht es mit dem Zahlungsmodus für die Umbauten – an was hatten Sie da gedacht?«

»Barzahlung bei Lieferung«, sagte Miles prompt, »die Abnahme erfolgt nach Inspektion und Anerkennung der kompletten Arbeit durch meine Ingenieure. Das waren die Bedingungen Ihres Angebots, glaube ich.«

»Ach so – ja. Hm.« Der Mann von der Erde riß seine Aufmerksamkeit von der Maschinerie los. Miles kam es vor, als könnte er sehen, wie der Ingenieur von der Technik auf das Geschäftliche umschaltete. »Das sind die Bedingungen, die wir normalerweise unseren etablierten Firmenkunden anbieten.«

»Die Freie Dendarii-Söldnerflotte ist eine etablierte Firma. Eingetragen auf Jackson's Whole.«

»Mm, ja, aber – wie soll ich es formulieren – das exotischste Risiko, dem unsere normalen Kunden gewöhnlich unterliegen, ist Bankrott, und für diesen Fall haben wir verschiedene legale Vorkehrungen. Bei Ihrer Söldnerflotte ist, hm ...«

Er fragt sich, wie er Zahlungen von einer Leiche eintreiben kann, dachte Miles.

»... das Risiko viel größer«, sagte der Ingenieur offen. Er zuckte entschuldigend die Achseln.

Wenigstens ein ehrlicher Kerl ...

»Wir werden den im Angebot festgelegten Preis nicht erhöhen. Aber ich fürchte, wir werden um Vorauszahlung bitten müssen.«

Solange wir uns gegenseitig Beleidigungen an den Kopf werfen ... »Aber das gewährt uns keinen Schutz gegen mangelhafte Ausführung«, sagte Miles.

»Sie können ja klagen«, bemerkte der Ingenieur, »genau wie alle anderen.«

»Ich kann ...« Miles' Finger trommelten auf seine Hosennaht, wo das Betäuberhalfter fehlte. Die Erde, die gute alte Erde, die zivilisierte Erde. Kommandantin Quinn, die neben ihm stand, berührte seinen Ellbogen mit einer flinken Gebärde, die ihn zur Zurückhaltung mahnte. Er warf ihr ein kurzes, beruhigendes Lächeln zu – nein, er würde sich nicht von den – exotischen – Möglichkeiten hinreißen lassen, die Admiral Miles Naismith, Oberbefehlshaber der Freien Dendarii-Söldnerflotte, zur Verfügung standen. *Ich bin nur müde,* sagte sein Lächeln. Ihre glänzenden braunen Augen weiteten sich fast unmerklich und sagten: *Quatsch, Sir.* Aber da ging es um eine andere Meinungsverschiedenheit, die sie nicht hier fortsetzen würden, laut und in aller Öffentlichkeit.

»Sie können sich ja nach einem anderen Angebot umschauen«, sagte der Ingenieur gleichgültig, »wenn Sie wollen.«

»Wir haben uns umgeschaut«, sagte Miles schroff. *Wie Sie sehr wohl wissen* ... »Also gut. Hm ... wie wäre es ... eine Hälfte im voraus und die andere bei Lieferung?«

Der Mann von der Erde runzelte die Stirn und schüttelte den Kopf. »Kaymer bläht seine Kostenvoranschläge nicht auf, Admiral Naismith. Und unsere Kostenüberschreitungen gehören zu den niedrigsten in der Branche. Darauf sind wir stolz.«

Bei dem Wort *Kostenüberschreitungen* bekam Miles Zahnweh, nach den Erfahrungen von Dagoola. Wieviel wußten diese Leute überhaupt von Dagoola?

»Wenn Sie sich wegen der Qualität unserer Arbeit wirklich Sorgen machen, dann können Sie das Geld auf ein Treuhandkonto unter der Kontrolle einer neutralen dritten Partei, etwa einer Bank, einzahlen, bis Sie die Arbeiten abnehmen. Von Kaymers Standpunkt aus gesehen wäre das zwar kein sonderlich befriedigender Kompromiß, aber weiter kann ich Ihnen nicht entgegenkommen.«

Eine neutrale dritte Partei von der *Erde,* dachte Miles. Wenn er sich nicht von der Qualität der Arbeit der Firma Kaymer überzeugt hätte, dann wäre er gar nicht hier. Miles dachte an seinen eigenen Cashflow. Und der war ganz entschieden nicht Sache der Firma Kaymer.

»Haben Sie Probleme mit Ihrem Cashflow, Admiral?« forschte der Mann von der Erde interessiert weiter. Miles war es, als könnte er in den Augen des Ingenieurs den Preis steigen sehen.

»Ganz und gar nicht«, log Miles, ohne die Miene zu verziehen. Gerüchte über Liquiditätsprobleme der Dendarii würden mehr Schwierigkeiten schaffen als nur dieses Reparaturgeschäft. »Also gut. Barzahlung im voraus auf ein Treuhandkonto.« Wenn schon er nicht über seine Gelder verfügen konnte, dann sollte es auch Kaymer nicht können. Neben ihm atmete Elli Quinn laut hörbar ein. Der Ingenieur von der Erde und der Söldnerführer schüttelten feierlich die Hände.

Auf dem Rückweg zum Büro des Vertriebsingenieurs blieb Miles einen Moment an einem Aussichtsfenster stehen, das ein schönes Panorama der Erde, aus dem Orbit gesehen, einrahmte. Der Ingenieur lächelte und wartete höflich, sogar stolz, und beobachtete, wie Miles auf die Erde hinabschaute.

Die Erde. Die gute alte, romantische, historische Erde, die große blau-weiß marmorierte Murmel. Miles hatte immer darauf gewartet, einmal hierher reisen zu können – allerdings gewiß nicht unter diesen Bedingungen.

Die Erde war immer noch der größte, reichste, mannigfaltigste und am dichtesten besiedelte Planet im ganzen Wurmlochnexus des erforschten Weltraums, über den sich die Menschheit ausgebreitet hatte. Da die Erde im Lokalraum ihrer Sonne nur über wenige gute Wurmlochausgangspunkte verfügte und keine gemeinsame Regierung besaß, war sie vom größeren galaktischen Standpunkt aus gesehen militärisch und strategisch von untergeordneter Bedeutung. Aber immer noch stand die Erde kulturell an der Spitze der Menschheit. Mit mehr Kriegsnarben als Barrayar, technisch so hochentwickelt wie Kolonie Beta, Ziel aller religiösen und profanen Pilgerschaften – alle Welten, die es sich leisten konnten, waren hier mit einer Botschaft vertreten. Auch die Cetagandaner, dachte Miles und knabberte sanft an der Seite seines Zeigefingers. Admiral Naismith mußte ihnen unter allen Umständen aus dem Weg gehen.

»Sir?« unterbrach Elli Quinn sein Sinnieren. Er blickte kurz lächelnd in ihr schön geformtes Gesicht, das schönste, das er ihr nach ihren Plasmaverbrennungen hatte kaufen können und das immer noch, dank des Genies der Chirurgen, unverwechselbar Elli war. Wenn doch alle Kampfwunden, die jemand in seinem Dienst erlitt, so geheilt werden könnten! »Kommodore Tung ist für dich an der Komkonsole«, fuhr sie fort.

Sein Lächeln verschwand. Was kam nun? Er riß sich von dem Panorama los und ging hinter ihr her in das Büro des Vertriebsingenieurs. Mit einem höflichen, unnachgiebigen »Wollen Sie uns bitte entschuldigen?« nahm er es in Beschlag.

Das sanfte, breite Gesicht seines Dritten Offiziers baute sich über der Vidscheibe auf.

»Ja, Ky, was gibt's?«

Ky Tung, der schon aus der Uniform in Zivilkleidung übergewechselt war, nickte ihm kurz zu, anstatt zu salutieren. »Ich habe gerade für unsere neun Schwerverwundeten eine Behandlung im Rehabilitationszentrum arrangiert. Die Prognosen sind gut, für die meisten. Und die Leute dort glauben, daß sie vier der acht tiefgefrorenen Toten retten können, vielleicht fünf, wenn sie Glück haben. Die Chirurgen hier meinen sogar, sie könnten vielleicht Demmis Sprungpilotenimplantat wiederherstellen, sobald das neurale Gewebe selbst geheilt ist. Das kostet natürlich seinen Preis ...« Tung nannte den Preis in Federal Credits der GSA. Miles rechnete die Summe in Kaiserlich Barrayaranische Mark um und quiekste unwillkürlich leise.

Tung grinste verständnisvoll. »Ja, ja. Es sei denn, Sie wollten diese Reparatur sein lassen. Sie kostet genau soviel wie der Rest zusammen.«

Miles schüttelte den Kopf und machte eine Grimasse. »Es gibt eine Menge Leute im Universum, die ich gerne hereinlegen würde, aber meine eigenen Verwundeten gehören nicht dazu.«

»Danke«, sagte Tung, »da stimme ich Ihnen zu. Jetzt bin ich drauf und dran, mich hier aus dem Staub zu machen. Als letztes muß ich noch ein Formular unterzeichnen, mit dem ich die persönliche Verantwortung für die Begleichung der Rechnung übernehme. Sind Sie ganz sicher, daß Sie das Honorar, das man uns für die Dagoola-Operation schuldet, hier auf der Erde werden eintreiben können?«

»Das ist das nächste, was ich hier erledige«, versprach Miles. »Nur zu, unterschreiben Sie! Ich werde das regeln.«

»Sehr gut, Sir«, sagte Tung. »Kann ich danach meinen Heimaturlaub antreten?«

Tung stammte von der Erde und war bisher der einzige Erdbewohner gewesen, dem Miles begegnet war – vielleicht kamen daher seine unbewußten wohlwollenden Empfindungen für diesen Planeten, überlegte er. »Wieviel Urlaub schulden wir Ihnen denn inzwischen, Ky, etwa anderthalb Jahre?« *Bezahlten Urlaub, leider,* fügte eine leise Stimme im Hinterkopf hinzu und wurde sofort als unwürdig zum Schweigen gebracht. »Sie können den ganzen Urlaub nehmen, wenn Sie wollen.«

»Danke.« Tungs Gesicht wurde weich. »Ich habe gerade mit meiner Tochter gesprochen. Ich habe einen neugeborenen Enkelsohn!«

»Herzlichen Glückwunsch«, sagte Miles. »Ist es Ihr erster?«

»Ja.«

»Also, dann mal nur zu. Wenn irgend etwas sein sollte, dann werden wir uns darum kümmern. Sie sind nur im Kampf unersetzlich, oder? Ach… wo werden Sie sich denn aufhalten?«

»Im Haus meiner Schwester in Brasilien. Ich habe dort ungefähr vierhundert Verwandte.«

»Ach, in Brasilien, ganz richtig. Okay.« Wo, zum Teufel, lag Brasilien? »Dann mal eine schöne Zeit, ja.«

»Ich werde mein Bestes tun.« Zum Abschied deutete Tung einen militärischen Gruß an, mit ausgesprochen heiterer Miene. Dann erlosch das Vid mit seinem Gesicht.

»Verdammt«, seufzte Miles. »Nicht einmal für einen Urlaub verzichte ich gern auf ihn. Na ja, er hat es sich verdient.«

Elli beugte sich über die Lehne seines Stuhls an der Komkonsole. Ihre Atem strich über sein dunkles Haar, über seine düsteren Gedanken. »Darf ich daran erinnern, Miles, daß er nicht der einzige höhere Offizier ist, der etwas Urlaub gebrauchen könnte? Selbst du mußt gelegentlich Stress abbauen. Und du warst auch verwundet.«

»Verwundet?« Miles' Gesichtsmuskeln spannten sich. »Ach, die Knochen. Gebrochene Knochen zählen nicht. Ich habe schon mein Leben lang diese verdammt spröden Knochen. Ich muß bloß lernen, wie ich der Versuchung widerstehe, Feldoffizier zu spielen. Mein Arsch gehört auf einen hübschen gepolsterten Sessel im Taktikraum, nicht an die Front. Wenn ich schon vorher gewußt hätte, daß Dagoola so – körpernah werden würde, dann hätte ich jemand anderen als vorgeblichen Krieggefangenen reingeschickt. Aber ich hatte meinen Urlaub ja schon auf der Krankenstation.«

»Und dann bist du einen Monat lang herumgelaufen wie eine Kryoleiche, die in der Mikrowelle aufgetaut wurde. Wenn du irgendwo hereinkamst, dann wirkte das wie der Besuch eines Untoten.«

»Diese Nummer auf Dagoola habe ich mit purer Hysterie abgezogen. Man kann nicht so lange obenauf sein, ohne daß man danach mit einem kleinen Tief dafür zahlt. Zumindest ich kann es nicht.«

»Meiner Meinung nach steckte da mehr dahinter.«

Er drehte den Stuhl herum und schaute sie mit einem Knurren an. »Laß das! Ja, wir haben einige gute Leute verloren. Ich verliere nicht gerne gute Leute. Ich habe echte Tränen geweint – im geheimen, wenn das dir nichts ausmacht.«

Sie zuckte zurück und machte ein langes Gesicht. Er dämpfte seine Stimme und schämte sich seines Ausbruchs. »Tut mir leid, Elli. Ich weiß, ich bin gereizt gewesen. Der Tod dieser armen Kriegsgefangenen, die aus dem Shuttle fiel, hat mich erschüttert, und das mehr als... mehr als ich hätte zulassen dürfen. Ich scheine nicht...«

»Ich habe meine Kompetenzen überschritten, Sir.«

Das ›Sir‹ wirkte, als stäche sie mit einer Nadel in eine Voodoo-Puppe von Miles in ihrer Hand. Miles zuckte zusammen. »Keineswegs.«

Warum, warum, warum hatte er unter all den idiotischen Dingen, die er als Admiral Naismith getan hatte, überhaupt die Regel aufgestellt, keine körperliche Intimität mit jemandem aus seiner eigenen Organisation zu suchen? Seinerzeit war ihm dies als gute Idee erschienen. Tung hatte es gebilligt. Tung war ein Großvater, um Himmels willen. Seine Gonaden waren wahrscheinlich schon vor Jahren vertrocknet. Miles erinnerte sich daran, wie er die ersten Avancen abgewehrt hatte, die Elli ihm gemacht hatte. »Ein guter Offizier bandelt nicht mit Leuten aus der gleichen Einheit an«, hatte er sanft erklärt. Warum hatte sie ihm da nicht eins in die Fresse gehauen? Sie hatte die unbeabsichtigte Beleidigung ohne Kommentar geschluckt und es nie wieder bei ihm versucht. War ihr je klar geworden, daß er diesen Satz auf sich hatte anwenden wollen, nicht auf sie?

Wenn er mit der Flotte länger unterwegs war, dann versuchte er immer, sie auf Sondereinsätze loszuschicken, von denen sie ständig mit ausgezeichneten Ergebnissen zurückkam. Sie hatte das Vorausteam auf der Erde geleitet und Kaymer und die meisten ihrer anderen Lieferanten dazu gebracht, Spalier zu stehen, als die Dendarii-Flotte in den Orbit eintrat. Eine gute Offizierin, wahrscheinlich sein bester Offizier nach Tung. Was würde er nicht dafür geben, wenn er in diesen geschmeidigen Leib eintauchen und sich darinnen verlieren dürfte? Zu spät, er hatte seine Gelegenheit verpaßt.

Sie kräuselte spöttisch die samtweichen Lippen.

Dann zuckte sie – vielleicht schwesterlich – die Achseln. »Ich werde dich damit nicht mehr piesacken. Aber denke wenigstens darüber nach. Ich glaube, ich habe noch nie einen Menschen gesehen, der es dringender nötig hätte, gevögelt zu werden als du jetzt.«

O Gott, was für ein unverblümter Satz – was bedeuteten diese Worte wirklich? Seine Brust zog sich zusammen. War das ein kameradschaftlicher Kommentar oder eine Einladung? Wenn es nur ein Kommentar war und er es fälschlicherweise als Einladung nahm, würde sie dann glauben, er setze sie unter Druck, um von ihr sexuelle Gefälligkeiten zu ergattern? Wenn es umgekehrt war, wäre sie dann wieder beleidigt und würde ihn jahrelang nicht mehr darauf ansprechen? Er grinste panisch. »Bezahlt«, stieß er hervor. »Was ich im Augenblick brauche, ist, bezahlt zu werden, nicht gevögelt. Danach – danach, hm… vielleicht könnten wir uns dann einige Sehenswürdigkeiten anschauen. Es erscheint mir nahezu kriminell, wenn wir von so weit her kommen und dann nichts von der guten, alten Erde sehen – selbst wenn wir nur zufällig hierher gekommen sind. Ich soll sowieso auf dem Planeten immer eine Leibwache bei mir haben, wir könnten zusammen losziehen.«

Sie seufzte und richtete sich auf. »Ja, zuerst die Pflicht, natürlich.«

Ja, zuerst die Pflicht. Und seine nächste Pflicht war, sich bei Admiral Naismiths Auftraggebern zu melden. Danach würden alle seine Probleme viel einfacher aussehen.

Miles wünschte sich, er hätte sich in Zivilkleidung umziehen können, bevor er sich auf diese Expedition begab. In dieser Einkaufspassage war seine schneidige grau-weiße Admiralsuniform der Dendarii verteufelt auffällig. Oder er hätte wenigstens Elli veranlassen sollen, daß sie sich umzog – dann hätten sie so tun können, als wären sie ein Soldat auf Urlaub mit seiner Freundin. Aber seine Zivilkleidung steckte in einer Kiste ein paar Planeten weiter – würde er je wieder an sie herankommen? Die Kleider waren maßgeschneidert und teuer, nicht so sehr als Statussymbole, sondern aus purer Notwendigkeit.

Gewöhnlich vergaß er die Eigentümlichkeiten seines Körpers – einen übergroßen Kopf auf einem kurzen Hals auf einem verkrümmten Rückgrat, und das alles nur knapp einen Meter fünfundvierzig groß, das Erbe eines vorgeburtlichen Unfalls – aber nichts betonte seiner eigenen Meinung nach seine Mängel deutlicher, als wenn er versuchte, sich von jemandem von normaler Größe und Statur Kleider zu borgen. *Bist du sicher, daß du dich wegen der Uniform auffällig fühlst, Junge?* fragte er sich. *Oder machst du dir nur selber wieder etwas vor? Hör auf damit!*

Er wandte seine Aufmerksamkeit wieder seiner Umgebung zu. London, die Stadt mit dem Raumhafen, war ein faszinierendes Puzzle unterschiedlichster Baustile aus fast zwei Jahrtausenden. Das Sonnenlicht, das durch die gemusterten Glasbögen der Einkaufspassage fiel, war von einer erstaunlich intensiven Farbe, direkt atemberaubend. Schon dieses Licht allein hätte ihn glauben lassen können, er befände sich wieder auf dem Planeten seiner Ahnen. Vielleicht würde er später die Gelegenheit haben, weitere historische Stätten zu besuchen, etwa die submarine Stadt Los Angeles oder New York hinter den großen Deichen.

Elli machte noch einmal nervös die Runde um die Bank unter der Lichtuhr und durchforschte die Menge. Es war sehr unwahrscheinlich, daß hier ein Mordkommando der Cetagandaner auftauchen würde, aber Miles war trotzdem froh, daß Elli so wachsam war und ihm damit erlaubte, müde zu sein. *Du kannst jederzeit kommen und auch unter meinem Bett nach Mördern suchen, meine Liebe …*

»In einem gewissen Sinn bin ich froh, daß wir hier gelandet sind«, bemerkte er. »Das könnte sich als ausgezeichnete Gelegenheit für Admiral Naismith erweisen, für eine Weile aus seiner eigenen Existenz zu verschwinden. Und den Druck von den Dendarii zu nehmen. Die Cetagandaner ähneln den Barrayaranern wirklich sehr, sie haben eine persönliche Auffassung von Führung.«

»Du gehst ziemlich lässig damit um.«

»Frühkindliche Konditionierung. Wenn völlig Fremde mich umbringen wollen, dann fühle ich mich direkt heimisch.« Mit einer gewissen makabren Heiterkeit kam ihm ein Gedanke: »Weißt du, es ist das erstemal, daß jemand versucht hat, mich um meiner selbst willen umzubringen, und nicht deshalb, weil ich mit jemand verwandt bin. Habe ich dir je erzählt, was mein Großvater wirklich tat, als ich ...«

Sie unterbrach sein Geplapper, indem sie das Kinn hob. »Ich glaube, das ist's ...«

Er folgte ihrem Blick. Er *war* müde. Sie hatte ihren Kontaktmann eher entdeckt als er. Der Mann, der mit einem fragenden Ausdruck auf dem Gesicht auf sie zukam, trug modische Kleider von der Erde, aber sein Haar war nach Art des barrayaranischen Militärs kurz geschnitten. Ein Unteroffizier, vielleicht. Offiziere zogen eine Haartracht vor, die etwas weniger streng wirkte, nach Art der römischen Patrizier. *Ich muß mir die Haare schneiden lassen,* dachte Miles, und sein Kragen juckte ihn plötzlich.

»Mylord?« fragte der Mann.

»Sergeant Barth?« sagte Miles.

Der Mann nickte und warf einen Blick auf Elli. »Wer ist das?«

»Meine Leibwächterin.«

»Ach so.«

Ein fast unmerkliches Zusammenpressen der Lippen und eine leichte Weitung der Augen genügten, um soviel Amüsement und Verachtung auszudrücken. Miles spürte, wie sich die Muskeln in seinem Nacken spannten. »Sie ist in ihrem Job hervorragend.«

»Ganz gewiß, Sir. Kommen Sie bitte hier lang.« Er drehte sich um und ging ihnen voran.

Miles fühlte, daß der Mann hinter seinem höflichen Gesicht über ihn lachte, er wußte es einfach, indem er auf seinen Hinterkopf schaute. Elli, die nur spürte, wie plötzlich die Spannung in der Luft zunahm, blickte ihn erschrocken an. *Alles in Ordnung,* sagte er ihr in Gedanken und schob ihre Hand unter seinen Arm.

Sie schlenderten hinter ihrem Führer her, durch einen Laden hindurch, ein Liftrohr hinab und dann über einige Treppen. Die unterirdische Versorgungsebene war ein Gewirr von Tunneln, Rohrleitungen und Optikkabeln. Sie durchquerten nach Miles' Schätzung etliche Blöcke. Ihr Führer öffnete eine Tür mit einem Handflächenschloß. Ein weiterer kurzer Tunnel führte zu einer weiteren Tür. Davor befand sich eine lebendige menschliche Wache, außerordentlich schneidig in der grünen Uniform der Kaiserlich Barrayaranischen Streitkräfte. Der Mann sprang von seinem Platz an der Komkonsole hoch, wo er Scanner überwachte, und konnte sich kaum davor zurückhalten, vor ihrem Führer in seiner Zivilkleidung zu salutieren.

»Hier geben wir unsere Waffen ab«, sagte Miles zu Elli. »Alle. Ich meine wirklich alle.«

Elli reagierte mit einem Stirnrunzeln auf den schnellen Wechsel in Miles' Akzent, von der flachen, näselnden betanischen Aussprache zu den warmen, gutturalen Lauten seiner Heimat Barrayar. Sie hörte sowieso seine barrayaranische Stimme nur selten – welche von beiden mochte für sie vorgetäuscht klingen? Es gab jedoch keinen Zweifel darüber, welche für das Botschaftspersonal vorgetäuscht klingen würde, und Miles räusperte sich, um sicher zu gehen, daß seine Stimme sich völlig an den neuen Befehl hielt.

Miles Beiträge zu dem Haufen auf der Konsole der Wache waren ein Taschenbetäuber und ein langes Stahlmesser in einer Scheide aus Eidechsenleder. Der Wächter scannte das Messer, zog die silberne Kappe vom Ende des juwelenbesetzten Hefts ab und entdeckte ein Siegel mit einem heraldischen Muster. Dann reichte er das Messer vorsichtig an Miles zurück. Ihr Führer runzelte die Stirn, als er das Arsenal an Miniaturtechnik sah, das Elli auspackte. *Na also,* dachte Miles und schaute ihn an. *Jetzt können Sie sich das Zeug in Ihre Kommißnase stopfen.* Als sie weitergingen, war er erheblich heiterer gestimmt.

Es ging ein Liftrohr hinauf, und plötzlich veränderte sich das Ambiente und nahm eine ruhige, vornehme, zurückhaltende Würde an. »Die Kaiserlich Barrayaranische Botschaft«, flüsterte Miles Elli zu.

Die Frau des Botschafters muß über Geschmack verfügen, dachte Miles. Aber das Gebäude hatte einen seltsamen Beigeschmack von hermetischer Abgeschlossenheit an sich, der Miles erfahrene Sinne daran erinnerte, daß hier ein paranoides Sicherheitsstreben am Werk war. Ach ja, die Botschaft eines Planeten stellte immer auch eine Exklave jenes Planeten dar. Man konnte sich hier wirklich wie zu Hause fühlen.

Ihr Führer geleitete sie über ein weiteres Liftrohr hinab zu einem Korridor, der offensichtlich zu den Büros führte – Miles entdeckte im Vorübergehen die Sensorscanner in einem geschnitzten Türbogen –, dann ging es durch zwei automatische Türen in ein kleines, ruhiges Büro.

»Leutnant Lord Miles Vorkosigan, Sir«, verkündete ihr Führer und nahm Haltung an. »Und – seine Leibwächterin.«

Miles' Hände zuckten. Nur ein Barrayaraner konnte mit einer Pause von einer halben Sekunde zwischen zwei Wörtern eine so delikate Nuance von Beleidigung zum Ausdruck bringen. Er war wieder zu Hause.

»Danke, Sergeant, Sie dürfen gehen«, sagte der Hauptmann hinter dem Komkonsolenpult. Wieder die grüne kaiserliche Uniform – die Botschaft mußte eine formelle Atmosphäre bewahren.

Miles blickte neugierig auf den Mann, der – ob er wollte oder nicht – sein neuer kommandierender Offizier sein würde. Der Hauptmann erwiderte den Blick mit gleicher Intensität.

Ein eindrucksvoller, wenn auch keineswegs hübscher Mann. Dunkles Haar. Zusammengekniffene, muskatnußbraune Augen. Ein strenger, schweigsamer Mund, eine Nase wie eine Klinge aus Fleisch in einem römischen Profil, zu dem sein offiziersmäßiger Haarschnitt paßte. Seine Hände waren schlicht und sauber, in regloser Spannung begegneten sie sich an den Fingerspitzen. Ein Mann in den frühen Dreißigern, vermutete Miles.

Aber warum schaut der Kerl mich an, als wäre ich ein Hündchen, das gerade auf seinen Teppich gepinkelt hat? fragte sich Miles. Ich bin doch gerade erst angekommen. Ich hatte noch gar keine *Zeit*, ihn zu beleidigen. O Gott, ich hoffe, er ist keiner von diesen hinterwäldlerischen Provinzlern von Barrayar, der mich für einen Mutanten hält, für einen, der einer verpfuschten Abtreibung entkommen ist…

»So, so«, sagte der Hauptmann und lehnte sich auf seinem Stuhl zurück. »Sie sind also der Sohn des Großen Mannes, oder?«

Miles Lächeln wurde starr. Ein roter Nebel umwölkte seine Sicht. Er hörte sein Blut in den Ohren pochen wie einen Trauermarsch. Elli, die ihn beobachtete, stand ganz still und atmete kaum. Miles' Lippen bewegten sich, er schluckte. Er setzte noch einmal an zu sprechen. »Jawohl, Sir«, hörte er sich wie aus großer Entfernung sagen. »Und wer sind Sie?«

Es war ihm gerade noch gelungen, nicht zu sagen: »Und wessen Sohn sind Sie?« Die Wut, die sich in seinem Bauch zusammenballte, durfte sich nicht zeigen;

schließlich würde er mit diesem Mann zusammenarbeiten müssen. Vielleicht war es nicht einmal eine absichtliche Beleidigung gewesen. Konnte es gar nicht gewesen sein. Wie hätte dieser Fremde wissen können, wieviel Blut Miles geschwitzt hatte, indem er Beschuldigungen über Inanspruchnahme von Privilegien und Verleumdungen seiner Kompetenz niederrang? ›Der Mutant ist doch hier nur dabei, weil sein Vater ihn reingebracht hat…‹ Er konnte die Stimme seines Vaters hören, der Kontra gab: ›Um Himmels willen, Junge, laß dich nicht ins Bockshorn jagen!‹ Miles ließ mit einem langen, beruhigenden Atemzug die Wut aus sich entweichen und hob entschlossen den Kopf.

»Ach so«, sagte der Hauptmann, »ja, Sie haben ja nur mit meinem Adjutanten gesprochen, nicht wahr. Ich bin Hauptmann Duv Galeni. Erster militärischer Attaché an der Botschaft und damit auch automatisch der hiesige Chef des Kaiserlichen Geheimdienstes wie auch des militärischen Sicherheitsdienstes. Und ich muß gestehen, ich bin ziemlich überrascht, daß Sie in meiner Befehlskette auftauchen. Mir ist nicht ganz klar, was ich mit Ihnen machen soll.«

Kein ländlicher Akzent war in der kühlen, gebildet und höflich urban klingenden Stimme des Hauptmanns. Miles konnte ihn nicht in der Geographie von Barrayar lokalisieren. »Ich bin nicht überrascht, Sir«, sagte Miles. »Ich selber hatte nicht erwartet, daß ich mich auf der Erde melden würde, und auch nicht so spät. Ursprünglich sollte ich mich im Kaiserlichen Sicherheitskommando im Hauptquartier für Sektor Zwei auf Tau Ceti melden, vor mehr als einem Monat. Aber durch einen Überraschungsangriff der Cetagandaner wurde die Freie Dendarii-Söldnerflotte aus dem Lokalraum von Mahata Solaris vertrieben. Da wir nicht dafür bezahlt wurden, direkt gegen die Cetagandaner zu kämpfen, flohen wir und konnten über keine andere, kürzere Route zurück. Dies ist buchstäblich meine erste

Gelegenheit, mich überhaupt irgendwo zu melden, seit wir die Flüchtlinge auf ihrer neuen Basis abgeliefert haben.«

»Ich war nicht…«, der Hauptmann hielt inne, sein Mund zuckte, dann begann er erneut: »Ich war nicht darüber informiert, daß die außerordentliche Flucht von Dagoola eine verdeckte Operation des barrayaranischen Geheimdienstes war. Kam das Ganze nicht gefährlich einem ausgesprochenen Kriegsakt gegen das Reich von Cetaganda nahe?«

»Genau deshalb wurden die Dendarii-Söldner dafür eingesetzt, Sir. Tatsächlich sollte es eine etwas kleinere Operation werden, aber die Dinge gerieten ein bißchen außer Kontrolle. Das heißt, im Feld.« Hinter ihm hielt Elli ihre Augen geradeaus gerichtet und gab keinen Laut von sich. »Ich… äh… habe einen vollständigen Bericht dabei.«

Der Hauptmann schien innerlich mit sich selbst zu ringen. »Worin besteht eigentlich die Beziehung zwischen der Freien Dendarii-Söldnerflotte und dem Kaiserlichen Sicherheitsdienst, Leutnant?« fragte er schließlich. Sein Ton klang fast vorwurfsvoll.

»Hm… was ist Ihnen schon bekannt, Sir?«

Hauptmann Galeni drehte seine Handflächen nach außen. »Ich hatte nicht einmal von den Dendarii gehört, außer ganz nebenbei, bevor Sie mich gestern über Vid kontaktierten. Meine Unterlagen – meine Sicherheitsunterlagen! – sagen genau drei Dinge über die Organisation. Sie sollen nicht angegriffen werden, jedes Ersuchen ihrerseits um Notfallhilfe soll mit aller gebührenden Schnelligkeit erfüllt werden, und wegen weiterer Informationen soll ich mich an das Sicherheitshauptquartier für Sektor Zwei wenden.«

»O ja«, sagte Miles, »das stimmt. Diese Botschaft hier hat nur den Status der Klasse III, nicht wahr? Hm, na ja, die Beziehung ist ziemlich einfach. Die Dendarii werden unter Vertrag gehalten für höchst geheime

Operationen, die entweder außerhalb der Reichweite des kaiserlichen Sicherheitsdienstes ablaufen oder für die jede direkte, nachweisbare Verbindung zu Barrayar politisch heikel wäre. Auf Dagoola traf beides zu. Die Befehle erteilt mir der Generalstab, mit Rat und Zustimmung des Kaisers, und zwar über den Chef des Kaiserlichen Sicherheitsdienstes, Illyan. Das ist eine sehr kurze Befehlskette. Ich bin der Vermittler, vermeintlich die einzige Verbindung zwischen Barrayar und den Dendarii. Ich verlasse das Kaiserliche Hauptquartier als Leutnant Vorkosigan und tauche – wo auch immer – als Admiral Naismith wieder auf und halte einen neuen Kontrakt in der Hand. Wir erledigen, was immer uns aufgetragen wurde, und dann verschwinde ich – vom Standpunkt der Dendarii aus gesehen – so geheimnisvoll, wie ich gekommen bin. Gott allein weiß, was sie glauben, was ich in meiner Freizeit mache.«

»Willst du das wirklich wissen?« fragte Elli, und ihre Augen leuchteten.

»Später«, murmelte er mit dem Mundwinkel.

Der Hauptmann trommelte mit den Fingern auf dem Komkonsolenpult und blickte vor sich auf ein Display. »Nichts davon steht in Ihrem offiziellen Dossier. Vierundzwanzig Jahre alt – ist das nicht ein bißchen zu jung für Ihren Rang … äh … Admiral?« Er sagte es in einem trockenen Ton, und sein Blick wanderte spöttisch über die Dendarii-Uniform.

Miles versuchte, den Ton zu ignorieren. »Das ist eine lange Geschichte. Kommodore Tung, seit sehr langer Zeit Dendarii-Offizier, ist das wirkliche Gehirn der Organisation. Ich spiele nur meine Rolle.«

Elli riß empört die Augen weit auf. Ein strenger Blick von Miles versuchte sie zum Schweigen zu zwingen. »Du tust viel mehr als das«, widersprach sie ihm.

»Wenn Sie die einzige Verbindung sind«, wollte Galeni mit einem Stirnrunzeln wissen, »wer, zum Teufel, ist dann diese Frau hier?« Seine Formulierung machte aus ihr, wenn schon keine Nichtperson, so doch gewiß eine Nichtsoldatin.

»Jawohl, Sir. Nun, für den Notfall gibt es drei Dendarii, die meine wirkliche Identität kennen. Kommandantin Quinn, die von Anfang an bei dem ganzen Unternehmen dabei war, ist eine von ihnen. Ich habe einen Befehl von Illyan, immer eine Leibwache bei mir zu haben, deshalb springt Kommandantin Quinn immer ein, wenn ich meine Identitäten wechseln muß. Ich vertraue ihr stillschweigend.« *Sie werden doch meine Leute respektieren, zum Teufel mit Ihrem spöttischen Blick, was auch immer Sie über mich denken ...*

»Wie lange geht das jetzt schon so, Leutnant?«

»Oh«, Miles warf Elli einen Blick zu, »sieben Jahre, nicht wahr?«

Ellis helle Augen funkelten. »Mir erscheint es, als wäre es erst seit gestern«, säuselte sie sanft. Anscheinend fiel es ihr auch schwer, Galenis Ton zu ignorieren; Miles hoffte, sie würde ihren scharfen Sinn für Humor unter Kontrolle halten.

Der Hauptmann betrachtete seine Fingernägel und blickte dann Miles scharf an. »Nun gut, ich werde mich an die Sicherheitsabteilung von Sektor Zwei wenden. Und wenn ich herausfinde, daß es sich dabei wieder einmal um einen Streich eines jungen Vor-Lords handelt, dann werde ich mich nach Kräften darum bemühen, daß Sie dafür belangt werden. Egal, wer Ihr Vater ist.«

»Es ist alles wahr, Sir. Mein Ehrenwort als Vorkosigan.«

»Ganz recht«, murmelte Hauptmann Galeni.

Wütend sog Miles den Atem ein – dann hatte er endlich Galenis heimatlichen Akzent erkannt. Er reckte sein Kinn. »Sind Sie – Komarraner, Sir?«

Galeni nickte vorsichtig. Miles erwiderte das Nicken ernst, ziemlich steif. Elli stupste ihn in die Seite und flüsterte: »Was, zum Teufel ...?«

»Später«, murmelte Miles zurück. »Es geht um barrayaranische Innenpolitik.«

»Soll ich mir Notizen machen?«

»Vermutlich.« Er hob die Stimme. »Ich muß Kontakt mit meinen tatsächlichen Vorgesetzten aufnehmen, Hauptmann Galeni. Ich habe keine Ahnung, wie meine nächsten Befehle lauten.«

Galeni schürzte die Lippen und bemerkte sanft: »Ich bin tatsächlich einer Ihrer Vorgesetzten, Leutnant Vorkosigan.«

Und wahrscheinlich verteufelt sauer, dachte Miles, aus der eigenen Befehlskette ausgeklammert zu sein – und wer könnte es ihm verargen? Jetzt ganz sachte … »Natürlich, Sir. Wie lauten meine Befehle?«

Galeni ballte frustriert die Fäuste und verzog ironisch den Mund. »Ich werde Sie vermutlich zu meinem Personal nehmen müssen, während wir die Klärung abwarten. Sie sind also dritter Assistent des Militärattachés.«

»Das ist ideal, Sir, danke«, sagte Miles. »Admiral Naismith muß jetzt unbedingt verschwinden. Die Cetagandaner haben nach Dagoola einen Preis auf seinen – meinen – Kopf ausgesetzt. Zweimal hatte ich Glück.«

Jetzt war Galeni an der Reihe zu erstarren. »Machen Sie Witze?«

»Deshalb gab es bei den Dendarii vier Tote und sechzehn Verletzte«, sagte Miles steif. »Ich finde das überhaupt nicht amüsant.«

»In diesem Fall«, sagte Galeni grimmig, »betrachten Sie Ihre Bewegungsfreiheit auf den Bereich der Botschaft beschränkt.«

Und dabei soll mir die Erde entgehen? Miles seufzte widerwillig. »Jawohl, Sir«, stimmte er mit dumpfer Stimme zu. »Solange Kommandantin Quinn hier meine Vermittlerin zu den Dendarii bleiben kann.«

»Warum brauchen Sie weiteren Kontakt mit den Dendarii?«

»Das sind meine Leute, Sir.«

»Ich dachte, Sie hätten gesagt, dieser Kommodore Tung leite die Show.«

»Er ist im Augenblick auf Heimaturlaub. Aber bevor Admiral Naismith im Hintergrund verschwindet, muß ich unbedingt ein paar Rechnungen bezahlen. Wenn Sie mir die unmittelbaren Kosten auslegen könnten, dann könnte ich diese Mission abschließen.«

Galeni seufzte, seine Finger tanzten über der Komkonsole und zögerten dann. »Unterstützung mit aller gebotenen Eile. In Ordnung. Wieviel brauchen Sie eigentlich?«

»Grob geschätzt achtzehn Million Mark, Sir.«

Galenis Finger blieben wie gelähmt in der Luft hängen. »Leutnant«, sagte er vorsichtig, »das ist das Zehnfache des Jahresbudgets dieser ganzen Botschaft. Einige zehnmal das Budget dieser Abteilung!«

Miles breitete die Hände aus. »Betriebskosten für 5000 Soldaten und Techniker und elf Schiffe während mehr als sechs Monaten, plus die Verluste an Gerät – wir haben verteufelt viel Ausrüstung auf Dagoola verloren – Sold, Lebensmittel, Treibstoff, medizinische Kosten, Munition, Reparaturen – ich kann Ihnen die Kalkulationsunterlagen zeigen, Sir.«

Galeni lehnte sich zurück. »Ich bezweifle nicht, daß sie korrekt sind. Aber mit dieser Angelegenheit muß sich das Sicherheitshauptquartier des Sektors befassen. Gelder in dieser Höhe gibt es hier überhaupt nicht.«

Miles kaute an der Innenseite seines Zeigefingers. »Ach so.« Ja, wirklich. Er würde nicht in Panik geraten … »In diesem Fall, Sir, darf ich Sie ersuchen, daß Sie meine Anforderung so bald wie möglich an das Sektor-HQ schicken?«

»Glauben Sie mir, Leutnant, für mich hat es höchste Priorität, Sie dem Befehl von jemand anderem zu unterstellen.« Er stand auf. »Entschuldigen Sie mich. Warten Sie hier.« Kopfschüttelnd verließ er das Büro.

»Was, zum Teufel, ist los?« stichelte Elli. »Ich dachte, du würdest versuchen, diesen Kerl auseinanderzunehmen, egal ob er Hauptmann ist oder nicht – und dann hörst du einfach auf. Was ist so magisch an einem Komarraner, und wo kann ich mir einen besorgen?«

»Nicht magisch«, sagte Miles. »Ganz und gar nicht magisch. Aber sehr wichtig.«

»Wichtiger als ein Vor-Lord?«

»Auf seltsame Weise ja, gerade jetzt. Hör mal, du weißt doch, der Planet Komarr war die erste interstellare Eroberung des Reiches von Barrayar, nicht wahr?«

»Ich dachte, du hättest es eine Annexion genannt.«

»Das ist dasselbe in Grün. Wir nahmen Komarr wegen seiner Wurmlöcher ein, weil es auf unserer einzigen Nexusverbindung saß, weil es unseren Handel drosselte, und vor allem, weil es Bestechungen annahm und dann die cetagandanische Flotte durchließ, als Cetaganda versuchte, *uns* zu annektieren. Vielleicht erinnerst du dich auch, wer der oberste Konquistador war.«

»Dein Vater. Damals, als er nur Admiral Lord Vorkosigan war, bevor er Regent wurde. Darauf beruht sein Ruf.«

»Nun ja, davon bekam er mehr als einen Ruf. Wenn du je sehen möchtest, wie Rauch aus seinen Ohren kommt, dann mußt du nur in seiner Hörweite ›der Schlächter von Komarr‹ flüstern. So haben sie ihn tatsächlich genannt.«

»Vor dreißig Jahren, Miles.« Sie zögerte. »War daran etwas wahr?«

Miles seufzte. »Es war daran etwas wahr. Ich habe nie die ganze Geschichte aus ihm herausbekommen, aber ich bin mir verdammt sicher, daß das, was in den Geschichtsbüchern steht, auch nicht alles ist. Auf jeden Fall wurde die Eroberung von Komarr eine blutige Sache. Als Ergebnis brach im vierten Jahr seiner Regentschaft die Revolte von Komarr aus, und die wurde wirklich blutig. Seitdem sind komarranische Terroristen für das Kaiserreich ein Sicherheitsalptraum. Vermutlich ging es da ziemlich repressiv zu.

Auf jeden Fall, während die Zeit verging, haben sich die Dinge ein bißchen beruhigt, alle von beiden Planeten, die überschüssige Energien haben, siedeln sich auf dem neu entdeckten Planeten Sergyar an. Es hat eine Bewegung unter den Liberalen gegeben – angeführt von meinem Vater –, Komarr voll in das Kaiserreich einzugliedern. Bei den barrayaranischen Rechten ist diese Idee nicht sehr populär. Bei meinem alten Herrn ist es fast eine Obsession – ›Zwischen Gerechtigkeit und Völkermord gibt es auf lange Sicht keine mittlere Position‹«, intonierte Miles. »Wenn er davon spricht, dann kommt er wirklich in Fahrt. Also, okay, der Weg an die Spitze im lieben alten kastenbewußten und militärverrückten Barrayar ging schon immer durch den Kaiserlichen Militärdienst. Vor gerade acht Jahren wurde er auch für die Komarraner eröffnet.

Das bedeutet, daß jetzt jeder Komarraner im Militärdienst in einer Klemme hockt. Sie müssen ihre Loyalität so beweisen, wie ich meine ...« – er zögerte –, »wie ich mich selbst beweisen muß. Daraus folgt auch: wenn ich mit oder unter einem Komarraner arbeite und eines Tages ungewöhnlich tot aufgefunden werde, dann wird dieser Komarraner den Hunden zum Fraß vorgeworfen. Weil mein Vater der Schlächter war und niemand glauben wird, daß es nicht eine Art von Rache war.

Und es würde nicht nur diesen bestimmten Komarraner treffen. Jeder andere Komarraner im Dienst des Kaisers würde vom gleichen Verdacht überschattet werden. Die barrayaranische Politik wäre um Jahre zurückgeworfen. Wenn ich jetzt ermordet würde«, er zuckte hilflos die Achseln, »dann würde mein Vater mich umbringen.«

»Ich hoffe, du legst es nicht darauf an«, sagte sie mit belegter Stimme.

»Jetzt kommen wir also zu Galeni«, fuhr Miles hastig

fort. »Er ist bei den Streitkräften – als Offizier – und hat sogar einen Posten im Sicherheitsdienst selbst. Muß sich ganz schön abgestrampelt haben, um so weit zu kommen. Er genießt großes Vertrauen – für einen Komarraner. Aber er hat keinen bedeutenderen oder strategisch wichtigen Posten; gewisse kritische Sicherheitsinformationen werden ihm bewußt vorenthalten, und hier komme ich daher und stoße ihn mit der Nase auf diesen Sachverhalt. Und wenn einer seiner Verwandten in der komarranischen Revolte mitgemacht hat – nun ja … da bin ich wieder. Ich bezweifle, daß er mich liebt, aber er wird auf mich aufpassen müssen wie auf seinen eigenen Augapfel. Und ich, Gott steh mir bei, werde das erdulden müssen. Es ist eine wirklich verzwickte Situation.«

Sie klopfte ihn auf den Arm. »Du schaffst das schon.«

»Hm«, er grunzte düster. »O Gott, Elli«, jammerte er plötzlich und ließ seine Stirn auf ihre Schulter fallen, »und ich habe das Geld für die Dendarii nicht bekommen – kann es nicht bekommen, bis weiß Gott wann – was werde ich Ky sagen? Ich habe ihm mein Ehrenwort gegeben …!«

Diesmal tätschelte sie ihm den Kopf, aber sie sagte nichts.

KAPITEL 2

Er ließ seinen Kopf einen Moment länger auf dem steifen Stoff ihrer Uniformjacke ruhen. Sie rückte zur Seite und langte mit den Armen nach ihm. Wollte sie ihn umarmen? Falls ja, so beschloß Miles, dann würde er sie packen und auf der Stelle küssen. Und dann sehen, was geschah ...

Hinter ihm öffnete sich zischend Galenis Bürotür. Elli und Miles zuckten voneinander zurück. Elli stellte sich in Rührt-euch-Haltung und warf ihre kurzen dunklen Locken zurück. Miles blieb nur stehen und verfluchte innerlich die Unterbrechung.

Er hörte und erkannte die vertraute, gedehnte Stimme, noch bevor er sich umdrehte.

»... brillant, gewiß, aber überdreht wie der Teufel. Man meint, er läßt jeden Augenblick sein Schwungrad sausen. Geben Sie acht, wenn er anfängt, zu schnell zu reden. O ja, na klar, das ist er schon ...«

»Ivan«, hauchte Miles und schloß die Augen. »Wie, o Gott, habe ich gegen Dich gesündigt, daß Du mir Ivan gegeben hast – *hier* ...«

Da Gott nicht geruhte zu antworten, lächelte Miles schief und drehte sich um. Elli legte den Kopf schräg, runzelte die Stirn und lauschte mit plötzlicher Konzentration.

Galeni war mit einem großen jungen Leutnant im Schlepptau zurückgekehrt. So träge er auch war, hatte sich Ivan Vorpatril doch bei guter Kondition gehalten, denn sein athletischer Körper brachte die grüne Uniform vollkommen zur Geltung. Sein freundliches, offenes Gesicht war gleichmäßig, eingerahmt von gewelltem dunklen Haar in einem sauberen Patrizierschnitt. Miles kam nicht umhin, Elli einen Blick zuzuwerfen und verstohlen auf ihre Reaktion zu achten. Mit ihrem Gesicht und ihrer Figur ließ Elli jeden, der neben ihr stand, gewöhnlich aussehen, aber Ivan konnte ihr wirklich das Wasser reichen.

»Hallo, Miles«, sagte Ivan. »Was tust du denn hier?«

»Das gleiche könnte ich dich fragen«, sagte Miles.

»Ich bin zweiter Assistent des Militärattachés. Man hat mich hierher versetzt, damit ich hier kultiviert werde, vermute ich mal. Die Erde, du weißt schon.«

»So, so«, sagte Galeni, und ein Mundwinkel zuckte nach oben, »deshalb sind Sie also hier. Ich hatte mich schon gewundert.«

Ivan grinste betont einfältig. »Wie ist das Leben bei den Irregulären zur Zeit?« fragte er Miles. »Funktioniert deine Admiral-Naismith-Masche denn immer noch?«

»Gerade noch so«, sagte Miles. »Ich habe die Dendarii dabei. Sie befinden sich im Orbit«, er zeigte mit dem Finger zum Himmel, »und schlagen sich jetzt die Bäuche voll, während wir hier sprechen.«

Galeni schaute drein, als hätte er in etwas Saures gebissen. »Wissen etwa alle über diese verdeckte Operation Bescheid außer mir? Sie, Vorpatril – ich weiß, daß Ihre Sicherheitsklassifikation nicht höher ist als meine!«

Ivan zuckte die Achseln. »Wir sind uns schon früher einmal begegnet. Aus familiären Gründen.«

»Verdammtes Netzwerk der Vor«, murmelte Galeni.

»Oh«, sagte Elli Quinn in einem Ton plötzlicher Erleuchtung, »dies ist dein *Cousin* Ivan! Ich hatte mich immer gefragt, wie er wohl aussieht.«

Ivan, der ihr ständig verstohlene Blicke zugeworfen hatte, seit er im Raum war, nahm Haltung an, mit der ganzen bebenden Wachsamkeit eines Vorstehhundes vor erlegtem Wild. Er lächelte blendend und neigte sich über Ellis Hand. »Erfreut, Sie kennenzulernen, Mylady.

Die Dendarii müssen sich ja mächtig verbessert haben, wenn Sie eine typische Vertreterin von ihnen sind. Sicherlich die hübscheste.«

Elli zog ihre Hand zurück. »Wir sind uns schon einmal begegnet.«

»Sicherlich nicht. Ich könnte dieses Gesicht nicht vergessen.«

»Damals hatte ich dieses Gesicht nicht. ›Ein Kopf wie eine Zwiebel‹, hatten Sie es damals formuliert, wie ich mich erinnere.« Ihre Augen glitzerten. »Da ich damals erblindet war, hatte ich keine Ahnung, wie schlimm die Plastikhaut-Prothese wirklich aussah. Bis Sie es mir sagten. Miles hat es nie erwähnt.«

Ivans Lächeln war erschlafft. »Aha, die Dame mit den Plasmaverbrennungen.«

Miles grinste und schob sich näher an Elli heran, die ihre Hand besitzergreifend auf seine Ellbeuge legte und Ivan mit einem kühlen Samurailächeln bedachte. Ivan versuchte Würde zu bewahren und blickte auf Hauptmann Galeni.

»Da Sie einander kennen, Leutnant Vorkosigan, habe ich Leutnant Vorpatril angewiesen, Sie ins Schlepptau zu nehmen und Ihnen die Botschaft zu zeigen und Sie in Ihre hiesigen Pflichten einzuführen«, sagte Galeni. »Ob Vor oder nicht, solange Sie auf der Soldliste des Kaisers stehen, darf auch der Kaiser einen Nutzen von Ihnen erwarten. Ich hoffe, daß bald Nachrichten zur Klärung Ihres Status eintreffen.«

»Ich hoffe, daß der Sold für die Dendarii ebenso bald eintrifft«, sagte Miles.

»Ihre Söldnerin – Leibwächterin – kann zu ihrer Einheit zurückkehren. Falls Sie aus irgendeinem Grund den Bereich der Botschaft verlassen müssen, werde ich Ihnen einen meiner Männer zuweisen.«

»Jawohl, Sir«, seufzte Miles. »Aber ich muß trotzdem in der Lage sein, Kontakt mit den Dendarii aufzunehmen, falls ein Notfall eintritt.«

»Ich werde dafür sorgen, daß Kommandantin Quinn einen gesicherten Kommunikator bekommt, bevor sie die Botschaft verläßt. Eigentlich«, er drückte eine Taste an seiner Komkonsole, »Sergeant Barth?« sprach er ins Mikrophon.

»Jawohl, Sir«, kam die Antwort.

»Haben Sie schon den Kommunikator fertig?«

»Bin grad' fertig damit, ihn zu codieren, Sir.«

»Gut, bringen Sie ihn in mein Büro.«

Kurz darauf erschien Barth, noch in Zivilkleidung. Galeni geleitete Elli nach draußen. »Sergeant Barth wird Sie aus dem Botschaftsbereich hinausbegleiten, Kommandantin Quinn.« Sie blickte über die Schulter auf Miles zurück. Er deutete einen militärischen Gruß an, der sie beruhigen sollte.

»Was soll ich den Dendarii sagen?« fragte sie.

»Sag ihnen – sag ihnen, ihr Geld ist unterwegs«, rief Miles. Die Tür schloß sich mit einem Zischen und entzog Elli seinen Blicken.

Galeni kehrte an seine Komkonsole zurück, die mit einem Blinken seine Aufmerksamkeit forderte. »Vorpatril, bitte sorgen Sie dafür, daß Ihr Cousin dieses … Kostüm ausziehen kann und eine korrekte Uniform bekommt. Das hat jetzt für Sie höchste Priorität.«

Jagt Ihnen Admiral Naismith einen Schrecken ein – wenigstens einen kleinen … Sir? dachte Miles gereizt. »Die Dendarii-Uniform ist so echt wie Ihre eigene, Sir.«

Galeni warf ihm über sein blinkendes Pult hinweg einen ungehaltenen Blick zu. »Das konnte ich nicht wissen, Leutnant. Mein Vater konnte mir nur Spielzeugsoldaten kaufen, als ich ein Junge war. Sie beide können gehen.«

Miles wartete, bis sich die Tür hinter ihnen geschlossen hatte, dann riß er wütend seine grau-weiße Jacke herunter und warf sie auf den Boden des Korridors. »Kostüm! Spielzeugsoldaten! Ich glaube, ich bringe diesen komarranischen Bastard um!«

»Oho«, sagte Ivan, »sind wir heute aber empfindlich.«

»Du hast doch gehört, was er gesagt hat!«

»Klar, schon... aber Galeni ist in Ordnung. Vielleicht ein bißchen pedantisch. Es gibt ein Dutzend schäbiger Söldnerorganisationen, die sich in merkwürdigen Winkeln des Wurmlochnexus herumtreiben. Einige von ihnen balancieren auf der schmalen Grenze zwischen Legalität und Illegalität. Wie soll er wissen, daß ihr Dendarii nicht praktisch irgendwelche Entführer seid?«

Miles hob seine Uniformjacke auf, schüttelte sie aus und legte sie sorgfältig über seinen Arm. »Uff.«

»Komm schon«, sagte Ivan. »Ich bringe dich runter zur Materialausgabe und besorge dir eine Montur in einer Farbe, die Galeni besser gefällt.«

»Haben die denn etwas in meiner Größe?«

»Sie erstellen eine Laserabmessung deines Körpers und produzieren dir die Uniform in Einzelanfertigung, computergesteuert, genau wie der überbezahlte Pirat von Schneider, zu dem du in Vorbarr Sultana gehst. Wir befinden uns hier auf der Erde, mein Lieber.«

»Mein Mann auf Barrayar fertigt schon seit zehn Jahren meine Kleider an. Er kennt einige Tricks, die nicht im Computer gespeichert sind... Nun ja, ich kann wahrscheinlich damit leben. Kann der Computer der Botschaft auch Zivilkleider anfertigen?«

Ivan zog eine Grimasse. »Falls dein Geschmack konservativ ist. Wenn du etwas Modisches möchtest, um die hiesigen Mädels zu beeindrucken, dann mußt du dich woanders hinbemühen.«

»Ich habe so ein Gefühl, daß ich mit Galeni als Anstandsdame nicht sehr weit kommen werde«, seufzte Miles. »Es wird halt so gehen müssen.«

Miles beäugte den waldgrünen Ärmel seine barrayaranischen Uniform, zog die Manschette zurecht und reckte das Kinn hoch, um seinen Kopf besser über dem hohen Kragen unterzubringen. Er hatte schon halb vergessen, wie unbequem dieser verdammte Kragen war, bei seinem kurzen Hals. Vorn schienen die roten Rechtecke seines Leutnantsrangs in seine Backen zu stechen, hinten klemmte der Kragen sein noch nicht geschnittenes Haar ein. Und die Stiefel waren ganz neu. Der Knochen, den er sich auf Dagoola im linken Bein gebrochen hatte, schmerzte noch, selbst jetzt, nachdem er erneut gebrochen, gerade zusammengesetzt und mit Elektra-Stim behandelt worden war.

Trotzdem gab ihm die grüne Uniform ein heimatliches Gefühl. Sie bedeutete sein wahres Selbst. Vielleicht war es Zeit, einmal Urlaub von Admiral Naismith und seinen schwierigen Verantwortlichkeiten zu nehmen, Zeit, sich an die vernünftigeren Probleme von Leutnant Vorkosigan zu erinnern, dessen einzige Aufgabe es jetzt war, die Vorgänge in einem kleinen Büro kennenzulernen und mit Ivan Vorpatril fertigzuwerden. Die Dendarii brauchten ihn nicht zum Händchenhalten bei der Routineruhepause und den Ausbesserungsarbeiten, und außerdem hätte er für Admiral Naismith kein sichereres und gründlicheres Verschwinden arrangieren können.

Ivans Verantwortung erstreckte sich im besonderen auf ein kleines, fensterloses Büro tief im Innern des Botschaftsbereichs; seine Aufgabe bestand darin, Hunderte von Datendisketten in einen gesicherten Computer einzuspeichern, der sie für einen wöchentlichen Statusbericht über die Erde komprimierte und dann an den Chef des Sicherheitsdienstes, Illyan, und an den Generalstab auf Barrayar schickte. Dort, so vermutete Miles, wurde dann dieser Bericht mit Hunderten anderer solcher Berichte per Computer zusammengefaßt und ergab so Barrayars Sicht des Universums. Miles hoffte inständig, daß Ivan nicht Kilowatt und Megawatt in derselben Spalte addierte.

»Bei weitem der größte Teil dieses Zeugs sind öffentliche Statistiken«, erklärte Ivan, der vor seiner Konsole saß und in seiner grünen Uniform wirklich entspannt ausssah. »Bevölkerungsverschiebungen, Produktionszahlen aus Landwirtschaft und Industrie, die veröffentlichten Militärhaushalte der verschiedenen politischen Einheiten. Der Computer addiert sie auf sechzehn verschiedene Weisen zusammen und macht mich mit einem Blinken darauf aufmerksam, wenn etwas nicht zusammenpaßt. Da alle Datenlieferanten auch Computer haben, kommt das nicht allzu oft vor – alle Lügen sind schon eingebaut, bevor die Daten überhaupt zu uns kommen, sagt Galeni. Wichtiger für Barrayar sind Schiffsbewegungen in den Lokalraum der Erde hinein und wieder hinaus.

Dann kommen wir zu dem interessanteren Zeug, echte Spionagearbeit. Es gibt einige hundert Leute auf der Erde, die die Botschaft im Auge zu behalten sucht, aus dem einen oder anderen Sicherheitsgrund. Eine der größten Gruppen sind die komarranischen Rebellen im Exil.« Ivan machte eine Handbewegung, und Dutzende von Gesichtern flimmerten nacheinander über der Vidscheibe.

»So, aha?« sagte Miles, der sich unwillkürlich dafür zu interessieren begann. »Hat Galeni geheime Kontakte mit ihnen? Hat man ihn deshalb hierher versetzt? Doppelagent – Dreifachagent …«

»Bestimmt wünscht sich Illyan das«, sagte Ivan. »Soweit ich weiß, betrachten sie Galeni als einen Aussätzigen. Als üblen Kollaborateur mit den imperialistischen Unterdrückern und so weiter.«

»Bestimmt sind sie so weit weg keine große Bedrohung für Barrayar. Flüchtlinge …«

»Einige von ihnen waren allerdings schlaue Flüchtlinge und schafften ihr Geld raus, bevor der große Knall kam. Einige waren in die Finanzierung der komarranischen Revolte während der Regentschaft verwickelt – sie sind im großen und ganzen jetzt erheblich ärmer. Außerdem werden sie alt. Wenn die Integrationspolitik deines Vaters Erfolg hat, dann dauert es nur noch eine weitere halbe Generation, und sie werden ihren Schwung total verloren haben, sagt Hauptmann Galeni.«

Ivan nahm eine andere Diskette hoch. »Und dann kommen wir zu dem wirklich heißen Zeug: im Auge behalten, was dic anderen Botschaften machen. Wie zum Beispiel die von Cetaganda.«

»Ich hoffe, sie befindet sich auf der anderen Seite des Planeten«, sagte Miles aufrichtig.

»Nein, die meisten galaktischen Botschaften und Konsulate sind hier in London konzentriert. Das macht es um so viel bequemer, einander zu beobachten.«

»Ihr Götter«, stöhnte Miles, »sag mir bloß nicht, sie hocken auf der anderen Straßenseite oder so.«

Ivan grinste. »Fast. Sie sind etwa zwei Kilometer weit weg. Wir besuchen uns oft gegenseitig auf den Parties, um uns dort in Verstellung zu üben und dieses Spielchen ›ich weiß, daß du weißt, daß ich weiß‹ zu spielen.«

Miles setzte sich und holte Luft. »Oh, Mist.«

»Was gibt's, lieber Cousin?«

»Diese Burschen versuchen, mich umzubringen.«

»Gewiß nicht. Das würde einen Krieg auslösen. Wir haben im Augenblick Frieden miteinander, weißt du?«

»Nun gut, sie versuchen auf jeden Fall Admiral Naismith umzubringen.«

»Der gestern verschwunden ist.«

»Ja, aber – einer der Gründe, weshalb diese Geschichte mit den Dendarii so lange funktioniert hat, ist die Entfernung. Admiral Naismith und Leutnant Vorkosigan treten immer Hunderte von Lichtjahren voneinander entfernt auf. Man hat uns nie zusammen auf demselben Planeten angetroffen, geschweige denn in derselben Stadt.«

»Solange du deine Dendarii in meinem Wandschrank

läßt, wie könnte da eine Verbindung hergestellt werden?«

»Ivan, wie viele einen Meter fünfundvierzig große, schwarzhaarige und grauäugige Bucklige gibt es wohl auf diesem verdammten Planeten? Glaubst du, man stolpert hier an jeder Straßenecke über nervöse Zwerge?«

»Auf einem Planeten mit neun Milliarden Bewohnern«, sagte Ivan, »muß es von allem wenigstens sechs Exemplare geben. Beruhige dich!« Er zögerte. »Weißt du, heute habe ich dich zum erstenmal dieses Wort benutzen hören.«

»Welches Wort?«

»Buckliger. Das bist du ja in Wirklichkeit nicht, weißt du.« Ivan musterte ihn mit freundlicher Besorgnis.

Miles ballte die Fäuste und öffnete sie wieder mit einer scharfen, wegwerfenden Geste. »Auf jeden Fall, die Cetagandaner. Wenn sie ein Pendant zu dir haben, der das tut, was auch du tust…«

Ivan nickte. »Dem bin ich schon begegnet. Er heißt Ghem-Leutnant Tabor.«

»Dann wissen sie, daß die Dendarii hier sind, und sie wissen auch, daß Admiral Naismith gesehen wurde. Wahrscheinlich haben sie eine Liste mit jedem Kaufauftrag, den wir durch das Datennetz geschickt haben, oder sie werden sie bald genug haben, wenn sie ihre Aufmerksamkeit darauf richten. Sie sind hinter mir her.«

»Sie sind hinter dir her, aber sie können Befehle von weiter oben nicht schneller bekommen als wir«, sagte Ivan logisch. »Und auf jeden Fall gibt es bei ihnen einen Personalmangel. Unser Sicherheitspersonal ist viermal so zahlreich wie das ihre, wegen der Komarraner. Ich will sagen, hier mögen wir zwar auf der Erde sein, aber es handelt sich doch um eine weniger wichtige Botschaft, bei ihnen noch mehr als bei uns. Keine Angst«, er richtete sich auf seinem Stuhl auf und legte die Hand beteuernd auf die Brust, »dein Cousin Ivan wird dich beschützen.«

»Das ist sehr beruhigend«, murmelte Miles.

Ivan grinste über den Sarkasmus seines Cousins und wandte sich wieder seiner Arbeit zu.

In dem stillen Raum, wo nichts geschah, zog sich der Tag unendlich lang dahin. Miles entdeckte, daß seine Klaustrophobie viel stärker war als gewöhnlich. Er lauschte Ivans Belehrungen und ging zwischendurch von Wand zu Wand hin und her.

»Du könntest das doppelt so schnell schaffen, weißt du«, bemerkte Miles, während sich Ivan mit seinen Daten abplagte.

»Aber dann wäre ich ja schon gleich nach dem Mittagessen fertig«, sagte Ivan, »und dann hätte ich gar nichts mehr zu tun.«

»Bestimmt würde Galeni etwas für dich finden.«

»Das befürchte ich ja«, sagte Ivan. »Der Feierabend kommt früh genug. Dann gehen wir zu einer Party.«

»Nein, dann gehst du zu einer Party. Ich gehe in mein Zimmer, wie befohlen. Vielleicht kann ich endlich etwas Schlaf nachholen.«

»Genau, denk positiv«, sagte Ivan. »Ich kann mit dir im Gymnastikraum der Botschaft üben, wenn du möchtest. Du siehst nicht sonderlich gut aus, weißt du. Bleich und ... hm ... bleich.«

Alt, dachte Miles, ist das Wort, das er gerade vermieden hat. Er betrachtete die verzerrte Spiegelung seines Gesichts auf dem bißchen Chromverkleidung der Konsole. *Was, ist es so schlimm?*

»Körperliche Bewegung wird dir guttun«, sagte Ivan und schlug sich auf die Brust.

»Ganz bestimmt«, murmelte Miles.

Die Tage nahmen schnell einen festen Rhythmus an. Miles wurde von Ivan in ihrem gemeinsamen Zimmer geweckt, dann absolvierte er seine Übungen im Gymnastikraum, duschte, frühstückte und ging in den Datenraum zu seiner Arbeit. Er begann sich zu fragen, ob er das schöne Sonnenlicht der Erde jemals wieder sehen würde. Nach drei Tagen übernahm Miles den Job des Computerfütterns von Ivan und begann schon um Mittag damit fertigzusein, damit er wenigstens die späteren Stunden zum Lesen und Lernen übrig hätte. Er verschlang die Dienstvorschriften der Botschaft und des Sicherheitsdienstes, die Geschichte der Erde, die Nachrichten aus der Galaxis. Am späten Nachmittag rackerten sie sich bei einem zweiten zermürbenden Training im Gymnastikraum ab. Wenn Ivan am Abend zu Hause blieb, schaute sich Miles mit ihm zusammen Vid-Dramen an; wenn Ivan ausging, dann bevorzugte Miles Reisebeschreibungen von all den interessanten Orten, die er nicht besuchen durfte.

Elli berichtete täglich über den gesicherten Kommunikatorkanal vom Zustand der Dendarii-Flotte, die sich immer noch im Orbit befand. Wenn Miles sich mit dem Kommunikator einschloß, dann merkte er, daß sein Hunger nach dieser Stimme von draußen täglich zunahm. Ihre Berichte waren knapp und prägnant. Aber danach gingen sie immer in belangloses Geplauder über, da es Miles immer schwerer fiel, das Gespräch zu beenden und sie es ihrerseits nie beendete. Miles malte sich in Phantasien aus, wie er in seiner echten Identität ihr den Hof machte – würde eine Kommandantin sich auf ein Rendezvous mit einem bloßen Leutnant einlassen? Würde sie überhaupt Lord Vorkosigan mögen? Würde ihm Galeni je erlauben, die Botschaft zu verlassen, damit er es herausfinden konnte?

Miles kam zu dem Schluß, daß zehn Tage sauberen Lebens, der Körperertüchtigung und der regelmäßigen Arbeitsstunden für ihn nicht gut gewesen waren. Sein Energiepegel war zu hoch. Zu hoch und eingeschlossen in die ruhiggestellte Person von Lord Vorkosigan, während die Liste der Arbeiten, die auf Admiral Naismith warteten, immer länger und länger wurde …

»Hör doch auf herumzuzappeln, Miles«, beschwerte sich Ivan. »Setz dich hin. Hol mal tief Luft. Halt mal fünf Minuten still. Du kannst das, wenn du willst.«

Miles lief noch einmal im Computerraum im Kreis herum, dann ließ er sich auf einen Stuhl sinken. »Warum hat Galeni mich noch nicht zu sich gerufen? Der Kurier vom Sektor-HQ ist vor einer Stunde eingetroffen.«

»Also, jetzt laß doch dem Mann Zeit, daß er auf die Toilette gehen und dann eine Tasse Kaffee trinken kann. Laß Galeni Zeit, damit er seine Berichte lesen kann. Es herrscht Frieden; jedermann hat eine Menge Zeit, herumzusitzen und Berichte zu schreiben. Sie wären alle verletzt, wenn niemand sie lesen würde.«

»Das ist das Problem bei euren Truppen, die von der Regierung unterhalten werden«, sagte Miles, »ihr seid verwöhnt. Ihr werdet dafür bezahlt, daß ihr keinen Krieg führt.«

»Gab es nicht einmal eine Söldnertruppe, die auch dafür bezahlt wurde? Sie tauchten irgendwo im Orbit auf und wurden bezahlt – dafür, daß sie *keinen* Krieg führten. Das funktionierte doch, nicht wahr? Du bist als Söldnerkommandant nur nicht kreativ genug, Miles.«

»Ja klar, das war LaVarrs Flotte. Das funktionierte wirklich gut, bis die Flotte von Tau Ceti sie einholte, und dann wurde LaVarr durch den Fleischwolf gedreht.«

»Die haben keinen Sinn für Humor, die Leute von Tau Ceti.«

»Nein«, stimmte Miles zu. »Mein Vater hat auch keinen.«

»Das ist nur allzu wahr. Na ja …«

Die Komkonsole blinkte. Ivan mußte schnell ausweichen, als Miles sich darauf stürzte. »Jawohl, Sir?« sagte Miles atemlos.

»Kommen Sie in mein Büro, Leutnant Vorkosigan«, sagte Galeni. Sein Gesicht war finster wie immer und gab keine Aufschlüsse.

»Jawohl, Sir, danke, Sir.« Miles schaltete die Konsole ab und stürzte zur Tür. »Meine achtzehn Millionen Mark, endlich!«

»Entweder das«, sagte Ivan freundlich, »oder er hat für dich einen Job bei der Inventur gefunden. Vielleicht mußt du alle Goldfische im Brunnen im Vestibül zählen.«

»Ganz bestimmt, Ivan.«

»He, das ist echt eine Herausforderung! Sie bewegen sich ständig herum, weißt du.«

»Wie weißt du das?« Miles hielt inne, und in seinen Augen funkelte es. »Ivan, hat er dich das tatsächlich machen lassen?«

»Es hatte mit einem Verdacht auf ein Leck in der Sicherheit zu tun«, sagte Ivan. »Das ist eine lange Geschichte.«

»Ganz gewiß.« Miles trommelte kurz auf sein Pult und schwang sich um die Ecke. »Später. Ich bin schon unterwegs.«

Als Miles das Büro des Hauptmanns betrat, saß Galeni vor seiner Komkonsole und starrte mißtrauisch auf das Display, als wären die dort angezeigten Informationen noch codiert.

»Sir?«

»Hm.« Galeni lehnte sich auf seinem Stuhl zurück. »Nun, Ihre Befehle vom Sektor-Hauptquartier sind eingetroffen, Leutnant Vorkosigan.«

»Und?«

Galeni preßte die Lippen zusammen. »Und sie bestätigen Ihre zeitweilige Versetzung zu meiner Mannschaft. Offiziell und öffentlich. Sie können jetzt von meiner Abteilung Ihr Leutnantsgehalt beziehen, und zwar ab zehn Tage von heute rückwirkend. Was den

Rest Ihrer Befehle angeht, sie lauten wie bei Vorpatril – tatsächlich könnten sie von Vorpatrils Befehlen abkopiert sein, wobei man nur den Namen austauschen mußte. Sie sollen mir nach Bedarf assistieren, sich zur Verwendung des Botschafters und seiner Gemahlin für Begleitdienste bereithalten, und – soweit die Zeit es erlaubt – die Gelegenheiten zur Abrundung Ihrer Bildung ausnutzen, die auf der Erde einzigartig sind und Ihrem Status als kaiserlicher Offizier und Lord der Vor entsprechen.«

»Was? Das kann nicht stimmen! Was, zum Teufel, sind Begleitdienste?« *Klingt nach Callgirl.*

Galeni verzog die Mundwinkel zu einem leichten Lächeln. »Meistens bedeutet das, in Paradeuniform bei offiziellen gesellschaftlichen Ereignissen der Botschaft herumzustehen und sich von den Einheimischen als Vor bestaunen zu lassen. Es gibt eine wachsende Anzahl von Leuten, die Aristokraten – sogar Aristokraten von anderen Planeten – besonders faszinierend finden.« Galenis Ton machte deutlich, daß er diese Faszination tatsächlich für eigenartig hielt. »Sie werden essen, trinken, vielleicht tanzen ...« – in seinem Ton klangen eine Sekunde lang Zweifel an – »und im allgemeinen außerordentlich höflich sein zu Leuten, die der Botschafter beeindrucken will. Manchmal wird man Sie bitten, sich an Gespräche zu erinnern und über sie zu berichten. Vorpatril macht das alles sehr gut, sehr zu meiner Überraschung. Er kann Sie über die Einzelheiten aufklären.«

Ich brauche mir keine gesellschaftlichen Belehrungen von Ivan geben lassen, dachte Miles. *Und die Vor sind eine Kriegerkaste, keine Aristokratie.* Was, zum Teufel, dachte man sich im Hauptquartier? Die Befehle waren selbst für ihre Verhältnisse außerordentlich beschränkt.

Doch wenn sie kein neues Projekt für die Dendarii parat hatten, warum sollte man nicht die Gelegenheit ausnutzen, damit Graf Vorkosigans Sohn ein bißchen mehr diplomatischen Schliff bekam? Niemand zweifelte daran, daß er für die obersten Ebenen der Streitkräfte bestimmt war – man würde ihn wohl kaum weniger abwechslungsreichen Erfahrungen aussetzen als Ivan. Es war nicht der Inhalt der Befehle, sondern nur die mangelnde Trennung von seiner anderen Identität, die so … unerwartet kam.

Doch … *über Gespräche berichten*. Konnte dies der Beginn einer speziellen Spionagearbeit sein? Vielleicht waren weitere erläuternde Details unterwegs.

Er wollte nicht einmal an die Möglichkeit denken, daß das Hauptquartier sich entschieden hatte, es sei endlich Zeit, die verdeckten Operationen der Dendarii zu beenden.

»Nun …«, sagte Miles mürrisch, »also gut …«

»Ich bin so froh«, murmelte Galeni, »daß Sie Gefallen an Ihren Befehlen finden, Leutnant.«

Miles errötete und preßte die Lippen zusammen. Aber wenn er es nur erreichte, daß man sich um seine Dendarii kümmerte, dann spielte das Übrige keine Rolle. »Und meine achtzehn Millionen Mark, Sir?« fragte er und bemühte sich diesmal darum, bescheiden zu klingen.

Galeni trommelte mit den Fingern auf den Schreibtisch. »Mit diesem Kurier ist keine derartige Kreditanweisung gekommen, Leutnant. Und es wurde auch nichts davon erwähnt.«

»Was!« schrie Miles auf. »Die muß dabei sein!« Er stürzte sich fast über Galenis Schreibtisch, um selbst das Vid zu überprüfen, aber dann zügelte er sich gerade noch rechtzeitig. »Ich habe zehn Tage gerechnet für alle …« Sein Gehirn gab unerwünschte Daten frei, die durch sein Bewußtsein strömten – Treibstoff, Gebühren für das Andocken im Orbit, Verproviantierung, Zahlungen für ärztliche, zahnärztliche und chirurgische Behandlung, Auffüllen der Munitionsvorräte, Soldzahlungen, Umschuldungen, Liquidität, Margen …

»Verdammt, wir haben für Barrayar geblutet! Man kann doch nicht – da muß ein Fehler passiert sein!«

Galeni breitete hilflos die Hände aus. »Zweifellos. Aber es liegt nicht in meiner Macht, diesen Fehler zu beheben.«

»Senden Sie noch einmal die Anforderung – Sir!«

»Oh, das werde ich tun.«

»Noch besser – lassen Sie mich als Kurier gehen. Wenn ich mit den Leuten im Hauptquartier persönlich spreche ...«

»Hm.« Galeni rieb sich die Lippen. »Eine verlockende Idee ... nein, lieber nicht. Ihre Befehle waren zumindest klar. Ihre Dendarii werden einfach auf den nächsten Kurier warten müssen. Wenn alles so ist, wie Sie *sagen*«, Miles entging die Betonung nicht, »dann bin ich sicher, daß sich alles klären wird.«

Miles wartete einen endlos erscheinenden Augenblick, aber Galeni machte keine weiteren Vorschläge. »Jawohl, Sir.« Er salutierte und machte kehrt. Zehn Tage ... zehn weitere Tage ... mindestens zehn weitere Tage ... Sie konnten noch zehn Tage länger warten. Aber er hoffte, daß bis dahin das kollektive Gehirn des Hauptquartiers wieder mit Sauerstoff versorgt sein würde.

Der höchstrangige weibliche Gast bei diesem Nachmittagsempfang war die Botschafterin von Tau Ceti. Sie war eine schlanke Frau von unbestimmbarem Alter, mit einer faszinierenden Struktur der Gesichtsknochen und durchdringenden Augen. Miles vermutete, ihre Konversation würde an sich bildend sein: politisch, subtil und Geist sprühend. Da jedoch der Botschafter von Barrayar sie leider in Beschlag genommen hatte, zweifelte Miles, ob er je eine Chance bekäme, das herauszufinden.

Die ältere Dame, als deren Begleiter Miles ausersehen worden war, erhielt ihren Rang durch ihren Gemahl, bei dem es sich um den Lord Mayor von London handelte und der jetzt von der Frau des Botschafters unterhalten wurde. Die Gattin des Bürgermeisters schien unaufhörlich plaudern zu können, hauptsächlich über die Kleider, die die anderen Gäste trugen. Ein Diener mit militärischer Haltung kam vorbei (alle menschlichen Diener in der Botschaft waren Angehörige von Galenis Abteilung) und bot Miles auf einem goldenen Tablett ein Weinglas mit einer strohgelben Flüssigkeit an, die Miles bereitwillig annahm. Ja, zwei oder drei solcher Gläser, und er wäre bei seiner geringen Toleranz für Alkohol bald abgestumpft genug, um selbst eine solche Veranstaltung ertragen zu können. War dies nicht genau die verkrampfte gesellschaftliche Szene, der zu entrinnen er trotz seines körperlichen Handikaps sich abgerackert hatte, um in den kaiserlichen Militärdienst aufgenommen zu werden? Natürlich, mehr als drei Gläser und er würde ausgestreckt auf dem Parkettboden liegen und mit einem törichten Lächeln im Gesicht schlafen – und dann tief in Schwierigkeiten stecken, wenn er wieder aufwachte.

Miles nahm einen tiefen Schluck und erstickte fast. *Apfelsaft …* Zum Teufel mit Galeni! Der war so *gründlich!* Mit einem schnellen Blick in der Runde vergewisserte sich Miles, daß die Gäste ein anderes Getränk serviert bekamen als er. Er fuhr sich mit dem Daumen über den hohen Kragen seiner Uniformjacke und lächelte gequält.

»Stimmt etwas mit Ihrem Wein nicht, Lord Vorkosigan«, wollte die ältere Dame voll Besorgnis wissen.

»Der Jahrgang ist ein bißchen … äh … jung«, murmelte Miles. »Ich werde dem Botschafter vielleicht vorschlagen, diesen hier ein bißchen länger in seinem Keller zu lagern.« *Etwa bis ich diesen Planeten wieder verlassen habe …*

Das Vestibül war ein elegant eingerichteter Raum mit hohen Bögen und Oberlichtern, der aussah, als müßte es in ihm ein höhlenartiges Echo geben; dabei war er seltsam ruhig trotz der großen Menschenmenge, die seine verschiedenen Ebenen und Nischen aufnahmen. Irgendwo waren Schallschlucker installiert, dachte Miles, und – wenn man nur wußte, wo man sich hinstellen mußte – ganz gewiß auch Schutzkegel zur Abschirmung von menschlichen und elektronischen Lauschern. Er merkte sich, wo die Botschafter von Barrayar und Tau Ceti standen, falls er später auf sie zurückkommen mußte; ja, sogar ihre Lippenbewegungen erschienen irgendwie überschattet und verschwommen. Bald sollte es neue Verhandlungen über gewisse Verträge über die Passage durch den Lokalraum von Tau Ceti geben.

Miles und die ihm anvertraute Dame wanderten auf das architektonische Zentrum des Raums zu, auf den Brunnen und den dazugehörigen Teich. Er war aus Stein gemeißelt und kühl, voller Wassergeriesel und mit farblich abgestimmten Farnen und Moosen besetzt. Rot-goldene Umrisse bewegten sich geheimnisvoll im schattigen Wasser.

Miles erstarrte, dann zwang er sein Rückgrat, sich zu entspannen. Ein junger Mann in einer schwarzen cetagandanischen Uniform mit der gelb-schwarzen Gesichtsbemalung eines Ghem-Leutnants näherte sich ihm, lächelnd und wachsam. Sie grüßten einander mit vorsichtigem Kopfnicken.

»Willkommen auf der Erde, Lord Vorkosigan«, murmelte der Cetagandaner. »Ist das ein offizieller Besuch oder befinden Sie sich auf einer großen Rundreise?«

»Ein bißchen von beidem.« Miles zuckte die Achseln. »Ich bin zum Zwecke meiner … äh … Bildung an die Botschaft versetzt worden. Aber ich glaube, ich kenne Ihren werten Namen noch nicht, Sir.« Das stimmte natürlich nicht; sowohl die beiden Cetagandaner in Uniform als auch die beiden in Zivilkleidung waren Miles schon am Anfang gezeigt worden, außerdem drei

Personen, die im Verdacht standen, ihre getarnten Schakale zu sein.

»Ghem-Leutnant Tabor, Militärattaché der Botschaft von Cetaganda«, sagte Tabor höflich. Sie nickten einander erneut zu. »Werden Sie lange hier sein, Mylord?«

»Ich nehme es nicht an. Und Sie selbst?«

»Ich habe die Kunst der Bonsai zu meinem Hobby gemacht. Von den alten Japanern sagt man, sie hätten bis zu hundert Jahren an einem einzigen Baum gearbeitet. Oder vielleicht sah es nur so aus.«

Miles hatte den Verdacht, Tabor wolle humorvoll sein, aber der Leutnant behielt ein so normales Gesicht bei, daß man es schwer erkennen konnte. Vielleicht befürchtete er, seine Gesichtsbemalung zu zerstören, wenn er eine Miene verzog.

Ein trällerndes Gelächter, lieblich wie Glockenklang, lenkte ihre Aufmerksamkeit auf die andere Seite des Brunnens. Dort lehnte Ivan Vorpatril am verchromten Geländer, den dunkelhaarigen Kopf einer süßen Blondine zugeneigt. Sie trug etwas in Lachsrosa und Silber, das selbst dann zu wogen schien, wenn sie stillstand, wie jetzt gerade. Kunstvoll kunstloses Haar fiel in einer Kaskade über eine weiße Schulter. Ihre Fingernägel blitzten silbrig-rosa, während sie angeregt gestikulierte.

Tabor zischte leise, verbeugte sich höflich über der Hand der Bürgermeistersgattin und ging weiter. Dann sah ihn Miles, wie er sich auf der anderen Seite an Ivan heranpirschte – aber irgendwie hatte er das Gefühl, daß Tabor diesmal nicht hinter militärischen Geheimnissen her war. Kein Wunder, daß er an Miles nur mäßig interessiert erschienen war. Aber Tabors Annäherung an die Blondine wurde von einem Zeichen seines Botschafters unterbrochen, und er folgte notgedrungen den Würdenträgern nach draußen.

»So ein netter junger Mann, dieser Lord Vorpatril«, gurrte Miles' Dame. »Wir mögen ihn sehr. Die Gemahlin des Botschafters sagte mir, Sie beide seien miteinander verwandt?« Sie reckte ihm erwartungsvoll den Kopf entgegen.

»So etwas wie Cousins«, erklärte Miles. »Ach – wer ist eigentlich die junge Dame da neben ihm?«

Die Bürgermeistersgattin lächelte stolz. »Das ist meine Tochter, Sylveth.«

Tochter, natürlich. Der Botschafter und seine Gattin hatten das feine barrayaranische Unterscheidungsvermögen für die Nuancen gesellschaftlicher Ränge. Miles, der der älteren Linie der Familie entstammte und überdies der Sohn des Premierministers Graf Vorkosigan war, stand gesellschaftlich (wenn auch nicht militärisch) höher als Ivan. Was, o Gott, bedeutete, daß sein Schicksal entschieden war. Er würde für immer an den Matronen der VIPs hängenbleiben, während Ivan alle Töchter bekam ...

»Ein hübsches Paar«, sagte Miles mit belegter Stimme.

»Nicht wahr? Welche Cousins sind Sie denn, Lord Vorkosigan?«

»Wie? Ach so, Ivan und ich, ja. Unsere Großmütter waren Schwestern. Meine Großmutter war das älteste Kind von Prinz Xav Vorbarra, Ivans Großmutter war sein jüngstes.«

»Prinzessinnen? Wie romantisch!«

Miles überlegte, ob er detailliert erzählen sollte, wie seine Großmutter, ihr Bruder und die meisten ihrer Kinder während der Terrorherrschaft Kaisers Yuri des Wahnsinnigen umgebracht worden waren. Nein, die Gattin des Bürgermeisters würde es vielleicht bloß für eine prickelnde, extravagante – oder noch schlimmer: romantische – Geschichte halten. Er bezweifelte, daß sie die wirkliche, gewalttätige Torheit von Yuris Geschichte mit all ihren Konsequenzen erfassen würde, die in alle Richtungen gingen und die Geschichte von Barrayar bis auf den heutigen Tag beeinflußten.

»Besitzt Lord Vorpatril eine Burg?« fragte sie schelmisch.

»Äh … nein. Seine Mutter, meine Tante Vorpatril«, *ein gesellschaftlicher Barracuda, der Sie bei lebendigem Leibe verspeisen würde,* »hat eine sehr hübsche Wohnung in der Hauptstadt Vorbarr Sultana.« Miles zögerte. »Wir hatten einmal eine Burg. Aber sie wurde am Ende des Zeitalters der Isolation niedergebrannt.«

»Eine Burg in Ruinen. Das ist fast genauso gut.«

»Außerordentlich pittoresk«, versicherte er ihr.

Jemand hatte einen kleinen Teller mit den Überresten seiner Hors d'œuvres auf dem Geländer am Brunnen zurückgelassen. Miles nahm das Brötchen und begann Brösel für die Goldfische abzubrechen. Sie kamen angeschwommen und schnappten mit einem kurzen Glucksen nach den Krümeln.

Einer der Fische weigerte sich, wegen dem Futter hochzukommen und lauerte in der Tiefe. Wie interessant, ein Goldfisch, der nicht fraß – hier war also eine Lösung von Ivans Problem mit der Fischinventur. Vielleicht war der eigensinnige Fisch eine teuflische, cetagandanische Konstruktion, deren goldene Schuppen wie Gold glitzerten, weil sie aus Gold waren.

Er könnte sich wie eine Katze darauf stürzen, den Fisch herausholen und mit dem Fuß daraufstampfen. Metall würde knirschen, Elektrik zischen, dann würde er das Ding mit einem triumphalen Schrei hochhalten: »Ha! Mit meiner schnellen Auffassungsgabe und meinen Reflexen habe ich den Spion in Ihrer Mitte entdeckt!«

Aber wenn er mit seiner Vermutung falsch lag, o weh! Unter seinem Stiefel würde es *glitsch!* machen, die Bürgermeistersgattin würde zurückzucken, und der Sohn des Premierministers von Barrayar hätte sich auf der Stelle den Ruf eines jungen Mannes mit *ernsten* emotionalen Problemen erworben … Er stellte sich vor, wie er der entsetzten Frau zukrächzte, während am Boden die Eingeweide aus dem Fisch quollen: »Ha! Sie sollten erstmal sehen, was ich mit kleinen Katzen mache!«

Der große Goldfisch kam endlich träge nach oben und schnappte einen Krumen. Dabei spritzten einige Tropfen auf Miles' gewienerte Stiefel. *Danke, Goldfisch,* sagte Miles zu ihm in Gedanken, *du hast mich gerade vor einer erheblichen gesellschaftlichen Peinlichkeit bewahrt.* Natürlich, wenn die cetagandanischen Handwerker wirklich clever wären, dann hätten sie einen mechanischen Fisch gebaut, der wirklich fraß und auch etwas ausschied ...

Die Gattin des Bürgermeisters hatte gerade eine weitere neugierige Frage über Ivan gestallt, die Miles in seiner Versunkenheit nicht ganz mitbekommen hatte. »Ja, das mit seiner Krankheit ist sehr unerfreulich«, schnurrte Miles und setzte zu einem Monolog an, in dem er Ivans Gene schlechtmachen wollte, unter Erwähnung von aristokratischer Inzucht, Gebieten radioaktiver Verseuchung nach dem Ersten Cetagandanischen Krieg und von Kaiser Yuri dem Wahnsinnigen, als der gesicherte Kommunikator in seiner Tasche piepste.

»Entschuldigen Sie, Madame, man ruft nach mir.« *Dank dir, Elli,* dachte er, als er die Matrone verließ und sich eine ruhige Ecke suchte, um den Ruf zu beantworten. Keine Cetagandaner in Sicht. Er fand eine unbesetzte Nische auf der zweiten Ebene, die von grünen Pflanzen abgeschirmt wurde, und aktivierte den Kanal.

»Ja, Kommandantin Quinn?«

»Miles, Gott sei Dank.« Ihre Stimme klang nach Eile. »Wir scheinen auf dem Planeten Schwierigkeiten zu haben, und du bist der nächste Dendarii-Offizier.«

»Was für Schwierigkeiten?« Das gefiel ihm nicht. Normalerweise tendierte Elli nicht zu panischen Übertreibungen. Sein Magen krampfte sich nervös zusammen.

»Ich konnte keine zuverlässigen Details bekommen, aber es sieht so aus, als hätten sich vier oder fünf unserer Soldaten auf Urlaub drunten in London in einer Art

Laden mit einer Geisel verbarrikadiert und leisteten jetzt der Polizei Widerstand. Sie sind bewaffnet.«

»Unsere Leute oder die Polizei?«

»Beide, unglücklicherweise. Der Polizeikommandant, mit dem ich sprach, hörte sich so an, als bereitete er sich auf einen blutigen Ausgang vor. Und das für sehr bald.«

»Schlimm, schlimm. Was, zum Teufel, glauben denn die, was sie da machen?«

»Verdammt, wenn ich es nur wüßte. Ich bin im Augenblick noch im Orbit und bereite mich darauf vor, nach unten zu fliegen, aber es wird eine dreiviertel bis ganze Stunde dauern, bis ich unten ankommen kann. Tung ist noch schlimmer dran; er bräuchte einen suborbitalen Flug von zwei Stunden von Brasilien her. Aber ich glaube, du könntest in etwa zehn Minuten dort sein. Hier, ich tippe dir die Adresse in deinen Kommunikator.«

»Wie haben unsere Leute die Erlaubnis bekommen, Dendarii-Waffen von Bord zu nehmen?«

»Eine gute Frage, aber ich fürchte, die müssen wir uns für die Nachuntersuchung aufheben. Sozusagen«, sagte sie grimmig. »Findest du den Ort?«

Miles warf einen Blick auf die Adresse auf seinem Display. »Ich glaube schon. Ich treffe dich dann dort.« Irgendwie …

»Okay. Quinn Ende.« Die Verbindung brach ab.

KAPITEL 3

Miles steckte den Kommunikator in die Tasche und blickte sich im Vestibül um. Der Empfang hatte seinen Höhepunkt erreicht. Es waren vielleicht hundert Leute zugegen, in einer blendenden Vielfalt irdischer und galaktischer Moden, mit einem gewissen Einsprengseln von Uniformen (außer denen der Barrayaraner). Einige der früh Angekommenen gingen schon wieder und wurden von ihren barrayaranischen Begleitern an den Sicherheitskontrollen vorbeieskortiert. Die Cetagandaner schienen wirklich schon gegangen zu sein, zusammen mit ihren Freunden. Bei seiner Flucht mußte Miles die Gunst der Stunde nutzen.

Ivan plauderte immer noch drunten am Brunnen mit seiner schönen Begleiterin. Miles störte ihn rücksichtslos.

»Ivan, sei in fünf Minuten am Haupteingang.«

»Was?«

»Ein Notfall. Ich erkläre es dir später.«

»Was für eine Art von…«, begann Ivan, aber Miles schlüpfte schon aus dem Raum und machte sich auf den Weg zu den hinteren Liftrohren. Er mußte sich zwingen, nicht zu rennen.

Als sich in seinem und Ivans Zimmer die Tür hinter ihm geschlossen hatte, schälte er sich aus seiner grünen Uniform, zog die Stiefel aus und stürzte sich auf den Wandschrank. Er zog sich das schwarze T-Shirt und die grauen Hosen seiner Dendarii-Uniform über. Die barrayaranischen Stiefel stammten aus der Kavallerietradition, die der Dendarii waren aus der Bekleidung von Fußsoldaten entwickelt worden. Auf einem Pferd waren die barrayaranischen Stiefel praktischer; allerdings hatte Miles dies nie Elli erklären können. Es hätte etwa zwei Stunden im Sattel erfordert, und das querfeldein, bis sie blutende Blasen an den Waden hatte, um sie zu überzeugen, daß die Form dieser Stiefel einen weiteren Zweck hatten als nur ihr Aussehen. Aber hier gab es keine Pferde.

Er knüpfte die Dendarii-Kampfstiefel zu und zupfte die grau-weiße Jacke mitten in der Luft zurecht, während er wieder mit maximaler Fallgeschwindigkeit durch das Liftrohr nach unten taumelte. Unten hielt er an, um seine Jacke geradezuziehen, dann reckte er das Kinn und holte tief Luft. Man konnte nicht unauffällig dahinschlendern, wenn man keuchte. Er wählte einen anderen Korridor, der um das Vestibül zum Vordereingang führte. Immer noch keine Cetagandaner, Gott sei Dank.

Ivan riß die Augen weit auf, als er Miles näher kommen sah. Er lächelte der Blondine zu, entschuldigte sich bei ihr und drängte Miles rückwärts gegen eine Topfpflanze, als müßte er ihn vor aller Augen verbergen. »Was, zum Teufel …?« zischte er.

»Du mußt mich hier rausbringen. An den Wachen vorbei.«

»O nein, das muß ich nicht! Galeni wird dir das Fell über die Ohren ziehen, wenn er dich in dieser Aufmachung sieht.«

»Ivan, ich habe keine Zeit, mich mit dir zu streiten, und auch keine Zeit, es dir zu erklären, und genau deshalb muß ich auch Galeni umgehen. Quinn hätte mich nicht angerufen, wenn sie mich nicht bräuchte. Ich muß *jetzt* los.«

»Du entfernst dich unerlaubt von der Truppe!«

»Nicht, wenn ich nicht vermißt werde. Sage ihnen … sage ihnen, daß ich mich wegen schlimmer Schmerzen in meinen Knochen in unser Zimmer zurückgezogen habe.«

»Spielt wieder deine Knochengeschichte verrückt? Ich wette, der Botschaftsarzt könnte dieses entzündungshemmende Medikament für dich besorgen …«

»Nein, nein – nicht mehr als gewöhnlich –, aber es ist wenigstens etwas Reales. Es besteht eine Chance, daß man es glaubt. Los! Hol sie her!« Miles wies mit dem Kinn auf Sylveth, die außer Hörweite mit einem fragenden Blick in ihrem Blütengesicht auf Ivan wartete.

»Wozu?«

»Tarnung.« Mit zusammengebissenen Zähnen lächelnd schob Miles Ivan mit dem Ellbogen in Richtung Haupteingang.

»Guten Tag!« sagte Miles freundlich zu Sylveth, ergriff ihre Hand und schob sie unter seinen Arm. »Es ist schön, Sie kennenzulernen. Gefällt Ihnen die Party? London ist eine wunderbare Stadt …«

Er und Sylveth gaben auch ein hübsches Paar ab, meinte Miles. Aus den Augenwinkeln schaute er auf die Wachen, als sie an ihnen vorbeigingen. Sie bemerkten Sylveth. Wenn er Glück hatte, dann würde er im Gedächtnis der Wachen nur als kleiner, verschwommener schwarzer Fleck haften bleiben.

Sylveth blickte verwirrt auf Ivan, aber inzwischen waren sie schon ins Sonnenlicht hinausgetreten.

»Du hast keine Leibwache«, protestierte Ivan.

»Ich treffe mich bald mit Quinn.«

»Wie kommst du wieder in die Botschaft zurück?«

Miles zögerte. »Bis ich zurückkomme, wirst du das herausfinden müssen.«

»Grrr! Und wann ist das?«

»Ich weiß es nicht.«

Die Aufmerksamkeit der Wachen vor der Botschaft wurde auf einen Bodenwagen gelenkt, der an den Botschaftseingang heranzischte. Miles löste sich von Ivan, flitzte über die Straße und verschwand im Eingang zum U-Bahn-System.

Zehn Minuten und zweimal Umsteigen später stieg

er wieder nach oben und fand sich in einem viel älteren Viertel der Stadt wieder, inmitten restaurierter Gebäude aus dem 22. Jahrhundert, Er mußte nicht nach den Hausnummern schauen, um sein Ziel zu entdecken. Die Menschenmenge, die Barrikaden, die Blaulichter, die Luftkissenautos der Polizei, die Feuerwehr, die Notarztwagen … »Verdammt«, murmelte Miles und bog in diese Nebenstraße ein. Dann schaltete er auf Admiral Naismiths flachen betanischen Akzent um: »Au *Mist* …«

Miles vermutete, der verantwortliche Polizist sei der mit dem Kommunikatorverstärker und nicht einer von dem halben Dutzend in Schutzanzügen, die Plasmagewehre trugen. Er schob sich durch die Menge und hüpfte über die Barrikade. »Sind Sie der Offizier, der die Operation leitet?«

Der Kopf des Konstablers fuhr überrascht herum, dann blickte er hinab. Zuerst war er nur verwirrt, dann runzelte er die Stirn, als er Miles' Uniform wahrnahm. »Sind Sie einer von den Psychopathen?« fragte er.

Miles wippte auf seinen Absätzen und überlegte, was er darauf antworten sollte. Er unterdrückte alle drei Erwiderungen, die ihm zunächst in den Sinn kamen, und entschied sich statt dessen zu sagen: »Ich bin Admiral Miles Naismith, Befehlshaber der Freien Dendarii-Söldnerflotte. Was ist hier passiert?« Er hielt inne, streckte langsam und vorsichtig einen Zeigefinger aus und schob die Mündung eines Plasmagewehrs, das eine Frau in Schutzrüstung auf ihn angelegt hatte, gen Himmel. »Bitte, meine Liebe, ich bin auf Ihrer Seite, wirklich.« Ihre Augen blitzten ihm mißtrauisch durch ihre Sichtscheibe entgegen, aber der Polizeikommandant machte einen Ruck mit dem Kopf, und die Frau zog sich ein paar Schritte zurück.

»Versuchter Raub«, sagte der Konstabler. »Als die Angestellte ihn verhindern wollte, griffen die Kerle sie an.«

»Raub?« fragte Miles. »Entschuldigen Sie, aber das ergibt keinen Sinn. Ich dachte, alle Transaktionen erfolgten hier elektronisch. Es gibt kein Bargeld zu rauben. Da muß ein Mißverständnis vorliegen.«

»Es geht nicht um Bargeld«, sagte der Konstabler. »Es geht um Waren.«

Der Laden, erkannte Miles aus den Augenwinkeln, war eine Weinhandlung. Ein Schaufenster war eingeschlagen und zertrümmert. Er unterdrückte ein unbehagliches Gefühl und fuhr fort, immer noch in einem leichten Ton: »Auf jeden Fall verstehe ich nicht, wieso man bei einem Fall von Ladendiebstahl mit tödlichen Waffen anrückt. Ist das nicht ein bißchen überreagiert? Wo haben Sie Ihre Betäuber?«

»Die Burschen da drinnen halten die Frau als Geisel«, sagte der Konstabler grimmig.

»So? Dann betäuben Sie doch alle. Gott wird die seinen schon erkennen.«

Der Konstabler musterte Miles mit einem seltsamen Blick. Der Mann kannte sich nicht in seiner eigenen Geschichte aus, vermutete Miles – der Ort, von dem dieses Zitat stammte, befand sich von hier aus gesehen nur auf der anderen Seite des Wassers, du lieber Himmel!

»Sie behaupten, sie hätten eine Art Totmannsschaltung eingerichtet. Sie behaupten, dieser ganze Block hier würde in Flammen aufgehen.« Der Konstabler zögerte. »Ist das möglich?«

Miles zögerte ebenfalls. »Haben Sie schon irgendeinen dieser Kerle identifiziert?«

»Nein.«

»Wie kommunizieren Sie mit ihnen?«

»Über die Komkonsole. Zumindest haben wir das getan – sie scheinen sie vor einigen Minuten zerstört zu haben.«

»Wir werden natürlich den Schaden bezahlen«, würgte Miles hervor.

»Das ist noch nicht alles«, knurrte der Konstabler.

»Nun ja …« Aus den Augenwinkeln sah Miles ein Luftkissenauto mit der Aufschrift EURONEWS NETWORK die Straße herabkommen. »Ich glaube, es ist Zeit, das Ganze zu beenden.«

Er ging auf die Weinhandlung zu.

»Was wollen Sie tun?« fragte der Konstabler.

»Sie verhaften. Sie müssen mit Dendarii-Strafen rechnen, weil sie Waffen von Bord genommen haben.«

»Ganz allein wollen Sie da hinein? Die werden auf Sie schießen. Die sind total besoffen.«

»Das glaube ich nicht. Wenn ich von meinen eigenen Truppen niedergeschossen werden sollte, dann hatten die da drin schon viel bessere Gelegenheiten als jetzt.«

Der Konstabler runzelte die Stirn, hielt ihn aber nicht auf.

Die automatischen Türen funktionierten nicht. Miles stand einen Augenblick lang verwirrt vor dem Glas, dann klopfte er darauf. Hinter dem irisierenden Schimmer gab es eine schattenhafte Bewegung. Dann folgte eine sehr lange Pause, und schließlich glitten die Türen etwa ein Drittel Meter auf. Miles schlüpfte seitwärts hindurch. Von drinnen schob sie ein Mann mit der Hand wieder zu und drückte einen Metallbügel in seinen Schlitz.

Das Innere der Weinhandlung bot ein Bild der Verwüstung. Die Dünste in der Luft verschlugen Miles den Abend. Von zerschmetterten Flaschen stiegen aromatische Duftschwaden auf. *Hier wird man ja schon vom bloßen Atmen blau …* Der Teppich platschte unter seinen Füßen.

Miles blickte sich um und überlegte, wen er als ersten umbringen sollte. Der ihm die Tür geöffnet hatte, stach hervor, denn er trug nur Unterwäsche.

»'s iss Admiral Naismith«, nuschelte der Mann an der Tür. Er nahm etwas schräg Haltung an und salutierte.

»Zu welcher Armee gehören Sie, Soldat?« knurrte Miles ihn an. Der Mann machte mit den Händen kleine

Wellenbewegungen, als wollte er pantomimisch Erklärungen liefern. Miles fiel sein Name nicht ein.

Ein anderer Dendarii, er war in Uniform, saß mit dem Rücken zu einer Säule auf dem Boden. Miles kauerte sich nieder und überlegte, ob er ihn an seiner Jacke auf die Füße oder wenigstens auf die Knie hieven und dann durch die Mangel drehen sollte. Er starrte in das Gesicht des Söldners. Kleine rote Augen, die wie Kohlen in den Augenhöhlen saßen, starrten zurück, ohne ihn zu erkennen. »Uff«, murmelte Miles, verzichtete auf jeden Versuch der Verständigung mit dem Sitzenden und erhob sich. Das Bewußtsein dieses Mannes schwebte irgendwo im Wurmlochraum.

»Wen kümmert das?« ertönte eine heisere Stimme am Boden hinter einem Verkaufsregal, einem der wenigen, die noch nicht gewaltsam umgestoßen worden waren. »Wen, zum Teufel, kümmert das?«

Oho, hier haben wir heute die Besten und Klügsten, nicht wahr? dachte Miles sauer. Eine aufrecht gehende Person erschien um das Ende des Verkaufsregals und sagte: »Kann nicht sein, er ist wieder verschwunden ...«

Endlich kannte Miles einen mit Namen. Nur zu gut. Weitere Erklärungen für die Szene, die sich ihm bot, waren überflüssig. »Aha, Gefreiter Danio, nett, Sie hier zu treffen.«

Danio nahm schlurfend so etwas wie Haltung an und blickte auf Miles herab. Eine antike Pistole, deren Griff von Kerben verunstaltet war, baumelte drohend von seiner Hand. Miles zeigte auf sie mit einem Kopfnicken. »Ist das die tödliche Waffe, wegen der man mich von meinen Geschäften weggerufen hat, damit ich Sie Ihnen abnehme? Man hat so getan, als hätten Sie unser halbes Arsenal hier dabei.«

»Nein, Sir!« sagte Danio. »Das wäre gegen die Vorschriften.« Er tätschelte die Waffe zärtlich. »Bloß mein Privateigentum. Man weiß ja nie. Verrückte gibt es überall.«

»Tragt ihr noch weitere Waffen bei euch?«

»Yalen hat sein Bowiemesser dabei.«

Miles unterdrückte einen verfrühten Seufzer der Erleichterung. Wenn man jedoch diese Trottel sich selber überlassen würde, dann müßte die Dendarii-Flotte vielleicht nicht offiziell mit in ihren Morast gezogen werden. »Wußten Sie, daß es nach hiesigem Recht ein Verbrechen ist, eine Waffe bei sich zu tragen?«

Danio dachte darüber nach. »Schwächlinge«, sagte er schließlich.

»Trotzdem«, sagte Miles entschlossen, »muß ich sie einsammeln und auf das Flaggschiff zurückbringen.« Miles spähte um das Regal herum. Der Mann auf dem Boden – vermutlich Yalen – lag auf der Seite und umklammerte ein Stück Stahl, das geeignet gewesen wäre, einen ganzen Stier abzuschlachten, falls er einen auf den Straßen Londons muhend angetroffen hätte. Miles überlegte und zeigte dann auf Yalen. »Bringen Sie mir dieses Messer, Gefreiter Danio.«

Danio löste die Waffe aus dem Griff seines Kameraden. »Neeiin …«, sagte der in der Horizontale Befindliche.

Miles atmete leichter, als er beide Waffen in seinem Besitz hatte. »Nun, Danio – schnell, denn die da draußen werden nervös –, was ist denn hier genau geschehen?«

»Na ja, Sir, wir hatten eine Party. Wir hatten ein Zimmer gemietet.« Mit einem Ruck seines Kopfes wies er auf den halbnackten Mann an der Tür, der dastand und zuhörte. »Unsere Vorräte gingen aus und wir kamen hierher, um noch mehr zu kaufen, weil es in der Nähe war. Wir hatten uns alles ausgesucht und aufgestapelt, und dann wollte das Miststück unsere Kreditkarte nicht annehmen! Die gute Dendarii-Kreditkarte.«

»Das Miststück …?« Miles blickte sich um und stieg über den entwaffneten Yalen. *O ihr Götter …* Die Verkäuferin, eine pummelige Frau mittleren Alters, lag auf dem Boden am anderen Ende des Verkaufsregals, geknebelt und gefesselt mit Jacke und Hose des unbekleideten Soldaten.

Miles zog das Bowiemesser aus seinem Gürtel und stürzte auf sie zu. Sie gab hysterische gurgelnde Geräusche von sich, die tief aus ihrer Kehle kamen.

»Ich würde sie nicht losbinden, wenn ich Sie wäre«, sagte der nackte Soldat warnend. »Sie macht einen Mordslärm.«

Miles zögerte und musterte die Frau. Ihr ergrauendes Haar stand wirr vom Kopf ab, außer an Stirn und Hals, wo es schweißnaß klebte. Sie rollte erschrocken mit den Augen und bäumte sich gegen ihre Fesseln auf.

»Mm.« Miles steckte das Messer einstweilen in seinen Gürtel zurück. Er entdeckte endlich auf der ausgezogenen Uniform den Namen und konnte damit in seinem Gedächtnis eine Verbindung herstellen, die aber im Augenblick unwillkommen war. »Xaveria. Ja, jetzt erinnere ich mich an Sie. Sie haben sich auf Dagoola gut geschlagen.« Xaveria stellte sich aufrecht hin.

Verdammt. Damit war sein aufkeimender Plan im Eimer, die ganze Bande den lokalen Behörden zu übergeben und darum zu beten, daß sie noch im Kittchen hockten, wenn die Flotte den Orbit verließ. Konnte Xaveria irgendwie von seinen nichtsnutzigen Kameraden getrennt werden? Leider sah es so aus, als steckten sie alle zusammen in dieser Sache drin.

»Also, sie wollte eure Kreditkarten nicht annehmen. Sie, Xaveria – was geschah dann?«

»Hm – es wurden Beschimpfungen ausgetauscht, Sir.«

»Und?«

»Und man verlor irgendwie die Geduld. Flaschen wurden geworfen, auf den Boden geworfen. Die Polizei wurde gerufen. Die da wurde zusammengeschlagen.« Xaveria äugte vorsichtig zu Danio.

Miles dachte darüber nach, wie in Xaverias Syntax

bei all diesen Handlungen plötzlich die Handelnden fehlten. »Und?«

»Und die Polizei kam hierher. Und wir sagten den Kerlen, wir würden das Ganze hier in die Luft jagen, wenn sie versuchten, hereinzukommen.«

»Und verfügen Sie tatsächlich über die Mittel, diese Drohung in die Tat umzusetzen, Gefreiter Xaveria?«

»Nein, Sir. Das war purer Bluff. Ich versuchte zu überlegen – na ja –, was Sie wohl in dieser Situation täten.«

Dieser Bursche ist zu aufmerksam, selbst wenn er blau ist, dachte Miles trocken. Er seufzte und fuhr sich mit der Hand durch das Haar. »Warum sollte sie eure Kreditkarten nicht annehmen? Sind das nicht die Karten von Earth Universal, die ihr am Shuttlehafen bekommen habt? Ihr habt nicht versucht, die zu benutzen, die noch von Mahata Solaris übrig waren, oder?«

»Nein, Sir«, sagte Xaveria. Zum Beweis holte er seine Karte hervor. Sie sah aus, als sei sie in Ordnung. Miles wandte sich um und wollte sie an der Komkonsole ausprobieren, doch da entdeckte er, daß auf die Komkonsole geschossen worden war. Der letzte Einschuß in der Holovid-Scheibe befand sich genau in der Mitte und muß als Gnadenschuß gedacht gewesen sein, obwohl die Konsole immer noch von Zeit zu Zeit ein Pfeifen von sich gab. Miles addierte den Preis für die Komkonsole zu der Rechnung, die er im Kopf führte, und zuckte zusammen.

»Tatsächlich«, Xaveria räusperte sich, »hat die Maschine die Karte wieder ausgespuckt.«

»Das hätte sie nicht tun dürfen«, begann Miles, »es sei denn …« *Es sei denn, es stimmte etwas mit dem Hauptkonto nicht,* beendete er in Gedanken. In seiner Magengrube wurde es ihm plötzlich sehr kalt. »Ich werde das überprüfen«, versprach er. »Inzwischen müssen wir diese Sache hier beenden und euch hier herausbekommen, ohne daß euch die einheimischen Konstabler rösten.«

Danio nickte aufgeregt in Richtung auf die Pistole in Miles' Hand. »Wir könnten uns den Weg hinaus freischießen. Und dann zur nächsten U-Bahn rennen.«

Miles war momentan sprachlos und stellte sich vor, wie er Danio mit dessen eigener Pistole abknallte. Danio wurde nur durch Miles' Überlegung gerettet, daß der Rückstoß der Pistole ihm den Arm brechen könnte. Er hatte sich auf Dagoola die rechte Hand gebrochen, und die Erinnerung an den Schmerz war noch frisch.

»Nein, Danio«, sagte Miles, als er seine Stimme wieder unter Kontrolle hatte. »Wir gehen ruhig – sehr ruhig – zur Vordertür hinaus und ergeben uns.«

»Aber die Dendarii ergeben sich nie«, sagte Xaveria.

»Das hier ist kein Gefechtsstand«, sagte Miles geduldig. »Das hier ist eine Weinhandlung. Oder zumindest war es eine. Außerdem ist es nicht einmal unsere Weinhandlung.« *Allerdings wird man mich zweifellos zwingen, sie zu kaufen.* »Seht in den Londoner Polizisten nicht eure Feinde, sondern eure liebsten Freunde. Sie sind es, wißt ihr, denn«, er fixierte Xaveria mit einem kalten Blick, »solange sie nicht mit euch fertig sind, kann ich nicht starten.«

»Ach so«, sagte Xaveria und war endlich überzeugt. Er berührte Danio am Arm. »Na klar. Vielleicht … vielleicht sollten wir den Admiral uns heimbringen lassen, was, Danio?«

Xaveria hievte den Besitzer des Bowiemessers auf die Beine. Miles überlegte einen Augenblick lang, dann trat er ruhig hinter Rotauge, zog seinen Taschenbetäuber heraus und versetzte ihm einen leichten Schuß auf die Schädelbasis. Rotauge fiel zur Seite. Miles schickte ein Gebet zum Himmel, daß dieser letzte Stimulus dem Mann nicht einen Traumaschock versetzt hatte. Gott allein wußte, welchen chemischen Cocktail der intus hatte, abgesehen davon, daß es ganz offensichtlich nicht Alkohol allein war.

»Sie nehmen seinen Kopf«, wies Miles Danio an, »und Sie, Yalen, nehmen seine Füße.« Damit waren alle drei wirksam ausgeschaltet. »Xaveria, öffnen Sie die Tür, heben Sie die Hände über den Kopf und gehen Sie – nicht laufen! –, und dann lassen Sie sich ruhig festnehmen. Danio, Sie folgen. Das ist ein Befehl.«

»Ich wünsche mir, wir hätten auch den Rest der Truppe dabei«, murmelte Danio.

»Die einzige Truppe, die Sie nötig haben, ist eine Truppe von Rechtsexperten«, sagte Miles. Er schaute Xaveria an und seufzte. »Ich werde euch einen schicken.«

»Danke, Sir«, sagte Xaveria und schlurfte ernst voran. Miles bildete die Nachhut und knirschte mit den Zähnen.

Er blinzelte im Sonnenlicht der Straße. Seine kleine Patrouille fiel in die Arme der wartenden Polizei. Danio wehrte sich nicht, als man ihn durchsuchte, aber Miles entspannte sich erst, als er sah, wie endlich das Wirrnetzfeld eingeschaltet wurde. Der Kommandant der Konstabler näherte sich ihm und setzte an zu sprechen.

Ein weiches *Fump!* ertönte von der Tür der Weinhandlung. Blaue Flammen leckten über den Gehsteig.

Miles schrie auf, drehte sich herum und sprintete los. Er warf sich durch die Tür der Weinhandlung, in eine Dunkelheit, die von Hitze durchdrungen war. Aus dem alkoholgetränkten Teppichboden wuchsen Flammen hervor, wie Garben goldenen Weizens; in verrückten Mustern folgten sie den Konzentrationen der Dünste. Das Feuer näherte sich der gefesselten Frau auf dem Fußboden; im nächsten Augenblick würde ihr Haar zu einer schrecklichen, feurigen Aura werden …

Miles stürzte zu ihr hin, hievte sie auf die Schulter und erhob sich ächzend. Er konnte schwören, daß er spürte, wie seine Knochen sich bogen. Sie trat wenig hilfreich um sich. Miles torkelte auf die Tür zu, die hell war wie der Ausgang eines Tunnels, wie das Tor zum Leben. Seine Lungen pulsierten, rangen gegen seine fest geschlossenen Lippen um Sauerstoff. Inzwischen waren insgesamt elf Sekunden vergangen.

In der zwölften Sekunde wurde der Raum hinter ihnen hell, mit Getöse. Miles und seine Last stürzten auf den Bürgersteig, rollten weiter – rollte sich mit der Frau immer weiter –, Flammen leckten über ihre Kleidung. In einer Entfernung, die er nicht erkennen konnte, schrien Menschen. Der kampferprobte Stoff seiner Dendarii-Uniform würde weder schmelzen noch brennen, bildete jedoch einen großartigen Docht wegen der ätherischen Flüssigkeiten, die darauf gespritzt waren. Die Wirkung war verdammt spektakulär. Aber die Kleidung der armen Verkäuferin bot keinen solchen Schutz.

Er würgte, das Gesicht voller Schaum. Ein Feuerwehrmann war herbeigeeilt und hatte sie damit vollgesprüht. Er mußte schon die ganze Zeit bereitgestanden sein. Neben ihm stand eine erschrocken dreinblickende Polizistin, die ängstlich ihr völlig überflüssiges Plasmagewehr umklammert hielt. Der Feuerlöschschaum war wie Bierschaum, nur schmeckte er nicht so gut – Miles spuckte das chemische Zeugs aus und lag einen Moment lang keuchend da. Gott, war die frische Luft gut. Niemand lobte die Luft genug!

»Eine Bombe«! schrie der Kommandant der Konstabler.

Miles rollte zappelnd auf den Rücken und genoß den Ausschnitt blauen Himmels, den er mit wunderbarerweise unverletzten Augen sah. »Nein«, keuchte er traurig, »Brandy. Unmengen von teurem Brandy. Und von billigem Äthylalkohol. Wahrscheinlich in Brand gesetzt von einem Kurzschluß in der Komkonsole.«

Er rollte zur Seite, als Feuerwehrleute in weißer Schutzkleidung mit den Geräten ihres Gewerbes nach vorne stürmten. Ein Feuerwehrmann zog ihn auf die

Beine, weiter weg von dem Gebäude, das inzwischen lichterloh brannte. Als Miles hochkam, blickte er auf eine Person, die mit einem Instrument auf ihn zeigte, das ihm einen verwirrten Augenblick lang wie eine Mikrowellenpistole vorkam. Der Adrenalinschwall ging wirkungslos durch ihn hindurch; er war zu keiner Reaktion mehr fähig. Die Person plapperte auf ihn ein. Miles blinzelte benommen, und da erkannte er, daß es sich nicht um eine Mikrowellenpistole, sondern um eine Holovid-Kamera handelte.

Er wünschte sich, es wäre eine Mikrowellenpistole gewesen...

Die Verkäuferin, die endlich von ihren Fesseln befreit war, zeigte auf ihn und schrie und kreischte. Für jemanden, den er gerade vor einem schrecklichen Tod bewahrt hatte, klang sie nicht sehr dankbar. Das Holovid wurde einen Augenblick lang auf sie geschwenkt, bis sie vom Ambulanzpersonal weggeführt wurde. Miles hoffte, man würde ihr ein Beruhigungsmittel geben. Er stellte sich vor, wie sie am Abend nach Hause kam, zu Ehemann und Kindern – »Und wie war es heute im Laden, Liebling...?« Er überlegte, ob sie wohl Schweigegeld annehmen würde, und wenn ja, wieviel das sein würde.

Geld, o Gott...

»Miles!« Elli Quinns Stimme schreckte ihn auf. »Hast du alles unter Kontrolle?«

Auf der Fahrt mit der U-Bahn zum Shuttlehafen von London zogen sie die Blicke der Leute auf sich. Miles fiel ein Spiegelbild seiner selbst auf einer verspiegelten Wand ins Auge, während Elli die Chipkarten auflud. Er war nicht überrascht. Der gepflegte Lord Vorkosigan, der ihm zuletzt vor dem Empfang in der Botschaft aus einem Spiegel entgegengeblickt hatte, war wie ein Werwolf in ein höchst entartetes kleines Monster verwandelt worden. Seine angesengte, nasse, verdreckte Uniform war übersät mit kleinen flaumigen Flocken trocknenden Schaums. Die weiße Tasche an der Vorderseite seiner Jacke war schmutzig. Sein Gesicht war verschmiert, seine Stimme brachte nur ein Krächzen zustande, die Reizung durch den Rauch hatte seine Augen gerötet. Er roch nach Rauch, Schweiß und Alkohol, besonders nach Alkohol. Schließlich hatte er sich im Alkohol gewälzt. Die Leute, die neben ihm in der Schlange standen, schnappten den Geruch auf und rückten von ihm ab. Die Konstabler hatten ihn, Gott sei Dank, von Messer und Pistole befreit, die als Beweismittel beschlagnahmt wurden. Trotzdem hatten er und Elli ihre Hälfte des Bubblecars ganz für sich allein.

Miles sank mit einem Stöhnen auf seinen Sitz. »Du bist mir eine Leibwächterin«, sagte er zu Elli. »Warum hast du mich nicht vor dieser Interviewerin bewahrt?«

»Sie hat nicht versucht, dich zu erschießen. Außerdem war ich gerade erst angekommen. Ich konnte ihr nicht sagen, was vorgefallen war.«

»Aber du bist viel photogener. Eine Aufnahme von dir hätte das Image der Dendarii-Flotte verbessert.«

»Bei einem Holovid bekomme ich keinen Ton heraus. Aber du hast ruhig genug geklungen.«

»Ich habe versucht, alles herunterzuspielen. ›Jungen bleiben eben Jungen‹, kichert Admiral Naismith, während im Hintergrund seine Truppen London niederbrennen ...«

Elli grinste. »Außerdem war man nicht an mir interessiert. Ich war nicht der Held, der sich in ein brennendes Gebäude gestürzt hatte – beim Himmel, als du herausgerollt kamst, ganz in Feuer gehüllt ...«

»Du hast das gesehen?« Miles fühlte sich irgendwie aufgemuntert. »Hat das in der Totale gut ausgesehen? Vielleicht entschädigt das in den Augen unserer Gastgeber für Danio und seine Kumpane.«

»Es sah wirklich schrecklich aus.« Sie schauderte anerkennend. »Ich bin überrascht, daß du nicht schlimm verbrannt bist.«

Miles zuckte mit den versengten Augenbrauen und steckte die mit Brandblasen bedeckte linke Hand unauffällig unter den rechten Arm. »Das war nichts. Schutzkleidung. Ich bin froh, daß nicht unsere ganze Ausrüstung fehlerhaft ist.«

»Ich weiß es nicht. Um die Wahrheit zu sagen, fürchte ich das Feuer etwas, seit...« Sie berührte ihr Gesicht.

»Und das solltest du auch. Meine Nervenreflexe haben alles erledigt. Als mein Gehirn endlich meinen Körper eingeholt hatte, war schon alles vorbei und ich bekam das Bibbern. Ich habe im Kampf schon einige Feuer erlebt. Das einzige, woran ich denken konnte, war Schnelligkeit, denn wenn ein Feuer einen bestimmten Punkt erreicht hat, dann breitet es sich *schnell* aus.«

Miles verkniff es sich, seine weiteren Sorgen wegen der Sicherheitsaspekte dieses verdammten Interviews zu offenbaren. Jetzt war es zu spät, obwohl er in seiner Phantasie mit dem Gedanken eines geheimen Überfalls der Dendarii auf Euronews Network (zum Zweck der Zerstörung der Vid-Diskette) spielte. Vielleicht würde Krieg ausbrechen oder ein Shuttle abstürzen oder die Regierung würde in einen größeren Sexskandal geraten, und der ganze Vorfall in der Weinhandlung würde angesichts der Flut neuer Nachrichten beiseite geschoben werden. Außerdem wußten die Cetagandaner gewiß schon, daß Admiral Naismith auf der Erde gesehen worden war. Er würde bald genug wieder im Lord Vorkosigan verschwinden, diesmal vielleicht für immer.

Miles taumelte aus der U-Bahn und hielt sich den Rücken.

»Die Knochen?« flüsterte Elli besorgt. »Hast du dir etwas an deinem Rückgrat getan?«

»Ich bin mir nicht sicher.« Er stampfte ziemlich

krumm neben ihr her. »Muskelkrämpfe – die arme Frau muß gewichtiger gewesen sein, als ich dachte. Adrenalin kann einen täuschen ...«

Als ihr kleines Personalshuttle an der *Triumph*, dem Flaggschiff der Dendarii, im Orbit andockte, war es noch nicht besser geworden. Elli bestand auf einem Abstecher in die Krankenstation.

»Eine Muskelzerrung«, sagte seine Flottenärztin ohne Mitgefühl, nachdem sie ihn gescannt hatte. »Eine Woche Bettruhe!«

Miles machte falsche Versprechungen und verließ die Krankenstation mit einem Päckchen Pillen in der bandagierten Hand. Er war sich ziemlich sicher, daß die Diagnose der Ärztin richtig war, denn jetzt, an Bord seines eigenen Flaggschiffs, ließ der Schmerz nach. Er spürte, wie sich die Spannung in seinem Nacken endlich löste, und er hoffte, es würde von dort aus weitergehen, den Rücken hinab. Er kam auch von seinem adrenalin-induzierten Hoch herunter – es war besser, seine Geschäfte hier zu beenden, während er noch gehen und gleichzeitig reden konnte.

Er glättete seine Jacke, wischte ziemlich vergeblich über die weißen Flecken und reckte sein Kinn, bevor er das Allerheiligste der Finanzoffizierin seiner Flotte betrat.

Nach Schiffszeit war es Abend, nur eine Stunde Unterschied zur Ortszeit in London, aber die Buchhalterin der Söldner war noch auf ihrem Posten. Vicki Bone war eine pedantische Frau mittleren Alters, untersetzt, ganz entschieden eine Technikerin, keine Kämpferin. Normalerweise sprach sie in einem gedehnten, beruhigenden Ton. Jetzt drehte sie sich auf ihrem Stuhl herum und piepste: »Oh, Sir! Haben Sie die Bankanweisung ...?« Dann bemerkte sie sein Aussehen und verfiel in eine gewohntere Sprechweise: »Du lieber Himmel, was ist denn mit Ihnen passiert?« Endlich fiel ihr ein zu salutieren.

»Um das herauszufinden bin ich hier, Leutnantin Bone.« Er hakte einen zweiten Sitz in seine Bodenklammern, drehte ihn herum und setzte sich verkehrt herum darauf, die Arme über die Rückenlehne gelegt. Dann fiel ihm ein, ihren Gruß zu erwidern. »Ich dachte, Sie hätten gestern berichtet, daß alle unsere Nachschubbestellungen, die nicht wesentlich für die Lebenserhaltung im Orbit sind, gestoppt seien und daß unser Saldo auf der Erde unter Kontrolle sei.«

»Vorübergehend unter Kontrolle«, erwiderte sie. »Vor vierzehn Tagen haben Sie zu mir gesagt, wir bekämen binnen zehn Tagen eine Banküberweisung. Ich versuchte, so viele Ausgaben wie möglich auf den Zeitpunkt danach zu verschieben. Vor vier Tagen sagten Sie mir, es dauere weitere zehn Tage …«

»Mindestens«, bestätigte Miles düster.

»Ich habe wieder soviel aufgeschoben, wie ich konnte, aber einiges davon mußte bezahlt werden, damit der Kredit eine weitere Woche ausgedehnt wird. Wir haben seit Mahata Solaris unsere Reserven gefährlich stark angegriffen.«

Miles rieb müde mit dem Finger über die Sitzlehne. »Ja, vielleicht hätten wir unseren Weg direkt nach Tau Ceti fortsetzen sollen.« Dafür war es jetzt zu spät. Wenn er nur mit dem Sicherheitshauptquartier von Sektor II direkt verhandeln könnte …

»Wir hätten drei Viertel der Flotte sowieso auf der Erde absetzen müssen, Sir.«

»Und ich wollte die Formation nicht aufbrechen, ich weiß. Wir bleiben hier viel länger, und keiner von uns kann ein – finanzielles Schwarzes Loch zurücklassen … Hören Sie, befragen Sie mal Ihre Programme und sagen Sie mir, was mit dem Kreditkonto für Mannschaften auf der Erde heute gegen 16 Uhr Londoner Zeit passiert ist.«

»Hm?« Ihre Finger zauberten auf ihrer Holovid-Konsole geheimnisvolle, bunte Datenanzeigen hervor.

»O je. Das hätte nicht passieren dürfen. Wohin ist denn jetzt das Geld gegangen…? Aha, direkte Übertragung. Das erklärt alles.«

»Erklären Sie es mir«, forderte Miles sie auf.

»Nun«, sie wandte sich ihm zu, »wenn die Flotte längere Zeit an einem Ort stationiert ist, der überhaupt so etwas wie ein finanzielles Netz hat, dann lassen wir unsere finanziellen Mittel nicht einfach herumliegen.«

»Tun wir nicht?«

»Nein, nein. Alles, was nicht tatsächlich weggeht, wird so lange wie möglich in einer Art von kurzfristigem, zinsenbringendem Investment gehalten. Also sind alle unsere Kreditkonten so angelegt, daß sie auf dem gesetzlichen Minimum stehen; wenn eine Rechnung fällig wird, dann schicke ich sie durch den Computer und übertrage aus dem Investmentkonto genau soviel ins Kreditkonto, daß es gerade ausreicht.«

»Ist es das Risiko wert?«

»Risiko? Das ist ein elementares, gutes und allgemein übliches Verfahren! Wir haben letzte Woche über viertausend Federal Credits der GSA an Zinsen und Dividenden verdient, bis wir aus der Mindestsaldostufe herausfielen.«

»Oh«, sagte Miles. Einen Moment lang durchzuckte ihn der Gedanke, den Krieg aufzugeben und statt dessen an den Aktienmarkt zu gehen. Die Freie Dendarii-Holdinggesellschaft? Doch leider würde der Kaiser dabei ein Wort oder zwei mitzureden haben…

»Aber diese Trottel«, Leutnantin Bone zeigte auf das Schema, das ihre Version von Danios Abenteuern an diesem Nachmittag darstellte, »haben versucht, das Konto direkt über seine Nummer anzuzapfen, anstatt über die Zentrale Buchhaltung der Flotte, wie allen immer wieder gesagt wurde. Und da der Kontostand im Augenblick so niedrig ist, war die Abbuchung nicht gedeckt. Manchmal glaube ich, ich predige tauben Ohren.« Ihre hurtigen Finger riefen weitere unheimliche Balkendiagramme auf. »Aber ich kann es nur eine Zeitlang so herumlaufen lassen, Sir! Das Investmentkonto ist jetzt leer, und so bringt es natürlich kein neues Geld ein. Ich bin mir nicht sicher, ob wir es überhaupt noch sechs weitere Tage schaffen. Und wenn die Überweisung dann nicht eintrifft...« – sie warf die Hände hoch –, »dann könnte die ganze Dendarii-Flotte allmählich unter Konkursverwaltung geraten.«

»Oh.« Miles rieb sich den Nacken. Er hatte sich geirrt: sein Kopfweh verging nicht. »Gibt es nicht einen Weg, wie Sie das Zeug von Konto zu Konto herumschieben können, um... virtuelles Geld zu schaffen? Einstweilen?«

»Virtuelles Geld?« Sie schürzte verächtlich die Lippen.

»Um die Flotte zu retten. Genau wie im Kampf. Söldnerbuchhaltung...«, er flocht zwischen den Knien die Finger ineinander und lächelte ihr hoffnungsvoll zu. »Natürlich, wenn das Ihre Möglichkeiten überschreitet...«

Ihre Nasenflügel bebten. »Natürlich nicht. Aber das, worüber Sie reden, beruht zum großen Teil auf Zeitdifferenzen. Das finanzielle Netzwerk der Erde ist total integriert; es gibt da keine Zeitdifferenzen, es sei denn, Sie wollen interstellar arbeiten. Ich sage Ihnen aber, was vielleicht funktionieren würde...« Sie verstummte. »Nun, vielleicht auch nicht...«

»Was?«

»Gehen Sie zu einer größeren Bank und besorgen Sie sich einen kurzfristigen Kredit mit größerem Sachkapital als Sicherheit.« Ihre Blicke, die sie in der Runde schweifen ließ und die stillschweigend die ganze *Triumph* umfaßten, verrieten ihm, an welche Art von Sachkapital sie dachte. »Wir müßten einige ausstehende Pfandrechte vor ihnen verheimlichen, sowie das Ausmaß der Abwertung, ganz zu schweigen von gewissen Unklarheiten, was der Flotten-Korporation und was den Kapitän-Eignern gehört – aber zumindest wäre es echtes Geld.«

Und was würde Kommodore Tung sagen, wenn er herausfand, daß Miles sein Kommandoschiff verpfändet hatte? Aber Tung war nicht hier. Tung war im Urlaub. Bis Tung zurückkam, konnte alles schon vorbei sein.

»Wir werden doppelt oder dreifach soviel fordern müssen, wie wir brauchen, um sicherzustellen, daß wir genug bekommen«, fuhr Leutnantin Bone fort. »Sie müßten unterschreiben, als leitender Offizier der Korporation.«

Admiral Naismith würde dafür unterschreiben müssen, überlegte Miles. Ein Mann, dessen gesetzliche Existenz genaugenommen – virtuell war; doch es war nicht zu erwarten, daß eine Bank auf der Erde das herausfinden würde. Die Dendarii-Flotte stützte seine Identität außerordentlich überzeugend. Das war vielleicht das Sicherste, was er je getan hatte. »Machen Sie los und bereiten Sie's vor, Leutnantin Bone. Hm ... nehmen Sie die *Triumph,* sie ist das größte Stück, das wir haben.«

Sie nickte. Ihre Schultern strafften sich, während sie etwas von ihren gewohnten Gelassenheit zurückgewann. »Jawohl, Sir. Danke, Sir.«

Miles seufzte und rappelte sich hoch. Es war ein Fehler gewesen, sich hinzusetzen, seine müden Muskeln wurden hart. Sie verzog die Nase, als er in Riechweite vorüberging. Vielleicht sollte er sich lieber ein paar Minuten gönnen, um sich zu waschen. Es würde schon schwer genug werden, sein Verschwinden zu erklären, wenn er in die Botschaft zurückkehrte; da mußte er nicht auch noch erklären, wieso er so aussah.

»Virtuelles Geld«, hörte er Leutnantin Bone an ihrer Konsole mißbilligend murmeln, während er hinausging. »Du lieber Himmel!«

KAPITEL 4

Als Miles geduscht, sich hergerichtet und eine frische Uniform und glänzende Zweitstiefel angezogen hatte, waren die Pillen voll wirksam, und er spürte keinen Schmerz mehr. Als er sich dabei ertappte zu pfeifen, während er sich mit Aftershave besprühte und ein ziemlich auffälliges, nur bedingt vorschriftsmäßiges Halstuch zurechtzupfte, das er in seine grau-weiße Jacke gesteckt hatte, beschloß er, beim nächstenmal nur die halbe Dosis einzunehmen. Er fühlte sich viel zu gut.

Schade, daß zur Dendarii-Uniform kein Barett gehörte, das man in einem kecken schrägen Winkel aufsetzen konnte. Er könnte eigentlich anordnen, daß man es zur Uniform hinzufügte. Tung würde wahrscheinlich zustimmen; er vertrat Theorien darüber, wie hilfreich schicke Uniformen bei der Anwerbung von Rekruten und der Hebung der Truppenmoral waren. Miles war sich nicht ganz sicher, ob man am Ende damit nicht bloß eine Menge Rekruten mit Freude am Verkleiden bekam. Der Gefreite Danio würde vielleicht ein Barett mögen ... Miles ließ den Gedanken fahren.

Elli Quinn wartete geduldig im Korridor vor der Shuttleluke Nr. 6 der *Triumph.* Sie schwang sich elegant auf die Beine und vor ihm in ihr Shuttle und bemerkte dabei: »Wir sollten uns lieber beeilen. Wie lange, meinst du, kann dein Cousin deine Abwesenheit in der Botschaft verheimlichen?«

»Ich vermute, die Sache ist schon verpatzt«, sagte Miles und gurtete sich neben ihr an. Angesichts der Warnungen auf der Pillenschachtel bezüglich der

Bedienung von Geräten überließ er ihr wieder den Pilotensessel. Das kleine Shuttle löste sich geschmeidig vom Flaggschiff und begann auf seiner vorgeschriebenen Bahn den Flug vom Orbit hinunter zum Planeten.

Miles stellte sich verdrießlich vor, wie er wahrscheinlich empfangen wurde, wenn er jetzt wieder in der Botschaft eintraf. Zimmerarrest war das mindeste, was er zu erwarten hatte, obwohl er auf jeden Fall mildernde Umstände geltend machen würde. Er hatte überhaupt keine Lust, diesem Schicksal entgegenzueilen. Hier befand er sich also an einem warmen Sommerabend auf der Erde, und das in Begleitung einer bezaubernden, intelligenten Freundin. Es war erst 23 Uhr, wie ihm ein Blick auf sein Chronometer verriet. Das Nachtleben dürfte jetzt eigentlich so richtig in Fahrt kommen. London war mit seiner enorm zahlreichen Bevölkerung eine Stadt, in der rund um die Uhr etwas los war. Unerklärlicherweise schlug ihm das Herz höher.

Aber was konnten sie unternehmen? Trinken stand nicht zur Debatte: der Himmel mochte wissen, was bei seiner eigenartigen Physiologie passieren würde, wenn er zu der Portion Medikamente, die er eingenommen hatte, auch noch Alkohol hinunterschüttete, außer daß es seine Koordinationsfähigkeit garantiert nicht verbessern würde. Eine Show besuchen? Vom Standpunkt der Sicherheit aus gesehen würden sie damit für eine ziemlich lange Zeit an einen Ort gefesselt. Sie sollten lieber etwas unternehmen, das sie in Bewegung hielt.

Zum Teufel mit den Cetagandanern! Er war verdammt, falls er eine Geisel der bloßen Furcht vor den Cetagandanern würde. Sollte Admiral Naismith doch noch einmal über die Stränge hauen dürfen, bevor er wieder in den Wandschrank gehängt wurde. Unter ihnen blitzten die Lichter des Shuttlehafens auf, leuchteten zu ihnen herauf, um sie zur Landung zu geleiten. Während sie zu ihrem gemieteten Abstellplatz rollten (140 GSA-Federals pro Tag), wo eine Dendarii-

Wache wartete, stieß Miles hervor: »He, Elli. Machen wir ... machen wir doch einen Schaufensterbummel.«

Und so spazierten sie um Mitternacht durch eine elegante Einkaufspassage. Hier wurden dem zahlungskräftigen Besucher nicht nur Waren von der Erde, sondern aus der ganzen Galaxis präsentiert. Wenn man sich für Mode und Moden interessierte, dann lohnte es sich allein schon, die flanierenden Passanten zu beobachten. Dieses Jahr waren Federn in, dazu synthetische Seide, sowie Leder und Pelz als Wiederbelebung primitiver natürlicher Materialien aus der Vergangenheit. Und auf der Erde gab es so viel Vergangenes wiederzubeleben. Eine junge Dame fesselte besonders seinen Blick, in einer Aufmachung, die halb von den Azteken, halb von den Wikingern inspiriert war. Sie ging am Arm eines jungen Mannes in Federn und Stiefeln, die irgendwie an das 24. Jahrhundert erinnerten. Vielleicht würde ein Dendarii-Barett gar nicht so unprofessionell archaisch wirken.

Elli entspannte sich nicht, wie Miles mit Bedauern bemerkte, und sie genoß den Bummel nicht. Ihre Aufmerksamkeit galt mehr der Suche verborgener Waffen bei den Passanten und der Wahrnehmung plötzlicher Bewegungen. Aber sie blieb schließlich echt fasziniert vor einem Laden stehen, dessen Inschrift diskret verkündete: GEZÜCHTETE PELZE: EIN ZWEIG DER GALACTECH BIOTECHNIK. Es gelang Miles, sie in das Geschäft zu schleusen.

Der Ausstellungsbereich war sehr weiträumig – ein sicherer Hinweis auf die Preislage des Unternehmens. Mäntel aus Rotfuchs, Teppiche aus weißem Tiger, Jacken aus den Fellen längst ausgestorbener Leoparden, grellbunte, mit Glasperlen verzierte Taschen, Stiefel und Gürtel aus Eidechsenleder, importiert von Tau Ceti, schwarz-weiße Westen aus Makakenfell – ein Holovid-Display erklärte in einem ständig laufenden Programm, daß diese Waren nicht durch Tötung lebender

Tiere entstanden, sondern ihren Ursprung in den Reagenzgläsern und Zuchtbottichen von GalacTechs Forschungs- und Entwicklungsabteilung hatten. Neunzehn ausgestorbene Arten wurden in natürlichen Farben angeboten. In der Herbstmode, so versicherte ihnen das Vid, würden das Leder von Regenbogennashörnern und dreifachlanger Weißfuchs in Designerpastellfarben aktuell sein. Elli tauchte ihre Hände bis zu den Handgelenken in etwas, das aussah wie das üppige Fell einer aprikosenfarbenen Perserkatze.

»Verliert es Haare?« fragte Miles nachdenklich.

»Ganz und gar nicht«, versicherte ihnen der Verkäufer. »Von GalacTech gezüchtete Pelze verlieren garantiert keine Haare, sie verblassen und verfärben sich auch nicht. Sie sind auch schmutzabweisend.«

Elli ließ einen enorm breiten, seidigen schwarzen Pelz durch ihre Arme gleiten. »Was ist das? Kein Mantel...«

»Ah, das ist ein sehr beliebter neuer Artikel«, sagte der Verkäufer. »Das allerneueste auf dem Gebiet der biomechanischen Feedback-Systeme. Die meisten Pelzartikel, die Sie da sehen, sind gewöhnliches gegerbtes Leder – aber das hier ist ein lebender Pelz. Dieses Modell eignet sich als Decke, Bettdecke oder Bettvorleger. Im nächsten Jahr wird unsere Entwicklungsabteilung auch verschiedene Arten von Oberbekleidung in diesem Material herausbringen.«

»Ein *lebender* Pelz?« Elli hob entzückt die Augenbrauen. In unbewußtem Echo erhob sich der Verkäufer auf die Zehenspitzen – Ellis Gesicht hatte seine übliche Wirkung auf die Uneingeweihten.

»Ein lebender Pelz«, nickte der Verkäufer, »aber ohne die Mängel eines lebenden Tieres. Er verliert keine Haare, frißt nicht und«, er hüstelte diskret, »braucht auch keine mit Streu ausgelegte Kiste.«

»Einen Moment mal«, sagte Miles. »Wie können Sie das Ding dann als *lebenden* Pelz anpreisen? Woher bekommt es seine Energie, wenn nicht aus der chemischen Zerlegung von Futter?«

»Ein elektromagnetisches Netz auf der zellularen Ebene sammelt passiv Energie aus der Umwelt. Holovid-Trägerwellen und ähnliches. Und ungefähr einmal im Monat, wenn seine Energie auszugehen droht, können Sie den Pelz aufladen, indem Sie ihn ein paar Minuten in Ihre Mikrowelle legen, bei niedrigster Einstellung. Wir können jedoch keine Verantwortung übernehmen, wenn der Besitzer aus Versehen die Mikrowelle zu stark einstellt.«

»Das macht aber den Pelz immer noch nicht lebendig«, widersprach Miles.

»Ich versichere Ihnen«, sagte der Verkäufer, »diese Decke wurde aus dem feinsten Sortiment von *Felis-domesticus*-Genen geschneidert. Wir haben auch weiße Perserkatze und schokoladenfarbene gestreifte Siamkatze auf Lager, in den natürlichen Farben, und ich habe Proben in Dekorationsfarben hier, die in jeder gewünschten Größe bestellt werden können.«

»Das hat man einer Katze angetan?« fragte Miles mit einem Würgen im Hals, als Elli mit beiden Armen das riesige, knochenlose Etwas hochnahm.

»Streicheln Sie es«, instruierte der Verkäufer Elli eifrig.

Sie tat es und lachte. »Er schnurrt!«

»Jawohl. Er verfügt auch über eine programmierbare thermotaxische Orientierung – mit anderen Worten, er schmiegt sich an.«

Elli wickelte sich den Pelz vollständig um. In schwarzen Kaskaden fiel er über ihre Füße wie die Schleppe des Gewandes einer Königin, und sie rieb ihre Wange in den seidigen Schimmer. »Was werden die sich wohl als nächstes ausdenken? Du meine Güte. Man möchte ihn sich über die ganze Haut reiben.«

»Wirklich?« murmelte Miles zweifelnd. Dann weiteten sich seine Augen, als er sich Elli vorstellte, wie sie sich mit ihrer ganzen lieblichen Haut auf dem haarigen Ding räkelte. »Wirklich?« sagte er in einem völlig veränderten Ton. Seine Lippen verzogen sich zu einem hungrigen Grinsen. Er wandte sich an den Verkäufer. »Wir nehmen ihn.«

Als er seine Kreditkarte herauszog, geriet er in Verlegenheit: er starrte auf das Plastikrechteck und erkannte, daß er es nicht benutzen konnte. Es war dic Karte von Leutnant Vorkosigan. Zwar war sie gut gedeckt mit seinem Gehalt von der Botschaft, aber sie hätte seine gegenwärtige Tarnung äußerst gefährdet. Quinn neben ihm äugte über seine Schulter nach dem Grund seines Zögerns. Er hielt ihr die Karte schräg hin, abgeschirmt in seiner Hand, und ihre Blicke begegneten sich.

»Ach ... nein«, stimmtc sie ihm bei. »Nein, nein.« Sie langte nach ihrer Geldtasche.

Ich hätte zuerst nach dem Preis fragen sollen, dachte Miles, als sie den Laden verließen und das unhandliche Bündel in seiner eleganten silbernen Plastikverpackung mit sich trugen. Die Verpackung, so hatte der Verkäufer sie am Ende überzeugt, brauchte keine Luftlöcher. Nun gut, der Pelz hatte Elli Freude gemacht, und eine Chance, Elli Freude zu machen, durfte nicht einer bloßen Unvorsichtigkeit seinerseits – oder seinem Stolz – zum Opfer fallen. Er wollte ihr eine Freude machen. Er würde ihr das Geld später zurückgeben.

Aber wo konnten sie jetzt hingehen und den Pelz ausprobieren? Er versuchte eine Antwort zu finden, als sie die Passage verließen und sich auf den Weg zur nächsten U-Bahn-Haltestelle machten. Er wollte nicht, daß dieser Abend schon zu Ende ging. Er wußte nicht, was er wollte. Nein, er wußte ganz genau, was er wollte; er wußte nur nicht, ob er es bekommen konnte.

Er vermutete, daß Elli nicht wußte, wie weit ihn seine Gedanken getragen hatten. Eine kleine Romanze nebenbei war eine Sache; der Wechsel in der Karriere, den er ihr vorschlagen wollte – eine nette Redewendung –, würde ihre Existenz umstoßen. Elli, die auf einer Raumstation Geborene, die in unvorsichtigen Augenblicken alle Planetarier Staubschlucker nannte. Elli, die ihre eigene Karriereplanung hatte. Elli, die sich auf Land mit all dem zweifelnden Mißtrauen einer Meerjungfrau dahinbewegte. Elli war ein unabhängiges Land. Elli war eine Insel. Und er war ein Idiot, und das Ganze konnte nicht länger ohne Lösung so weitergehen, sonst würde er platzen.

Einen Blick auf den berühmten Mond der Erde brauchten sie jetzt, stellte sich Miles vor, vorzugsweise mit einer Spiegelung im Wasser. Der alte Fluß der Stadt verlief in diesem Sektor unglücklicherweise unterirdisch, aufgesogen von Rohrleitungen unter den Gebäuden aus dem Bauboom des 23. Jahrhunderts, die diejenige Hälfte der Landschaft, die nicht von schwindelnd hohen Türmen und konservierter historischer Architektur besetzt war, mit Kuppeln überzogen hatte. Ruhe und ein hübscher, einsamer Ort waren in einer Stadt mit Millionen hektischer Einwohner nicht leicht zu finden.

Das Grab ist ein hübscher, einsamer Ort, doch niemand, glaube ich, umarmt sich dort… In den letzten Wochen waren die schrecklichen Erinnerungen an Dagoola etwas verblaßt, aber nun überfiel ihn eine ausgerechnet in einem gewöhnlichen öffentlichen Liftrohr, das zum Bubblecar-System hinabführte. Elli stürzte hinab, von einem hinterlistigen Wirbel aus seinem betäubten Griff gerissen – ein Konstruktionsfehler im Antigravsystem – verschlungen von der Finsternis…

»Miles, au!« protestierte Elli. »Laß meinen Arm los! Was ist denn?«

»Wir fallen«, keuchte Miles.

»Natürlich fallen wir, das ist das Rohr nach unten. Ist alles in Ordnung mit dir? Laß mich deine Pupillen sehen.« Sie packte einen Griff und zog sie beide an den Rand des Rohres, heraus aus der mittleren Zone des schnellen Verkehrs. Passanten strömten weiter an ihnen vorbei. Die Hölle war modernisiert worden, stellte sich Miles verstört vor, und das hier war ein Strom verlorener Seelen, die eine kosmische Abwasserleitung hinabgurgelten, schneller und immer schneller …

Ihre Pupillen waren groß und dunkel …

»Weiten oder verengen sich deine Pupillen, wenn du eine deiner seltsamen Drogenreaktionen bekommst?« fragte sie besorgt. Ihr Gesicht war nur wenige Zentimeter von ihm entfernt.

»Was machen sie jetzt?«

»Sie pulsieren.«

»Mir geht es gut.« Miles schluckte. »Die Ärztin überprüft jetzt alles doppelt, was sie mir verschreibt. Es kann mich ein bißchen schwindelig machen, sagt sie.« Er hatte seinen Griff nicht gelockert.

Im Liftrohr, so erkannte Miles plötzlich, spielte ihr Größenunterschied keine Rolle mehr. Sie hingen Gesicht an Gesicht da, seine Stiefel baumelten über ihren Fußknöcheln – er brauchte sich nicht einmal nach einer Kiste umschauen, auf die er steigen müßte, und er brauchte sich auch nicht den Hals zu verrenken –, spontan landeten seine Lippen auf den ihren. Einen Sekundenbruchteil lang schrie etwas in ihm erschreckt auf, wie in jenem Moment, als er von den Felsen in das dreißig Meter tiefe klare grüne Wasser gesprungen war, das – wie er wußte – eiskalt war, nachdem er der Schwerkraft die Entscheidung überlassen hatte, doch bevor die Folgen ihn verschlangen.

Das Wasser war warm, warm … Ihre Augen weiteten sich überrascht. Er zögerte, verlor seinen kostbaren Vorwärtsschwung und begann sich zurückzuziehen. Ihre Lippen öffneten sich für ihn, und ihre Arme schlangen sich um seinen Nacken. Sie war eine athletische Frau; der Griff bewirkte eine zwar nicht vorschriftsmäßige, aber wirksame Ruhigstellung. Gewiß war dies das erste Mal, wo auf die Matte gedrückt zu werden bedeutete, daß *er* gewonnen hatte. Er verschlang gierig ihre Lippen, küßte ihre Wangen, Augenlider, Brauen, das Kinn – wo war der süße Brunnen ihres Mundes? Da, ja …

Das unhandliche Paket mit dem lebenden Pelz begann davonzuschweben und plumpste das Liftrohr hinab. Eine Frau auf dem Hinabweg rempelte sie an und runzelte die Stirn, ein Junge im Teenageralter, der in der Mitte des Rohres hinabschoß, johlte und machte derbe, unzweideutige Gesten, und der Piepser in Ellis Tasche meldete sich.

Verlegen fingen sie den Pelz wieder ein und kletterten beim ersten Ausgang, den sich erreichten, hinaus und flohen aus dem Feld des Rohres durch einen Durchgang auf eine Bubblecar-Plattform. Sie stolperten ins Offene und starrten einander aufgewühlt an. In einem wahnsinnigen Augenblick, so erkannte Miles jetzt, hatte er ihre sorgfältig ausbalancierte Arbeitsbeziehung völlig durcheinandergebracht, und was waren sie jetzt? Offizier und Untergebene? Mann und Frau? Freund und Freundin, Liebender und Geliebte? Das Ganze konnte ein fataler Fehler gewesen sein.

Es konnte auch ohne den Fehler fatal sein. Diese Lektion hatte Dagoola ihn gelehrt. Die Person in der Uniform war größer als der Soldat, der Mann war komplexer als seine Rolle. Der Tod konnte nicht nur ihn, sondern auch sie schon morgen holen, und damit wäre ein Universum von Möglichkeiten vernichtet, nicht nur ein Offizier. Er würde sie wieder küssen – verdammt, jetzt konnte er nur ihren elfenbeinfarbenen Hals erreichen …

Der elfenbeinfarbene Hals gab ein entsetztes Knurren von sich. Elli aktivierte den gesicherten Kommunikator und sagte: »Was, zum Teufel …? Das kannst doch nicht du sein, du bist doch hier. Hier Quinn!«

»Kommandantin Quinn?« Leise aber deutlich war Ivan Vorpatrils Stimme zu vernehmen. »Ist Miles bei Ihnen?«

Miles' Lippen kräuselten sich mit einem frustrierten Knurren. Ivans Timing war großartig, wie immer.

»Ja, warum?« sagte Quinn in den Kommunikator.

»Nun, sagen Sie ihm, er soll seinen Arsch wieder hierher bewegen. Ich halte ihm im Sicherheitsnetz ein Loch frei, aber ich kann es nicht viel länger halten. Verdammt, ich kann nicht länger wachbleiben.« Ein langes Keuchen, das Miles als ein Gähnen interpretierte, schnaufte aus dem Kommunikator.

»Mein Gott, ich hatte nicht geglaubt, daß er es wirklich schafft«, murmelte Miles. Er schnappte sich den Kommunikator. »Ivan? Kannst du mich wirklich wieder reinschleusen, ohne daß ich gesehen werde?«

»Noch etwa fünfzehn Minuten. Und ich mußte auch alle Regeln auf Teufel komm raus dehnen, um es zu schaffen. Ich habe den Wachposten auf der dritten Unterebene übernommen, wo die kommunalen Strom- und Abwasserleitungen durchkommen. Ich kann eine Schleife in die Vid-Überwachung einbauen und die Aufnahme von deinem Eintreffen rausschneiden, aber nur, wenn du hierher zurückkommst, bevor Korporal Veli auftaucht. Mir macht es nichts aus, für dich den Hals zu riskieren, aber ich weigere mich, meinen Hals für nichts zu riskieren. Kapiert?«

Elli studierte das bunte Holovid-Display mit dem Plan des U-Bahn-Systems. »Du kannst es gerade noch schaffen, glaube ich.«

»Das wird nichts nützen ...«

Sie packte seinen Ellbogen und schob ihn zu den Bubblecars. Das entschlossene Leuchten der Pflicht hatte das sanftere Licht in ihren Augen verdrängt. »Wir haben unterwegs noch weitere zehn Minuten für uns.«

Miles massierte sein Gesicht, während sie die Chipkarten auflud, und versuchte, mit Gewalt die fliehende Vernunft durch die Poren der Haut wieder zurückzureiben. Als er aufblickte, sah er sein eigenes trübes Spiegelbild ihm aus der verspiegelten Wand entgegenstarren, überschattet von einer Säule, das Gesicht überzogen von Enttäuschung und Schrecken. Er kniff die Augen zu und schaute noch einmal hin, bewegte sich vor der Säule und starrte sein Spiegelbild an. Höchst unangenehm – eine Sekunde lang hatte er sich in seiner grünen barrayaranischen Uniform gesehen. Zur Hölle mit den Schmerzpillen. Wollte sein Unterbewußtsein ihm etwas sagen? Nun, vermutlich hatte er keine ernstlichen Probleme, solange sein Gehirn, wenn er in seinen zwei unterschiedlichen Uniformen gescannt wurde, noch keine zwei unterschiedlichen Muster ergab.

Wenn er aber darüber nachdachte, dann war dieser Gedanke auf einmal nicht mehr lustig.

Als Elli Quinn zurückkam, umarmte er sie mit komplizierteren Gefühlen als nur mit sexuellem Verlangen allein. Sie küßten sich verstohlen im Bubblecar – das brachte mehr Schmerz als Vergnügen; als sie ihre Zielstation erreichten, war Miles in dem physisch unbequemsten Zustand der Erregung, an den er sich je erinnern konnte. Gewiß hatte alles Blut sein Gehirn verlassen und war in die Lenden geströmt, Hypoxie und Lust hatten ihn zum Trottel gemacht.

Sie verließ ihn auf der Plattform im Botschaftsdistrikt mit einem besorgt geflüsterten »Später ...!« Erst nachdem die U-Bahn sie verschluckt hatte, erkannte Miles, daß er den Einkaufsbeutel hielt, den sie vergessen hatte und der jetzt mit einem rhythmischen Schnurren vibrierte.

»Braves Kätzchen.« Miles schulterte das Bündel mit einem Seufzer und begann heimwärts zu gehen – zu humpeln.

Am nächsten Morgen erwachte er verschlafen, überflutet von einem knurrenden schwarzen Pelz.

»Ein freundliches Ding, nicht wahr?« bemerkte Ivan.

Miles kämpfte sich frei und spuckte Fusseln aus. Der Verkäufer hatte gelogen: ganz offensichtlich fraß das

Beinahetier Menschen, nicht Strahlung. Es umhüllte sie heimlich in der Nacht und verschlang sie wie eine Amöbe – er hatte es am Fuß seines Bettes gelassen, verdammt noch mal. Tausenden kleiner Kinder, die sich unter ihren Decken versteckten, um sich vor den Monstern in ihren Wandschränken zu schützen, stand eine schockierende Überraschung bevor. Der Verkäufer gezüchteter Pelze war offensichtlich ein Agent provocateur und Meuchelmörder der Cetagandaner …

Ivan, der seine Unterwäsche trug und die Zahnbürste lässig zwischen den glänzenden Schneidezähnen stecken hatte, blieb stehen und fuhr mit den Händen durch die schwarze Seide. Sie kräuselte sich, als wollte sie mit einem Katzenbuckel auf das Streicheln antworten. »Das ist ja erstaunlich«, sagte er und schob dabei die Zahnbürste zwischen seinen unrasierten Backen hin und her. »Am liebsten würde man sie sich über die ganze Haut reiben.«

Miles stellte sich Ivan vor, wie er sich räkelte … »Igitt«, ihn schauderte. »Du lieber Himmel. Wo gibt es Kaffee?«

»Unten. Sobald du hübsch vorschriftsmäßig angezogen bist. Versuche wenigstens so auszusehen, als wärest du seit gestern nachmittag im Bett gewesen.«

Miles spürte sofort, daß es Schwierigkeiten gab, als eine halbe Stunde nach Beginn ihrer Schicht Galeni ihn allein in sein Büro rief.

»Guten Morgen, Leutnant Vorkosigan«, Galeni lächelte mit falscher Freundlichkeit. Sein falsches Lächeln war so schrecklich, wie sein seltenes echtes Lächeln reizend war.

»'n Morgen, Sir.« Miles nickte vorsichtig.

»Ihre akute Knochenentzündung ist vorbei, wie ich sehe.«

»Jawohl, Sir.«

»Setzen Sie sich.«

»Danke, Sir.« Miles setzte sich vorsichtig – er hatte an

diesem Morgen keine Schmerzpillen eingenommen. Nach dem Abenteuer des gestrigen Abends, dessen Höhepunkt diese beunruhigende Halluzination in der U-Bahn gewesen war, hatte Miles die Pillen in der Toilette runtergespült und sich vorgenommen, seiner Flottenärztin zu sagen, daß es ein weiteres Medikament gab, das sie von seiner Liste streichen konnte. Galeni senkte seine Augenbrauen in einem Anflug von Zweifel. Dann fiel sein Blick auf Miles' bandagierte rechte Hand. Miles rutschte auf seinem Stuhl hin und her und versuchte, sie beiläufig hinter seinem Kreuz zu verstecken. Galeni machte ein saures Gesicht und aktivierte sein Holovid-Display.

»Ich bin heute morgen bei den lokalen Nachrichten auf einen faszinierenden Bericht gestoßen«, sagte Galeni. »Ich dachte mir, Sie würden ihn auch gerne sehen.«

Ich denke, ich würde lieber tot auf Ihren Teppich fallen, Sir. Miles war sich im klaren, was jetzt kommen würde. Verdammt, und er hatte sich nur Sorgen gemacht, daß die cetagandanische Botschaft etwas mitbekommen könnte.

Die Journalistin von Euronews Network begann ihre Einführung – offensichtlich war dieser Teil ein bißchen später gedreht worden, denn im Hintergrund erstarb das Feuer im Weinladen. Als die Aufnahme mit dem verschmierten und gestressten Gesicht von Admiral Naismith kam, brannte das Feuer noch fröhlich. »... unglückliches Mißverständnis«, hörte Miles seine eigene betanische Stimme hervorhusten. »... ich verspreche eine gründliche Untersuchung ...« Die lange Szene, wie er und die unglückliche Verkäuferin in Flammen gehüllt aus der Vordertür herausgerollt kamen, war nur mäßig spektakulär. Schade, daß nicht Nacht gewesen war, dann hätte sich der volle Glanz des Feuers entfaltet. Die erschrockene Wut in Naismiths Gesicht im Holovid fand ein schwaches Echo auf Galenis Gesicht.

Miles empfand ein gewisses Mitgefühl. Es war kein Vergnügen, Untergebene zu kommandieren, die Befehle nicht ausführten und einen mit gefährlichen Torheiten konfrontierten. Galeni würde darüber nicht glücklich sein.

Die Nachrichtensendung war endlich vorbei, und Galeni schaltete ab. Er lehnte sich auf seinem Stuhl zurück und betrachtete Miles unverwandt. »Also?«

Dies war nicht der Augenblick, sich clever zu geben, warnten Miles' Instinkte. »Sir, Kommandantin Quinn rief mich gestern nachmittag aus der Botschaft fort, damit ich diese Situation bereinigte, denn ich war der örtlich nächste vorgesetzte Dendarii-Offizier. Schließlich erwiesen sich ihre Befürchtungen als völlig berechtigt. Mein promptes Eingreifen verhinderte unnötige Verletzungen, vielleicht sogar Todesfälle. Ich muß um Entschuldigung bitten, daß ich die Botschaft ohne Erlaubnis verlassen habe. Ich kann dies jedoch nicht bereuen.«

»Um Entschuldigung bitten?« sagte Galeni und unterdrückte seine Wut. »Sie waren draußen, unerlaubt von Ihrem Posten entfernt, entgegen ausdrücklichem Befehl unbewacht. Offensichtlich ist mir nur um Sekunden das Vergnügen entgangen, in meinem nächsten Bericht an das Hauptquartier anzufragen, wohin ich Ihre gegrillte Leiche schicken sollte. Am interessantesten an der Sache ist, daß es Ihnen anscheinend gelungen ist, sich aus der Botschaft hinaus und wieder zurück zu teleportieren, ohne daß Sie eine Spur in meinen Sicherheitsaufzeichnungen hinterlassen haben. Und das wollen Sie alles mit einer Entschuldigung abtun, Leutnant?«

Miles verteidigte den einzigen Pluspunkt, den er hatte. »Ich war nicht ohne Leibwache, Sir. Kommandantin Quinn war zugegen. Und ich tue gar nichts ab.«

»Dann fangen Sie mal an und erklären Sie mir genau, wie Sie durch mein Sicherheitsnetz hinaus- und wieder hereingekommen sind, ohne daß jemand Sie bemerkt hat.« Galeni lehnte sich auf seinem Stuhl zurück, verschränkte die Arme und blickte ihn finster an.

»Ich...« Hier war der Haken an der Sache. Ein Geständnis mochte seine Seele erleichtern, aber sollte er Ivan verpfeifen? »Ich verließ die Botschaft durch den öffentlichen Haupteingang mit einer Gruppe von Gästen, die den Empfang verließen. Da ich meine Dendarii-Uniform trug, nahmen die Wachen an, ich sei einer von den Gästen.«

»Und Ihre Rückkehr?«

Miles schwieg. Eigentlich sollte Galeni alle Fakten erfahren, damit er sein Sicherheitsnetz reparieren konnte, aber unter anderem wußte Miles selbst nicht genau, wie Ivan die Vid-Scanner manipuliert hatte, ganz zu schweigen vom Wachkorporal. Miles war nach seiner Rückkehr ins Bett gefallen, ohne nach den Einzelheiten zu fragen.

»Sie können Vorpatril nicht schützen, Leutnant«, bemerkte Galeni. »Ihn nehme ich mir als nächsten vor.«

»Was veranlaßt Sie zu der Annahme, daß Ivan in die Sache verwickelt war?« plapperte Miles weiter, um Zeit zum Nachdenken zu gewinnen. Nein, er hätte zuerst nachdenken sollen.

Galeni war entrüstet. »Nun aber ernsthaft, Vorkosigan.«

Miles holte Luft. »Alles, was Ivan getan hat, tat er auf meinen Befehl hin. Die Verantwortung liegt ausschließlich bei mir. Wenn Sie mir zusichern, daß Sie ihm keine Vorwürfe machen, dann werde ich ihn bitten, Ihnen einen vollständigen Bericht zu erstellen, wie er das vorübergehende Loch im Netz geschaffen hat.«

»Werden Sie, ha?« Galeni verzog den Mund. »Ist Ihnen schon mal der Gedanke gekommen, daß Leutnant Vorpatril in dieser Befehlskette *über* Ihnen steht?«

»Nein, Sir«, würgte Miles hervor. »Das ist... äh... mir entgangen.«

»Ihm anscheinend auch.«

»Sir. Ich hatte ursprünglich geplant, nur kurze Zeit wegzusein, und um meine Rückkehr machte ich mir am wenigsten Sorgen. Wie sich die Situation ausweitete, war es mir klar, daß ich offen zurückkehren sollte, aber als ich zurückkam, war es zwei Uhr morgens, und er hatte sich viel Mühe gemacht – es erschien mir undankbar …«

»Und außerdem«, warf Galeni halblaut ein, »sah es aus, als würde es funktionieren …«

Miles unterdrückte ein unwillkürliches Grinsen. »Ivan ist unschuldig. Beschuldigen Sie mich nach Belieben, Sir.«

»Danke, Leutnant, für Ihre freundliche Erlaubnis.«

»Verdammt, Sir«, versetzte Miles aufgestachelt, »was wollen Sie von mir? Die Dendarii sind ebenso sehr barrayaranische Soldaten wie alle, die die Uniform des Kaisers tragen, selbst wenn sie es nicht wissen. Ich trage die Verantwortung für sie. Ich kann nicht ihre dringenden Bedürfnisse vernachlässigen, um die Rolle von Leutnant Vorkosigan zu spielen.«

Galeni kippte mit seinem Stuhl nach hinten und riß die Augenbrauen hoch. »*Die Rolle* von Leutnant Vorkosigan *spielen?* Was glauben Sie denn, wer Sie *sind?*«

»Ich bin …« Miles verstummte. Ihn packte ein plötzliches Schwindelgefühl, als fiele er in einem defekten Liftrohr hinab. Einen Moment lang war er so verwirrt, daß er nicht einmal den Sinn der Frage verstand. Das Schweigen dehnte sich.

Galeni faltete die Hände auf seinem Schreibtisch und runzelte beunruhigt die Stirn. Seine Stimme wurde sanft. »Sie haben den Überblick verloren, nicht wahr?«

»Ich bin …« Miles öffnete hilflos die Hände. »Es ist meine Pflicht, wenn ich Admiral Naismith bin, so gut Admiral Naismith zu sein, wie ich kann. Normalerweise muß ich nicht so hin und her wechseln wie jetzt.«

Galeni hob herausfordernd den Kopf. »Aber Naismith ist nicht real. Das haben Sie selbst gesagt.«

»Ah … stimmt, Sir. Naismith ist nicht real.« Miles

holte Luft. »Aber seine Pflichten sind real. Wir müssen uns ein rationelleres Arrangement einfallen lassen, damit ich seine Pflichten erfüllen kann.«

Als Miles, wenn auch unabsichtlich, in Galenis Befehlskette geraten war, hatte diese sich nicht um einen, sondern um fünftausend Untergebene ausgeweitet. Das schien Galeni nicht zu erkennen. Aber wenn ihm diese Tatsache bewußt wurde, würde er dann vielleicht anfangen, sich bei den Dendarii einzumischen? Miles unterdrückte den Impuls, in irgendeiner Weise auf diese Möglichkeit hinzuweisen. Ein heißer Blitz durchzuckte ihn. War es Eifersucht? Lieber Gott, laß Galeni auch weiterhin glauben, die Dendarii seien Miles' persönliche Angelegenheit…

»Hm.« Galeni rieb sich die Stirn. »Ja, also – wenn Admiral Naismiths Pflichten rufen, dann kommen Sie in der Zwischenzeit zuerst zu mir, Leutnant Vorkosigan.« Er seufzte. »Betrachten Sie sich als unter Bewährung stehend. Ich würde Sie unter Zimmerarrest stellen, aber der Botschafter hat für diesen Nachmittag Ihre Anwesenheit zu Begleitdiensten ausdrücklich angefordert. Aber seien Sie sich bewußt, daß ich ernste Beschuldigungen gegen Sie hätte vorbringen können. Nichtbefolgen eines direkten Befehls, zum Beispiel.«

»Ich bin… mir dessen außerordentlich bewußt, Sir. Äh… und was ist mit Ivan?«

»Wir werden uns um Ivan kümmern.« Galeni schüttelte den Kopf, als er anscheinend über Ivan nachdachte. Miles konnte es ihm nicht verübeln.

»Jawohl, Sir«, sagte Miles und kam zu dem Schluß, daß er einstweilen so weit gegangen war, wie er es gewagt hatte.

»Sie können gehen.«

Großartig, dachte Miles sarkastisch, als er Galenis Büro verließ. Zuerst dachte er, ich sei aufsässig. Jetzt denkt er einfach, ich sei verrückt.

Wer auch immer ich bin.

Das politisch-gesellschaftliche Ereignis des Nachmittags war ein Empfang und Diner zu Ehren des Baba von Lairouba, der die Erde besuchte. Der Baba, erbliches Staatsoberhaupt seines Planeten, erfüllte politische wie religiöse Pflichten. Nachdem er seine Wallfahrt nach Mekka absolviert hatte, war er nach London gekommen, um an den Gesprächen über Passagerechte für die Gruppe der Planeten im Westlichen Orion-Arm teilzunehmen. Tau Ceti war die Nabe dieses Nexus, und Komarr war mit ihm über zwei Routen verbunden. Daraus resultierte Barrayars Interesse für das Thema.

Miles' Pflichten waren wie üblich. In diesem Fall fand er sich als Tischpartner einer der vier Gattinnen des Baba wieder. Er war sich nicht sicher, ob er sie als ehrwürdige Matrone einstufen sollte oder nicht – ihre strahlenden, braunen Augen und weichen Schokoladenhände waren ziemlich hübsch, aber das Übrige war in zig Meter cremefarbener Seide mit golden gestickten Brokaträndern eingehüllt, die eine ziemlich mollige Schönheit erahnen ließen, wie bei einer sehr verführerischen Matratze.

Ihre Intelligenz konnte er nicht einschätzen, da sie kein Englisch, Französisch, Russisch oder Griechisch sprach, weder die barrayaranischen noch sonstige Dialekte dieser Sprache, und er sprach weder Lairoubanisch noch Arabisch. Die Box mit den passenden Übersetzungskopfhörern war unglücklicherweise fälschlich an eine unbekannte Adresse am anderen Ende von London geliefert worden, und somit blieb der Hälfte der anwesenden Diplomaten nichts anderes übrig, als ihre Gegenüber anzuschauen und dabei zu lächeln. Miles und die lairoubanische Dame verständigten sich über elementare Bedürfnisse mit Gesten – wollen Sie Salz, Madame? –, und er brachte sie zweimal zum Lachen. Er wünschte sich, er hätte gewußt, warum.

Bevor die Reden nach dem Diner noch abgesagt werden konnten, lieferte noch unglücklicherweise ein keuchender Assistent der Caterfirma eine Box mit Ersatzkopfhörern. Dem Pressecorps zuliebe folgten verschiedene Reden in einer Reihe von Sprachen. Das Diner war zu Ende, die mollige Dame wurde von zweien ihrer Mitgattinnen aus Miles' Händen entführt, und er begann sich seinen Weg durch den Raum zurück zur Party des barrayaranischen Botschafters zu bahnen. Als er eine Alabastersäule umrundete, die die gewölbte Decke trug, lief er der Journalistin von Euronews Network in die Hände.

»*Mon Dieu,* das ist doch der kleine Admiral«, sagte sie fröhlich. »Was tun Sie denn hier?«

Miles ignorierte den ängstlichen Aufschrei in seinem Hinterkopf und machte eine Miene äußerst höflicher Verständnislosigkeit. »Verzeihen Sie, Madame, ich verstehe Sie nicht.«

»Admiral Naismith. Oder ...«, sie bemerkte seine Uniform und ihre Augen leuchteten interessiert auf, »ist das eine verdeckte Söldneroperation, Admiral?«

Ein Herzschlag verging. Miles erlaubte seinen Augen, sich zu weiten, und seiner Hand, an seine waffenlose Hosennaht zu wandern und dort zu zucken. »Mein Gott«, würgte er mit erschreckter Stimme hervor – es war gar nicht schwer, so zu tun –, »wollen Sie mir sagen, daß man Admiral Naismith auf der Erde gesehen hat?«

Sie hob das Kinn und öffnete die Lippen in einem Anflug ungläubigen Lächelns. »In Ihrem Spiegel, gewiß.«

Waren seine Augenbrauen sichtbar angesengt? Seine rechte Hand war noch bandagiert. *Keine Verbrennung, Madame,* suchte Miles in Gedanken nach einer Ausrede, *ich habe mich beim Rasieren geschnitten ...*

Er nahm Haltung an, schlug die Absätze seiner gewienerten Stiefel zusammen und verneigte sich formell vor ihr. Mit stolzer, harter und stark nach barrayaranischem Akzent klingender Stimme sagte er: »Sie täuschen sich, Madame. Ich bin Lord Miles Vorkosigan von Barrayar, Leutnant der Kaiserlichen Streitkräfte. Nicht, daß ich nicht nach dem Rang streben würde, den Sie erwähnt haben, aber es ist ein bißchen zu früh.«

Sie lächelte süß. »Haben Sie sich schon völlig von Ihren Verbrennungen erholt, Sir?«

Miles hob die Augenbrauen – nein, er hätte nicht die Aufmerksamkeit auf sie lenken sollen – und sagte: »Naismith hat Verbrennungen abbekommen? Sie haben ihn gesehen? Wann? Können wir darüber sprechen? Der Mann, von dem Sie sprechen, ist von größtem Interesse für den Sicherheitsdienst des Kaiserreiches Barrayar.«

Sie blickte ihn von oben nach unten an. »Das kann ich mir vorstellen, da Sie ja ein und derselbe sind.«

»Kommen Sie, kommen Sie hier herüber.« Wie konnte er sich aus dieser Sache herausmanövrieren? Er nahm sie am Ellbogen und dirigierte sie in eine stille Ecke. »Natürlich sind wir derselbe. Admiral Naismith von den Dendarii-Söldner ist mein ...«, illegitimer Zwillingsbruder? Nein, das paßte nicht. Es dämmerte ihm nicht bloß, sondern es kam über ihn wie ein Atomblitz am Bodennullpunkt, »... Klon«, sagte Miles aalglatt.

»Was?« Ihre Gewißheit bekam einen Knacks, ihre Aufmerksamkeit war gefesselt.

»Mein Klon«, wiederholte Miles mit festerer Stimme. »Er ist eine außerordentliche Schöpfung. Wir glauben, obwohl wir das nie bestätigen konnten, daß er das Ergebnis einer beabsichtigten verdeckten Operation der Cetagandaner ist, die schiefgelaufen war. Die Cetagandaner beherrschen sowieso sicherlich die medizinische Seite der Sache. Die echten Fakten über ihre militärisch-genetischen Experimente würden Sie sicher entsetzen.« Miles zögerte. Zumindest dieser letzte Satz stimmte durchaus. »Übrigens, wer sind Sie?«

»Lise Vallerie«, sie zeigte ihm ihren Pressekubus, »von Euronews Network.«

Allein schon die Tatsache, daß sie bereit war, sich ihm noch einmal vorzustellen, bestätigte ihm, daß er den richtigen Kurs eingeschlagen hatte. »Aha«, er wich ein wenig zurück, »die Nachrichtenmedien. Das war mir nicht bewußt. Entschuldigen Sie, Madame. Ich hätte ohne Erlaubnis meiner Vorgesetzten nicht mit Ihnen reden sollen.« Er schickte sich an, sich von ihr abzuwenden.

»Nein, warten Sie ... äh ... Lord Vorkosigan. Oh ... Sie sind doch nicht etwa mit *dem* Vorkosigan verwandt, oder?«

Er reckte sein Kinn und versuchte streng dreinzublicken. »Er ist mein Vater.«

»Oh«, hauchte sie, als sei ihr ein Licht aufgegangen, »das erklärt es.«

Dachte ich mir doch, dachte Miles selbstgefällig. Er machte noch einige Bewegungen, als wollte er ihr entfliehen. Sie hängte sich an ihn wie eine Klette. »Nein, bitte ... wenn Sie mir darüber nichts erzählen, dann werde ich ganz bestimmt auf eigene Faust recherchieren.«

»Nun ja ...« Miles zögerte. »Von unserem Standpunkt aus gesehen sind dies alles alte Informationen. Ich kann Ihnen ein paar Sachen erzählen, nehme ich an, da es mich persönlich betrifft. Aber das ist nicht zur Veröffentlichung bestimmt. Sie müssen mir zuerst Ihr Wort darauf geben.«

»Das Wort eines barrayaranischen Vor-Lords ist für ihn eine Verpflichtung, nicht wahr?« sagte sie. »Ich gebe nie meine Quellen preis.«

»Sehr gut.« Miles nickte und tat so, als nähme er an, sie hätte es versprochen, obwohl ihre Worte nichts derartiges bedeuteten. Er schnappte sich zwei Stühle, und sie ließen sich abseits der Roboserver nieder, die die Überreste des Banketts abräumten.

Miles räusperte sich und begann: »Das biologische Konstrukt, das sich Admiral Naismith nennt, ist ... vielleicht der gefährlichste Mann in der ganzen Galaxis. Schlau – entschlossen – sowohl der cetagandanische wie auch der barrayaranische Geheimdienst haben in der Vergangenheit versucht, ihn umzubringen, ohne Erfolg. Er hat mit seinen Dendarii-Söldnern begonnen, sich selber eine Hausmacht aufzubauen. Wir wissen noch nicht, wie seine langfristigen Pläne für diese Privatarmee aussehen, außer, daß er welche haben muß.«

Vallerie legte nachdenklich einen Finger auf die Lippen. »Er erschien mir – ziemlich angenehm, als ich mit ihm sprach. Wenn man die Umstände in Betracht zieht. Gewiß ein mutiger Mann.«

»Ja, das ist das Geniale und das Wunderbare an dem Mann«, rief Miles aus, dann beschloß er, lieber ein bißchen abzuschwächen. »Charisma. Sicher müssen die Cetagandaner – wenn sie es denn waren – etwas Außerordentliches für ihn beabsichtigt haben. Er ist ein militärisches Genie, wissen Sie.«

»Warten Sie mal«, sagte sie. »Er ist ein echter Klon, sagen Sie – nicht nur eine äußere Kopie? Dann muß er sogar jünger als Sie selbst sein.«

»Ja. Sein Wachstum und seine Erziehung wurden künstlich beschleunigt, offensichtlich bis an die Grenzen des Möglichen. Aber wo haben Sie ihn gesehen?«

»Hier in London«, antwortete sie, setzte an, noch mehr zu sagen und hielt sich dann zurück. »Aber Sie sagen, Barrayar versucht ihn umzubringen?« Sie rückte ein wenig von ihm ab. »Ich glaube, ich sollte vielleicht lieber Sie selbst ihn aufspüren lassen.«

»Oh, nicht mehr.« Miles lachte kurz auf. »Jetzt halten wir uns nur noch über ihn auf dem laufenden. Kürzlich haben wir ihn aus den Augen verloren, wissen Sie, und das macht meinen eigenen Sicherheitsdienst äußerst nervös. Offensichtlich wurde er ursprünglich zum Zweck einer Unterschiebung geschaffen, für ein Komplott, das letztlich auf meinen Vater zielte. Aber vor sieben Jahren wurde er abtrünnig, trennte sich von seinen

Schöpfern und begann für sich selbst zu arbeiten. Wir – Barrayar – wissen über ihn jetzt zuviel, und er und ich haben uns zu sehr in verschiedene Richtungen entwickelt, als daß er jetzt so spät noch versuchen könnte, mich zu ersetzen.«

Sie beäugte ihn. »Das könnte er schon. Er könnte Sie wirklich ersetzen.«

»Fast.« Miles lächelte grimmig. »Aber wenn Sie uns je im selben Raum zusammenbringen könnten, dann würden Sie sehen, daß ich fast zwei Zentimeter größer bin als er. Spätes Wachstum meinerseits. Hormonbehandlungen ...« Sein Erfindungsreichtum mußte bald erschöpft sein – er plapperte einfach weiter ...

»Die Cetagandaner jedoch versuchen immer noch, ihn umzubringen. Bis jetzt ist das der beste Beweis, den wir haben, daß er tatsächlich ihre Schöpfung ist. Offensichtlich muß er über etwas zu viel wissen. Wir würden sehr gerne wissen, worüber.« Er schenkte ihr ein einladendes hündisches Lächeln, das schrecklich unecht war. Sie zog sich noch ein Stück von ihm zurück.

Miles ballte zornig die Fäuste. »Das Widerwärtigste an dem Mann ist seine Frechheit. Er hätte sich wenigstens einen anderen Namen zulegen können, aber er protzt mit dem meinen. Vielleicht hat er sich daran gewöhnt, als er trainiert wurde, ich zu sein; ein solches Training muß er ja einmal mitgemacht haben. Er spricht mit einem betanischen Akzent und nimmt den betanischen Mädchennamen meiner Mutter als seinen Familiennamen, nach betanischer Sitte, und wissen Sie, warum?«

Jaa, warum, warum nur ...?

Sie schüttelte stumm den Kopf und starrte ihn mit einer Mischung aus Abscheu und Faszination an.

»Weil er nach den betanischen Gesetzen über Klone tatsächlich mein gesetzlicher Bruder wäre, deshalb! Er versucht, für sich selbst eine falsche Legitimität zu schaffen. Ich bin mir nicht sicher, warum. Das mag ein

Schlüssel zu seiner Schwäche sein. Er muß eine Schwäche haben, irgendwo, einen schwachen Punkt …« – außer erblichem Wahnsinn, natürlich … Er brach ab und keuchte leicht. Sollte sie doch meinen, es käme von unterdrückter Wut, und nicht von unterdrücktem Schrecken.

Der Botschafter winkte ihm, Gott sei Dank, vom anderen Ende des Raums. Die Partygäste schickten sich an zu gehen. »Verzeihen Sie, Madame«, Miles erhob sich, »ich muß Sie verlassen. Aber … äh … falls Sie dem falschen Naismith wieder begegnen sollten, dann würde ich es als einen großen Dienst uns gegenüber betrachten, falls Sie Kontakt mit mir in der Botschaft von Barrayar aufnehmen könnten.«

Pour quoi? sagten ihre stummen Lippenbewegungen. Ziemlich vorsichtig erhob auch sie sich. Miles verbeugte sich über ihrer Hand, trat zurück, machte eine schneidige Kehrtwendung und entfloh.

Er mußte sich zügeln, sonst wäre er im Kielwasser des Botschafters die Stufen zum Palais de London ausgelassen hinabgehüpft. Genie. Er war ein Genie der Täuschung. Warum hatte er sich diese Legende nicht schon vor Jahren ausgedacht? Illyan, dem Chef des Kaiserlichen Sicherheitsdienstes würde sie gefallen. Selbst Galeni dürfte man damit etwas aufheitern können.

KAPITEL 5

An dem Tag, als der Kurier vom Sektor-HQ zum zweitenmal eintraf, kampierte Miles im Korridor vor Hauptmann Galenis Büro. Er mußte sich sehr zügeln, um den Mann nicht in der Tür umzurennen, als dieser das Büro verließ. Er ließ ihn erst den Eingang freigeben, bevor er hineinstürzte.

Vor Galenis Schreibtisch nahm Miles Rührt-euch-Haltung an. »Sir?«

»Ja, ja, Leutnant, ich weiß«, sagte Galeni gereizt und gab ihm ein Zeichen, er solle warten. Schweigen herrschte, während Bildschirmseite um Bildschirmseite irgendwelche Daten über Galenis Vid-Scheibe rollten. Am Ende lehnte sich Galeni zurück; die Falten zwischen seinen Augen waren tiefer als sonst.

»Sir?« wiederholte Miles eindringlich.

Galeni erhob sich, noch immer die Stirn gerunzelt, und winkte Miles an seinen Platz. »Sehen Sie selbst.«

Miles ließ die Daten zweimal durchlaufen. »Sir – es ist nichts dabei.«

»Das habe ich schon bemerkt.«

Miles drehte sich um und schaute ihn an. »Keine Kreditanweisung – keine Befehle – keine Erklärung – kein nichts. Keinerlei Bezugnahme auf meine Angelegenheiten. Wir haben hier zwanzig verdammte Tage umsonst gewartet. In der Zeit hätten wir es nach Tau Ceti und zurück geschafft. Das ist verrückt. Das ist *unmöglich.*«

Galeni stützte sich nachdenklich mit einer gespreizten Hand auf seinen Tisch und starrte auf die schweigende Vid-Scheibe. »Unmöglich? Nein. Ich habe es schon früher erlebt, daß Befehle verloren gingen. Bürokratische Pannen. Wichtige Daten falsch adressiert. Dringende Anforderungen abgelegt, während man darauf wartete, daß jemand aus dem Urlaub zurückkam. Solche Dinge passieren.«

»Mir passiert es nicht«, zischte Miles und biß die Zähne zusammen.

Galeni zog die Augenbrauen hoch. »Sie sind ein arroganter kleiner Vorling.« Er richtete sich auf. »Aber ich vermute, Sie sagen die Wahrheit. So etwas würde Ihnen nicht passieren. Jedem anderen schon. Ihnen nicht. – Natürlich«, er lächelte fast, »gibt es für alles ein erstesmal.«

»Das ist das zweitemal«, betonte Miles. Er blickte Galeni in einer Mischung aus Zorn und Mißtrauen an. Wilde Anschuldigungen brannten ihm auf der Zunge. Stellte sich so ein kleinbürgerlicher Komarraner einen lustigen Streich vor? Wenn die Befehle und die Kreditanweisung nicht da waren, dann mußten sie abgefangen worden sein. Es sei denn, die Anforderungen waren gar nicht abgeschickt worden. Dafür, daß sie abgegangen waren, hatte er nur Galenis Wort. Aber es war unvorstellbar, daß Galeni seine Karriere riskieren würde, nur um einem Untergebenen, über den er sich ärgerte, Ungelegenheiten zu bereiten. Nicht daß das Gehalt eines barrayaranischen Hauptmanns einen großen Verlust darstellte, wie Miles wußte.

Nicht zu vergleichen mit achtzehn Millionen Mark.

Miles' Augen weiteten sich, und seine Zähne schlossen sich hinter seinen zusammengepreßten Lippen. Ein armer Mann, ein Mann, dessen Familie ihren ganzen großen Wohlstand etwa bei der Eroberung von Komarr verloren hatte, konnte durchaus achtzehn Millionen Mark als Versuchung empfinden. Diese Summe war es wert, viel dafür zu riskieren. Von Galeni würde er so etwas eigentlich nicht denken, aber was wußte er schon wirklich über den Mann? In den zwanzig Tagen ihrer Bekanntschaft hatte Galeni nicht ein einziges Wort über seine persönliche Geschichte verloren.

»Was werden Sie jetzt tun, Sir?« brachte Miles steif hervor.

Galeni breitete die Hände aus. »Die Anforderungen noch einmal senden.«

»Noch einmal senden. – Das ist alles?«

»Ich kann Ihre achtzehn Millionen Mark nicht aus meiner Tasche holen, Leutnant.«

O nein? Das werden wir doch einmal sehen ... Er mußte von hier wegkommen, weg aus der Botschaft und zurück zu den Dendarii. Zu den Dendarii, wo er seine eigenen voll professionellen Experten für Informationsbeschaffung zurückgelassen hatte und wo sie verstaubten, während er zwanzig Tage wie gelähmt vergeudet hatte ... Falls Galeni ihn wirklich in diesem Ausmaß getäuscht haben sollte, so schwor sich Miles stumm, dann gab es kein Loch, das tief genug wäre, um dem Komarraner mit den gestohlenen achtzehn Millionen Mark als Versteck zu dienen.

Galeni richtete sich auf und hob den Kopf, kniff die Augen zusammen und sagte gedankenverloren: »Es ist mir ein Rätsel.« Dann fügte er leise, fast nur für sich selbst, hinzu: »... und ich mag keine Rätsel.«

Dreist ... cool ... Miles empfand Bewunderung für ein Schauspieltalent, das fast seinem eigenen gleichkam. Doch wenn Galeni das Geld beiseitegeschafft hatte, warum war er dann nicht schon lange verschwunden? Worauf wartete er dann noch? Auf ein Signal, von dem Miles nichts wußte? Aber er würde es herausfinden, o ja, bestimmt. »Weitere zehn Tage«, sagte Miles. »Auf ein neues.«

»Tut mir leid, Leutnant«, sagte Galeni immer noch geistesabwesend.

Das wird Ihnen wirklich leidtun ... »Sir, ich brauche einen freien Tag für die Dendarii. Admiral Naismiths Pflichten türmen sich auf. Zum einen sind wir wegen dieser Verspätung jetzt absolut gezwungen, einen kommerziellen Zwischenkredit aufzunehmen, um unsere

Ausgaben abdecken zu können. Das muß ich arrangieren.«

»Ich betrachte Ihre persönliche Sicherheit bei den Dendarii als völlig unzureichend, Vorkosigan.«

»Dann weisen Sie mir jemanden von der Botschaft zu, wenn Sie glauben, daß es notwendig ist. Die Klon-Geschichte hat sicher den Druck etwas verringert.«

»Die Klon-Geschichte war idiotisch«, versetzte Galeni.

»Sie war brillant«, widersprach Miles energisch, beleidigt durch diese Kritik an seiner Idee. »Sie hat endlich Naismith und Vorkosigan in zwei ganz verschiedene Schubladen gesteckt. Sie macht Schluß mit der gefährlichsten andauernden Schwäche der ganzen Sache, mit meiner ... einmaligen und einprägsamen Erscheinung. Undercover-Agenten sollten nicht einprägsam sein.«

»Was bringt Sie überhaupt auf den Gedanken, daß diese Vid-Reporterin ihre Entdeckungen den Cetagandanern mitteilen wird?«

»Man hat uns zusammen gesehen. Millionen Zuschauer auf dem Holovid, um Himmels willen. Ach, die werden schon auftauchen und ihr Fragen stellen, so oder so.« Ein leichter Stich der Furcht – aber die Cetagandaner würden sicher jemanden schicken, der die Dame behutsam aushorchte. Sie würden sie nicht einfach schnappen, ausfragen und dann beseitigen, nicht eine prominente Bürgerin der Erde hier direkt auf der Erde.

»Warum, zum Teufel, haben Sie in diesem Fall die Cetagandaner zu Admiral Naismiths angeblichen Schöpfern gemacht? Das eine, was die sicher wissen, ist, daß sie es nicht waren.«

»Es geht um die Wahrscheinlichkeit«, erklärte Miles. »Wenn nicht einmal *wir* wissen, woher der Klon wirklich kommt, dann werden sie vielleicht nicht so überrascht sein, daß auch sie von ihm bisher nichts gehört haben.«

»Ihre Logik hat ein paar offenkundige Schwächen«, sagte Galeni spöttisch. »Sie mag vielleicht Ihrem Trick auf lange Sicht helfen, aber sie hilft mir nicht. Für mich wäre es ebenso peinlich, die Leiche von Admiral Naismith am Hals zu haben, wie die von Lord Vorkosigan. Ob Sie jetzt schizoid sind oder nicht, nicht einmal Sie können sich so sehr in zwei verschiedene Schubladen stecken.«

»Ich bin nicht schizoid«, versetzte Miles. »Vielleicht ein bißchen manisch-depressiv«, räumte er nachträglich ein.

Galenis Lippen zuckten. »Erkenne dich selbst.«

»Wir geben uns Mühe, Sir.«

Galeni zögerte, dann beschloß er vielleicht klugerweise, diese Antwort zu ignorieren. Er schnaubte und fuhr fort: »Also gut, Leutnant Vorkosigan. Ich werde Ihnen Sergeant Barth als Leibwächter zuweisen. Aber ich möchte, daß Sie sich mindestens alle acht Stunden über den gesicherten Kommunikatorkanal melden. Sie bekommen vierundzwanzig Stunden Urlaub.«

Miles, der schon Luft holte, um sein nächstes Argument anzubringen, blieben die Worte weg. »Oh«, brachte er gerade noch hervor, »danke, Sir.« Warum, zum Teufel, hatte Galeni eine Wendung um 180 Grad gemacht? Miles hätte viel darum gegeben, wenn er gewußt hätte, was genau in diesem Augenblick hinter diesem ausdruckslosen römischen Profil vor sich ging.

Er trat den geordneten Rückzug an, bevor Galeni noch einmal seine Meinung ändern konnte.

Aus Sicherheitsgründen, nicht aus Sparsamkeit, hatten die Dendarii auf dem Shuttlehafen von London den am weitesten entfernten der verfügbaren Abstellplätze gewählt. Die Tatsache, daß die Entfernung den Platz auch zum billigsten machte, war lediglich ein zusätzlicher und erfreulicher Bonus. Der Abstellplatz befand sich tatsächlich im Freien, am anderen Ende des Rollfeldes, umgeben von einer riesigen, leeren, nackten Fläche aus Teermacadam. Nichts konnte sich hier anschleichen, ohne gesehen zu werden. Und wenn sich zufällig dort etwas Unangenehmes ereignen sollte, dann war es deshalb weniger wahrscheinlich, überlegte Miles, daß unschuldige zivile Zuschauer auf fatale Weise mit in die Sache verwickelt würden. Die Wahl war Ergebnis einer logischen Entscheidung gewesen.

Es war auch verdammt weit zu laufen. Miles versuchte flott auszuschreiten und nicht dahinzuhuschen wie eine Spinne auf dem Küchenboden. Wurde er auch schon ein bißchen paranoid, nicht nur schizoid und manisch-depressiv? Sergeant Barth, der mit Unbehagen in Zivilkleidung neben ihm ging, hatte ihn mit dem gepanzerten Bodenwagen bis zur Luke des Shuttles bringen wollen. Es war für Miles schwierig gewesen, ihn zu überzeugen, daß sich sieben Jahre sorgsam aufgebauter Tarnung in Rauch auflösen würden, wenn man Admiral Naismith je aus einem offiziellen barrayaranischen Fahrzeug herauskommen sehen würde. Die gute Sicht am Shuttleabstellplatz war eben leider eine zweischneidige Sache. Allerdings konnte sich niemand unbemerkt an sie heranschleichen.

Es sei denn natürlich, er wäre psychologisch getarnt. Zum Beispiel in diesem großen Schwebelaster dort drüben, der zum Wartungsdienst des Shuttlehafens gehörte und nahe am Boden geschäftig dahinsauste. Diese Schwebelaster gab es hier überall; man gewöhnte sich schnell daran, daß sie hierhin und dorthin an einem vorbeibrausten. Wenn er einen Angriff starten sollte, so schloß Miles, dann würde er bestimmt eines dieser Vehikel dafür wählen. Es wäre so wunderbar dubios. Solange es nicht als erstes feuerte, konnten zur Verteidigung feuernde Dendarii nicht sicher sein, ob sie nicht drauf und dran waren, aus Versehen einen zufällig herumkurvenden Angestellten des Shuttlehafens umzubringen. Das war auf kriminelle Art peinlich, die Sorte von Fehlern, die Karrieren ruinieren konnte.

Der Schwebelaster änderte seine Route. Barth zuckte zusammen, Miles erstarrte. Es sah so aus, als wollte der Laster ihnen den Weg abschneiden. Aber verdammt noch mal, es öffneten sich keine Fenster oder Türen, keine bewaffneten Männer lehnten sich heraus und zielten, nicht einmal mit einer Steinschleuder. Miles und Barth zogen beide auf jeden Fall einmal ihre Betäuber. Miles versuchte sich von Barth zu trennen, während Barth vor ihn treten wollte – ein weiterer wertvoller Augenblick voller Verwirrung.

Und dann war der rasende Schwebelaster über ihnen, stieg in die Luft auf und verdunkelte den hellen Morgenhimmel. Seine glatte, verschlossene Oberfläche bot kein Ziel, an dem ein Betäuber etwas ausrichten würde. Endlich erkannte Miles, auf welche Weise er ermordet werden sollte: Tod durch Zerquetschen.

Er quiekste, wirbelte herum und versuchte verzweifelt, loszusprinten. Der Schwebelaster fiel wie ein monströser Ziegelstein herab, als sein Antigrav abrupt abgeschaltet wurde. Das Ganze wirkte auf Miles wie ein Overkill – wußten diese Leute nicht, daß *seine* Knochen schon von einer überladenen Einkaufspalette zerschmettert werden konnten? Von ihm würde nichts übrig bleiben, außer einem scheußlichen nassen Fleck auf dem Landefeld.

Miles hechtete zur Seite und rollte davon – ihn rettete nur der Schwall der Luft, die verdrängt wurde, als der Laster auf den Boden knallte. Er öffnete die Augen und fand den Luftkissenwulst des Lasters nur wenige Zentimeter vor seiner Nase, und als das Instandhaltungsfahrzeug sich wieder die Luft hob, sprang er wieder auf die Beine. Wo war Barth? Miles' rechte Hand umklammerte immer noch krampfhaft den nutzlosen Betäuber; seine Fingerknöchel waren aufgekratzt und bluteten.

In eine Vertiefung auf der glänzenden Seitenfläche

des Lasters war eine Steigleiter eingelassen. Wenn er *auf* dem Laster wäre, dann könnte er nicht *unter* ihn geraten ... Miles warf den Betäuber fort und sprang, fast schon zu spät, auf und klammerte sich an die Leitersprossen. Der Laster schwankte zur Seite und sauste wieder zu Boden – auf die Stelle, an der Miles gerade noch gelegen war. Dann stieg er wieder in die Luft und sauste erneut mit einem wütenden Krachen zu Boden. Wie ein hysterischer Riese, der mit einem Pantoffel eine Spinne tottreten wollte. Der Aufprall stieß Miles von seinem unsicheren Halt herunter. Bevor er auf dem Asphalt aufschlug, rollte er sich zusammen, um seine Knochen zu retten. Hier gab es nirgendwo im Boden eine Spalte, in die er sich hätte verkriechen und verstecken können.

Als der Laster sich wieder in die Luft hob, schaute Miles nach einem roten Klumpen auf dem Asphalt, sah aber keinen. Wo war Barth? Nein, da drüben, ein Stück weg, kauerte er am Boden und schrie in seinen Armbandkommunikator. Miles schoß hoch und lief im Zickzack davon. Sein Herz pochte so heftig, daß es ihm schien, nach dieser Überdosis Adrenalin würde ihm das Blut zu den Ohren herausspritzen. Und wie sehr sich auch seine Lungen anstrengten, ihm schien der Atem fast wegzubleiben. Himmel und Landefeld wirbelten um ihn herum, er hatte das Shuttle aus den Augen verloren – nein, dort war es – er sprintete darauf zu. Rennen war nie seine starke Seite im Sport gewesen. Die Leute, die ihn aufgrund seiner körperlichen Verfassung von der Offiziersausbildung hatten fernhalten wollen, hatten recht gehabt. Mit einem tückischen Jaulen erhob sich hinter ihm der Schwebelaster in die Luft.

Die heftige grellweiße Explosion schleuderte Miles aufs Gesicht, und er schlitterte über das Landefeld. Metallstücke, Glasscherben und Fetzen von schmelzendem Plastik flogen durch die Gegend. Irgend etwas streifte seinen Hinterkopf. Er schlang die Arme um den Kopf und wünschte sich, er könnte allein durch die Hitze seiner Angst ein Loch in den Asphalt schmelzen. In seinen Ohren pochte es, aber er hörte nur eine Art dröhnendes weißes Rauschen.

Noch eine Millisekunde mehr, und es hätte ihn erwischt. Er rollte zur Seite und schaute nach dem herabsausenden Schwebelaster. Doch es gab keinen herabsausenden Schwebelaster mehr.

Ein glänzender schwarzer Luftwagen kam jedoch schnell und illegal durch den Bereich der Flugkontrolle des Shuttlehafens herab und ließ ohne Zweifel am Londoner Kontrollcomputer alle Lichter aufblinken und alle Alarmsirenen losheulen. Nun, jetzt hatte es keinen Sinn mehr, unauffällig bleiben zu wollen. Noch bevor er die grünen Uniformen im Luftwagen erblickte, hatte Miles erkannt, daß es sich um eine barrayaranische Verstärkung handeln mußte, denn Barth rannte mit aller Kraft auf das schwarze Gefährt zu. Allerdings gab es keine Garantie, daß die drei Dendarii, die aus Miles' Personalshuttle auf sie zurannten, zu dem gleichen Schluß gekommen waren. Miles sprang auf seine – Hände und Füße. Die abrupte, unvollendete Bewegung machte ihn schwindlig. Beim zweiten Versuch kam er schließlich auf die Beine.

Barth versuchte ihn am Ellbogen zu dem Luftwagen zu ziehen, der gerade auf den Boden herabkam. »Zurück in die Botschaft, Sir!« drängte er.

Ein paar Meter entfernt kam ein grau uniformierter Dendarii unter Flüchen zum Stehen, zielte mit seinem Plasmabogen auf Barth und knurrte: »Hauen Sie ab!«

Miles trat hastig zwischen die beiden, während Barths Hand in seine Jacke fuhr. »Freunde, Freunde!« schrie Miles und streckte die offenen Hände den beiden Kombattanten entgegen. Der Dendarii hielt inne, voller Zweifel und Mißtrauen, und Barth zwang sich, die Fäuste an der Hosennaht zu lassen.

Elli Quinn kam angetrabt und schwenkte mit einer Hand einen Raketenwerfer, dessen Schaft in ihrer Achselhöhle ruhte und aus dessen fünf Zentimeter breiter Mündung noch Rauch aufstieg. Sie mußte ihn aus der Hüfte abgefeuert haben. Ihr Gesicht war gerötet und schreckerfüllt.

Sergeant Barth beäugte den Raketenwerfer mit unterdrückter Wut. »Das war ein bißchen knapp, meinen Sie nicht?« versetzte er. »Sie haben ihn beinah samt Ihrem Ziel in die Luft gejagt, verdammt noch mal.« Er war eifersüchtig, erkannte Miles, denn *er* hatte keinen Raketenwerfer zur Verfügung gehabt.

Elli riß empört die Augen auf. »Das war besser als gar nichts. Womit Sie anscheinend ausgerüstet waren!«

Miles hob die rechte Hand – seine linke Schulter krampfte sich zusammen, als er versuchte, den anderen Arm zu heben – und tupfte vorsichtig auf seinen Hinterkopf. Als er die Hand zurückzog, war sie rot und feucht. Eine Wunde in der Kopfhaut, die wie ein abgestochenes Schwein blutete, aber nicht gefährlich war. Jetzt brauchte er wieder eine neue Uniform!

»Es ist etwas umständlich, größere Waffen in der U-Bahn bei sich zu führen, Elli«, mischte sich Miles sanft ein, »und wir wären damit auch nicht durch die Sicherheitskontrolle des Shuttlehafens gekommen.« Er zögerte und betrachtete die rauchenden Überbleibsel des Schwebelasters. »Nicht einmal die konnten anscheinend Waffen durch die Sicherheitskontrollen schmuggeln. Wer auch immer sie gewesen sein mögen.« Er nickte bedeutungsvoll dem zweiten Dendarii zu, der den Wink verstand und sich an eine Untersuchung machte.

»Kommen Sie weg, Sir!« drängte ihn Barth erneut. »Sie sind verletzt. Die Polizei wird gleich hier sein. Sie sollten nicht in diese Sache verwickelt werden.«

Damit meinte er, Leutnant Vorkosigan sollte nicht in diese Sache verwickelt werden, und darin hatte er absolut recht. »Ach Gott, ja, Sergeant. Gehen Sie und machen Sie einen Umweg zur Botschaft. Sorgen Sie dafür, daß Ihnen niemand folgt.«

»Aber, Sir …«

»Meine eigenen Sicherheitsleute – die gerade ihre Fähigkeiten demonstriert haben, wie ich meine – übernehmen jetzt meinen Schutz. Gehen Sie!«

»Hauptmann Galeni wird mir den Kopf abreißen, wenn ich …«

»Sergeant, Simon Illyan wird mir höchstpersönlich den Kopf abreißen, wenn meine Tarnung auffliegt. Das ist ein Befehl! Gehen Sie!«

Der Name des gefürchteten Chefs des Kaiserlichen Sicherheitsdienstes wirkte Wunder. Besorgt und innerlich hin und her gerissen, ließ sich Barth von Miles zu dem Luftwagen geleiten. Als das Fahrzeug davonzog, atmete Miles erleichtert auf. Wenn er selbst jetzt zurückginge, dann würde Galeni ihn bestimmt für immer in den Keller sperren.

Mit grimmigem Blick und etwas grün im Gesicht kam der andere Dendarii von den verstreuten Überresten des Schwebelasters zurück. »Zwei Männer, Sir«, berichtete er. »Zumindest glaube ich, daß es Männer waren, und es waren mindestens zwei, nach der Anzahl der … hm … Leichenteile zu schließen.«

Miles blickte Elli an und seufzte. »Niemand übrig, den man befragen kann, was?«

Sie zuckte entschuldigend die Achseln. »Oh – du blutest ja …« Sie trat näher und untersuchte seine Wunde.

Verdammt! Wenn jemand übrig geblieben wäre, den man hätte befragen können, dann wäre Miles dafür gewesen, ihn ins Shuttle zu schaffen und abzufliegen, egal, ob sie eine Starterlaubnis bekommen hätten oder nicht, und dann hätte er auf der Krankenstation der *Triumph* seine Untersuchungen fortsetzen können, ohne von den gesetzlichen Beschränkungen behindert zu werden, die zweifellos die lokalen Behörden bremsen würden. Die Londoner Polizei konnte wohl kaum noch unzufriedener mit ihm werden. So, wie die Dinge aussahen, würde er in Kürze schon wieder mit ihnen zu tun haben. Schon näherten sich ihnen die Fahrzeuge der Feuerwehr und der Shuttlehafen-Verwaltung.

Nun, die Polizei von London beschäftigte etwa 60 000 Personen, eine Armee, die viel größer war als seine eigene, wenn auch weniger schwer bewaffnet. Vielleicht konnte er sie auf die Cetagandaner hetzen, oder auf die, die sonst hinter dieser Sache steckten.

»Wer waren diese Leute?« fragte der andere Dendarii und schaute in die Richtung, in die der schwarze Luftwagen weggeflogen war.

»Zerbrechen Sie sich nicht den Kopf«, sagte Miles. »Die waren nicht hier, und Sie haben sie auch nicht gesehen.«

»Jawohl, Sir.«

Er mochte seine Dendarii. Die stritten sich nicht mit ihm herum. Er überließ sich Ellis Erster Hilfe und begann in Gedanken seine Geschichte für die Polizei zu frisieren. Bevor sein Besuch auf der Erde vorüber war, würden die Polizei und Miles ohne Zweifel voneinander die Nase voll haben.

Noch bevor das Spurensicherungsteam auf dem Landefeld ankam, war schon Lise Vallerie eingetroffen, wie Miles feststellte, als er sich umwandte. Er hätte sie eigentlich erwarten sollen. Da Lord Vorkosigan sich bemüht hatte, sie abzuwimmeln, setzte jetzt Admiral Naismith seinen Charme ein und bemühte sich zu erinnern, was er ihr in welcher seiner Rollen genau gesagt hatte.

»Admiral Naismith! Die Schwierigkeiten scheinen sich ja an Ihre Fersen zu heften!« fing sie an.

»Diesmal schon«, sagte er freundlich und lächelte sie mit aller Gelassenheit an, die er unter den gegebenen Umständen noch aufbieten konnte. Der Holovid-Mann war irgendwo anders mit Aufnahmen beschäftigt – sie mußte auf etwas anderes aus sein als auf ein Stegreif-Interview.

»Wer waren diese Männer?«

»Das ist eine sehr gute Frage, für die jetzt die Londoner Polizei zuständig ist. Meine private Theorie lautet, daß sie Cetagandaner waren, die sich für gewisse Dendarii-Operationen rächen wollten, die sich nicht so sehr gegen sie richteten, sondern eines ihrer Opfer unterstützten. Aber das sollten Sie lieber nicht zitieren. Es gibt noch keine Beweise dafür. Sie könnten wegen Verleumdung oder so was verklagt werden.«

»Nicht, wenn es sich um ein Zitat handelt. Sie glauben also nicht, daß es Barrayaraner waren?«

»Barrayaraner! Was wissen Sie von Barrayar?« Er ließ Überraschung in Nachdenklichkeit übergehen.

»Ich habe mich mit Ihrer Vergangenheit beschäftigt«, sagte sie lächelnd.

»Indem Sie die Barrayaraner befragt haben? Ich hoffe, Sie glauben nicht alles, was die von mir erzählen.«

»Das habe ich nicht geglaubt. *Die* meinen, Sie seien von den Cetagandanern geschaffen worden. Ich habe mich nach Bestätigung von unabhängiger Seite umgeschaut und in meinen eigenen privaten Quellen gesucht. Ich bin auf einen Einwanderer gestoßen, der in einem Klon-Labor gearbeitet hatte. Sein Gedächtnis war unglücklicherweise in Einzelheiten etwas unzuverlässig. Als man ihn feuerte, hat man ihn gewaltsam gewisser Informationen beraubt. Aber das, woran er sich erinnern konnte, war erschreckend. Die Freie Dendarii-Söldnerflotte ist offiziell auf Jackson's Whole registriert, nicht wahr?«

»Nur, weil es juristisch bequem ist. Sonst sind wir nicht mit Jackson's Whole verbunden, falls Sie danach fragen wollen. Sie haben wohl ein wenig Hausaufgaben gemacht, was?« Miles reckte den Hals. Drüben stand Elli Quinn neben einem Bodenwagen der Polizei und gestikulierte lebhaft mit einem ernst dreinblickenden Konstablerhauptmann.

»Natürlich«, sagte Vallerie. »Ich würde gerne – unter Ihrer Mitarbeit – eine gut fundierte Sendung über Sie machen. Ich glaube, das wäre für unsere Zuschauer äußerst interessant.«

»Ach ... die Dendarii suchen keine Publizität. Ganz im Gegenteil. Sie könnte unsere Operationen und Agenten gefährden.«

»Dann über Sie persönlich. Nichts Aktuelles. Wie Sie zu den Dendarii gekommen sind. Wer Sie geklont hat, und warum – ich weiß schon, nach wem Sie geklont wurden. Ihre frühesten Erinnerungen. Ich habe gehört, daß man Sie einem beschleunigten Wachstum und einem hypnotischen Training unterzogen hat. Wie war das eigentlich? Und so weiter.«

»Es war unangenehm«, sagte er kurz angebunden. Ihr Angebot einer Sendung war in der Tat verlockend, abgesehen davon, daß ihm Galeni dafür die Haut abziehen und Illyan ihn ausstopfen und präparieren lassen würde. Und er mochte Vallerie. Es war ja recht nett, durch sie ein paar nützliche Fiktionen in die Welt zu setzen, aber eine zu enge Verbindung mit ihm gerade jetzt – er blickte über das Landefeld zum Spurensicherungsteam der Polizei, das inzwischen eingetroffen war und jetzt in den Überresten des Schwebelasters herumstocherte – könnte für ihr Wohlergehen gefährlich sein. »Ich habe eine bessere Idee. Warum machen Sie nicht ein Exposé über das illegale zivile Klon-Geschäft?«

»Das hat man schon gedreht.«

»Aber diese Praktiken sind immer noch im Schwange. Anscheinend hat man nicht genug darüber berichtet.«

Sie schaute nicht sonderlich begeistert drein. »Wenn Sie eng mit mir zusammenarbeiten würden, Admiral Naismith, dann hätten Sie einen gewissen Einfluß auf die Sendung. Wenn Sie nicht kooperieren – nun, dann sind Sie einfach ein Thema für Nachrichten. Und für uns ein gefundenes Fressen.«

Er schüttelte widerstrebend den Kopf. »Tut mir leid. Sie müssen das alleine machen.« Diese Szene, die sich am Bodenwagen der Polizei abspielte, fesselte seine Aufmerksamkeit. »Entschuldigen Sie mich«, sagte er zerstreut. Sie zuckte die Achseln und ging zu ihrem Holovid-Mann, während Miles davontrottete.

Die Polizei führte Elli ab.

»Mach dir keine Sorgen, Miles, ich bin schon früher einmal verhaftet worden«, versuchte sie ihn zu beruhigen. »Das ist keine große Sache.«

»Kommandantin Quinn ist meine persönliche Leibwächterin«, protestierte Miles gegenüber dem Polizeihauptmann, »und sie war im Dienst. Ganz offensichtlich. Und sie ist es immer noch. Ich brauche sie!«

»Pst, Miles, beruhige dich«, flüsterte Elli ihm zu, »sonst nehmen sie am Ende dich auch noch mit.«

»Mich?! Verdammt noch mal, ich bin doch das Opfer! Eigentlich sollten doch diese beiden Kerle verhaftet werden, die mich platt quetschen wollten.«

»Na ja, die wird man auch noch mitnehmen, sobald die Leute von der Spurensicherung sie in Säcke gefüllt haben. Du kannst nicht erwarten, daß die Behörden einfach nur unser Wort für alles nehmen, was vorgefallen ist. Sie werden die Fakten überprüfen und unsere Geschichte abklopfen, und dann werden sie mich freilassen.« Sie lächelte dem Hauptmann zu, der sich sichtlich geschmeichelt fühlte. »Polizisten sind schließlich auch Menschen.«

»Hat deine Mutter dir nie gesagt, daß du nicht zu fremden Leuten in einen Wagen steigen sollst?« murmelte Miles. Aber sie hatte ja recht. Wenn er zuviel Umstände machte, dann könnte es passieren, daß die Konstabler seinem Shuttle ein Startverbot erteilten, oder noch schlimmer … Er fragte sich, ob die Dendarii je den Raketenwerfer zurückbekämen, der jetzt als Tatwaffe beschlagnahmt worden war. Er fragte sich, ob die Verhaftung seiner wichtigsten Leibwache der erste Schritt eines wohlüberlegten Komplotts gegen ihn darstellte. Und er fragte sich, ob seine Flottenärztin über ein psychotropes Medikament gegen galoppierende Paranoia verfügte. Falls sie eines hätte, dann wäre er sicher allergisch dagegen. Er knirschte mit den Zähnen und tat einen tiefen Atemzug, um sich zu beruhigen.

Ein Zweimann-Minishuttle der Dendarii rollte jetzt zum Abstellplatz heran. Was war denn das schon wieder? Miles blickte auf sein Armbandchrono und wurde sich bewußt, daß er jetzt schon fast fünf seiner kostbaren vierundzwanzig Stunden hier auf dem Shuttlehafen vertrödelt hatte. Jetzt, da er wußte, wie spät es war, wußte er auch, wer da angekommen war, und er stieß einen leisen Fluch der Frustration aus. Elli nutzte diese neue Ablenkung aus, stupste den Polizeihauptmann an, er solle sich in Bewegung setzen, und salutierte zum Abschied schneidig und aufmunternd vor Miles. Die Reporterin war fort, Gott sei Dank, und interviewte jetzt die maßgeblichen Leute vom Shuttlehafen.

Leutnantin Bone verließ ihr Shuttle, blitzblank, adrett und eindrucksvoll in ihrer besten grauen Samtuniform, und trat an die Männer heran, die noch an der Rampe des größeren Shuttles zurückgeblieben waren. »Admiral Naismith, Sir? Sind Sie bereit für unseren Termin … Ach, *du lieber Himmel …*«

Er grinste ihr mit seinem verschrammten und schmutzverschmierten Gesicht zu und war sich bewußt, daß sein Haar verfilzt und klebrig vom Blut war, der Kragen blutbesudelt, die Jacke verschmutzt, die Knie seiner Hosen aufgerissen. »Würden Sie von einem solchen Mann einen Gebrauchtwagen kaufen?« zwitscherte er ihr zu.

»Das geht nicht«, seufzte sie. »Die Bank, mit der wir verhandeln, ist *sehr* konservativ.«

»Die haben keinen Sinn für Humor?«

»Nicht, wenn es um ihr Geld geht.«

»Okay.« Er schluckte weitere geistreiche Bemerkungen hinunter; es bestand schon die Gefahr, daß seine Nerven mit ihm durchgingen. Er wollte sich mit den Händen durchs Haar fahren, zuckte zusammen und wandelte die Geste um in ein vorsichtiges Betasten des provisorischen Pflasters. »Und alle meine Extrauniformen sind im Orbit – und ich möchte nicht ohne Quinn im Rücken in London herumkutschieren. Jedenfalls nicht jetzt. Und ich muß wegen meiner Schulter mit der Ärztin sprechen, da stimmt etwas immer noch nicht ...«, pochender Schmerz, genau gesagt, »und es gibt einen neuen und ernsthaften Verdacht, wohin unsere ausstehende Kreditüberweisung gegangen ist.«

»So?« fragte sie, voller Interesse für den wesentlichen Punkt.

»Ein übler Verdacht, den ich erst überprüfen muß. Also gut«, seufzte er und fügte sich ins Unvermeidliche, »sagen Sie unseren Termin bei der Bank für heute ab. Machen Sie einen neuen für morgen aus, falls möglich.«

»Jawohl, Sir!« Sie salutierte und zog sich zurück.

»Einen Moment mal«, rief er hinter ihr her, »Sie brauchen denen aber nicht zu erzählen, warum ich verhindert war, ja?«

Ihr Mundwinkel zuckte nach oben. »Daran würde ich nicht einmal im Traum denken«, beruhigte sie ihn nachdrücklich.

Als Miles wieder an Bord der *Triumph* im nahen Erdorbit war und seine Flottenärztin aufsuchte, stellte sie einen Haarriß in seinem linken Schulterblatt fest, eine Diagnose, die Miles überhaupt nicht überraschte. Die Ärztin behandelte ihn mit Elektra-Stim und steckte seinen linken Arm in einen äußerst lästigen Plastikverband. Miles meckerte herum, bis die Ärztin ihm androhte, sie würde seinen ganzen Körper in einen Plastikverband stecken. Sobald sie die Wunde an seinem Hinterkopf verarztet hatte, schlich sich Miles aus der Krankenstation davon, bevor sich die Ärztin für die offensichtlichen medizinischen Vorteile des Ganzkörperverbandes begeisterte.

Nachdem er sich gewaschen und umgezogen hatte, machte sich Miles auf die Suche nach Kapitänin Elena Bothari-Jesek, einer der drei Dendarii, die seine wahre Identität kannten. Der Dritte im Bunde war ihr Ehemann und Miles' Flotteningenieur, Kommodore Baz Jesek. Elena wußte wahrscheinlich tatsächlich über Miles ebenso viel wie er selbst. Sie war die Tochter seines verstorbenen Leibwächters, Sergeant Bothari, und sie beide waren zusammen aufgewachsen. Sie war durch Miles' Erlaß Offizierin der Dendarii geworden, als er diese Truppe geschaffen oder gefunden hatte, je nachdem, wie man den chaotischen Beginn dieser ganzen schrecklich überzogenen verdeckten Operation beschreiben wollte. Zunächst Offizierin nur dem Namen nach, war sie inzwischen doch mit Ausdauer, Entschlossenheit und verbissenem Lernen wirklich eine geworden. Ihre Konzentration war intensiv, ihre Treue absolut, und Miles war so stolz auf sie, als hätte er sie selber erfunden. Seine sonstigen Gefühle ihr gegenüber gingen niemanden etwas an.

Als er die Offiziersmesse betrat, begrüßte Elena ihn mit einer Geste, die halb ein Winken, halb ein militärischer Gruß war, und zeigte ihr melancholisches Lächeln. Miles erwiderte den Gruß mit einem Kopfnicken und ließ sich auf einen Sitz an ihrem Tisch gleiten. »Hallo, Elena. Ich habe eine Geheimdienstmission für dich.«

Ihr langer, geschmeidiger Leib saß vorgebeugt auf ihrem Stuhl, ihre dunklen Augen leuchteten neugierig. Ihr kurzes schwarzes Haar umrahmte wie eine glatte Kappe ihr bleiches Gesicht, das zwar nicht schön, aber doch elegant war und an einen Wolfshund auf der Jagd erinnerte. Miles betrachtete seine eigenen kurzen, rechteckigen Hände, die er auf dem Tisch gefaltet hatte, damit seine Augen sich nicht in den zarten Flächen dieses Gesichtes verlören. Immer noch. Immer.

»Äh …« Miles schaute sich im Raum um und fing die Blicke einiger interessierter Techniker an einem Nachbartisch auf. »Tut mir leid, Jungs, nichts für euch.« Er machte einen Ruck mit dem Daumen; sie grinsten und verstanden den Wink, nahmen ihre Kaffeetassen und verließen polternd den Raum.

»Was für eine Art von Geheimdienstmission?« fragte sie und biß in ihr Sandwich.

»Sie ist an beiden Enden geheim, sowohl vom Standpunkt der Dendarii aus gesehen wie von dem der Botschaft von Barrayar hier auf der Erde. Besonders vom Standpunkt der Botschaft aus. Eine Kurieraufgabe. Ich möchte, daß du dir ein Ticket auf dem schnellsten verfügbaren kommerziellen Schiff nach Tau Ceti besorgst und eine Nachricht von Leutnant Vorkosigan an das Sektor-Hauptquartier des Kaiserlichen Geheimdienstes in der dortigen Botschaft überbringst. Mein kommandierender Offizier in der Botschaft hier auf der Erde weiß nicht, daß ich dich schicke, und so würde ich es gerne beibehalten.«

»Ich bin … nicht sonderlich scharf drauf, mit der barrayaranischen Kommandostruktur zu tun zu haben«, sagte sie sanft nach einem Augenblick des Zögerns. Dabei betrachtete sie ihre Hände.

»Ich weiß. Aber da das beide meiner Identitäten betrifft, muß ich entweder dich schicken oder Baz oder Elli Quinn. Die Londoner Polizei hat Elli verhaftet, und deinen Mann kann ich nicht gut schicken; irgendein konfuser Subalterner auf Tau Ceti könnte versuchen, ihn zu verhaften.«

Jetzt schaute Elena von ihren Händen auf. »Warum hat Barrayar nie die gegen Baz erhobenen Beschuldigungen wegen Fahnenflucht fallengelassen?«

»Ich habe mich darum bemüht. Ich hatte schon gedacht, ich hätte sie fast überredet. Aber dann bekam Simon Illyan einen Anfall von Skrupeln und kam zu dem Schluß, wenn er den Haftbefehl bestehen ließe, ohne ihn wirklich zu vollziehen, dann hätte er im Notfall eine zusätzliche Handhabe gegen Baz. Außerdem verleiht die Sache der Tarnung der Dendarii als wirklich unabhängiges Unternehmen eine gewisse Glaubwürdigkeit. Ich dachte, Illyan habe unrecht – tatsächlich habe ich ihm das sogar gesagt, bis er mir schließlich befahl, zu diesem Thema die Klappe zu halten. Eines Tages, wenn ich die Befehle geben werde, werde ich dafür sorgen, daß das geändert wird.«

Sie verzog die Augenbrauen. »Darauf kann man ja lange warten, bei dem Tempo, in dem du momentan befördert wirst – Leutnant.«

»Mein Vater ist sehr empfindlich gegen Beschuldigungen wegen Vetternwirtschaft.« Er hob die versiegelte Datendiskette hoch, die er mit einer Hand auf der Tischfläche herumgeschoben hatte. »Ich möchte, daß du diese Diskette Kommodore Destang, dem Ersten Militärattaché auf Tau Ceti, persönlich in die Hand gibst. Laß sie ihm nicht über jemand anderen zukommen, denn ich hege unter anderem den häßlichen Verdacht, daß es im barrayaranischen Kurierkanal zwischen hier und Tau Ceti eine undichte Stelle gibt. Ich glaube zwar, daß das Problem auf dieser Seite besteht, aber falls ich mich irren sollte... Du lieber Himmel, ich hoffe doch, daß es nicht Destang höchstpersönlich ist.«

»Bist du paranoid?« fragte sie besorgt.

»Jeden Augenblick werde ich es mehr und mehr. Es hilft mir nicht die Bohne, daß ich Kaiser Yuri den Wahnsinnigen in meinem Stammbaum habe. Ich habe mich schon immer gefragt, ob eines Tages seine Krankheit bei mir ausbricht. Kann man paranoid bezüglich der eigenen Paranoia sein?«

»Wenn das jemand kann, dann sicher du«, sagte sie mit einem süßen Lächeln.

»Hm. Na ja, diese besondere Paranoia ist ein klassischer Fall. Ich habe in der Nachricht an Destang mich um eine sanfte Sprache bemüht – am besten liest du sie mal durch, bevor du an Bord gehst. Was würdest du schließlich von einem jungen Offizier halten, der überzeugt ist, seine Vorgesetzten seien drauf aus, ihn zu erledigen?«

Sie legte ihren Kopf schräg und zog die eleganten Augenbrauen hoch.

»Ganz recht.« Miles nickte. Er tippte mit dem Zeigefinger auf die Diskette. »Der Zweck deiner Reise ist, eine Hypothese zu testen – nur eine Hypothese, denk dran! –, nämlich, daß unsere achtzehn Millionen Mark deshalb nicht hier sind, weil sie unterwegs verschwunden sind. Möglicherweise einfach in die Taschen des lieben Hauptmanns Galeni. Dafür gibt es noch keine klaren Beweise, wie etwa Galenis plötzliches und andauerndes Verschwinden, und eine solche Beschuldigung sollte ein junger, ehrgeiziger Offizier besser nicht irrtümlich vorbringen. In meinem Bericht habe ich sie in vier andere Theorien eingebettet, aber auf diese eine bin ich scharf. Du mußt herausfinden, ob das Hauptquartier unser Geld überhaupt abgeschickt hat.«

»Du klingst nicht scharf, sondern unglücklich.«

»Ja nun, sie ist gewiß die übelste Möglichkeit. Allerdings hat sie eine bezwingende Logik für sich.«

»Und wo ist daran der Haken?«

»Galeni ist Komarraner.«

»Wem macht das was aus? Umso wahrscheinlicher ist es doch, daß du recht hast.«

Mir macht es etwas aus. Miles schüttelte den Kopf. Was bedeutete Elena schon barrayaranische Innenpolitik, wo sie doch leidenschaftlich geschworen hatte, nie wieder den Fuß auf ihren verhaßten Heimatplaneten zu setzen?

Sie zuckte die Achseln, erhob sich und steckte die Diskette in die Tasche.

Er versuchte nicht, ihre Hand zu fassen. Er machte keine einzige Bewegung, die sie beide in Verlegenheit versetzen könnte. Alte Freunde waren schwerer zu bekommen als eine neue Geliebte.

Oh, meine älteste Freundin.

Immer noch. Immer.

KAPITEL 6

Mittags aß er in seiner Kabine ein Sandwich und trank eine Tasse Kaffee, während er die Statusberichte der Dendarii-Flotte durchschaute. An den übriggebliebenen Kampfshuttles der *Triumph* waren die Reparaturen fertiggestellt und abgenommen worden. Und leider auch schon bezahlt, und dieses Geld war jetzt unwiderruflich weg. In der ganzen Flotte waren die Instandsetzungsarbeiten durchgeführt worden, der ganze Planetenurlaub war aufgebraucht, alles war auf Vordermann gebracht und auf Hochglanz poliert. Langeweile kam auf. Langeweile und Bankrott.

Die Cetagandaner waren völlig auf dem Holzweg, dachte Miles bitter. Nicht der Krieg würde die Dendarii vernichten, sondern der Friede. Wenn sich ihre Feinde nur zurückhielten und geduldig warteten, dann würden die Dendarii, seine Schöpfung, ganz von allein zusammenbrechen, ohne irgendwelche Unterstützung von außen.

Der Kabinensummer ertönte, eine willkommene Unterbrechung der dunklen und verschlungenen Ketten seiner Gedanken. Er drückte die Kommunikatortaste auf seinem Schreibtisch. »Ja?«

»Ich bin's, Elli.«

Seine Hand langte eifrig nach der Türsteuerung. »Komm herein! Du bist früher zurück, als ich erwartet hatte. Ich hatte befürchtet, du würdest dort unten hängenbleiben wie Danio. Oder noch schlimmer, zusammen mit Danio.«

Er drehte seinen Stuhl herum. Als sich die Tür zischend öffnete, schien das Zimmer plötzlich heller zu werden, obwohl ein Lichtmesser den Unterschied nicht festgestellt hätte. Elli salutierte kurz und lehnte sich mit einer Hüfte an den Rand seines Tisches. Sie lächelte, doch ihre Augen sahen müde aus.

»Hab' ich dir's nicht gesagt?« fragte sie. »Es wurde schon davon geredet, mich auf die Dauer dort zu behalten. Ich war nett, ich war kooperativ, ich war fast tugendhaft und versuchte sie zu überzeugen, daß ich keine mörderische Bedrohung für die Gesellschaft darstellte und daß sie mich wirklich wieder auf die Straße hinauslassen konnten, aber ich kam nicht voran, bis schließlich ihre Computer plötzlich ins Schwarze trafen. Die Laborleute kamen mit den Identitäten der beiden Männer an, die ich am Shuttlehafen … getötet hatte.«

Miles verstand ihr kurzes Zögern bei der Wahl des Wortes. Ein anderer hätte vielleicht einen flapsigen Euphemismus gewählt – *weggeblasen* oder *umgelegt* –, um sich von den Folgen seiner Handlung zu distanzieren. Aber nicht Elli Quinn.

»Die waren interessant, nehme ich an«, sagte er aufmunternd. Er bemühte sich um eine ruhige Stimme, die keine Andeutung auf ein moralisches Urteil erkennen ließ. Wenn doch die Gespenster der Feinde einen erst begleiten würden, wenn's zur Hölle ging. Aber nein, sie lungerten immerzu um einen herum und warteten darauf, daß sie diesen Dienst antreten konnten. Vielleicht waren die Kerben, die Danio in die Griffe seiner Waffen schnitt, am Ende gar keine so geschmacklose Idee. Sicher war es eine größere Sünde, einen einzigen Toten in seiner Zählung zu vergessen. »Erzähl mir davon.«

»Es stellte sich heraus, daß beide dem Eurolaw-Netz bekannt waren, und beide wurden gesucht. Sie waren – wie soll ich es formulieren – Soldaten der Schattenwirtschaft. Professionelle Killer. Leute aus London.«

Miles zuckte zusammen. »Du lieber Himmel, was habe ich denen denn getan?«

»Ich bezweifle, daß sie aus eigenem Antrieb hinter dir her waren. Sie waren so gut wie sicher angeheuert, gedungen von dritter, unbekannter Seite. Allerdings meine ich, daß wir beide leicht erraten können, wer dahinter steckt.«

»O nein! Die Botschaft von Cetaganda heuert schon Leute zu meiner Ermordung an? Vermutlich ergibt das einen Sinn: Galeni sagte, sie hätten zu wenig Personal. Aber ist dir klar ...« – er stand auf und begann erregt hin und her zu gehen –, »daß das bedeutet, ich könnte aufs neue angegriffen werden, und zwar aus jeder Richtung. Überall, zu jeder Zeit. Von Fremden, die keinerlei persönliche Motivation haben.«

»Ein Alptraum für die Sicherheit«, stimmte sie zu.

»Vermutlich konnte die Polizei ihren Auftraggeber nicht herausfinden?«

»Das hat nicht geklappt. Jedenfalls bis jetzt noch nicht. Ich habe ihre Aufmerksamkeit auf die Cetagandaner gelenkt und sie als Kandidaten mit einem Motiv genannt, für den Dreisatz aus Methode, Motiv und Gelegenheit, an dem Polizei vielleicht bastelt.«

»Gut. Können wir aus Methode und Gelegenheit selber etwas schließen?« überlegte Miles laut. »Das Endresultat ihres Versuchs scheint darauf hinzudeuten, daß sie für ihre Aufgabe etwas zu wenig vorbereitet waren.«

»Von meinem Standpunkt aus gesehen sah es so aus, als hätte ihre Methode beinahe funktioniert«, bemerkte sie. »Diese Methode legt jedoch den Gedanken nahe, daß die Gelegenheit vielleicht ihr einengender Faktor gewesen ist. Ich meine, Admiral Naismith versteckt sich nicht einfach, wenn du hinab auf den Planeten gehst, so schwierig es auch sein mag, einen einzelnen Mann unter neun Milliarden ausfindig zu machen. Er hört buchstäblich auf, irgendwo zu existieren, zack! Es gibt Indizien, daß diese Kerle schon einige Tage auf dem Shuttlehafen herumgelungert sind und auf dich gewartet haben.«

»Uff.« Sein Besuch auf der Erde war völlig ruiniert. Admiral Naismith war, so schien es, eine Gefahr für ihn selbst und für andere. Die Erde war zu dicht bevölkert. Was, wenn die Attentäter nächstesmal versuchten, einen ganzen U-Bahn-Wagen oder ein komplettes Restaurant in die Luft zu jagen, um ihr Ziel zu vernichten? Eine Eskorte zur Hölle aus den Seelen seiner Feinde war eine Sache, aber was, wenn er beim nächstenmal neben einer Klasse von Volksschulkindern stand?

»Ach, übrigens, ich habe den Gefreiten Danio gesehen, als ich drunten war«, fügte Elli hinzu und untersuchte einen abgebrochenen Fingernagel. »Sein Fall kommt in ein paar Tagen vor den Richter, und er bat mich, ich solle dich bitten zu kommen.«

Miles knurrte leise. »Oh, gewiß. Eine potentiell unbegrenzte Anzahl völlig Fremder versucht mich umzulegen, und er möchte, daß ich einen öffentlichen Auftritt einplane. Für Schießübungen, zweifellos.«

Elli grinste und knabberte ihren Fingernagel gleichmäßig ab. »Er möchte jemanden, der ihn kennt, als Zeugen für seinen Charakter haben.«

»Zeugen für seinen Charakter! Ich wünschte mir, ich wüßte, wo er seine Skalpsammlung versteckt hat; ich würde sie mitbringen und dem Richter zeigen. Die Therapie für Soziopathen wurde genau für Leute wie ihn *erfunden.* Nein, nein. Der letzte, den er als Zeugen für seinen Charakter gebrauchen kann, ist jemand, der ihn kennt.« Miles seufzte und ließ die Schulter sinken. »Schick Kapitän Thorne. Er ist Betaner und verfügt über eine Menge kosmopolitisches *savoir faire;* er sollte eigentlich fähig sein, im Zeugenstand überzeugend zu lügen.«

»Eine gute Wahl«, stimmte Elli zu. »Es wird Zeit, daß du anfängst, etwas von deiner Arbeitslast an andere zu delegieren.«

»Ich delegiere immerzu«, widersprach er. »Ich bin

zum Beispiel äußerst froh, daß ich meine persönliche Sicherheit an dich delegiert habe.«

Sie warf eine Hand hoch und machte eine Grimasse, als wollte sie das in seiner Bemerkung enthaltene Kompliment zurückschlagen, bevor es landen konnte. Waren seine Worte bissig gemeint? »Ich war etwas langsam.«

»Du warst schnell genug.« Miles wandte sich um und trat an sie heran, um sie – oder zumindest ihren Hals – anzuschauen. Sie hatte der Bequemlichkeit halber ihre Jacke zurückgestreift, der Bogen ihres schwarzen T-Shirts verlief über ihr Schlüsselbein wie eine Art abstrakter, ästhetischer Skulptur. Ihr Duft – kein Parfüm, sondern nur der Duft von Frau – stieg warm von ihrer Haut auf.

»Ich denke, du hattest recht«, sagte sie. »Offiziere sollten nicht mit Leuten aus der eigenen Einheit anbandeln …«

Verdammt, dachte Miles, *das habe ich doch damals nur gesagt, weil ich in Baz Jeseks Frau verliebt war und es nicht sagen wollte – es wäre besser, es nie jemandem zu sagen …*

»… es lenkt wirklich vom Dienst ab. Ich habe dich beobachtet, wie du auf dem Shuttlehafen auf uns zugekommen bist, und für ein paar Minuten war die Sicherheit das letzte, woran ich dachte.«

»An was dachtest du zuerst?« fragte Miles voller Hoffnung, bevor die Vernunft ihn zurückhalten konnte. Wach endlich auf, Mann, in den nächsten dreißig Sekunden könntest du deine ganze Zukunft vermasseln.

Ihr Lächeln war ziemlich gequält. »Ich überlegte, was du eigentlich mit der dummen Katzenhaardecke gemacht hast«, sagte sie leichthin.

»Ich habe sie in der Botschaft gelassen. Ich wollte sie eigentlich mitbringen«, und was hätte er jetzt dafür gegeben, wenn er sie herausziehen und Elli einladen könnte, sich mit ihm auf den Rand seines Bettes zu setzen, »aber ich mußte an einige andere Dinge denken. Ich habe dir noch nicht über die neueste Wendung hinsichtlich unserer verwickelten Finanzen erzählt. Ich habe den Verdacht…«, verdammt, schon wieder drang das Geschäft in einen privaten Augenblick ein, in diesen möglicherweise privaten Augenblick. »Ich werde dir später davon erzählen. Jetzt im Augenblick möchte ich über uns sprechen. Ich muß über uns sprechen.«

Sie zog sich etwas von ihm zurück; Miles korrigierte hastig seine Worte und fügte hinzu: »und über den Dienst.« Sie unterbrach ihren Rückzug. Seine rechte Hand berührte ihren Uniformkragen, drehte ihn um, glitt über die glatte kühle Oberfläche ihres Rangabzeichens. Er war so nervös, als zupfte er Fusseln von ihrer Jacke. Er zog die Hand zurück und ballte sie über seiner Brust zur Faust, um sie unter Kontrolle zu halten.

»Ich… habe eine Menge Pflichten, weißt du. Sozusagen eine doppelte Dosis. Da sind die Pflichten von Admiral Naismith, und die von Leutnant Vorkosigan. Und dann die Pflichten von Lord Vorkosigan. Eine dreifache Dosis.«

Ihre Augenbrauen hoben sich, sie schürzte die Lippen, ihre Augen blickten ihn kühl forschend an. Eine überirdische Geduld, ja, sie würde warten, bis er sich in seinem eigenen Tempo blamierte. Sein Tempo wurde jetzt stürmisch.

»Du bist mit den Pflichten von Admiral Naismith vertraut. Aber sie sind wirklich die geringsten meiner Schwierigkeiten. Admiral Naismith ist Leutnant Vorkosigan untergeordnet und existiert nur, um dem Kaiserlichen Geheimdienst von Barrayar zu dienen, dem er durch die Weisheit und Gnade seines Kaisers unterstellt wurde. Nun ja, auf jeden Fall durch die Weisheit der Berater seines Kaisers. Kurz gesagt, durch meinen Vater. Du kennst die Geschichte.«

Sie nickte.

»Diese Geschichte, von wegen sich nicht mit jemand

vom der eigenen Einheit privat einzulassen, mag vielleicht für Admiral Naismith gelten …«

»Ich hatte mir später überlegt, ob dieser … Vorfall im Liftrohr vielleicht eine Art Test war«, sagte sie nachdenklich.

Er brauchte einen Moment, bis ihm die Bedeutung ihrer Worte aufging. »Uff! Nein!« schrie Miles auf. »Was für ein abstoßend fieser, gemeiner, ja hundsgemeiner Trick wäre das gewesen – nein. Kein Test. Ganz echt.«

»Aha«, sagte sie, aber sie unterließ es, ihm ihre Überzeugung etwa durch eine herzliche Umarmung mitzuteilen. Eine herzliche Umarmung wäre in genau diesem Augenblick sehr beruhigend gewesen. Aber sie stand einfach da und schaute ihn an, in einer Körperhaltung, die so unbequem wie die Rührt-euch-Stellung war.

»Aber du mußt daran denken, Admiral Naismith ist kein realer Mensch. Er ist ein Konstrukt. Ich habe ihn erfunden. Und wenn ich jetzt zurückblicke, dann fehlen ihm einige wichtige Teile.«

»Ach, Quatsch, Miles.« Sie streifte leicht seine Wange. »Was ist das? Ektoplasma?«

»Kommen wir zurück, ganz zurück, zu Lord Vorkosigan«, redete Miles verzweifelt weiter. Er räusperte sich und bemühte sich, wieder den barrayaranischen Akzent anzunehmen. »Du bist bisher Lord Vorkosigan kaum begegnet.«

Sie grinste über den Wechsel in seiner Sprechweise. »Ich habe dich schon in seinem Akzent reden hören. Er ist charmant, wenn auch ziemlich unpassend.«

»Ich spreche nicht in seinem Akzent, er spricht in meinem. Das heißt – ich denke …«, brach er verwirrt ab. »Barrayar steckt mir in den Knochen.«

Sie hob die Augenbrauen, doch die Ironie ihrer Mimik wurde von ihrem offenkundigen Wohlwollen gedämpft. »Buchstäblich, so verstehe ich es. Ich meine nicht, daß du ihnen zu danken hättest, wo sie dich doch schon vergiftet haben, bevor du überhaupt geboren warst.«

»Sie waren nicht hinter mir her, sondern hinter meinem Vater. Meine Mutter …«, er erinnerte sich, wohin er eigentlich dieses Gespräch zu steuern versuchte, und da war es wahrscheinlich besser, sich nicht über die gescheiterten Attentatsversuche der letzten fünfundzwanzig Jahre auszulassen. »Auf jeden Fall kommt so etwas kaum noch vor.«

»Und was war das heute dort drunten auf dem Shuttlehafen? Ein Straßenballett?«

»Das war kein *barrayaranisches* Attentat.«

»Das weißt du doch nicht«, bemerkte sie fröhlich.

Miles öffnete den Mund und zögerte. Eine neue und noch schrecklichere Paranoia raubte ihm die Sprache. Hauptmann Galeni war ein raffinierter Mann, falls Miles ihn richtig eingeschätzt hatte. Hauptmann Galeni konnte ihm in einer logischen Kette, die von Interesse für ihn war, schon weit voraus sein. Mal angenommen, Galeni hatte sich der Veruntreuung schuldig gemacht. Und weiter angenommen, er hatte Miles' Verdacht vorausgesehen. Und weiterhin angenommen, er hatte eine Möglichkeit entdeckt, sowohl das Geld wie auch die Karriere zu behalten, indem er seinen Ankläger beseitigte. Galeni hatte schließlich gewußt, wann genau Miles sich auf dem Shuttlehafen befinden würde. Und jeden lokalen bezahlten Killer, den die Botschaft von Cetaganda anheuern konnte, den konnte die Botschaft von Barrayar ebenso leicht, ebenso heimlich anheuern. »Auch darüber werden wir – später – reden«, würgte er hervor.

»Warum nicht jetzt?«

»WEIL ICH …«, er zögerte und holte tief Luft, »etwas anderes zu sagen versuche«, fuhr er leise und gepreßt fort.

Es gab eine Pause. »Red weiter«, ermutigte ihn Elli.

»Hm, Pflichten. Nun ja, so wie Leutnant Vorkosigan

alle Pflichten von Admiral Naismith zu erfüllen hat, dazu noch seine eigenen, so hat Lord Vorkosigan alle Pflichten von Leutnant Vorkosigan zu erfüllen, plus seine eigenen. Politische Pflichten, die von den militärischen Pflichten eines Leutnants getrennt sind und sie sozusagen überwölben. Und, hm … Familienpflichten.« Seine Handflächen waren feucht, er rieb sie verstohlen an seiner Hosennaht. Das Ganze war noch schlimmer, als er sich es vorgestellt hatte. Aber gewiß nicht schlimmer als die Situation von jemand, dem einmal das Gesicht verbrannt worden war und der sich jetzt wieder Plasmafeuer gegenüber sah.

»Was du da redest, klingt wie ein Venn-Diagramm. Die Menge aller Mengen, die Teilmengen von sich selber sind oder so was.«

»So komme ich mir auch vor«, gab er zu. »Aber ich muß irgendwie den roten Faden im Auge behalten.«

»Und wer steckt in Lord Vorkosigan?« fragte sie neugierig. »Wenn du in den Spiegel schaust, nachdem du unter der Dusche hervorgekommen bist, wer schaut dich dann an? Sagst du dann zu dir: Hallo, Lord Vorkosigan?«

Ich vermeide es, in Spiegel zu schauen … »Miles, vermutlich. Einfach Miles.«

»Und was umfaßt Miles?«

Sein rechter Zeigefinger fuhr über den Rücken seiner ruhiggestellten linken Hand. »Diese Haut.«

»Und das ist die letzte äußere Grenze?«

»Wahrscheinlich.«

»Ihr Götter«, murmelte sie. »Ich habe mich in einen Mann verliebt, der meint, er sei eine Zwiebel.«

Miles kicherte; er konnte es nicht unterdrücken. Aber – »verliebt?« Sein Herz hob sich, zutiefst ermutigt. »Besser als meine Vorfahrin, die sich angeblich für …«, nein, dieses Thema sollte er lieber nicht anschneiden.

Aber Ellis Neugier war unersättlich; das war schließlich der Grund, weshalb er sie von Anfang an dem Nachrichtendienst der Dendarii zugeordnet hatte, wo sie so spektakulär erfolgreich gewesen war. »Was?«

Miles räusperte sich. »Die fünfte Gräfin Vorkosigan litt angeblich unter dem periodischen Wahn, sie sei aus Glas.«

»Was ist schließlich mit ihr passiert?« fragte Elli fasziniert.

»Einer ihrer irritierten Verwandten ließ sie am Ende fallen, und sie zerbrach.«

»War die Illusion so intensiv?«

»Er ließ sie von einem zwanzig Meter hohen Turm fallen. Ich weiß es nicht«, sagte er ungeduldig. »Ich bin nicht verantwortlich für meine seltsamen Vorfahren. Ganz im Gegenteil. Genau umgekehrt.« Er schluckte. »Weißt du, eine von Lord Vorkosigans nichtmilitärischen Pflichten besteht darin, am Ende irgendwann irgendwoher eine Lady Vorkosigan anzubringen. Die zukünftige elfte Gräfin Vorkosigan. Das wird von einem Mann in einer streng patriarchalisch-linearen Kultur einfach erwartet, nicht wahr. Du weißt ja«, seine Kehle schien voller Baumwolle zu stecken, sein Akzent wechselte hin und her, »daß diese meine … hm … physiologischen Probleme«, seine Hand strich vage über seinen Körper, »teratogener Natur waren. Nicht genetisch. Meine Kinder dürften normal sein. Eine Tatsache, die mir das Leben gerettet hat, in Anbetracht der traditionellen, erbarmungslosen Einstellung der Barrayaraner gegenüber Mutationen. Ich glaube, daß mein Großvater nicht völlig davon überzeugt war; ich hatte mir immer gewünscht, er könnte lange genug leben, um meine Kinder zu sehen, einfach, damit man es ihm beweisen könnte …«

»Miles«, unterbrach Elli ihn sanft.

»Ja?« fragte er atemlos.

»Du plapperst. Warum plapperst du so daher? Ich

könnte dir stundenlang zuhören, aber es ist schwierig, wenn du den Schnellgang eingelegt hast.«

»Ich bin nervös«, gestand er. Er lächelte sie Verzeihung heischend an.

»Verzögerte Reaktion auf heute nachmittag?« Sie rutschte näher zu ihm hin. Welch ein Trost! »Ich kann das verstehen.«

Er legte vorsichtig den rechten Arm um ihre Taille. »Nein. Ja, nun, vielleicht ein bißchen. Möchtest du gerne Gräfin Vorkosigan sein?«

Sie grinste. »Eine aus Glas? Das wäre nicht meine Art, nein danke. Aber in Wirklichkeit klingt der Titel mehr, als handelte es sich um etwas in Leder mit Beschlagnägeln aus Chrom.«

Die Vorstellung von Elli in solcher Kleidung war so fesselnd, daß Miles eine volle halbe Minute brauchte, bis er zurück zu der Stelle des Gesprächs fand, wo es die falsche Wendung genommen hatte. »Laß es mich anders formulieren«, sagte er schließlich. »Willst du mich heiraten?«

Diesmal dauerte das Schweigen viel länger.

»Ich dachte, du wärest drauf aus mich zu bitten, mit dir ins Bett zu gehen«, sagte sie dann, »und ich würde lachen. Über deine Frechheit.« Jetzt lachte sie nicht.

»Nein«, sagte Miles. »Das wäre leicht gewesen.«

»Du verlangst nicht viel, was? Einfach, daß ich den Rest meines Lebens völlig neu einrichte.«

»Es ist gut, daß du das so verstehst. Es geht nicht nur um eine Heirat. Da hängt eine ganze Stellenbeschreibung dran.«

»Auf Barrayar. Auf einem Planeten.«

»Ja. Nun, es dürfte einige Reisen geben.«

Sie schwieg zu lange, dann sagte sie: »Ich wurde im Weltraum geboren. Ich bin auf einer Raumstation aufgewachsen. Habe den größten Teil meines Erwachsenenlebens auf Raumschiffen gearbeitet. Die Zeit, die ich auf echtem Planetenboden herumgelaufen bin, kann man in Monaten messen.«

»Das wäre schon eine Veränderung«, gab Miles mit Unbehagen zu.

»Und was würde mit der zukünftigen Admiralin Quinn, der freien Söldnerin, geschehen?«

»Vermutlich – hoffentlich – würde sie die Arbeit einer Lady Vorkosigan ebenso interessant finden.«

»Laß mich mal raten. Die Arbeit einer Lady Vorkosigan würde kein Schiffskommando einschließen.«

»Die Sicherheitsrisiken einer solchen Karriere würden sogar mich erschrecken. Meine Mutter gab ein Schiffskommando auf – beim Betanischen Astronomischen Erkundungsdienst –, um nach Barrayar zu gehen.«

»Willst du mir damit sagen, daß du nach einem Mädchen Ausschau hältst, das genau wie Mami ist?«

»Sie muß intelligent sein – sie muß schnell sein – sie muß entschlossen sein, zu überleben«, erklärte Miles unglücklich. »Wenn sie das nicht wäre, so bedeutete das die Opferung einer Unschuldigen. Vielleicht für sie, vielleicht für unsere Kinder mit ihr. Leibwächter können, wie du weißt, nicht alles verhindern.«

Sie stieß ihren Atem mit einem langen, stummen Pfiff aus und beobachtete ihn, wie er sie beobachtete. Der Widerspruch zwischen dem Kummer in ihren Augen und dem Lächeln auf ihren Lippen tat ihm weh. *Ich wollte dich nicht verletzen – das Beste, was ich anbieten kann, sollte nicht Schmerz für dich sein – ist es zuviel, zuwenig ... zu schrecklich?*

»Oh, mein Lieber«, hauchte sie traurig, »du denkst nicht darüber nach.«

»Ich denke nur das Beste von dir.«

»Und deshalb möchtest du mich für den Rest meines Lebens auf einen – entschuldige – hinterwäldlerischen Planeten verbannen, der sich kaum vom Feudalismus frei gemacht hat, wo man Frauen wie Leibeigene, ja wie

Vieh behandelt und wo man mir den Gebrauch jeder militärischen Fertigkeit verweigern würde, die ich in den letzten zwölf Jahren erlernt habe, vom Andocken von Shuttles bis zum Einsatz von Verhörchemie ... tut mir leid. Ich bin keine Völkerkundlerin, ich bin keine Heilige, und ich bin nicht verrückt.«

»Du brauchst dich jetzt nicht auf der Stelle zu entscheiden«, sagte Miles leise.

»O doch, das tu ich«, sagte sie, »bevor ich noch weichere Knie bekomme, wenn ich dich anschaue. Oder einen noch schwindligeren Kopf.«

Und was soll ich darauf erwidern? fragte sich Miles. Wenn du mich wirklich liebtest, dann würde es dir Freude machen, deine ganze Lebensgeschichte mir zuliebe zu opfern? Ja, gewiß. Sie hält nichts davon, sich zu opfern. Das macht sie stark, ihre Stärke macht, daß ich sie haben will, und so drehen wir uns im Kreis. »Barrayar ist das Problem, nicht wahr?«

»Natürlich. Welches weibliche Wesen, das alle Tassen im Schrank hat, würde freiwillig auf diesen Planeten übersiedeln? Mit Ausnahme deiner Mutter, offensichtlich.«

»Sie ist eine Ausnahme. Aber ... wenn sie und Barrayar kollidieren, dann ist es Barrayar, das sich ändert. Ich habe es erlebt. Du könntest ebenso eine Kraft der Veränderung darstellen.«

Elli schüttelte den Kopf. »Ich kenne meine Grenzen.«

»Niemand kennt seine Grenzen, solange er sie noch nicht überschritten hat.«

Sie musterte ihn prüfend. »*Du* würdest natürlich so denken. Wie steht es überhaupt mit dir und Barrayar? Du erlaubst, daß man dich herumschubst wie ... Ich habe nie verstanden, warum du nicht einfach die Dendarii nimmst und abhaust. Bei dir könnte es funktionieren, besser als je bei Admiral Oser, sogar besser als bei Tung. Und wenn du fertig wärst, dann könntest du als Kaiser deines eigenen Planeten enden.«

»Mit dir an meiner Seite?« Er grinste seltsam. »Schlägst du ernsthaft vor, ich sollte auf galaktische Eroberung ausgehen, mit fünftausend Mann hinter mir?«

Sie kicherte. »Wenigstens würde ich dann die Hoffnung auf ein Flottenkommando nicht aufgeben müssen. Nein, mal wirklich ernsthaft. Wenn du so sehr davon besessen bist, ein professioneller Soldat zu sein, wofür brauchst du dann Barrayar? Einc Söldnerflotte erlebt zehnmal soviel Aktion wie eine planetarische Flotte. Ein Planet erlebt einen Krieg vielleicht einmal in einer Generation, wenn er Glück hat...«

»Oder Pech«, warf Miles ein.

»Eine Söldnerflotte fliegt dem Krieg hinterher.«

»Diese statistische Tatsache hat man im Oberkommando von Barrayar schon bemerkt. Das ist einer der Hauptgründe, warum ich hier bin. In den letzten vier Jahren hatte ich mehr echte Kampferfahrung, wenn auch in kleinem Ausmaß, als die meisten anderen kaiserlichen Offiziere in den letzten vierzehn Jahren. Vetternwirtschaft funktioniert auf seltsame Art und Weise.« Er fuhr mit einem Finger der klaren Linie ihres Kieferknochens nach. »Jetzt begreife ich es. Du bist verliebt in Admiral Naismith.«

»Natürlich.«

»Nicht in Lord Vorkosigan.«

»Ich *ärgere mich* über Lord Vorkosigan. Er schätzt dich gering, mein Lieber.«

Er ging auf den Doppelsinn ihrer Worte nicht ein. Also war der Abgrund, der zwischen ihnen gähnte, tiefer, als er wirklich gedacht hatte. Für sie war Lord Vorkosigan nicht echt. Seine Finger umschlangen ihren Nacken, und er atmete ihren Atem ein, als sie fragte: »Warum läßt du dich von Barrayar unter Druck setzen?«

»Das ist das Kartenblatt, das man an mich ausgeteilt hat.«

»Wer? Ich kapier das nicht.«

»Ist schon in Ordnung. Es ist einfach sehr wichtig für mich, mit dem Blatt zu gewinnen, das ich bekommen habe. So soll es sein.«

»Bis zu deinem Begräbnis.« Ihre Lippen berührten seinen Mund.

»Mmmm.«

Sie lehnte sich einen Augenblick zurück. »Darf ich mich immer noch an dich heranmachen? Vorsichtig natürlich. Du wirst nicht durchdrehen, weil ich dich abgelehnt habe? Das heißt, Barrayar abgelehnt habe? Nicht dich, dich nie …«

Ich gewöhne mich schon daran. Fast gefühllos … »Soll ich schmollen?« fragte er leichthin. »Weil ich nicht alles bekommen kann. Soll ich nichts nehmen und beleidigt davonrauschen? Ich hoffe, du würdest mich kopfüber den Korridor entlangschmeißen, wenn ich so beschränkt wäre.«

Sie lachte. Es war gut, wenn er sie noch zum Lachen bringen konnte. Wenn Naismith alles war, was sie wollte, dann konnte sie ihn gewiß haben. Mit hungrigen Mündern neigten sie sich dem Bett zu. Es war leicht mit Quinn; sie machte es ihm leicht.

Ein Kopfkissengespräch mit Elli Quinn geriet leicht zur Fachsimpelei. Das überraschte Miles nicht. Während er schläfrig seinen Körper an dem ihren rieb, was ihn fast hinschmelzen ließ, vernahm er den Rest ihres kompletten Berichts über die Aktivitäten und Entdeckungen der Londoner Polizei. Er informierte sie seinerseits über den letzten Stand der Ereignisse in der Botschaft und über die Mission, zu der er Elena Bothari-Jesek losgeschickt hatte. Und all die Jahre bisher hatte er geglaubt, er bräuchte zur Berichterstattung einen Konferenzraum! Offensichtlich war er in ein ungeahntes Universum eines alternativen Befehlsstils gestolpert. Sybaritisch war viel besser als cybernetisch.

»Noch zehn weitere Tage«, beklagte sich Miles undeutlich bei seiner Matratze, »bis Elena wieder von Tau Ceti zurück sein kann. Und es gibt keine Garantie, daß sie dann das fehlende Geld mitbringt. Besonders, wenn es schon einmal geschickt wurde. Und in der Zwischenzeit hängt die Dendarii-Flotte müßig im Orbit. Weißt du, was wir brauchen?«

»Einen Kontrakt.«

»Verdammt richtig. Wir haben schon früher Zwi schenkontrakte angenommen, obwohl der Kaiserliche Geheimdienst von Barrayar uns auf Dauer verpflichtet hat. Das gefällt den Barrayaranern sogar, denn so wird ihr Budget etwas entlastet. Schließlich kommt der Sicherheitsdienst zu Hause um so leichter zurecht, je weniger Steuern man aus den Bauern herauspressen muß. Es ist schon seltsam, daß man nie versucht hat, aus den Dendarii-Söldnern eine Einnahmequelle zu machen. Ich hätte unsere Kontraktleute schon vor Wochen auf die Jagd nach neuen Verträgen geschickt, wenn wir nicht hier im Erdorbit festsäßen, bis das Durcheinander in der Botschaft geklärt ist.«

»Schade, daß wir die Flotte nicht direkt hier auf der Erde einsetzen können«, sagte Elli. »Unglücklicherweise scheint auf dem ganzen Planeten der Friede ausgebrochen zu sein.« Ihre Hände lösten die Muskeln in seinen Waden, Muskelfaser um Muskelfaser. Er überlegte, ob er sie überreden könnte, sich als nächstes seine Füße vorzunehmen. Schließlich hatte er vor einer Weile die ihren bearbeitet, wenn auch mit einem höheren Ziel im Blick. Oh, welche Freude, er würde sie nicht einmal überreden müssen... genußvoll zappelte er mit den Zehen. Er hatte nie geahnt, daß seine Zehen sexy waren, bis Elli ihn darauf hingewiesen hatte. Tatsächlich hatte seine Befriedigung mit seinem ganzen wonnedurchtränkten Leib einen bisher ungekannten Höhepunkt erreicht.

»Mein Denken ist irgendwo blockiert«, stellte er fest. »Ich betrachte irgend etwas von der falschen Seite. Wir wollen das mal untersuchen. Die Dendarii-Flotte ist nicht an die Botschaft gebunden, auch wenn ich es bin. Ich könnte euch alle fortschicken …«

Elli wimmerte. Das war ein so unwahrscheinliches Geräusch von ihrer Seite, daß Miles einen Muskelkrampf im Nacken riskierte und den Hals verdrehte, um sie über die Schulter anzuschauen. »Das ist nur ein Brainstorming«, entschuldigte er sich.

»Schön, aber hör *damit* nicht auf.«

»Und überhaupt, gerade wegen dem Durcheinander in der Botschaft bin ich nicht scharf drauf, auf meine eigene Rückendeckung zu verzichten. Es ist – etwas läuft dort völlig falsch. Was bedeutet, es wäre hirnrissig, noch länger herumzuhocken und zu warten, bis die Sache in der Botschaft sich klärt. Gut. Ein Problem nach dem anderen. Die Dendarii. Geld. Gelegenheitsjobs … heh!«

»Was heh?«

»Wer sagte eigentlich, daß ich immer die ganze Flotte durch einen Kontrakt binden muß? Arbeit. Gelegenheitsjobs. Zwischenzeitlicher Cashflow. Teile und erobere! Sicherheitsleute, Computertechniker, alles und jedes, was man anbieten kann und wodurch ein bißchen Bargeld hereinkommt …«

»Banküberfälle?« sagte Elli in einem Ton zunehmenden Interesses.

»Und du sagst, die Polizei hätte dich rausgelassen? Laß dich nicht von deiner Begeisterung davontragen. Aber ich sitze vor einem Arbeitskräftepool mit fünftausend vielfältig und hoch trainierten Leuten. Gewiß ist das eine Ressource von noch größerem Wert als die *Triumph.* Delegieren! Die sollen losziehen und verdammt noch mal Bargeld heimbringen!«

Elli, die mit überkreuzten Beinen am Ende seines Bettes saß, bemerkte verärgert: »Ich habe eine Stunde lang gearbeitet, um dich zu entspannen, und jetzt! Was bist du, Gedächtnis-Plastik? Dein ganzer Körper rollt sich vor meinen Augen wieder zusammen... Wohin gehst du?«

»Die Idee in die Tat umzusetzen, wohin sonst?«

»Die *meisten* Leute legen sich an diesem Punkt *schlafen*...« Gähnend half sie den Haufen von Uniformteilen auf dem Boden neben dem Bett zu durchsuchen. Die schwarzen T-Shirts erwiesen sich als fast austauschbar. Das von Ellis konnte man nur durch den leichten Duft ihres Leibes von seinem unterscheiden. Miles wollte es im ersten Moment behalten, doch dann überlegte er, daß er wohl keine Punkte für *savoir-faire* bekommen würde, wenn er die Unterwäsche seiner Freundin behielte, um daran zu schnüffeln. Es gab eine unausgesprochene, aber klare Vereinbarung zwischen ihnen: diese Phase ihrer Beziehung mußte diskret an der Schlafzimmertür enden, falls sie Admiral Naismiths törichten Ausspruch widerlegen wollten.

Die erste Stabskonferenz der Dendarii beim Beginn einer neuen Mission, wenn Miles mit einem neuen Kontrakt in der Hand bei der Flotte eintraf, vermittelte ihm immer die Empfindung, alles doppelt zu sehen. Er war ein Verbindungsglied, war sich beider Seiten bewußt und versuchte, ein Spionspiegel zwischen den Dendarii und ihrem wahren Auftraggeber, dem Kaiser von Barrayar, zu sein. Diese unangenehme Wahrnehmung verging für gewöhnlich schnell, wenn er seine Fähigkeiten auf die fragliche Mission konzentrierte und seine Persönlichkeit wieder zentrierte; dann war Admiral Naismith immer sehr nahe daran, seine ganze Haut auszufüllen. ›Entspannung‹ war nicht ganz der richtige Ausdruck für diesen Alpha-Zustand, wenn man Naismiths dynamische Persönlichkeit in Betracht zog; ›Ungezwungenheit‹ kam der Wirklichkeit schon näher.

Er war jetzt fünf Monate hintereinander mit den Dendarii zusammengewesen, länger als je zuvor, und die plötzliche Wiedereinmischung von Leutnant Vorkosigan in sein Leben hatte sich diesmal ungewöhnlich störend ausgewirkt. Natürlich war es normalerweise nicht die *barrayaranische* Seite der Dinge gewesen, wo es Durcheinander gab. Er hatte sich immer darauf verlassen, daß diese Kommandostruktur stabil war; das war schließlich das Axiom, aus dem alle Aktion entsprang, der Standard, an dem alle nachfolgenden Erfolge oder Mißerfolge gemessen wurden. Doch diesmal war es anders.

An diesem Abend stand er im Besprechungsraum der *Triumph* vor seinen eilig zusammengerufenen Abteilungsleitern und Schiffskapitänen, und plötzlich packte ihn eine schizoide Lähmung: Was sollte er ihnen sagen? *Jetzt seid ihr auf euch allein gestellt, ihr Trottel ...*

»Wir sind jetzt eine Weile auf uns allein gestellt«, begann Admiral Naismith, kroch aus der Höhle, in der er in Miles' Gehirn gewohnt hatte, und legte los. Die Mitteilung, die jetzt endlich verkündet wurde, nämlich daß es eine Panne in der Bezahlung für ihren Kontrakt gegeben habe, löste die erwartete Bestürzung; verblüffender war jedoch, wie sich seine Leute anscheinend beruhigten und wieder gelassen wurden, als er ihnen in einem drohend-nachdrücklichen Ton sagte, er untersuche diese Angelegenheit persönlich. Nun, vom Standpunkt der Dendarii aus gesehen war das wenigstens eine Erklärung für all die viele Zeit, die er damit zugebracht hatte, die Computer in den Kellern der Botschaft von Barrayar zu füttern. Du lieber Himmel, dachte Miles, ich wette, ich könnte ihnen allen auch radioaktiv verseuchtes Farmland verkaufen.

Aber auf die Herausforderung reagierten sie mit einer eindrucksvollen Fülle von Ideen für kurzfristige Beschaffung von Bareinnahmen. Miles war äußerst erleichtert und ließ die Zügel schießen. Schließlich kam ja niemand in den Generalstab der Dendarii, weil er beschränkt war. Sein eigenes Gehirn schien leer zu sein. Er hoffte, der Grund dafür wäre, daß seine Schaltkreise unbewußt an der barrayaranischen Hälfte des Problems arbeiteten, und nicht ein Symptom vorzeitigen senilen Verfalls.

Er schlief allein und schlecht und erwachte müde und mit Schmerzen. Er widmete sich einigen internen Routineangelegenheiten und billigte die sieben am wenigsten verrückten Pläne für Bargeldbeschaffung, die seine Leute während der Nacht entwickelt hatten. Ein Offizier hatte tatsächlich einen Kontrakt für eine Sicherheitswache, bestehend aus zwanzig Mann, beigebracht, und dabei spielte es keine Rolle, daß der Anlaß die großartige Eröffnung eines Einkaufszentrums war, und zwar in – wo, zum Teufel, war noch einmal Xian?

Er kleidete sich sorgfältig in seine beste Uniform – graue Samtjacke mit den Silberknöpfen auf der Schulter, Hosen mit der blendend weißen Zierleiste an der Naht, seine auf Hochglanz gewienerten Stiefel – und begleitete Leutnantin Bone hinab zu der Londoner Bank. Elli Quinn folgte ihm mit zwei seiner größten uniformierten Dendarii und einer unsichtbaren Peripherie, vor und hinter ihnen, von Wachen in Zivil mit Scannern.

In der Bank verpfändete Admiral Naismith, sehr elegant und kultiviert für einen Mann, der gar nicht existierte, fragwürdige Rechte an einem Kriegsschiff, das ihm gar nicht gehörte, an eine finanzielle Institution, die das Schiff weder brauchte noch wollte. Wie Leutnantin Bone ihn belehrte, war wenigstens das Geld echt. Anstatt eines stückchenweisen Zusammenbruchs, der an diesem Nachmittag begonnen hätte – das war der Zeitpunkt, wo nach Leutnantin Bones Berechnungen die ersten Gehaltsschecks der Dendarii platzen würden –, würde es einfach einen großen Knall zu einem unbestimmten zukünftigen Termin geben. Hurra!

Er schüttelte seine Wachen ab, während er sich der

barrayaranischen Botschaft näherte, bis schließlich nur noch Elli übrig war. Sie hielten vor einer Tür in den unterirdischen Versorgungstunneln an, auf der zu lesen war: LEBENSGEFAHR: GIFTSTOFFE: ZUTRITT NUR FÜR BEFUGTE.

»Jetzt sind wir schon im Bereich der Scanner«, bemerkte Miles warnend.

Elli berührte ihre Lippen mit dem Finger und überlegte: »Andrerseits kann es sein, daß du da reingehst und einen Befehl vorfindest, der dich nach Barrayar schickt, und ich sehe dich erst in einem Jahr wieder. Oder gar nicht.«

»Da würde ich mich sträuben …«, begann er, aber sie berührte jetzt seine Lippen, übertrug so einen Kuß und hinderte ihn daran, irgend etwas Törichtes zu sagen. »Ganz recht.« Er lächelte leicht. »Ich bleibe in Kontakt, Kommandantin Quinn.«

Sie straffte den Rücken, nickte ironisch, deutete einen militärischen Gruß an und war verschwunden. Er seufzte und legte seine Handfläche auf das Schloß der einschüchternden Tür.

Auf der anderen Seite der zweiten Tür, hinter der uniformierten Wache an der Scannerkonsole, wartete Ivan Vorpatril auf ihn. Mit einen gequälten Lächeln trat er von einem Fuß auf den anderen. Ach du lieber Himmel, was war jetzt los? Zweifellos war es zuviel zu hoffen, daß der Mann nur mal dringend pinkeln gehen mußte.

»Ich bin froh, daß du wieder da bist, Miles«, sagte Ivan. »Gerade rechtzeitig.«

»Ich wollte mein Privileg nicht mißbrauchen. Vielleicht brauche ich es wieder. Wenn es auch nicht wahrscheinlich ist, daß ich es wieder bekomme – ich war überrascht, daß Galeni mich nicht einfach wieder auf Dauer in die Botschaft verfrachten ließ, nach dem kleinen Vorfall am Shuttlehafen gestern.«

»Ja nun, dafür gibt es einen Grund«, sagte Ivan.

»So?« fragte Miles mit einer Stimme, die völlig unbeteiligt klang.

»Hauptmann Galeni hat die Botschaft gestern etwa eine halbe Stunde nach dir verlassen. Seitdem hat man ihn nicht mehr gesehen.«

KAPITEL 7

Der Botschafter ließ sie in Galenis verschlossenes Büro hinein. Er verbarg seine Nervosität besser als Ivan und bemerkte lediglich ruhig: »Lassen Sie mich wissen, was Sie finden, Leutnant Vorpatril. Besonders wünschenswert wäre ein sicherer Hinweis, ob es an der Zeit ist oder nicht, die lokalen Behörden zu informieren.« Aha, der Botschafter, der Duv Galeni etwa zwei Jahre schon kannte, dachte auch an mehrere Möglichkeiten. Ihr verschwundener Hauptmann war also ein komplexer Mann.

Ivan setzte sich an die Konsole und schaute die Routinedateien durch, suchte nach Memos neueren Datums, während Miles im Zimmer herumwanderte und suchte – wonach? Eine Nachricht, in der Höhe seiner Kniescheiben mit Blut an die Wand gekritzelt? Eine fremde Pflanzenfaser auf dem Teppich? Eine Einladung zu einem geheimen Rendezvous auf stark parfümiertem Papier? Irgend etwas davon wäre besser gewesen als das Nichts, das er vorfand.

Ivan warf die Hände hoch. »Hier ist nichts als das Übliche.«

»Mach mal Platz!« Miles schüttelte die Lehne von Galenis Drehstuhl, um seinen Cousin zu vertreiben, dann setzte er sich auf dessen Platz. »Ich bin brennend neugierig auf Hauptmann Galenis persönliche Finanzen. Das ist jetzt eine goldene Gelegenheit, sie zu überprüfen.«

»Miles«, sagte Ivan beklommen, »ist das nicht ein Eingriff?«

»Du hast die Instinkte eines Gentlemans, Ivan«, sagte

Miles, ganz konzentriert auf den Versuch, in die codierten Dateien einzudringen. »Wie bist du je in den Sicherheitsdienst gekommen?«

»Ich weiß es nicht«, sagte Ivan. »Ich wollte eigentlich zum Schiffsdienst.«

»Wollen wir das nicht alle? Aha«, sagte Miles, als der Holoschirm Daten auszuspucken begann. »Ich liebe diese Earth-Universal-Kreditkarten. Sie offenbaren soviel.«

»Was erwartest du in Galenis Kreditkartenkonto zu finden, um Himmels willen?«

»Nun, zu allererst«, murmelte Miles, während er über die Tastatur etwas eintippte, »überprüfen wir einmal die Gesamtsummen für die letzten paar Monate und finden heraus, ob seine Ausgaben seine Einkünfte übersteigen.«

Es war das Werk eines Augenblicks, diese Frage zu beantworten. Miles runzelte leicht enttäuscht die Stirn. Einkünfte und Ausgaben hielten sich die Waage; es gab sogar einen leichten Überschuß am Ende des Monats, der leicht zu einem persönlichen Sparguthaben verfolgt werden konnte. Das bewies leider nichts, weder in die eine noch in die andere Richtung. Falls Galeni in ernsthaften Geldschwierigkeiten steckte, so verfügte er sowohl über die Klugheit wie über das Wissen, keine Beweise gegen sich selbst zu hinterlassen. Miles begann die Auflistung der Einkäufe durchzugehen.

Ivan rutschte ungeduldig hin und her. »Wonach suchst du jetzt?«

»Nach geheimen Lastern.«

»Wie?«

»Das ist einfach. Oder es wäre einfach, falls … vergleiche zum Beispiel mal die Aufzeichnungen von Galenis Konto mit dem deinen für den gleichen Zeitraum von drei Monaten.« Miles teilte den Schirm in zwei Hälften und rief die Daten seines Cousins auf.

»Warum vergleichen wir sie nicht mit den deinen?« sagte Ivan pikiert.

Miles lächelte wie ein tugendhafter Wissenschaftler. »Ich bin noch nicht lange genug hier gewesen, um genügend Material für einen Vergleich zu bieten. Du bist eine viel bessere Kontrollperson. Zum Beispiel – na, na. Schau dir das mal an. Ein Nachthemd aus Spitzenstickerei, Ivan? Was für ein Kleidungsstück. Das entspricht doch gar nicht den Dienstvorschriften, oder?«

»Das geht dich nichts an«, sagte Ivan mürrisch.

»Ganz recht. Und du hast keine Schwester, und das ist auch nicht der Stil deiner Mutter. Dieser Kauf deutet entweder auf ein Mädchen in deinem Leben hin, oder auf einen Hang zum Transvestitentum.«

»Du wirst sicher bemerken, daß es nicht meine Größe ist«, sagte Ivan würdevoll.

»Ja, an dir würde es ziemlich kurz wirken. Das muß folglich ein sylphengleiches Mädchen sein. Das du gut genug kennst, um intime Geschenke dafür zu kaufen. Schau mal, was ich jetzt schon über dich weiß, nur aus diesem einen Kauf. War es zufällig Sylveth?«

»Du sollst doch Galenis Konto überprüfen«, erinnerte ihn Ivan.

»Ja. Also, was für Geschenke kauft Galeni?« Er rollte die Bildschirmseiten voran. Es dauerte nicht lang; es gab nicht sonderlich viel.

»Wein«, zeigte Ivan. »Bier.«

Miles machte einen Vergleich. »Etwa ein Drittel der Menge, die du im gleichen Zeitraum getrunken hast. Aber er kauft Buchdisketten im Verhältnis von fünfunddreißig zu – nur zwei, Ivan?«

Ivan räusperte sich verlegen.

Miles seufzte. »Hier kommen keine Mädchen vor. Und auch keine Knaben, glaube ich … oder? Du hast mit ihm ein Jahr lang zusammengearbeitet.«

»Mm«, sagte Ivan. »Ich bin einem oder zwei solcher Typen im Dienst begegnet, aber … sie haben Methoden, es einen wissen zu lassen. Nicht Galeni. Ich glaube nicht, daß er dazu gehört.«

Miles blickte hoch und betrachtete das regelmäßige Profil seines Cousins. Ja, Ivan hatte inzwischen wahrscheinlich Avancen von beiden Geschlechtern bekommen. Also konnte man eine weitere mögliche Spur abhaken. »Ist der Mann ein Mönch?« murmelte Miles. »Zumindest kein Androide, nach der Musik, den Büchern und dem Bier zu schließen, aber … schrecklich schwer faßbar.«

Er verließ die Datei mit einem gereizten Tastendruck. Nach einem Moment des Nachdenkens rief er statt dessen Galenis Personalakte auf. »Huh. Also das ist ungewöhnlich. Hast du gewußt, daß Hauptmann Galeni einen Doktortitel in Geschichte erworben hat, bevor er in die kaiserlichen Streitkräfte eintrat?«

»Was? Nein, das hat er nie erwähnt …« Ivan beugte sich über Miles' Schulter. Schließlich hatte doch die Neugierde über die Gentleman-Instinkte gesiegt.

»Ein Doktor der Philosophie *cum laude* in Moderner Geschichte und Politischen Wissenschaften von der Kaiserlichen Universität in Vorbarr Sultana. Mein Gott, schau dir mal die Daten an. Im Alter von sechsundzwanzig Jahren hat Dr. Duv Galeni eine brandneue Fakultätsstellung am College von Belgravia auf Barrayar aufgegeben, um zusammen mit einem Haufen Achtzehnjähriger in die Kaiserliche Militärakademie einzutreten. Für den kümmerlichen Sold eines Kadetten.« Das war nicht gerade das Verhalten eines Mannes, für den Geld das Allerwichtigste im Leben war.

»Hmm«, sagte Ivan. »Er muß in der Oberstufe gewesen sein, als wir eintraten. Er ist gerade zwei Jahre vor uns fertig geworden. Und jetzt ist er schon Hauptmann!«

»Er muß einer der ersten Komarraner gewesen sein, die in das Militär eintreten durften. Innerhalb von Wochen nach dieser Entscheidung. Und seitdem ist er auf der Überholspur. Extra-Ausbildung – Sprachen, Informationsanalyse, ein Posten am Kaiserlichen Hauptquartier – und dann diese Rosine von einem Posten auf der Erde. Duvie ist offensichtlich unser Liebling.« Miles konnte auch sehen, warum. Ein brillanter, gebildeter, liberaler Offizier – Galeni war eine lebende Werbung für den Erfolg der Neuen Ordnung. Ein Beispiel. Ein Exempel. Miles wußte alles darüber, was es hieß, ein Exempel zu sein. Er atmete lang und nachdenklich ein, die Luft zischte kalt an seinen Schneidezähnen vorbei.

»Was?« wollte Ivan wissen.

»Ich bekomme allmählich Angst.«

»Warum?«

»Weil diese ganze Geschichte einen subtilen politischen Geruch bekommt. Und wer nicht aufgeschreckt wird, wenn barrayaranische Dinge politisch zu riechen beginnen, der hat die ... Geschichte nicht studiert.« Er sprach die letzten Worte mit einem ironischen Zischen aus und saß gebeugt auf dem Stuhl. Einen Moment später aktivierte er die Datei erneut und suchte weiter.

»Voll. Treffer!«

»Was?«

Miles zeigte auf den Schirm. »Eine geschützte Datei. Niemand, der einen niedrigeren Rang hat als ein Kaiserlicher Stabsoffizier, hat Zugriff zu diesem Teil.«

»Damit sind wir draußen.«

»Nicht unbedingt.«

»Miles ...«, stöhnte Ivan.

»Ich erwäge nichts Illegales«, beruhigte ihn Miles. »Noch nicht. Geh mal und hol den Botschafter.«

Als der Botschafter kam, zog er sich einen Stuhl heran und setzte sich neben Miles. »Ja, ich habe einen Notfall-Zugriffscode, mit dem ich diese Dateisperre außer Kraft setzen kann«, gab er zu, als Miles ihm zusetzte. »Der Notfall, an den man dabei dachte, war allerdings etwas von der Art eines Kriegsausbruchs.«

Miles knabberte an der Innenseite seines Zeigefingers. »Hauptmann Galeni ist jetzt zwei Jahre bei Ihnen. Was ist Ihr Eindruck von ihm?«

»Als Offizier oder als Mensch?«

»Beides, Sir.«

»Sehr gewissenhaft in der Erfüllung seiner Pflichten. Sein ungewöhnlicher Bildungsgang ...«

»Oh, Sie haben davon gewußt?«

»Natürlich. Aber das macht ihn zu einer außerordentlich guten Wahl für die Erde. Er ist sehr gut, sehr umgänglich im gesellschaftlichen Bereich, ein brillanter Gesprächspartner. Sein Vorgänger auf diesem Posten war ein Sicherheitsoffizier der alten Schule. Kompetent, aber langweilig. Fast ... hm! ... ungehobelt. Galeni erfüllt die gleichen Pflichten, aber viel geschmeidiger. Ein geschmeidiger Sicherheitsdienst ist unsichtbar, ein unsichtbarer Sicherheitsdienst stört meine diplomatischen Gäste nicht, und dadurch wird meine Aufgabe um vieles einfacher. Das gilt doppelt für die ... hm ... nachrichtendienstlichen Aktivitäten. Mit ihm als Offizier bin ich außerordentlich zufrieden.«

»Was sind seine menschlichen Schwächen?«

»›Schwächen‹ ist vielleicht ein zu starker Ausdruck, Leutnant Vorkosigan. Er ist ziemlich ... kühl. Im allgemeinen finde ich das beruhigend. Ich bemerke allerdings, daß er nach jedem beliebigen Gespräch viel mehr über Sie weiß als Sie über ihn.«

»Ha.« Was für eine sehr diplomatische Formulierung. Und wie exakt richtig, überlegte Miles, wenn er an seine eigenen Reibereien mit dem verschwundenen Offizier dachte.

Der Botschafter runzelte die Stirn. »Glauben Sie, daß diese Datei vielleicht einen Hinweis auf sein Verschwinden enthält, Leutnant Vorkosigan?«

Miles zuckte unglücklich die Achseln. »Es findet sich kein Hinweis anderswo.«

»Mir widerstrebt es ...«, murmelte der Botschafter und starrte auf die streng formulierten Zugriffsbeschränkungen auf dem Vid.

»Wir könnten noch ein bißchen warten«, sagte Ivan.

»Angenommen, er hat bloß eine Freundin gefunden. Wenn du über das Ganze so besorgt bist, daß du noch diese andere Möglichkeit in Betracht ziehst, dann solltest du dich doch eigentlich für den Mann freuen. Er wird nicht sonderlich glücklich sein, wenn er von seiner ersten Nacht außerhalb der Botschaft zurückkommt und herausfindet, daß wir seine Dateien durchgefilzt haben.«

Miles erkannte am Ton von Ivans Singsang, daß sein Cousin sich dumm stellte und den *advocatus diaboli* spielte – das war der Trick eines scharfen, aber trägen Intellekts, um andere dazu zu kriegen, daß sie seine Arbeit taten. Ganz recht, Ivan.

»Wenn man eine Nacht außerhalb der Botschaft verbringt, hinterläßt man dann nicht eine Notiz, wo man sich aufhält und wann man zurückkommt?« fragte Miles.

»Doch, ja.«

»Und kommt man dann nicht rechtzeitig zurück?«

»Man weiß, daß ich schon ein- oder zweimal verschlafen habe«, gab Ivan zu.

»Und was geschieht dann?«

»Man wird aufgespürt. ›Guten Morgen, Leutnant Vorpatril, das ist Ihr Weckruf.‹« Galenis präziser, sarkastischer Akzent kam in Ivans Parodie deutlich durch. Es mußte sich um ein direktes Zitat handeln.

»Glaubst du dann, daß Galeni der Typ ist, der eine Regel für seine Untergebenen aufstellt und eine andere für sich selbst?«

»Nein«, sagten Ivan und der Botschafter unisono und schauten sich von der Seite an.

Miles holte tief Luft, reckte sein Kinn und zeigte auf das Holovid. »Öffnen Sie die Datei.«

Der Botschafter schürzte die Lippen und tat, was Miles verlangte.

»Das darf doch nicht wahr sein«, wisperte Ivan, nachdem sie ein paar Minuten lang die Datei durchgeschaut hatten. Miles schob sich mit den Ellbogen in die Mitte und begann ernsthaft mit Schnellesen. Die Datei war enorm umfangreich: endlich hatten sie Galenis fehlende Familiengeschichte vor sich.

David Galen war sein Geburtsname gewesen. Es handelte sich um jene Familie Galen, die Besitzer des Galen-Orbit-Umlade- und Lager-Kartells gewesen war, ein starkes Mitglied der Oligarchie mächtiger Familien, die Komarr beherrscht hatten, das auf seinen wichtigen Wurmlochverbindungen saß wie alte Raubritter am Rhein. Seine Wurmlöcher hatten Komarr reich gemacht; diese Macht und der Wohlstand, der durch sie strömte, hatten Komarrs von juwelengleichen Kuppeln überwölbte Städte geschaffen; sie waren nicht durch harte, schweißtreibende Arbeit dem leblosen, unfruchtbaren Boden des Planeten abgerungen worden.

Miles konnte fast die Stimme seines Vaters hören, wie er die Punkte aufzählte, die die Eroberung von Komarr zu Admiral Vorkosigans Lehrbuchkrieg gemacht hatten. *Eine geringe Bevölkerung, konzentriert in klimakontrollierten Städten; kein Platz für Guerilla-Kämpfer zum Rückzug und zur Neuformierung. Keine Verbündeten; wir mußten nur verkünden, daß wir ihren 25%-Anteil an allem, was ihre Wurmlöcher passierte, auf 15% reduzieren würden, und schon hatten wir ihre Nachbarn, die ihnen eigentlich hätten helfen sollen, auf unserer Seite. Die Komarraner wollten nicht einmal für sich selber kämpfen, bis die Söldner, die sie angeheuert hatten, sahen, mit wem sie es zu tun hatten, und davonliefen …*

Der unausgesprochene Kern der Sache war natürlich das Verbrechen der komarranischen Väter der vorhergehenden Generation, die von den Cetagandanern Bestechungen angenommen und deren Invasionsflotte die Passage durch die Wurmlöcher gestattet hatten, worauf die Cetagandaner zur schnellen und leichten Eroberung des armen, halbfeudalen, erst kürzlich wiederentdeckten Barrayar ansetzten. Dieses Unternehmen hatte sich jedoch als weder schnell noch leicht erwiesen und war auch zu keiner Eroberung geworden; zwanzig Jahre und Ströme von Blut später hatte sich das letzte Kriegsraumschiff der Cetagandaner auf demselben Weg über das ›neutrale‹ Komarr wieder zurückgezogen.

Die Barrayaraner mögen rückständig gewesen sein, aber niemand konnte ihnen vorwerfen, daß sie langsam lernten. Unter der Generation von Miles' Großvater, die aus der harten Schule der cetagandanischen Besetzung zur Macht kam, war eine besessene Entschlossenheit gewachsen, daß eine solche Invention nie wieder vorkommen dürfe. Der Generation von Miles' Vater war es zugefallen, die Besessenheit in Taten umzuwandeln, indem man absolut und endgültig die Kontrolle über Barrayars komarranischen Zugang übernahm.

Das erklärte Ziel der barrayaranischen Invasionsflotte, ihrer Blitzesschnelle und ihrer sorgsam und subtil ausgearbeiteten Strategie war gewesen, Komarrs wohlstandschaffende Wirtschaft intakt zu übernehmen, mit nur minimalen Schäden. Eroberung, nicht Rache, sollte dem Kaiser Ruhm verschaffen. Der Kommandant der kaiserlichen Flotte, Admiral Lord Aral Vorkosigan, hatte gedacht, er hätte dies überreichlich und ausdrücklich klargemacht.

Die Oligarchie von Komarr, die ja aus geschmeidigen Zwischenhändlern bestand, wurde dazu gebracht, dieses Ziel zu akzeptieren, und ihre Unterwerfung wurde ihnen in jeder möglichen Weise erleichtert. Versprechungen wurden gemacht, Garantien gegeben; ein Leben als Unterworfene bedeutete immer noch Leben, reduzierter Besitz war immer noch Besitz; beides wurde erleichtert durch die Hoffnung auf zukünftige Wiederherstellung. Gut zu leben war die allerbeste Rache überhaupt.

Dann kam das Massaker von Solstice.

Ein übereifriger Untergebener, knurrte Admiral Lord

Vorkosigan. Geheime Befehle, schrien die hinterbliebenen Familienangehörigen der zweihundert komarranischen Ratsmitglieder, die in einer Turnhalle von barrayaranischen Sicherheitskräften zusammengeschossen worden waren. Die Wahrheit, oder zumindest die Gewißheit, lag hingemeuchelt unter den Opfern. Miles selbst war sich nicht sicher, ob irgendein Historiker die Wahrheit rekonstruieren konnte. Nur Admiral Vorkosigan und der Kommandant der Sicherheitstruppen wußten es sicher, und Admiral Vorkosigans Wort stand auf dem Prüfstand. Der Kommandant der Sicherheitskräfte war tot – ohne Gerichtsverfahren vom Admiral im Zorn eigenhändig getötet. Gerechterweise hingerichtet, oder liquidiert, damit er nicht reden konnte – man konnte sich die Antwort auswählen, entsprechend den eigenen Vorurteilen.

An und für sich war Miles nicht geneigt, sich über das Massaker von Solstice aufzuregen. Schließlich hatten cetagandanische Atomwaffen die gesamte Stadt Vorkosigan Vashnoi vernichtet und dabei nicht Hunderte, sondern Tausende getötet, und niemand protestierte auf den Straßen *dagegen*. Aber das Massaker von Solstice zog die Aufmerksamkeit auf sich und beschäftigte die Vorstellung einer sensationslüsternen Öffentlichkeit; der Name Vorkosigan hatte den Beinamen ›Schlächter‹ bekommen, und das Wort eines Vorkosigan war besudelt worden. Und das alles machte es zu einem sehr persönlichen Teil der Geschichte.

Vor dreißig Jahren. Miles war damals noch nicht einmal geboren. David Galen war vier Jahre alt gewesen, als seine Tante, das komarranische Ratsmitglied Rebecca Galen, in der Turnhalle in der Kuppelstadt von Solstice starb.

Das Oberkommando von Barrayar hatte die Zulassung des sechsundzwanzigjährigen Duv Galeni zum Kaiserlichen Militär in völliger persönlicher Offenheit hin und her diskutiert.

»... kann ich die Entscheidung nicht empfehlen«, schrieb Illyan, der Chef des Kaiserlichen Sicherheitsdienstes, in einer privaten Notiz an den Premierminister, Graf Aral Vorkosigan. »Ich vermute, Sie denken aus Schuldgefühl völlig überzogen idealistisch über diesen Fall. Schuldgefühl ist ein Luxus, den Sie sich nicht leisten können. Wenn Sie ein geheimes Verlangen überkommt, in den Rücken geschossen zu werden, dann lassen Sie es mich bitte mindestens vierundzwanzig Stunden vorher wissen, damit ich meinen Rücktritt einreichen kann. – Simon.«

Die Erwiderung war handgeschrieben, im krausen Gekritzel eines Mannes, für dessen kräftige Finger alle Schreibwerkzeuge zu winzig waren, eine Handschrift, die Miles schmerzlich vertraut war. »... Schuldgefühl? Vielleicht. Bald nach jenem Vorfall machte ich einen Rundgang durch diese verfluchte Turnhalle, noch bevor die Blutlachen ganz getrocknet waren. Blutlachen wie Pudding. Es gibt Details, die brennen sich für immer ins Gedächtnis ein. Aber ich erinnere mich zufällig an Rebecca Galen wegen der Art und Weise, wie sie erschossen worden war. Sie war eine der wenigen, deren Gesicht ihren Mördern zugewandt starb. Ich bezweifle sehr, daß jemals meinem Rücken Gefahr von ›Duv Galeni‹ drohen wird.

Die Verwicklung seines Vaters in den späteren Widerstand macht mir weniger Sorge. Der Junge hat ja nicht wegen uns seinen Namen in die barrayaranische Form geändert.

Aber wenn es uns gelingt, die echte Loyalität dieses Mannes zu gewinnen, dann wird damit etwas erreicht, wie ich es ursprünglich für Komarr vorhatte. Eine Generation zu spät, das stimmt, und nach einem langen und blutigen Umweg, aber – da Sie schon einmal diese theologischen Begriffe verwendet haben – eine Art Erlösung. Natürlich hat er politische Ambitionen, aber ich möchte doch darauf hinweisen, daß sie sowohl komplexer wie auch konstruktiver sind als ein bloßer Mord.

Setzen Sie ihn wieder auf die Liste, Simon, und lassen Sie ihn diesmal drauf. Dieses Thema ermüdet mich, und ich möchte mich nicht wieder damit herumschlagen müssen. Lassen Sie ihn starten und sich selbst beweisen – wenn er das kann.«

Die abschließende Unterschrift bestand aus dem üblichen hastigen Gekritzel.

Danach zerbrachen sich Offiziere, die in der kaiserlichen Hierarchie viel tiefer standen, den Kopf über Kadett Galeni, dessen öffentlich zugängliche Personalakte Miles schon vorher durchgesehen hatte.

»Das Problem mit alldem ist«, sagte Miles laut in das Schweigen, das während der letzten dreißig Minuten in dem Raum geherrscht hatte, »so faszinierend das alles sein mag, so verringert es nicht die Möglichkeiten. Im Gegenteil, es multipliziert sie. Verdammt!«

Einschließlich seiner Lieblingstheorie von Unterschlagung und Fahnenflucht, wie Miles überlegte. Hier gab es nichts, was diese Theorie wirklich entkräftete; alles machte es nur quälender, wenn sie wahr war. Und die Idee von der Ermordung auf dem Shuttlehafen bekam neue, unheilvolle Obertöne.

»Er könnte auch vielleicht einfach das Opfer eines vollkommen gewöhnlichen Unfalls geworden sein«, warf Ivan Vorpatril ein.

Der Botschafter knurrte, schüttelte den Kopf und erhob sich. »Außerordentlich problematisch. Es war richtig, diese Datei zu sperren. Sie könnte gegen die Karriere dieses Mannes schlimme Vorurteile wecken. Ich denke, Leutnant Vorpatril, ich werde Sie anweisen, bei den örtlichen Behörden eine Vermißtenmeldung einzureichen. Sperren Sie die Datei wieder, Vorkosigan.« Ivan folgte dem Botschafter nach draußen.

Bevor er die Konsole schloß, schaute Miles die Dokumente durch, die auf Galenis Vater Bezug nahmen.

Nachdem seine Schwester im Massaker von Solstice getötet worden war, war Galen senior anscheinend zu einem aktiven Führer im heimlichen Widerstand von Komarr geworden. Was an Wohlstand der einst stolzen Familie nach der Eroberung durch Barrayar noch übriggeblieben war, hatte sich zum Zeitpunkt der gewalttätigen Revolte sechs Jahre später völlig verflüchtigt. Alte barrayaranische Sicherheitsberichte verfolgten ausdrücklich einiges davon, das zu geschmuggelten Waffen sowie Bezahlung und Spesen der terroristischen Armee geworden war, und später dann zu Bestechungen für Ausreisevisa und Flugtickets zu anderen Planeten für die Überlebenden. Allerdings war kein Ticket für Galenis Vater darunter; er war beim letzten, erfolglosen und erschöpften Angriff auf das Hauptquartier des barrayaranischen Sicherheitsdienstes von einer seiner eigenen Bomben in die Luft gejagt worden. Übrigens zusammen mit Galenis älterem Bruder.

Nachdenklich stellte Miles eine Gegenprobe an. Zu seiner Erleichterung gab es unter den zur Erde geflohenen Komarranern, die in den Dateien der Sicherheitsabteilung der Botschaft aufgeführt waren, keine weiteren zerstreuten Verwandten von Galen senior.

Natürlich hatte Galeni in den letzten zwei Jahren jede Menge Gelegenheit gehabt, diese Dateien zu frisieren.

Miles rieb sich den schmerzenden Kopf. Galeni war fünfzehn gewesen, als die letzten Zuckungen der Revolte erloschen waren. Ausgelöscht worden waren. Zu jung, so hoffte Miles, um aktiv darin verwickelt gewesen zu sein. Und worin auch immer seine Verwicklung bestanden haben mochte, Simon Illyan hatte offensichtlich davon gewußt und war bereit gewesen, alles zu Geschichte werden zu lassen. Ein abgeschlossenes Kapitel. Miles erneuerte die Sperre der fraglichen Datei.

Miles gestattete Ivan, alle Verhandlungen mit der örtlichen Polizei zu führen. Es stimmte natürlich, daß er jetzt, wo die Geschichte mit dem Klon im Umlauf war, teilweise vor zufälligen Begegnungen mit denselben Leuten in beiden seiner Identitäten geschützt war, aber es hatte keinen Sinn, diese Tatsache zu überstrapazieren. Man konnte von der Polizei erwarten, daß sie wachsamer und mißtrauischer war als die meisten anderen Leute, und er hatte nicht damit gerechnet, von einer doppelköpfigen Verbrechenswelle verfolgt zu werden.

Zumindest schien die Polizei das Verschwinden des Militärattachés mit der gebührenden Ernsthaftigkeit zu behandeln; man versprach sogar, soweit zu kooperieren, daß man dem Ersuchen des Botschafters folgte und die Sache nicht an die Medien weitergab. Die Polizei, die über Personal und Ausrüstung für solche Dinge verfügte, konnte die routinemäßige Kleinarbeit übernehmen, wie etwa die Überprüfung der Identität irgendwelcher Leichenteile, die in Müllbehältern gefunden wurden, und ähnliches. Miles ernannte sich selbst zum offiziellen Detektiv für alle Angelegenheiten innerhalb der Botschaft. Ivan, der Dienstältere, fand auf einmal alle normalen Routinearbeiten Galenis auf seinem Schreibtisch deponiert. Herzlos ließ Miles sie dort liegen.

Vierundzwanzig Stunden waren vergangen, die Miles zum größten Teil vor der Konsole damit verbracht hatte, die Aufzeichnungen der Botschaft über komarranische Flüchtlinge zu überprüfen. Unglücklicherweise hatte die Botschaft riesige Mengen solcher Informationen zusammengetragen. Wenn etwas davon wichtig war, so war es gut unter den Tonnen von irrelevantem Material versteckt. Das war einfach keine Aufgabe für nur einen einzigen Mann.

Um zwei Uhr morgens gab Miles mit geröteten Augen auf, rief Elli an und übertrug das ganze Problem an den Nachrichtendienst der Dendarii.

Übertrug war genau das richtige Wort dafür: Massendatenübertragung von den gesicherten Computern der

Botschaft über Kommunikator auf die *Triumph* im Orbit um die Erde. Galeni hätte Anfälle bekommen; zum Teufel mit Galeni, schließlich war alles seine Schuld, weil er ja verschwunden war. Klugerweise fragte Miles aber auch Ivan nicht um dessen Einwilligung. Wenn es darauf ankommen sollte, dann war Miles' juristische Position, daß die Dendarii de facto barrayaranische Truppen waren und die Datenübertragung somit innerhalb des kaiserlichen Militärs stattgefunden hatte. Praktisch gesehen. Miles übertrug auch alle Dateien aus Galenis Personalakte, in voll zugänglicher Form. Miles' juristischer Standpunkt zu dieser Maßnahme war, daß die Dateisperre ja Galeni nur vor den Vorurteilen barrayaranischer Patrioten schützen sollte, zu denen die Dendarii offensichtlich nicht gehörten. Das eine oder das andere Argument mußte passen.

»Sag den Schnüfflern, Galeni zu finden sei ein Kontrakt«, sagte Miles zu Elli, »ein Teil unserer flottenweiten Bemühungen um Bargeld. Wir werden nur dafür bezahlt, wenn wir den Mann auftreiben. Das könnte wirklich stimmen, wenn ich es mir recht überlege.«

Er fiel in sein Bett und hoffte, sein Unterbewußtsein würde im Laufe dessen, was von der Nacht übrig war, die Lösung finden, aber als er erwachte, war sein Kopf leer und erschöpft wie zuvor. Er beauftragte Barth und ein paar der anderen Unteroffiziere, die Bewegungen des Kurieroffiziers zu überprüfen, denn der war das andere mögliche schwache Glied in der Kette. Dann saß er da, ohne sich vom Fleck zu rühren, und wartete auf den Anruf der Polizei. Seine Phantasie malte ihm Folgen immer grellerer und bizarrerer Szenarios aus. Miles saß unbeweglich wie ein Stein in einem abgedunkelten Zimmer, nur ein Fuß klopfte unkontrollierbar auf den Boden, und er hatte das Gefühl, als würde im nächsten Augenblick seine Schädeldecke explodieren.

Am dritten Tag meldete sich Elli Quinn.

Er klemmte den Kommunikator an seinen Platz im Holovid, ganz hungrig auf das Vergnügen, ihr Gesicht zu sehen. Sie grinste sehr eigenartig.

»Ich dachte, es müßte dich interessieren«, schnurrte sie. »Kapitän Thorne wurde soeben kontaktiert, und man unterbreitete ihm einen *faszinierenden* Kontrakt für die Dendarii.«

»Gibt es auch ein faszinierendes Honorar?« wollte Miles wissen. Das Getriebe in seinem Gehirn schien zu knirschen, während er versuchte, wieder auf Admiral Naismiths Probleme umzuschalten, die er in der Ungewißheit und Spannung der vergangenen beiden Tage völlig vergessen hatte.

»Hunderttausend betanische Dollars. In unauffälligem Bargeld.«

»Aha ...« Das waren nahezu eine halbe Million barrayaranischer Mark. »Ich dachte, ich hätte deutlich gemacht, daß wir diesmal nichts Illegales anfassen würden. Wir haben so schon genügend Schwierigkeiten.«

»Wie würde dir eine Entführung gefallen?« Elli kicherte unerklärlicherweise.

»Ganz und gar nicht!«

»Oh, in diesem Fall wirst du eine Ausnahme machen«, prophezeite sie zuversichtlich, ja sogar begeistert.

»Elli ...«, knurrte er warnend.

Sie zügelte ihren Humor und holte tief Luft, doch in ihren Augen blieb das Funkeln. »Aber Miles – unsere geheimnisvollen und wohlhabenden Fremden wollen Admiral Naismith anheuern, um Lord Vorkosigan aus der barrayaranischen Botschaft zu entführen.«

»Das muß eine Falle sein«, schnatterte er nervös, als er den Bodenwagen, den Elli gemietet hatte, durch die verschiedenen Ebenen der Stadt dirigierte. Um Mitternacht war die Beleuchtung kaum geringer als am Tag, doch die Schatten ihrer Gesichter wanderten hin und her, während draußen die Lichtquellen am kugelförmigen Verdeck des Wagens vorüberflogen.

Die graue Uniform eines Dendarii-Sergeanten, die Ivan trug, schmeichelte seinem Körperbau nicht weniger als die grüne barrayaranische Uniform, stellte Miles deprimiert fest. Der Mann schaute einfach gut aus in Uniform – in jeder Uniform. Elli, die an Miles' anderer Seite saß, wirkte wie Ivans Zwillingsschwester. Sie tat so, als sei sie ganz entspannt, und hatte ihren geschmeidigen Körper ausgestreckt, wobei sie einen Arm lässig und zugleich schützend über die Rückenlehne von Miles' Sitz gelegt hatte. Aber sie hatte wieder begonnen, an ihren Fingernägeln zu kauen, wie Miles bemerkte. Miles saß zwischen den beiden in Lord Vorkosigans grüner barrayaranischer Uniform und kam sich vor wie ein Stück verwelkte Wasserkresse zwischen zwei Scheiben verschimmelten Brotes. Er war einfach zu müde, verdammt noch mal, für diese Mitternachtsparties.

»Natürlich ist es eine Falle«, sagte er. »Aber wir wollen herausfinden, wer sie aufgestellt hat, und warum. Und wieviel diese Leute wissen. Haben sie das eingefädelt, weil sie glauben, Admiral Naismith und Lord Vorkosigan seien zwei verschiedene Leute – oder weil sie es nicht glauben? Wenn das letztere zutrifft, wird es die verborgene Beziehung zwischen Barrayar und den Dendarii-Söldnern bei zukünftigen Operationen bloßstellen?«

Miles fing Ellis Seitenblick auf. Ja, in der Tat, darum ging es. Und wenn das Naismith-Spiel vorbei war, welche Zukunft hatten die Dendarii dann noch?

»Oder vielleicht ist es etwas völlig anderes«, sagte Ivan hilfsbereit, »wie zum Beispiel Kriminelle aus London, die auf Lösegeld aus sind. Oder vielleicht etwas wirklich Verwickeltes, wie zum Beispiel daß die Cetagandaner versuchen, Admiral Naismith in große Schwierigkeiten mit Barrayar zu bringen, in der Hoffnung, daß wir mehr Glück haben, den kleinen Schleicher umzulegen als sie selbst. Oder vielleicht…«

»Vielleicht bist du der böse Geist hinter alldem, Ivan«, schlug Miles freundlich vor, »und du willst einen Konkurrenten beseitigen, damit du die Botschaft ganz für dich allein hast.«

Elli warf ihm einen scharfen Blick zu, um sicherzugehen, daß er einen Scherz machte. Ivan grinste bloß. »Wau, das gefällt mir.«

»Das einzige, dessen wir sicher sein können, ist, daß es sich nicht um einen cetagandanischen Mordversuch handelt«, seufzte Miles.

»Ich wünsche mir, ich wäre so sicher, wie du zu sein scheinst«, murmelte Elli. Es war der späte Abend am vierten Tag nach Galenis Verschwinden. Die sechsunddreißig Stunden hindurch, seit den Dendarii ihr seltsamer Kontrakt angeboten worden war, hatte Elli Zeit zum Nachdenken gehabt; der anfängliche Reiz an der Sache war für sie verflogen, während Miles zunehmend von den verschiedenen Möglichkeiten angezogen worden war.

»Schaut euch die Logik der Sache an«, argumentierte Miles. »Die Cetagandaner denken entweder, ich sei noch zwei verschiedene Leute, oder sie denken es nicht mehr. Sie wollen Admiral Naismith töten, nicht den Sohn des Premierministers von Barrayar. Lord Vorkosigan zu töten könnte erneut einen blutigen Krieg auslösen. Tatsächlich wissen wir, daß meine Tarnung aufgeflogen ist, sobald sie mit den Versuchen aufhören, Naismith zu ermorden – und statt dessen ein großes und peinlich öffentliches Trara wegen der Dendarii-Operationen gegen sie veranstalten. Diese diplomatische Möglichkeit würden sie sich nicht entgehen lassen. Besonders jetzt, wo der Vertrag über Durchflugrechte durch Tau Ceti ungewiß ist. Sie können mit einem einzigen Schachzug unseren galaktischen Handel ruinieren.«

»Sie könnten versuchen, deine Verbindung zu verifizieren, als Stufe Eins zu genau diesem Plan«, sagte Ivan und blickte nachdenklich drein.

»Ich habe nicht gesagt, daß es die Cetagandaner nicht waren«, sagte Miles sanft. »Ich habe nur gesagt, wenn sie's waren, dann geht es nicht um einen Mordanschlag.«

Elli stöhnte.

Miles schaute auf sein Chrono. »Zeit für den letzten Test.«

Elli aktivierte ihren Armband-Kommunikator. »Bist du noch dort oben, Bel?«

Aus dem Luftwagen, der ihnen mit einer Truppe von Dendarii-Soldaten folgte, antwortete Kapitän Thornes Altstimme schwungvoll: »Ich habe euch im Visier.«

»Okay, bleib dabei. Du bewachst von oben die Rückseite, wir geben auf die Vorderseite acht. Das ist der letzte Sprechkontakt, bevor wir euch einladen einzugreifen.«

»Wir werden warten. Bel Ende.«

Miles rieb sich nervös den Nacken. Quinn, die die Geste beobachtete, bemerkte: »Ich bin wirklich nicht scharf darauf, die Falle auszulösen, indem wir sie dich schnappen lassen.«

»Ich habe nicht die Absicht, mich schnappen zu lassen. In dem Augenblick, wo die anderen auftauchen, greift Bel ein, und wir schnappen sie unsererseits. Aber wenn es nicht so aussieht, als wollten sie mich auf der Stelle umbringen, dann könnten wir eine Menge erfahren, wenn wir ihre Operation ein paar Schritte weiterlaufen lassen. Angesichts der Situation in der Botschaft könnte das ein kleines Risiko wert sein.«

Sie schüttelte in stummer Mißbilligung den Kopf.

Die nächsten paar Minuten vergingen in Schweigen. Miles war in Gedanken alle sich verzweigenden Möglichkeiten, die sie für die Aktion dieses Abends ausgearbeitet hatten, etwa zur Hälfte durchgegangen, als sie vor einer Reihe alter, dreistöckiger Häuser ankamen, die dichtgedrängt an einer halbmondförmig gebogenen Straße standen. Sie schienen sehr dunkel und ruhig zu sein, offenbar waren sie für unbewohnbar erklärt worden oder sie wurden gerade renoviert.

Elli blickte auf die Nummern an der Tür und schwenkte das kuppelförmige Verdeck nach oben. Miles glitt aus dem Wagen und stellte sich neben sie. Ivan aktivierte vom Bodenwagen aus die Scanner. »Da ist niemand da«, berichtete er nach einem Blick auf seine Anzeigen.

»Was? Das ist nicht möglich«, sagte Elli.

»Vielleicht sind wir zu früh dran.«

»Quatsch«, sagte Elli. »Wie Miles so gerne sagt, betrachte es mal logisch. Die Leute, die Lord Vorkosigan kaufen wollen, haben uns den Treffpunkt erst im letzten Augenblick genannt. Warum? Damit wir nicht als erste hierher kommen und alles überprüfen. Sie müssen schon auf der Lauer liegen und warten.« Sie beugte sich zurück ins Cockpit des Wagens und griff über Ivans Schulter nach den Scannern. Er streckte ergeben die Hände aus, während sie den Scan noch einmal laufen ließ. »Du hast recht«, gab sie zu, »aber ich habe immer noch das Gefühl, daß da was nicht stimmt.«

War es zufälliger Vandalismus, daß ausgerechnet hier ein paar Straßenlampen zerbrochen waren? Miles spähte in die Nacht. »Es gefällt mir nicht«, murmelte Elli. »Wir fesseln dir lieber die Hände nicht.«

»Wirst du allein mit mir fertig?«

»Du bist bis obenhin mit Drogen vollgepumpt.«

Miles zuckte die Achseln, ließ den Unterkiefer herunterhängen und rollte mit den Augen. Er schlurfte neben ihr her, während sie ihn am Oberarm packte und die Stufen hinaufführte. Sie versuchte die Tür zu öffnen, eine altmodische Tür, die in Angeln hing. »Es ist offen.« Quietschend schwang die Tür auf, dahinter herrschte Dunkelheit.

Widerstrebend steckte Elli ihren Betäuber wieder ins Halfter, nahm ein Handlicht vom Gürtel und leuchtete damit in die Finsternis. Da war eine Eingangshalle, links stieg eine wackelig wirkende Treppe empor, zwei Durchgänge zu beiden Seiten führten in leere, schmutzige Vorderzimmer. Sie seufzte und trat vorsichtig über die Schwelle. »Ist jemand hier?« rief sie gedämpft. Ihr antwortete Schweigen. Sie betraten das Zimmer auf der linken Seite. Der Strahl des Handlichtes huschte von Ecke zu Ecke.

»Wir sind nicht zu früh«, murmelte sie, »nicht zu spät, die Adresse stimmt ... Wo sind die Leute?«

Wenn Miles seine Rolle weiterspielen wollte, konnte er natürlich nicht gut antworten. Elli ließ ihn los, schaltete das Licht zu ihrer Linken ein und zog wieder ihren Betäuber. »Du bist zu vollgepumpt, als daß du weit kommst«, entschied sie, als spräche sie zu sich selbst. »Ich werde mich mal hier umschauen.«

Eines von Miles' Augenlidern signalisierte mit einem Zucken Einverständnis. Bis sie mit der Suche nach Wanzen und Scannerstrahlen fertig war, sollte er lieber weiter Lord Vorkosigan in einem überzeugenden Zustand des Entführten spielen. Nach kurzem Zögern stieg sie die Treppe hoch. Und nahm, verdammt noch mal, das Handlicht mit.

Er lauschte noch dem schwachen Knarren der Treppe unter ihren flinken Schritten, als eine Hand sich über seinen Mund schloß und sein Nacken von einem Betäuber geküßt wurde, mit sehr geringer Stärke, aus allernächster Nähe.

Er zuckte zusammen, trat um sich, versuchte zu schreien, versuchte zu beißen. Der Angreifer zischte vor Schmerz und packte fester zu. Es waren zwei – man riß ihm die Hände hinter dem Rücken hoch und stopfte ihm einen Knebel in den Mund, bevor seine Zähne nach der Hand, die das tat, schnappen konnten. Der Knebel war mit einer süßen, penetranten Droge getränkt; seine Nasenflügel bebten wild, doch seine Stimmbänder wurden unwillkürlich schlaff. Er schien die Verbindung zu seinem Körper zu verlieren, als wäre der umgezogen, ohne eine Adresse zu hinterlassen. Dann leuchtete ein fahles Licht auf.

Zwei große Männer, der eine jung, der andere älter, gekleidet wie Erdbewohner, bewegten sich leicht verschwommen in den Schatten. Scanner-Abschirmung, verdammt! Und eine sehr, sehr gute, wenn sie mit den Geräten der Dendarii fertig wurde. Miles entdeckte die Boxen an ihren Gürteln – nur ein Zehntel so groß wie die neuesten Produkte, über die seine Leute verfügten. So winzige Energiezellen – sie sahen neu aus. Die barrayaranische Botschaft würde ihre geschützten Bereiche auf den neuesten Stand bringen müssen … Er schielte einen verrückten Moment lang und versuchte, den Namen des Herstellers zu lesen, dann sah er den dritten Mann.

Oh, der dritte. *Jetzt hat es mich erwischt.* Miles' panische Gedanken drehten sich im Kreis. *Jetzt hab' ich wirklich den Verstand verloren.* Der dritte Mann war er selbst.

Der andere Miles, adrett gekleidet in einer grünen barrayaranischen Uniform, trat vor und starrte lang und eigenartig, fast hungrig, in sein Gesicht, während Miles von den beiden anderen Männern gestützt wurde. Der andere begann Miles' Taschen zu leeren und deren Inhalt in seine eigenen zu stecken. Betäuber … Ausweise … ein halbes Päckchen Atempillen mit Pfefferminzgeschmack … Bei den Pfefferminzpillen runzelte er die Stirn, als würden sie ihn einen Augenblick lang verwirren, dann steckte er sie mit einem Achselzucken ein. Er zeigte auf Miles' Taille.

Der Dolch seines Großvaters war Miles ausdrücklich im Testament vererbt worden. Die dreihundert Jahre alte Klinge war immer noch biegsam wie Gummi, scharf wie Glas. Das juwelenbesetzte Heft verbarg das Siegel der Vorkosigan. Die Männer nahmen ihm den Dolch ab. Der andere Miles schob mit einem Achselzucken den Gürtel mit der Scheide über die Schulter und knöpfte seine Jacke wieder zu. Schließlich nahm er den Gürtel mit der Scanner-Abschirmung von seiner eigenen Taille ab und band ihn schnell Miles um.

Die Augen des anderen Miles funkelten mit einer Mischung aus Heiterkeit und Erschrecken, als er stehenblieb und Miles einen letzten Blick zuwarf. Diesen Blick hatte Miles schon einmal gesehen, in seinem eigenen Gesicht auf der verspiegelten Wand einer U-Bahn-Station.

Nein.

Er hatte ihn *im Gesicht dieses Mannes* auf der verspiegelten Wand einer U-Bahn-Station gesehen.

Er muß an jenem Abend nur wenige Schritte entfernt gestanden haben, in einem bestimmten Winkel hinter Miles. In der falschen Uniform. In der grünen, zu einem Zeitpunkt, als Miles seine graue Dendarii-Uniform trug.

Sieht aus allerdings, als hätten sie es diesmal richtig hinbekommen …

»Perfekt«, knurrte der andere Miles, dessen Stimme jetzt frei war von der sonischen Dämpfung durch die Scanner-Abschirmung. »Wir haben nicht einmal die Frau betäuben müssen. Sie wird keinen Verdacht schöpfen. Hab' euch doch gesagt, daß es funktioniert.« Er holte Luft, reckte das Kinn und lächelte Miles sarkastisch zu.

Du angeberischer kleiner Tyrann, dachte Miles giftig. *Das werde ich dir heimzahlen.*

Na ja, ich war immer selber mein schlimmster Feind.

Der Wechsel hatte nur Sekunden gedauert. Sie trugen Miles durch den Durchgang in der rückwärtigen Wand des Raums. Mit einem heroischen Zucken gelang es ihm, mit dem Kopf gegen den Türrahmen zu bumsen, während sie durchgingen.

»Was war das?« erklang sofort Ellis Stimme von oben.

»Ich«, rief der andere Miles prompt zurück. »Ich habe mich bloß hier umgeschaut. Hier unten ist auch niemand. Das Ganze ist ein Flop.«

»Meinst du?« Miles hörte, wie sie die Treppe herunterkam. »Wir könnten noch ein bißchen warten.«

Ellis Kommunikator summte. »Elli?« war Ivans Stimme schwach zu hören. »Ich habe gerade vor einer Minute ein komisches Signal über die Scanner bekommen.«

Miles' Herz schlug hoffnungsvoll höher.

»Überprüf es noch mal.« Die Stimme des anderen Miles war kühl.

»Jetzt zeigt sich nichts.«

»Auch hier ist nichts. Ich fürchte, irgendwas hat sie erschreckt und sie haben die Sache sausen lassen. Heb die Überwachung auf und bring mich zurück in die Botschaft, Kommandantin Quinn.«

»So früh? Bist du dir sicher?«

»Jetzt schon. Das ist ein Befehl.«

»Du bist der Boss. Verdammt«, sagte Elli mit Bedauern, »ich hatte mich schon auf diese hunderttausend betanischen Dollars gefreut.«

Die Geräusche ihrer Schritte verrieten, daß sie die Halle verließen, und wurden dann von der sich schließenden Tür gedämpft. Das Surren eines Bodenwagens verklang in der Ferne. Dunkelheit, Schweigen, nur noch Atemgeräusch.

Die beiden Männer schleiften Miles wieder fort, zu einer Hintertür hinaus, zwischen engen Rückgebäuden hindurch, und schoben ihn auf den Rücksitz eines Bodenwagens, der in der Gasse geparkt stand. Sie setzten ihn wie eine Schaufensterpuppe zwischen sich, während ein dritter Entführer chauffierte. Miles' Gedanken wirbelten verworren am Rande seines Bewußtseins entlang. Die gottverdammten Scanner … eine fünf

Jahre alte Technologie aus der Randzone, womit sie vielleicht zehn Jahre hinter der Erde drein waren – die Dendarii würden jetzt in den sauren Apfel des Budgets beißen und ihr Scanner-System in der ganzen Flotte verschrotten müssen – wenn er noch so lang lebte, daß er es befehlen konnte ... Die Scanner, zum Teufel! Der Fehler lag nicht an den Scannern. Wurde nicht einst das Einhorn, das sagenhafte Wesen, auch mit Spiegeln gejagt, mit denen man das hochmütige Tier faszinierte, während seine Jäger es zum tödlichen Schlag umzingelten? Irgendwo muß sich hier eine Jungfrau befinden ...

Sie befanden sich in einem alten Stadtbezirk. Die verschlungene Route, die der Bodenwagen fuhr, konnte entweder dazu bestimmt sein, ihn zu verwirren, oder es handelte sich um die beste Abkürzung, die ein Ortskundiger ausgesucht hatte. Nach etwa einer Viertelstunde fuhren sie in eine unterirdische Parkgarage hinab, und der Wagen blieb mit einem Zischen stehen. Die Garage war klein, offensichtlich privat, und hatte nur Platz für wenige Fahrzeuge.

Sie schleiften ihn zu einem Liftrohr und fuhren eine Ebene hinauf, zu einem kurzen Korridor. Einer der Gorillas zog Miles die Stiefel aus und nahm ihm den Gürtel mit der Scanner-Abschirmung ab. Die Betäubung begann nachzulassen. Seine Beine fühlten sich wie Gummi an, wie von vielen Nadeln durchbohrt, aber sie trugen ihn wenigstens wieder. Die Männer ließen seine Handgelenke los. Schwerfällig versuchte er, seine schmerzenden Arme zu reiben. Der Knebel wurde ihm aus dem Mund genommen. Er stieß ein wortloses Krächzen aus.

Die Männer sperrten eine Tür auf und schoben ihn in einen fensterlosen Raum. Die Tür schloß sich hinter ihm mit einem Klicken, das wie das Zuschnappen einer Falle klang. Miles torkelte und blieb dann stehen, die Beine etwas gespreizt, und keuchte.

Ein verglaster Lichtschlitz in der Decke beleuchtete einen schmalen Raum, der nur mit zwei harten Bänken entlang der Wände möbliert war. Auf der linken Seite gab ein Türrahmen ohne Tür den Blick in eine winzige, fensterlose Toilette frei.

Ein Mann, der nur eine grüne Hose, ein cremefarbenes Hemd und Socken trug, lag zusammengerollt auf einer der Bänke, mit dem Gesicht zur Wand. Steif und vorsichtig rollte er herüber und setzte sich auf. Eine Hand schnellte automatisch hoch, als müßte sie seine geröteten Augen vor zu hellem Licht schützen; die andere war auf die Bank gestützt, damit er nicht umfiel. Das dunkle Haar war zerzaust, die Wangen bedeckte ein stoppeliger Viertagebart. Sein Hemdkragen hing offen in Form eines V und enthüllte einen Hals, der seltsam verletzlich wirkte, ganz im Gegensatz zu dem üblichen Schildkrötenpanzereffekt des hohen, geschlossenen Kragens barryaranischer Uniformjacken. Sein Gesicht war gerunzelt.

Der tadellose Hauptmann Galeni. Ganz schön mitgenommen.

KAPITEL 8

Galeni blickte Miles mit zusammengekniffenen Augen an. »Verdammter Mist«, sagte er mit gedämpfter Stimme.

»Ganz meinerseits«, antwortete Miles keuchend.

Galeni setzte sich aufrechter hin; seine trüben Augen verengten sich. »Oder – sind Sie es?«

»Ich weiß es nicht.« Miles überlegte. »Welches meiner Ichs haben Sie erwartet?« Er wankte hinüber zu der gegenüberliegenden Bank, bevor seine Knie nachgaben, und setzte sich mit dem Rücken gegen die Wand. Die Füße reichten nicht ganz bis zum Boden. Sie schwiegen beide einige Minuten lang und musterten einander.

»Es wäre sinnlos, uns zusammen in denselben Raum zu sperren, wenn er nicht abgehört wird«, sagte Miles schließlich.

Anstatt einer Antwort zeigte Galeni mit einem Finger hinauf zum Lichtschlitz.

»Aha. Auch optisch?«

»Ja.«

Miles entblößte die Zähne und lächelte nach oben.

Galeni betrachtete ihn immer noch mit vorsichtiger, fast schmerzlicher Unsicherheit.

Miles räusperte sich. In seinem Mund blieb ein bitterer Geschmack zurück. »Ich nehme an, Sie sind meinem Alter ego schon begegnet?«

»Gestern. Ich glaube, es war gestern.« Galeni blickte zum Licht empor.

Die Entführer hatten auch Miles sein Chrono abgenommen. »Jetzt ist es etwa ein Uhr morgens, Beginn des fünften Tages, seit Sie aus der Botschaft verschwunden sind«, beantwortete Miles Galenis unausgesprochene Frage. »Bleibt das Licht die ganze Zeit an?«

»Ja.«

»Aha.« Miles drängte eine unangenehme Assoziation zurück. Ständige Beleuchtung war eine cetagandanische Gefängnistechnik, die zeitweilige Desorientierung herbeiführen sollte. Admiral Naismith war bestens vertraut damit.

»Ich habe ihn nur für ein paar Sekunden gesehen«, fuhr Miles fort, »als sie die Auswechslung durchführten.« Seine Hand griff nach dem verschwundenen Dolch, massierte seinen Nacken. »Sehe ich – wirklich so aus?«

»Ich dachte, Sie wären es. Bis zum Ende. Er sagte mir, er übe. Teste.«

»Hat er bestanden?«

»Er war vier oder fünf Stunden hier drinnen.«

Miles zuckte zusammen. »Das ist schlecht. Das ist sehr schlecht.«

»Das habe ich mir auch gedacht.«

»Ich verstehe.« Ein unangenehmes Schweigen füllte den Raum. »Nun, Sie Historiker. Wie unterscheidet man eine Fälschung vom Original?«

Galeni schüttelte den Kopf, dann führte er eine Hand zur Schläfe, als wünschte er, er hätte nicht den Kopf geschüttelt; offenbar hatte er heftige Kopfschmerzen. Miles tat ebenfalls der Kopf weh. »Ich glaube nicht, daß ich es noch weiß«, fügte Galeni nachdenklich hinzu. »Er salutierte.«

Miles verzog einen Mundwinkel zu einem trockenen Grinsen. »Natürlich könnte nur ein Ich da sein, und das Ganze könnte ein Trick sein, Sie zum Wahnsinn zu treiben …«

»Hören Sie auf damit!« Galeni schrie fast. Trotzdem huschte für einen Moment ein verzerrtes Lächeln über sein Gesicht.

Miles blickte zum Licht empor. »Nun, wer auch immer ich bin, Sie sollten immer noch in der Lage sein, mir zu sagen, wer diese Leute sind. Hm – ich hoffe, es sind nicht die Cetagandaner? Ich würde das ein bißchen zu seltsam finden, angesichts meines … Duplikats. Er ist ein chirurgisches Konstrukt, hoffe ich.« *Kein Klon – bitte, lieber Gott, laß ihn nicht mein Klon sein …*

»Er sagte, er sei ein Klon«, sagte Galeni. »Natürlich war mindestens die Hälfte dessen, was er sagte, gelogen, wer auch immer er ist.«

»Ach so.« Ein stärkerer Ausruf schien völlig unangebracht.

»Ja. Ich habe daraufhin sehr über Sie nachgedacht. Das heißt, über den originalen Leutnant Vorkosigan.«

»Äh … hm! Ja. Ich glaube, ich weiß jetzt, warum ich mit dieser … dieser Geschichte herausgeplatzt bin, als die Reporterin mich in die Mangel nahm. Ich hatte ihn schon einmal zuvor gesehen. In der U-Bahn, als ich mit Kommandantin Quinn unterwegs war. Das ist jetzt acht oder zehn Tage her. Diese Leute müssen schon damals drauf und dran gewesen sein, die Auswechslung vorzunehmen. Aber er trug die falsche Uniform, und deshalb haben sie es wohl abgeblasen.«

Galeni blickte auf seinen Ärmel hinab. »Haben Sie es nicht bemerkt?«

»Ich hatte damals eine Menge anderer Dinge im Kopf.«

»Mir haben Sie das nie berichtet!«

»Ich hatte damals Schmerztabletten verpaßt bekommen. Ich dachte, es könnte sich um eine kleine Halluzination handeln. Ich war etwas arg gestresst. Als ich zur Botschaft zurückkam, hatte ich es vergessen. Und außerdem …« – er grinste schwach – »glaubte ich nicht, daß unsere Arbeitsbeziehung davon profitieren würde, wenn ich bei Ihnen ernsthafte Zweifel über meine Zurechnungsfähigkeit weckte.«

Galeni preßte verärgert die Lippen aufeinander, doch dann löste er sie wieder in einer Art Verzweiflung. »Vielleicht nicht.«

In Galenis Gesicht Verzweiflung zu sehen alarmierte Miles. Er plapperte weiter: »Auf jeden Fall war ich erleichtert, als ich erkannte, daß ich nicht plötzlich zu einem Hellseher geworden bin. Ich fürchte, mein Unterbewußtsein muß intelligenter sein als der Rest meines Hirns. Ich habe bloß seine Botschaft nicht verstanden.« Er deutete wieder nach oben. »Keine Cetagandaner?«

»Nein.« Galeni lehnte sich mit versteinertem Gesicht gegen die Wand. »Komarraner.«

»Ach«, würgte Miles hervor. »Ein komarranisches Komplott. Wie … beunruhigend.«

Galeni verzog den Mund. »Ganz richtig.«

»Na ja«, sagte Miles schwach, »sie haben uns noch nicht getötet. Es muß einen Grund geben, daß sie uns am Leben lassen.«

Galeni verzog die Lippen zu einem schrecklichen Grinsen; um seine Augen herum erschienen Fältchen. »Überhaupt keinen.« Er brachte die Worte in einem keuchenden Gekicher heraus, das abrupt abbrach. Anscheinend handelte es sich um einen privaten Witz zwischen Galeni und dem Lichtschlitz. »Er stellt sich vor, er hätte einen Grund«, erklärte Galeni, »aber er befindet sich in einem großen Irrtum.« Der bittere Seitenhieb dieser Worte war auch nach oben gerichtet.

»Nun, wir sagen es *ihnen* nicht«, sagte Miles leise. Er holte tief Luft. »Los, Galeni, spucken Sie es aus. Was ist an dem Morgen passiert, als Sie aus der Botschaft verschwanden?«

Galeni seufzte und schien sich zu fassen. »Ich bekam an diesem Morgen einen Anruf. Von einem alten … komarranischen Bekannten. Er bat mich um eine Zusammenkunft.«

»Es gab keinen Logeintrag über diesen Anruf. Ivan hat Ihre Komkonsole überprüft.«

»Ich habe ihn gelöscht. Das war ein Fehler, was ich allerdings zu jenem Zeitpunkt noch nicht erkannte. Aber er sagte etwas, das mich auf den Gedanken brachte, es könnte sich um einen Hinweis auf das Geheimnis Ihrer seltsamen Befehle handeln.«

»Also habe ich Sie überzeugt, daß mit meinen Befehlen etwas schiefgelaufen sein muß.«

»O ja. Aber es war mir klar, daß – wenn dies der Fall war – meine Sicherheitsabteilung in der Botschaft unterwandert sein mußte, von innen her gefährdet. Wahrscheinlich durch den Kurier. Aber ich wagte nicht, eine solche Beschuldigung zu erheben, ohne objektive Beweise vorlegen zu können.«

»Der Kurier, ja«, sagte Miles. »Das war meine zweite Möglichkeit.«

Galeni zog die Augenbrauen hoch. »Und was war die erste?«

»Sie, fürchte ich.«

Galenis saures Lächeln sagte alles.

Miles zuckte verlegen die Achseln. »Ich stellte mir vor, Sie hätten sich mit meinen achtzehn Millionen Mark davongemacht. Die Frage blieb nur, falls ja, warum waren Sie dann nicht untergetaucht? Und dann tauchten Sie unter.«

»O ja.«

»Alle Fakten paßten dann zusammen«, erklärte Miles. »Ich hatte Sie festgenagelt als Veruntreuer, Deserteur, Dieb und komarranischen Mistkerl.«

»Und was hat Sie davon abgehalten, diese Beschuldigungen offiziell vorzubringen?«

»Nichts, unglücklicherweise.« Miles räusperte sich. »Tut mir leid.«

Galenis Gesicht färbte sich leicht grün. Er war zu entsetzt, um noch einen überzeugend zornigen Blick hinzubekommen, obwohl er es versuchte.

»Sie haben nur allzu recht«, sagte Miles. »Wenn wir hier nicht herauskommen, dann wird Ihr Name befleckt bleiben.«

»Und das alles für nichts…« Galeni stemmte den Rücken gegen die Wand und neigte den Kopf zurück, als müßte er ihn stützen. Er schloß die Augen, als schmerzten sie.

Miles erwog die wahrscheinlichen politischen Konsequenzen, sollten er und Galeni jetzt ohne weitere Spuren verschwinden. Untersuchungsbeamte müßten eigentlich seine Idee von der Unterschlagung noch aufregender finden als er selbst, denn jetzt wurde sie erhärtet durch Entführung, Mord, Fahnenflucht und Gott weiß noch was. Der Skandal würde garantiert die Bemühung um die Integration der Komarraner bis in die Grundfesten erschüttern, vielleicht sogar zunichte machen. Miles blickte durch den Raum auf den Mann, den sein Vater, Aral Vorkosigan, ausgewählt hatte, um es mit ihm zu versuchen. *Eine Art von Erlösung…*

Das allein konnte schon Grund genug für den komarranischen Untergrund sein, sie beide zu ermorden. Aber die Existenz des – ach, lieber Gott, bitte kein Klon! – anderen Miles legte den Gedanken nahe, daß diese Anschwärzung von Galenis Charakter, freundlicherweise von Miles ausgelöst, vom komarranischen Standpunkt aus gesehen lediglich einen glücklichen Zusatzeffekt darstellte. Er fragte sich, ob die Komarraner wohl entsprechend dankbar wären.

»Sie gingen also, um sich mit diesem Mann zu treffen«, spornte Miles ihn an, weiterzuerzählen. »Und Sie nahmen keinen Piepser und keinen Begleitschutz mit.«

»Richtig.«

»Und prompt wurden Sie entführt. Und Sie kritisieren meine Sicherheitstechniken!«

»Ja.« Galeni öffnete die Augen. »Nun, nein. Wir aßen zuerst zu Mittag.«

»Sie setzten sich mit diesem Kerl zum Mittagessen

hin? Oder – war sie hübsch?« Miles erinnerte sich plötzlich an das Pronomen, das Galeni vorhin benutzt hatte, als er gereizte Bemerkungen an den Lichtschlitz richtete. Nein, keine Hübsche.

»Kaum. Aber er versuchte, mich zu bestechen.«

»Hatte er Erfolg?«

Auf Galenis zornigen Blick hin erklärte Miles: »Machen wir dieses ganze Gespräch zu einem Spiel, zu meinen Gunsten, nicht wahr?«

Galeni zog eine Grimasse, halb Irritation, halb bitteres Einverständnis. Fälschungen und Originale, Wahrheit und Lügen, wie sollten die hier geprüft werden?

»Ich sagte ihm, er solle mich im Arsch lecken.« Das sagte Galeni laut genug, daß es dem Lichtschlitz kaum entgehen konnte. »Ich hätte im Laufe unseres Streitgesprächs erkennen sollen, daß er mir insgesamt zu viel über das erzählt hatte, was wirklich ablief, als daß er es noch hätte wagen können, mich gehen zu lassen. Aber wir tauschten Garantien aus, ich kehrte ihm den Rücken zu … ließ das Gefühl mein Urteil trüben. Er jedoch nicht. Und so bin ich hier gelandet.« Galeni blickte sich in ihrer engen Zelle um. »Für eine kleine Weile. Bis er mit seiner Gefühlsaufwallung fertig ist. Was er schließlich sein wird.« Trotzig blickte er zu dem Lichtschlitz hoch.

Miles atmete langsam durch die zusammengebissenen Zähne ein. »Muß ein ziemlich unwiderstehlicher alter Bekannter gewesen sein.«

»O ja.« Galeni schloß wieder die Augen, als überlegte er, wie er Miles und diesem ganzen Wirrwarr entkommen könnte, indem er sich in den Schlaf zurückzog.

Galenis steife, stockende Bewegungen wiesen auf Folter hin … »Hat man Sie gedrängt, Ihre Haltung zu ändern? Oder hat man Sie auf die alte, harte Art verhört?«

Galenis Augen öffneten sich zu Schlitzen; er berührte den purpurnen Fleck unter dem linken Auge. »Nein, sie nehmen Schnell-Penta zum Verhör. Sie müssen nicht handgreiflich werden. Sie haben mich mehrfach damit verhört, drei-, viermal. Inzwischen wissen sie so gut wie alles über die Sicherheitsabteilung der Botschaft.«

»Warum dann die blauen Flecken?«

»Ich habe versucht auszubrechen … gestern vermutlich. Die drei Burschen, die mich schnappten, sehen jetzt schlimmer aus, das kann ich Ihnen versichern. Man hofft anscheinend immer noch, daß ich meine Einstellung ändere.«

»Konnten Sie nicht so tun, als würden Sie kooperieren, wenigstens lang genug, um abzuhauen?« sagte Miles aufgebracht.

Galeni riß trotzig die Augen auf. »Niemals …«, zischte er. Der Wutanfall verflog mit einem müden Seufzer. »Vermutlich hätte ich es tun sollen. Jetzt ist es zu spät.«

Hatten sie das Hirn des Hauptmanns mit ihren Drogen durcheinandergebracht? Wenn der alte, kalte Galeni seinen Verstand in solchem Ausmaß vom Gefühl hatte überrumpeln lassen, nun – dann mußte es sich um ein verdammt starkes Gefühl handeln. Eines dieser schrecklich tiefen Gefühle, gegen die der IQ nichts ausrichten konnte.

»Vermutlich würde man mir ein Angebot zur Kooperation nicht abnehmen«, sagte Miles niedergeschlagen.

Galenis Stimme nahm wieder ihren ursprünglichen Klang an. »Wohl kaum.«

»Ganz recht.«

Einige Minuten später bemerkte Miles: »Es kann sich nicht um einen Klon handeln, wissen Sie.«

»Warum nicht?« sagte Galeni.

»Jeder Klon von mir, den man aus meinen Körperzellen züchten würde, müßte eigentlich eher aussehen wie – na ja, Ivan. Sechs Fuß groß oder so und nicht … verzerrt im Gesicht und verbogen im Rückgrat. Mit guten Knochen, nicht diesen Kalkstecken. Es sei denn«, ein entsetzlicher Gedanke, »die Ärzte hätten mich mein Leben lang hinsichtlich meiner Gene belogen.«

»Er muß verzerrt und verbogen worden sein, damit er paßt«, meinte Galeni nachdenklich. »Chemisch oder chirurgisch oder auf beide Weisen. Das wäre bei Ihrem Klon nicht schwieriger als bei jedem anderen chirurgischen Konstrukt. Vielleicht sogar leichter.«

»Aber was mit mir passiert ist, war ein so zufälliger Unfall – selbst die Wiederherstellungsoperationen waren ein Experiment – meine eigenen Ärzte wußten nicht, was dabei herauskommen würde, bis es vorbei war.«

»Das Duplikat richtig hinzubekommen muß schwierig gewesen sein. Aber offensichtlich nicht unmöglich. Vielleicht stellt das … Individuum, das wir gesehen haben, den letzten in einer Reihe von Versuchen dar.«

»Was hat man in diesem Fall mit den abgelehnten Individuen gemacht?« fragte Miles heftig. Seine Phantasie malte ihm eine Parade von Klonen aus, wie eine umgekehrt ablaufende Illustrationenfolge der Evolution: der aufrecht gehende Cro-Magnon-Mensch à la Ivan, der dann über einige Missing links in einen schimpansenähnlichen Miles überging.

»Ich stelle mir vor, sie wurden beseitigt.« Galenis Stimme war hoch und sanft; sie leugnete den Schrecken nicht, sondern trotzte ihm.

Miles' Unterleib bebte. »Erbarmungslos.«

»O ja«, stimmte Galeni im gleichen sanften Ton zu.

Miles suchte nach einer Logik. »In diesem Fall müßte er – der Klon …« – *mein Zwillingsbruder,* fügte er in Gedanken hinzu – »bedeutend jünger sein als ich.«

»Einige Jahre«, stimmte Galeni zu. »Vermutlich sechs.«

»Warum sechs?«

»Das ergibt die Arithmetik. Sie waren etwa sechs Jahre alt, als die komarranische Revolte zu Ende ging. Das wäre der Zeitpunkt gewesen, zu dem diese Gruppe gezwungen gewesen wäre, ihre Aufmerksamkeit auf einen anderen, weniger direkten Plan für einen Angriff auf Barrayar zu richten. Die Idee hätte sie vorher nicht interessiert. Hätte es viel später begonnen, dann wäre der Klon noch zu jung, um Sie zu ersetzen, selbst bei beschleunigtem Wachstum. Zu jung, um das Ganze durchzustehen. Es scheint, er mußte sich schon einige Zeit wie Sie benehmen und wie Sie aussehen.«

»Aber warum überhaupt ein Klon? Warum ein Klon von mir?«

»Ich glaube, man beabsichtigt mit ihm eine Sabotageaktion, die mit einem Aufstand auf Komarr abgestimmt ist.«

»Barrayar wird nie Komarr aufgeben. Niemals. Ihr seid unser Vordereingang.«

»Das weiß ich«, sagte Galeni müde. »Aber einige Leute würden lieber unsere Kuppeln in Blut ertränken, als aus der Geschichte zu lernen. Oder als überhaupt etwas zu lernen.« Er blickte unwillkürlich zum Licht hoch.

Miles schluckte, nahm seinen ganzen Willen zusammen und sprach in das Schweigen: »Wie lange haben Sie schon gewußt, daß Ihr Vater nicht mit dieser Bombe in die Luft gegangen ist?«

Galeni warf ihm einen Blick zu, der einem Blitz glich; sein Leib erstarrte, dann entspannte er sich wieder, sofern man eine so knirschende Bewegung Entspannung nennen konnte. Aber er sagte bloß: »Fünf Tage.« Nach einiger Zeit fügte er hinzu: »Wie haben Sie das herausbekommen?«

»Wir sind in Ihre persönlichen Dateien eingestiegen. Er war Ihr einziger naher Verwandter ohne Totenschein.«

»Wir hatten geglaubt, er sei tot.« Galenis Stimme klang distanziert und gleichmütig. »Mein Bruder war sicher tot. Barrayaranische Sicherheitsleute kamen und holten mich und meine Mutter, damit wir die sterblichen Überreste identifizierten. Es war nicht viel übriggeblieben. Es brauchte nicht viel, um zu glauben, daß buchstäblich nichts von meinem Vater übriggeblieben war, der nach den Berichten viel näher am Zentrum der Explosion drangewesen war.«

Der Mann war durcheinander, seine Nerven lagen offen vor Miles' Augen. Miles fand, es würde ihm kein Vergnügen bereiten zu beobachten, wie Galeni zusammenbrach. Das wäre Verschwendung an einem Offizier, vom Standpunkt des Kaiserreiches aus gesehen. Wie ein Meuchelmord. Oder wie eine Abtreibung.

»Mein Vater sprach beständig von Komarrs Freiheit«, fuhr Galeni sanft fort. Sagte er das zu Miles, zum Lichtschlitz, zu sich selbst? »Von den Opfern, die wir alle der Freiheit vom Komarr zu bringen hätten. Opfer war ein wichtiges Thema für ihn. Opfer an Menschen oder sonstigem. Aber er schien sich nie sehr viel um die Freiheit irgendwelcher Leute *auf* Komarr zu kümmern. Erst an dem Tag, als die Revolte scheiterte, wurde ich ein freier Mann. Der Tag, an dem er starb. Frei, die Welt mit meinen eigenen Augen zu sehen, meine eigenen Urteile zu fällen, mein eigenes Leben zu wählen. Oder wenigstens dachte ich das. Das Leben ...« – Galenis Stimme klang unendlich sarkastisch – »ist voll von Überraschungen.« Er blickte mit einem füchsischen Lächeln zum Lichtschlitz empor.

Miles preßte die Augen zu und versuchte klar zu denken. Das war nicht einfach, während Galeni zwei Meter entfernt saß und eine mörderische Spannung ausstrahlte, die schon nahe der kritischen Grenze war. Miles hatte das unangenehme Gefühl, daß sein nomineller Vorgesetzter im Augenblick die umfassende strategische Situation aus dem Blick verloren hatte und in einen persönlichen Kampf mit alten Gespenstern verwickelt war. Oder alten Nicht-Gespenstern. Jetzt kam es auf Miles an.

Aber was sollte Miles tun? Er stand auf und erkundete auf zittrigen Beinen den Raum. Galeni beobachtete ihn kommentarlos mit zusammengekniffenen Augen. Es gab keinen Ausgang außer dem einen. Miles kratzte mit den Fingernägeln an den Wänden entlang. Sie waren undurchdringlich. Die Fugen am Boden und an der Decke – er hüpfte auf die Bank und langte nach oben, wobei ihm fast schwindlig wurde – gaben nicht im geringsten nach. Er ging in die Naßzelle, erleichterte sich, wusch sich über dem Waschbecken die Hände, das Gesicht und den sauren Mund – es gab nur kaltes Wasser – und trank aus den gewölbten Händen. Es gab kein Glas, nicht einmal einen Plastikbecher. Das Wasser schwappte eklig in seinem Bauch herum, seine Hände zuckten als Nachwirkung der Betäubung. Er überlegte, was dabei herauskäme, wenn er den Abfluß mit seinem Hemd verstopfte und das Wasser laufen ließe. Das schien die maximale Möglichkeit an Vandalismus zu sein. Er kehrte zu seiner Bank zurück, wischte sich die Hände an den Hosen ab und setzte sich hin, bevor er umfiel.

»Kriegt man hier was zu essen?« fragte er.

»Zwei- oder dreimal am Tag«, sagte Galeni. »Etwas von dem, was oben gekocht wird. In diesem Haus scheinen etliche Leute zu leben.«

»Das scheint dann der einzige Zeitpunkt zu sein, wann man einen Ausbruch starten könnte.«

»Das war er«, stimmte Galeni zu.

War, ganz richtig. Nach Galenis Ausbruchsversuch würde man die Wachen verdoppelt haben. Einen solchen Ausbruch wagte Miles nicht zu wiederholen; wenn man ihn so verprügelte wie Galeni, dann wäre er völlig unfähig, sich zu bewegen.

Galeni betrachtete die verschlossene Tür. »Das sorgt für ein gewisses Maß an Unterhaltung. Wenn sich die Tür öffnet, dann weiß man nie, ob es Essen gibt oder den Tod.«

Miles hatte den Eindruck, Galeni hoffte eher auf den

Tod. Verdammter *Kamikaze-Kämpfer.* Miles kannte die todessüchtige Stimmung aus eigener Erfahrung. Man konnte sich in diese Aussicht auf das Grab verlieben – sie war der Feind kreativen strategischen Denkens. Sie war der Feind. Punkt.

Aber seine Entschlossenheit fand keinen praktischen Ausdruck, obwohl er alles im Kopf hin und her drehte. Gewiß hatte Ivan den Schwindler sofort erkannt. Oder würde er die Fehler, die der Klon vielleicht machte, der Tatsache zuschreiben, daß Miles sozusagen einen freien Tag hatte? Es gab gewisse Präzedenzfälle dafür. Und wenn die Komarraner vier Tage damit zugebracht hatten, aus Galeni alles über die Vorgänge in der Botschaft herauszupressen, dann war es durchaus möglich, daß der Klon in der Lage wäre, Miles' Routinepflichten fehlerfrei zu erfüllen. Falls der Kerl wirklich ein Klon war, dann dürfte er genauso clever sein wie Miles.

Oder genauso dumm … Miles klammerte sich an diesen tröstlichen Gedanken. Wenn Miles bei seinem verzweifelten Tanz durch das Leben Fehler machte, dann konnte der Klon genauso viele machen. Das Problem war, würde irgend jemand in der Lage sein, ihre Fehler auseinanderzuhalten?

Aber was war mit den Dendarii? Seine Dendarii, die jetzt in die Hände eines – eines was fielen? Welche Pläne hatten die Komarraner? Wieviel wußten sie über die Dendarii? Und wie, zum Teufel, konnte der Klon sowohl Lord Vorkosigan wie auch Admiral Naismith ersetzen, wenn Miles sie beide ständig erfinden mußte, während er seinen Weg ging?

Und Elli – wenn Elli in dem verlassenen Haus den Unterschied nicht hatte spüren können, würde sie den Unterschied im Bett erkennen? Würde es dieser schmutzige kleine Schwindler wagen, Elli Quinn zu vögeln? Aber welches menschliche Wesen aus allen drei Geschlechtern konnte wohl einer Einladung widerstehen, mit dieser brillanten und schönen Frau sich im

Bett zu vergnügen…? Miles Phantasie spielte ihm detaillierte Szenen vor, in denen der Klon mit seiner, Miles', Elli Quinn dort draußen Sachen trieb, von denen Miles für die meisten noch gar nicht die Zeit gehabt hatte, sie selbst auszuprobieren. Er bemerkte, daß seine Hände den Rand der Bank so fest umklammert hielten, daß die Fingerknöchel weiß hervortraten und die Gefahr bestand, daß seine Fingerknochen brachen.

Er ließ los. Gewiß mußte der Klon versuchen, intimen Situationen mit Menschen, die Miles gut kannten, aus dem Weg zu gehen, denn dabei geriete er ja in die größte Gefahr, entlarvt zu werden. Es sei denn, er war ein großspuriger kleiner Scheißer mit einer zwanghaften Neigung zu Experimenten, wie der Kerl, den Miles täglich in seinem Spiegel rasierte. Miles und Elli hatten gerade begonnen, intim zu werden – würde sie den Unterschied spüren oder nicht? Falls sie – Miles schluckte und versuchte, seine Gedanken wieder auf das größere, politische Szenario zu richten.

Der Klon war nicht bloß dazu geschaffen worden, um ihn in den Wahnsinn zu treiben; das war nur ein Nebeneffekt. Der Klon war als Waffe geschmiedet worden, die gegen Barrayar gerichtet war. Durch Premierminister Graf Aral Vorkosigan gegen Barrayar, als wären diese beiden eins. Miles hatte keine Illusionen: dieses Komplott war nicht um seiner selbst willen eingefädelt worden. Er konnte sich ein Dutzend Möglichkeiten ausdenken, wie ein falscher Miles gegen seinen Vater eingesetzt werden konnte; das reichte vom relativ Harmlosen bis zum entsetzlich Grausamen. Er blickte hinüber zu Galeni, der ruhig ausgestreckt dalag und darauf wartete, daß sein Vater ihn umbrachte. Oder der genau diese Ruhe einsetzte, um seinen Vater zu zwingen, ihn umzubringen, um… was zu beweisen? Miles strich still die harmlosen Szenarios von seiner Liste der Möglichkeiten.

Am Ende übermannte ihn die Erschöpfung, und er schlief auf der harten Bank ein.

Er schlief schlecht, tauchte wiederholt aus einem unangenehmen Traum auf, nur um der noch unangenehmeren Realität wiederzubegegnen – eine kalte Bank, verkrampfte Muskeln, Galeni, der auf der gegenüberliegenden Bank hing und sich in gleicher Unbequemlichkeit wand, wobei seine Augen durch die Fransen seiner Wimpern schimmerten, ohne zu verraten, ob er wach war oder döste –, dann taumelte er aus Selbstverteidigung wieder hinab ins Land der Träume. Miles' Zeitgefühl kam völlig durcheinander. Als er sich jedoch schließlich aufsetzte, sagten ihm seine schmerzenden Muskeln und die Wasseruhr seiner Blase, daß er lange geschlafen hatte. Nachdem er einen Ausflug in den Waschraum unternommen, sich Wasser ins sein stoppelbärtiges Gesicht gespritzt und getrunken hatte, kam sein Geist wieder in Gang und machte weiteren Schlaf unmöglich. Er wünschte, er hätte seine Katzenhaardecke bei sich.

Die Tür klickte. Galeni schnellte aus seinem scheinbaren Dösen in eine sitzende Position hoch, schob die Füße unter seinen Schwerpunkt und zeigte ein völlig verschlossenes Gesicht. Aber diesmal war es das Abendessen. Oder das Frühstück, nach den Zutaten zu schließen: lauwarme Rühreier, süßes Rosinenbrot, gesegneter Kaffee in einem Plastikbecher und für jeden einen Löffel. Das Essen brachte ein der pokergesichtigen jungen Männer, die Miles am Abend zuvor gesehen hatte. Ein weiterer blieb mit schußbereitem Betäuber in der Tür stehen. Der mit dem Essen beäugte Galeni, setzte das Tablett am Ende der einen Bank ab und zog sich schnell zurück.

Miles betrachtete mißtrauisch das Essen. Aber Galeni nahm seine Portion und aß ohne zu zögern. Wußte er, daß es nicht mit Drogen versetzt oder vergiftet war, oder war es ihm schon völlig schnuppe? Miles zuckte die Achseln und aß ebenfalls.

Er schluckte die letzten kostbaren Tropfen Kaffee und

fragte: »Haben Sie irgendeinen Hinweis aufgeschnappt, was der Zweck dieser ganzen Maskerade ist? Die müssen doch unglaubliche Anstrengungen unternommen haben, um dieses… Duplikat von mir hervorzubringen. Das kann kein untergeordnetes Komplott sein.«

Galeni, der nach dem anständigen Essen etwas weniger bleich aussah, rollte seinen Becher vorsichtig in den Händen hin und her. »Ich weiß, was sie mir gesagt haben. Ich weiß nicht, ob das, was sie mir gesagt haben, die Wahrheit ist.«

»Okay, erzählen Sie weiter.«

»Sie müssen verstehen, die Leute meines Vaters sind eine radikale Splittergruppe des allgemeinen komarranischen Untergrunds. Die Gruppen haben seit Jahren nicht mehr miteinander gesprochen, was einer der Gründe dafür ist, daß wir – der barrayaranische Sicherheitsdienst…« – ein schwaches ironisches Lächeln umspielte seine Lippen –, »sie nicht bemerkt haben. Die Hauptgruppe hat im Laufe des letzten Jahrzehnts an Schwungkraft verloren. Die Kinder der im Ausland lebenden Komarraner sind als Bürger anderer Planeten ohne Erinnerung an Komarr aufgewachsen. Und die Älteren sind einfach – na ja, älter geworden. Sie sterben allmählich aus. Und da sich die Dinge zu Hause nicht so schlecht entwickeln, gewinnen sie keine neuen Anhänger. Ihre Machtbasis schrumpft, sie schrumpft kritisch.«

»Ich kann verstehen, daß diese Situation die Radikalen reizt, etwas zu unternehmen. Solange sie noch eine Chance haben«, bemerkte Miles.

»Ja. Sie stecken in einer Klemme.« Galeni zerquetschte langsam den Becher in seiner Faust. »Sie sind zu wilden, waghalsigen Hasardspielern gezwungen.«

»Es erscheint mir verdammt noch mal arg exotisch, so etwas über sechzehn, achtzehn Jahre zu planen. Wie, zum Teufel, haben diese Leute die medizinischen Ressourcen zusammengebracht? War Ihr Vater Arzt?«

Galeni schnaubte. »Wohl kaum. Die medizinische Seite war anscheinend der leichte Teil, sobald sie die gestohlene Gewebeprobe aus Barrayar in die Hände bekommen hatten. Allerdings, wie sie das fertiggebracht haben …«

»Die ersten sechs Jahre meines Lebens habe ich damit zugebracht, von Doktoren gepiekst, biopsiert, gescannt, gesampelt sowie in Scheiben und Würfel geschnitten zu werden. Es müssen kilogrammweise Stücke von mir in den verschiedenen medizinischen Labors herumgereicht worden sein, aus denen man wählen konnte, ein regelrechtes Selbstbedienungsbüffet an Gewebeproben. Aber das tatsächliche Klonen …«

»Wurde an eine andere Seite vergeben. An ein zwielichtiges medizinisches Labor auf dem Planeten Jackson's Whole, so weit ich weiß, an ein Labor, das für entsprechend viel Geld alles machen würde.«

Miles blieb einen Moment der Mund offenstehen. »Oh, die.«

»Wissen Sie über Jackson's Whole Bescheid?«

»Ich bin – ihrer Arbeit in einem anderen Zusammenhang begegnet. Verdammt, wenn ich nicht auch das Labor nennen könnte, das es höchstwahrscheinlich gemacht hat. Sie sind Experten im Klonen. Unter anderem machen sie auch die illegalen Gehirntransplantationen – das heißt: überall illegal, außer auf Jackson's Whole –, bei denen der junge Klon herangezüchtet wird und dann das alte Gehirn auf ihn übertragen wird – das alte Gehirn eines Reichen, selbstverständlich – und … hm … sie haben auch einiges an biotechnischer Arbeit geleistet, über die ich nicht sprechen kann, und … ja. Und die ganze Zeit hatten die eine Kopie von mir im Hinterzimmer – diese Mistkerle, die werden diesmal schon noch herausfinden, daß sie nicht so verdammt unangreifbar sind, wie sie meinen …!« Miles unterdrückte seine beginnende Hyperventilation. Seine persönliche Rache gegen Jackson's Whole mußte noch auf einen günstigeren Zeitpunkt warten. »Also, der komarranische Untergrund hat die ersten zehn oder fünfzehn Jahre außer Geld nichts in das Projekt investiert. Kein Wunder, daß es nie entdeckt wurde.«

»Ja«, sagte Galeni. »Vor einigen Jahren wurde also der Beschluß gefaßt, diese Karte aus dem Ärmel zu ziehen. Sie holten den fertiggestellten Klon, der inzwischen ein junger Teenager war, von Jackson's Whole ab und begannen ihn zu trainieren, Sie zu sein.«

»Warum?«

»Anscheinend streben sie nach der Herrschaft über das Kaiserreich.«

»Was?!« schrie Miles. »Nein! Nicht mit *mir* …!«

»Dieses … Individuum … hat hier vor mir gestanden«, Galeni zeigte auf eine Stelle in der Nähe der Tür, »vor zwei Tagen noch, und hat mir gesagt, ich hätte den nächsten Kaiser von Barrayar vor mir.«

»Sie müßten sowohl Kaiser Gregor wie auch meinen Vater umbringen, um so etwas …«, begann Miles erregt.

»Ich kann mir vorstellen«, sagte Galeni trocken, »daß sie genau das vorhaben.« Er lehnte sich auf seiner Bank zurück, verschränkte die Hände in seinem Nacken als Kissen und schnurrte mit funkelnden Augen: »Natürlich nur über meine Leiche.«

»Über unser beider Leichen. Sie werden nicht wagen, uns am Leben zu lassen …«

»Ich glaube, das hatte ich schon gestern erwähnt.«

»Jedoch, wenn etwas schiefgeht«, Miles Blick zuckte zum Lichtschlitz empor, »dann könnte es für sie praktisch sein, Geiseln zu haben.« Er sprach diesen Gedanken deutlich aus und betonte den Plural, obwohl er befürchtete, daß vom barrayaranischen Standpunkt aus gesehen nur einer von ihnen einen Wert als Geisel besaß. Galeni war kein Narr; auch er wußte, wer der Sündenbock war.

Verdammt, verdammt, verdammt. Miles war in diese

Falle gegangen, wohl wissend, daß es eine Falle war, in der Hoffnung, die Art von Information zu bekommen, die er nun besaß. Aber es war nicht seine Absicht gewesen, in der Falle sitzenzubleiben. Er rieb sich total frustriert den Nacken – welche Freude wäre es gewesen, eine Dendarii-Eingreiftruppe herbeizurufen gegen dieses ... dieses Rebellennest – und zwar auf der Stelle ...

Die Tür klickte. Es war zu früh fürs Mittagessen. Miles fuhr herum und hoffte einen wilden Augenblick lang, es käme da Kommandantin Quinn an der Spitze einer Patrouille zu seiner Rettung – nein. Es waren nur wieder die beiden Gorillas, ein dritter stand mit einem Betäuber in der Tür.

Einer zeigte auf Miles. »Sie. Kommen Sie mit.«

»Wohin?« fragte Miles mißtrauisch. Konnte das schon das Ende sein – daß man ihn in die Tiefgarage führte und dort erschoß oder ihm das Genick brach? Er fühlte keine Lust, freiwillig zu seiner eigenen Hinrichtung zu schreiten.

Etwas ähnliches mußte auch Galeni durch den Kopf gegangen sein, denn als die beiden Miles ganz unzeremoniell an den Armen packten, sprang Galeni auf sie los. Der mit dem Betäuber fällte den Hauptmann, bevor er die Hälfte des Raums durchquert hatte. Galeni zuckte krampfhaft zusammen, bleckte in verzweifeltem Widerstand die Zähne und blieb dann reglos liegen.

Benommen ließ Miles es zu, daß man ihn zur Tür hinausschaffte. Falls er sterben sollte, dann wollte er zumindest bei Bewußtsein bleiben, um dem Tod ein letztesmal ins Gesicht zu spucken, während er ihn holte.

KAPITEL 9

Zu Miles einstweiliger Erleichterung nahmen sie ihn das Liftrohr hinauf, nicht hinab. Nicht, daß sie ihn nicht durchaus auch woanders umbringen konnten als in der Tiefgarage. Galeni zum Beispiel würden sie wohl in der Garage umbringen, damit sie die Leiche nicht umherschleifen mußten, aber Miles' Gewicht im toten Zustand würde sozusagen kein logistisches Problem darstellen.

Der Raum, in den die beiden Männer ihn jetzt schoben, war eine Art Studierzimmer oder Privatbüro, trotz der polarisierten Fenster voller Licht. Ein durchsichtiges Regal an der Wand war mit Bibliotheksdateien gefüllt; in einer Ecke stand ein Pult mit einer gewöhnlichen Komkonsole. Ihr Vid zeigte im Augenblick eine Fischaugensicht von Miles' Zelle. Galeni lag noch betäubt auf dem Boden.

Der ältere Mann, der am Vorabend die Leitung bei Miles' Entführung gehabt zu haben schien, saß auf einer beige gepolsterten Bank aus Chrom vor dem verdunkelten Fenster und untersuchte ein Hypospray, das er gerade aus seinem Behälter genommen hatte, der offen daneben stand. Aha, ein Verhör, keine Hinrichtung stand auf dem Plan. Oder zumindest ein Verhör vor der Hinrichtung. Es sei denn, sie hatten einfach vor, ihn zu vergiften.

Miles' löste seinen Blick von dem glitzernden Hypo, während der Mann sich zurechtrückte und den Kopf neigte, um Miles mit zusammengekniffenen blauen Augen zu mustern. Mit einem Seitenblick streifte er die Komkonsole. Ein momentanes, zufälliges Detail seiner

Haltung, die Hand, die den Rand der Bank umfaßte, ließ Miles plötzlich erkennen, mit wem er es zu tun hatte, denn der Mann ähnelte Hauptmann Galeni nicht sonderlich, außer vielleicht in der Bleichheit seiner Haut. Er schien etwa sechzig Jahre alt zu sein. Sein ergrauendes Haar war kurz geschnitten, das Gesicht zerfurcht, der vom Alter etwas beleibte Körper gehörte offensichtlich nicht einem Athleten oder einem Mann, der sich viel im Freien aufhielt. Er trug konservative irdische Kleidung, die etwa eine Generation von der historischen Mode entfernt war, die Miles in der Einkaufsarkade an den dort flanierenden Teenagern beobachtet hatte. Es hätte sich bei dem Mann um einen Geschäftsmann oder Lehrer handeln können, um alles – außer um einen gefährlichen Terroristen.

Abgesehen von der mörderischen Spannung, die den Mann erfüllte. In ihr, im gegenseitigen Umschlingen der Hände, dem Beben der Nasenflügel, dem eisernen Strich des Mundes und der Starrheit des Nackens, waren sich Ser Galen und Duv Galeni gleich.

Galen stand auf und ging langsam um Miles herum und gab sich dabei wie ein Mann, der die Skulptur eines unbedeutenden Künstlers studierte. Miles stand völlig reglos da. Barstrümpfig kam er sich kleiner vor als sonst. Endlich war er in das Zentrum des Komplotts gelangt, zu der geheimen Quelle, von der all seine Schwierigkeiten in den letzten Wochen ausgegangen waren. Und die Mitte des Ganzen war dieser Mann, der ihn umkreiste und mit hungrigem Haß anstarrte. Oder vielleicht waren er und Galen beide Mittelpunkte, wie die Zwillingsbrennpunkte einer Ellipse, die endlich zusammengebracht und überlagert worden waren, um einen diabolisch perfekten Kreis zu schaffen.

Miles kam sich sehr klein und sehr zerbrechlich vor. Galen konnte durchaus damit beginnen, mit der gleichen geistesabwesenden, nervösen Miene Miles' Arme zu brechen, mit der Elli Quinn an ihren Fingernägeln knabberte, einfach um Spannung abzubauen. *Sieht er mich überhaupt? Oder bin ich nur ein Objekt, ein Symbol, das den Feind repräsentiert – wird er mich einer reinen Allegorie zuliebe ermorden?*

»So, so«, sagte Ser Galen. »Das ist also endlich das Original. Nicht sehr eindrucksvoll. Und so was hat die Loyalität meines Sohnes verführt. Was kann er in Ihnen sehen? Jedoch repräsentieren Sie Barrayar recht gut. Der Monstersohn eines Monstervaters, Aral Vorkosigans geheimer moralischer Genotypus, fleischgeworden, damit alle ihn sehen können. Vielleicht gibt es am Ende doch noch eine Gerechtigkeit im Universum.«

»Sehr poetisch«, würgte Miles hervor, »aber biologisch unzutreffend, wie Sie wissen müssen, da Sie mich ja geklont haben.«

Galen lächelte säuerlich. »Ich werde nicht darauf beharren.« Er vollendete seinen Rundgang und blickte Miles ins Gesicht. »Vermutlich konnten Sie nichts dagegen ausrichten, geboren zu werden. Aber warum haben Sie nie gegen das Monstrum revoltiert? Er hat Sie zu dem gemacht, was Sie sind ...«, eine weite Geste von Galens offener Hand umschloß Miles' verkümmerten und verkrüppelten Körper. »Was für ein diktatorisches Charisma besitzt der Mann, daß er nicht nur seinen Sohn hypnotisieren kann, sondern auch alle anderen?« Die Gestalt, die in dem Vid-Bild am Boden lag, schien Galens Blick auf sich zu ziehen. »Warum folgen Sie ihm? Warum folgt David ihm? Welche verderbte Befriedigung bekommt mein Sohn davon, daß er in eine barrayaranische Schlägeruniform kriecht und hinter *Vorkosigan* her marschiert?« Galens Stimme konnte nur sehr schlecht ein leichtes Geplänkel vortäuschen; die Untertöne verrieten eine innere Qual.

»Auf jeden Fall hat mein Vater mich nie in der Gegenwart eines Feindes im Stich gelassen«, versetzte Miles mit zornigem Blick.

Galens Kopf zuckte zurück. Aller Anschein von Geplänkel war verflogen. Er wandte sich abrupt ab und holte das Hypospray von der Bank.

Insgeheim verfluchte Miles seine Zunge. Hätte ihn nicht dieser törichte Impuls gepackt, das letzte Wort behalten zu müssen und den Hieb zu erwidern, dann hätte er den Mann am Reden halten und etwas erfahren können. Jetzt würde es umgekehrt ablaufen: er würde reden und der andere etwas erfahren.

Die beiden Wächter nahmen ihn an den Ellbogen. Der zu seiner Linken schob seinen Hemdsärmel hoch. Das war's dann also. Galen drückte das Hypospray gegen die Vene auf der Innenseite von Miles' Ellbogen, es zischte, dann spürte er einen beißenden Stich. »Was ist das?« konnte er gerade noch fragen. Seine Stimme klang in seinen Ohren schwach und nervös.

»Schnell-Penta natürlich«, antwortete Galen ohne Umschweife.

Miles war nicht überrascht, obwohl er sich innerlich zusammenkrümmte, da er wußte, was jetzt kommen würde. In dem Sicherheitskurs an der Kaiserlichen Militärakademie hatte er die Pharmakologie des Schnell-Penta studiert, seine Wirkungen und korrekte Anwendung. Es war die bevorzugte Droge für Verhöre, nicht nur beim Kaiserlichen Sicherheitsdienst, sondern in der ganzen Galaxis. Das nahezu perfekte Wahrheitsserum, unwiderstehlich, für den Verhörten harmlos sogar bei wiederholten Dosen. Das heißt, unwiderstehlich und harmlos für alle, außer für die wenigen Unglücklichen, die entweder von Natur aus oder künstlich induziert darauf allergisch reagierten. Man hatte Miles nie als Kandidat für diese Konditionierung in Betracht gezogen, da seine Person für wertvoller beurteilt wurde als alle geheimen Informationen, die er vielleicht wissen mochte. Andere Spionageagenten waren weniger glücklich dran. Ein anaphylaktischer Schock war ein noch weniger heroischer Tod als alles andere, was der Desintegrationsraum gewöhnlich für verurteilte Spione bereithielt.

Voller Verzweiflung wartete Miles darauf, daß er plemplem wurde. Admiral Naismith hatte mehr als einmal an einem echten Schnell-Penta-Verhör teilgenommen. Die Droge spülte auf einer Woge eines freundlichen, guten Gefühls und einer wohlwollenden Fröhlichkeit den ganzen kritischen Verstand hinweg. Sie wirkte auf Menschen wie Katzenminze oder Baldrian auf Katzen. Es war höchst amüsant, diese Wirkung zu beobachten – an jemandem anderen. In wenigen Augenblicken würde er so heiter sein, daß er einem sabbernden Idioten glich.

Es war gräßlich daran zu denken, daß der resolute Hauptmann Galeni so schändlich außer Gefecht gesetzt worden war. Viermal hintereinander, hatte er gesagt. Kein Wunder, daß er nervös war.

Miles spürte, wie sein Herz pochte, als hätte er eine Überdosis Koffein zu sich genommen. Seine Sehfähigkeit schien schärfer zu werden, bis es fast schmerzte. Die Randlinien jedes Objekts in dem Raum glühten, die Massen, die sie umschlossen, erschienen seinen geschärften Sinnen fast fühlbar. Galen, der an dem pulsierenden Fenster stand, war ein Diagramm aus stromführenden Drähten, elektrisch und gefährlich, mit einer tödlichen Spannung aufgeladen, die nur auf einen Auslöser zur Entladung wartete.

Das war gar nicht heiter.

Er mußte jetzt in den natürlichen Schockzustand geraten. Miles holte zum letztenmal Luft. Wie überrascht sein Befrager doch sein würde …

Zu seiner eigenen Überraschung keuchte Miles weiter. Also kein anaphylaktischer Schock. Bloß eine weitere idiosynkratische Drogenreaktion. Er hoffte, das Zeug würde nicht diese gräßlichen Halluzinationen mit sich bringen, wie dieses verdammte Beruhigungsmittel, das ihm einmal eine arglose Flottenärztin verpaßt hatte. Er wollte schreien. Seine Augen folgten der kleinsten Bewegung, die Galen machte.

Einer der Wächter schob einen Stuhl hinter Miles und setzte ihn darauf. Dankbar ließ Miles sich niedersinken. Er zitterte unkontrollierbar. Seine Gedanken schienen in Fragmenten zu explodieren und sich dann neu zu formieren, wie ein Feuerwerk, das in einem Vid erst vorwärts und dann rückwärts ablief. Galen blickte ihn finster an.

»Beschreiben Sie die Sicherheitsprozeduren beim Betreten und Verlassen der barrayaranischen Botschaft.«

Bestimmt hatten sie diese grundlegenden Informationen schon aus Hauptmann Galeni herausgequetscht – hierbei handelte es sich gewiß nur um eine Frage, um die Wirkung des Schnell-Penta zu überprüfen. »... des Schnell-Penta zu überprüfen«, hörte Miles seine eigene Stimme als Echo seiner Gedanken. Ach, zum Teufel! Er hatte gehofft, seine eigenartige Reaktion auf die Droge würde vielleicht auch mit sich bringen, daß er der Versuchung widerstehen konnte, den Inhalt seines Gehirns auszuspucken. »... was für eine abscheuliche Vorstellung ...« Sein Kopf schwankte, und er starrte auf den Boden vor seinen Füßen hinab, als könnte er dort einen Haufen blutiger Gehirnmasse ausgespien liegen sehen.

Ser Galen trat vor, zog Miles' Kopf an den Haaren hoch und wiederholte mit zusammengebissenen Zähnen: »Beschreiben Sie die Sicherheitsprozeduren beim Betreten und Verlassen der barrayaranischen Botschaft!«

»Dafür ist Sergeant Barth zuständig«, begann Miles impulsiv. »Dieser abscheuliche Frömmler. Hat überhaupt kein *savoir faire,* obendrein ein Kerl vom Land ...« Unfähig, an sich zu halten, gab Miles nicht nur die Codes, Paßwörter und Scanner-Perimeter von sich, sondern auch die Personaleinsatzpläne, seine private Meinung über jeden einzelnen und eine vernichtende Kritik der Defekte des Sicherheitsnetzes. Ein Gedanke löste den nächsten aus, und dann den übernächsten, in einer explosiven Kette wie an einer Schnur mit Feuerwerkskörpern. Er konnte nicht aufhören und plapperte immer weiter.

Nicht nur, daß er nicht aufhören konnte, auch Galen konnte ihn nicht stoppen. Gefangene unter dem Einfluß von Schnell-Penta tendierten dazu, in freier Assoziation von dem Ausgangsthema abzuschweifen, wenn sie nicht durch häufige Stichwörter des Verhörenden bei der Stange gehalten wurden. Normale Opfer konnten durch ein einziges Wort wieder aufs Gleis gebracht werden, aber erst als Galen ihn hart und wiederholt ins Gesicht schlug und anbrüllte, hielt Miles inne und saß keuchend da.

Folter gehörte nicht zur einem Schnell-Penta-Verhör, da die glücklich unter Drogen stehenden Gefangenen dafür unempfindlich waren. Für Miles pulsierte der Schmerz herein und hinaus, im einen Augenblick war er losgelöst und fern, im nächsten überflutete er wieder seinen Leib und erfüllte seinen Geist wie ein Ausbruch statischen Rauschens. Zu seinem eigenen Schrecken begann Miles zu weinen. Dann hörte er mit einem plötzlichen Rülpsen auf.

Galen stand neben ihm und starrte ihn mit einer Mischung aus Ekel und Faszination an.

»Da stimmt was nicht«, murmelte einer der Wächter. »Er sollte sich nicht so benehmen. Wird er mit dem Schnell-Penta fertig? Ist das eine neue Art von Konditionierung?«

»Er wird nicht damit fertig«, bemerkte Galen. Er blickte auf sein Chrono. »Er hält keine Information zurück. Er gibt mehr von sich, viel zuviel mehr.«

Die Komkonsole summte aufdringlich.

»Ich geh' ran«, bot sich Miles an. »Wahrscheinlich ist es für mich.« Er schnellte von seinem Sitz hoch, seine Knie gaben nach und er fiel flach auf sein Gesicht auf den Teppich. Der kribbelte an dem blauen Fleck auf seiner Wange. Die beiden Wachen zogen ihn vom Boden hoch und setzten ihn wieder auf dem Stuhl ab. Der

Raum drehte sich in einem langsamen Kreisen um ihn herum. Galen antwortete an der Komkonsole.

»Melde mich«, ertönte Miles' eigene schneidige Stimme in der Variante mit dem barrayaranischen Akzent.

Das Gesicht des Klons wirkte nicht so vertraut wie das, das Miles täglich in seinem Spiegel rasierte. »Sein Haar ist auf der falschen Seite gescheitelt, falls er ich sein will«, bemerkte Miles für sich. »Nein, ist er nicht…« Es hörte ihm sowieso niemand zu. Miles bedachte Einfalls- und Reflexionswinkel; seine Gedanken sprangen mit Lichtgeschwindigkeit zwischen den verspiegelten Wänden seines leeren Schädels hin und her.

»Wie klappt es?« Galen beugte sich besorgt über die Komkonsole.

»Ich habe in den ersten Minuten gestern abend beinahe alles verloren. Dieser große Dendarii-Sergeant, der chauffierte, stellte sich als der verdammte Cousin heraus.« Die Stimme des Klons war leise und angespannt. »Ich hatte pures Glück und konnte meinen ersten Fehler als Scherz plausibel machen. Aber ich bin mit diesem Mistkerl im gleichen Zimmer untergebracht. Und er schnarcht.«

»Nur allzu wahr«, bemerkte Miles ungefragt. »Wirklich unterhaltsam wird es, wenn er im Schlaf anfängt zu rammeln. Verdammt, ich wünschte mir, ich hätte Träume wie Ivan. Ich bekomme bloß Alpträume – ich spiele zum Beispiel nackt Polo gegen einen Haufen toter Cetagandaner, und dabei dient Leutnant Murkas abgetrennter Kopf als Ball. Er schreit jedesmal, wenn ich ihn in Richtung auf das Tor schlage. Dann falle ich herunter und werde niedergetrampelt…« Miles' Gemurmel erstarb, als die anderen ihn weiterhin ignorierten.

»Du wirst dich mit allen Arten von Leuten beschäftigen müssen, die ihn gekannt haben, bevor wir mit der Sache fertig sind«, sagte Galen schroff zu dem Gesicht im Vid. »Aber wenn du Vorpatril täuschen kannst, dann schaffst du es überall ...«

»Sie können alle Leute einige Zeit täuschen«, zwitscherte Miles dazwischen, »und einige Leute die ganze Zeit, aber Sie können Ivan immer täuschen. Er gibt nicht acht.«

Galen blickte gereizt zu ihm herüber. »Die Botschaft ist ein vollkommener, isolierter Testmikrokosmos«, redete er weiter zum Vid, »bevor du in der größeren Arena von Barrayar selbst auftrittst. Vorpatrils Anwesenheit macht das zu einer idealen Testgelegenheit. Wenn er etwas spitzkriegt, dann werden wir eine Möglichkeit finden, ihn zu eliminieren.«

»Mm.« Der Klon schien kaum beruhigt zu sein. »Bevor wir anfingen, dachte ich, es sei euch gelungen, meinen Kopf mit allem vollzustopfen, was man über Miles Vorkosigan wissen kann. Dann findet ihr im letzten Augenblick heraus, daß er die ganze Zeit ein Doppelleben geführt hat – was ist euch sonst noch entgangen?«

»Miles, das haben wir doch schon ...«

Miles riß es zusammen, als er erkannte, daß Galen den Klon mit seinem Namen anredete. War er so gründlich für seine Rolle konditioniert worden, daß er nicht mal einen eigenen Namen hatte? Seltsam ...

»Wir wußten, daß es Lücken geben würde, bei denen du improvisieren mußt. Aber wir werden nie eine bessere Gelegenheit haben als die jetzt, die durch seinen zufälligen Besuch auf der Erde entstanden ist. Das ist besser, als weitere sechs Monate zu warten und zu versuchen, dich nach Barrayar hineinzumanövrieren. Nein, jetzt oder nie.« Galen tat einen beruhigenden Atemzug. »Also. Du bist problemlos durch die Nacht gekommen.«

Der Klon schnaubte. »Jaa, wenn man dabei nicht berücksichtigt, daß ich aufgewacht bin, weil mich ein verdammter lebendiger Pelzmantel erdrosselt hat.«

»Was? Ach, der lebendige Pelz. Hat er den nicht seiner Dame geschenkt?«

»Offensichtlich nicht. Ich habe mich beinah vollgepinkelt, bevor ich erkannte, was es war. Habe den Cousin aufgeweckt.«

»Ist ihm ein Verdacht gekommen?« fragte Galen besorgt.

»Ich tat es als einen Alptraum ab. Es scheint, daß Vorkosigan ziemlich oft Alpträume hat.«

Miles nickte bedächtig. »Das habe ich Ihnen ja gesagt. Abgetrennte Köpfe ... gebrochene Knochen ... verstümmelte Verwandte ... ungewöhnliche Veränderungen an wichtigen Körperteilen von mir ...« Die Droge schien einige seltsame Wirkungen auf das Gedächtnis zu haben, und das war zweifellos ein Teil dessen, was Schnell-Penta so effektiv bei Verhören machte. Seine Träume aus letzter Zeit kamen ihm jetzt viel klarer wieder, als er sie je bewußt erinnert hatte. Alles in allem war er froh, daß er sie gewöhnlich meist vergaß.

»Hat Vorpatril am Morgen davon geredet?« fragte Galen.

»Nein. Ich rede nicht viel.«

»Das paßt nicht zu meinem Charakter«, bemerkte Miles hilfreich.

»Ich tu so, als hätte ich einen sanften Schub einer dieser Depressionen, die in seinem psychologischen Bericht erwähnt werden – wer ist das überhaupt, der da immer dazwischenquatscht?«

»Vorkosigan selbst. Wir haben ihn unter Schnell-Penta gesetzt.«

»Aha, gut. Ich habe den ganzen Vormittag hindurch Anrufe über eine gesicherte Kommunikatorverbindung von seinen Söldnern bekommen. Sie fragen nach Befehlen.«

»Wir sind doch übereingekommen, daß du den Söldnern aus dem Weg gehst.«

»Schön, sagt ihr ihnen das!«

»Wie schnell kannst du erreichen, daß du Befehle bekommst, die dich aus der Botschaft weg- und wieder nach Barrayar bringen?«

»Nicht schnell genug, um den Dendarii völlig aus dem Weg zu gehen. Ich habe dem Botschafter gegenüber schon dieses Thema angeschnitten, aber es scheint, daß Vorkosigan die Suche nach Hauptmann Galeni leitet. Der Botschafter schien überrascht zu sein, daß ich wegwollte, also nahm ich einstweilen davon Abstand. Hat der Hauptmann schon seine Einstellung bezüglich einer Zusammenarbeit mit uns geändert? Wenn nicht, dann werdet ihr meinen Befehl zur Rückkehr in die Heimat von dort draußen erfinden müssen und ihn dann mit dem Kurier hereinschmuggeln oder so was.«

Galen zögerte sichtlich. »Ich werde sehen, was ich tun kann. Inzwischen versuch es weiter.«

Weiß Galen nicht von unserer Kenntnis, daß der Kurier unter Verdacht steht? dachte Miles in einem Aufblitzen von nahezu normaler Geistesklarheit. Es gelang ihm, das Aussprechen dieses Gedanken bei einem leisen Gemurmel zu belassen.

»Ganz recht. Nun, ihr habt mir versprochen, ihr würdet ihn am Leben lassen, für Fragen, bis ich weg bin. Also hier ist eine Frage. Wer ist Leutnantin Bone und was soll sie mit dem Überschuß von der *Triumph* machen? Sie hat nicht gesagt, um was für eine Art Überschuß es sich dabei handelt.«

Einer der Wächter stupste Miles in die Seite. »Beantworten Sie die Frage.«

Miles rang um Klarheit des Denkens und des Ausdrucks. »Sie ist meine Flottenbuchhalterin. Vermutlich sollte sie den Überschuß in ihr Investmentkonto stecken und damit spielen wie gewöhnlich. Es ist ein Überschuß an Geld«, fühlte er sich gedrängt zu erklären, dann kicherte er bitter. »Vorübergehend, sicherlich.«

»Reicht das?«

»Ich denke schon. Ich habe ihr gesagt, sie sei eine erfahrene Offizierin und solle nach eigenem Ermessen handeln, und sie schien befriedigt zu sein, aber ich fragte mich, was für einen Befehl ich ihr da gegeben habe. Alles klar. Nächste Frage. Wer ist Rosalie Crew, und warum verklagt sie Admiral Naismith auf die Zahlung von einer halben Million Federal Credits der GSA?«

»Wer?« Miles blieb in echter Überraschung der Mund offenstehen, als der Wächter ihn wieder anstupste. »Was?« Miles war in seiner Konfusion nicht fähig, eine halbe Million GSA-Credits in barrayaranische Mark umzurechnen; sein drogenverwirrtes Gehirn brachte kein präziseres Ergebnis zustande als »eine Menge und eine Menge und eine Menge«; einen Moment lang blieb die Assoziation des Namens blockiert, dann klickte es. »Ihr Götter, das ist die arme Verkäuferin in dem Weinladen. Ich habe sie vor dem Verbrennen gerettet. Warum verklagt sie mich? Warum nicht Danio? Er hat ihren Laden niedergebrannt – natürlich, er ist pleite ...«

»Aber was soll ich in dieser Sache tun?« fragte der Klon.

»Du wolltest ich sein«, sagte Miles mürrisch, »dann denk du dir was aus.« Seine geistigen Prozesse ratterten jedenfalls weiter. »Knall ihr eine Gegenanklage hin, wegen medizinischer Schäden. Ich glaube, ich habe mir den Rücken ausgerenkt, als ich sie hochhob. Das tut immer noch weh ...«

Galen tat dies ab. »Ignoriere, was er eben gesagt hat«, wies der den Klon an. »Du wirst aus der Sache draußen sein, bevor sich da etwas tut.«

»In Ordnung«, sagte der Miles-Klon zweifelnd.

»Und die Dendarii sollen die Sache ausbaden?« fragte Miles verärgert. Er kniff die Augen zusammen und versuchte verzweifelt, in dem schwankenden Raum klar zu denken. »Aber natürlich, dich kümmern ja die Dendarii überhaupt nicht, oder? Du mußt dich um sie kümmern! Sie haben ihr Leben aufs Spiel gesetzt, für dich – für mich – es stimmt nicht – du wirst sie beiläufig verraten, ohne auch nur darüber nachzudenken, du weißt ja kaum, was sie sind …«

»Ganz recht«, seufzte der Klon, »und wenn wir schon davon reden, was sie sind, was ist überhaupt seine Beziehung zu dieser Kommandantin Quinn? Habt ihr endlich entschieden, ob er sie vögelt oder nicht?«

»Wir sind nur gute Freunde«, jubilierte Miles und lachte hysterisch. Er stürzte auf die Komkonsole zu – die Wachen griffen nach ihm, verfehlten ihn aber –, kletterte auf den Tisch und knurrte in das Vid: »Halte dich fern von ihr, du kleiner Scheißer! Sie gehört mir, hörst du, mir, mir, ganz mir – Quinn, Quinn, die schöne Quinn, Quinn des Abends, schöne Quinn«, sang er mit falschen Tönen, während die Wachen ihn wieder auf seinen Platz schleiften. Ein paar Schläge machten ihn schweigen.

»Ich dachte, ihr hättet ihn unter Schnell-Penta gesetzt«, sagte der Klon zu Galen.

»Haben wir auch.«

»Das klang aber jetzt nicht nach Schnell-Penta.«

»Ja. Etwas stimmt mit ihm nicht. Eigentlich sollte er nicht dagegen konditioniert sein … Ich fange ernstlich zu zweifeln an, ob es einen Nutzen bringt, ihn noch länger als Datenbank am Leben zu lassen, wenn wir seinen Antworten nicht trauen können.«

»Das ist einfach großartig«, sagte der Klon mit einem finsteren Blick. Er blickte über die Schulter. »Ich muß jetzt gehen. Ich melde mich heute abend wieder. Wenn ich dann noch am Leben bin.« Er verschwand mit einem gereizten Piepton.

Galen wandte sich wieder an Miles, mit einer Liste von Fragen über das barrayaranische Hauptquartier, über Kaiser Gregor, über Miles' gewöhnliche Aktivitäten, wenn er in Vorbarr Sultana, der Hauptstadt von Barrayar, untergebracht war. Dazu Fragen über Fragen über die Dendarii-Söldner. Miles zappelte und beantwortete alle Fragen immerzu, unfähig, sein eigenes schnelles Gebrabbel zu stoppen. Aber irgendwo mittendrin stieß er auf eine Gedichtzeile, und er rezitierte am Ende das ganze Sonett. Galens Schläge brachten ihn nicht davon ab; die assoziativen Verknüpfungen waren zu stark, um unterbrochen zu werden. Danach gelang es ihm wiederholt, vom roten Faden des Verhörs abzuschweifen. Gedichte mit starkem Versmaß und Rhythmus funktionierten dabei am besten, schlechte epische Gedichte, obszöne Trinklieder der Dendarii, alles, was ein zufälliges Wort oder eine Formulierung seiner Befrager auslösen konnte. Sein Gedächtnis erschien phänomenal. Galens Gesicht verdüsterte sich vor Enttäuschung.

»Bei dem Tempo werden wir bis nächsten Winter hier hocken«, sagte einer der Wächter angewidert.

Miles verzog die blutenden Lippen zu einem manischen Grinsen. »›Nun ward der Winter unseres Mißvergnügens‹«, schrie er, »›glorreicher Sommer durch die Sonne Yorks …‹«

Es war Jahre her, seit er dieses alte Stück auswendig gelernt hatte, aber die lebhaften jambischen Pentameter trugen ihn rücksichtslos davon. Um ihn zum Schweigen zu bringen, schien Galen nichts anderes übrigzubleiben, als ihn fast bewußtlos zu prügeln. Miles hatte noch nicht einmal das Ende von Akt I erreicht, als die beiden Wachen ihn wieder zum Liftrohr nach unten schleiften und ihn grob wieder in seine Gefängniszelle warfen.

Dort angekommen, trieben ihn seine schnell feuernden Neuronen von Wand zu Wand, er lief hin und her und sagte das Stück auf, sprang an den entsprechenden Momenten auf die Bank und wieder hinab und sagte alle weiblichen Rollen in einem hohen Falsett auf. Er brachte alles hinter sich, bis zum letzten »Amen!«, dann brach er auf dem Boden zusammen und lag keuchend da.

Hauptmann Galeni, der die letzte Stunde in der Ecke auf seiner Bank zusammengekauert gesessen war, die Arme schützend um die Ohren geschlungen, hob vorsichtig den Kopf. »Sind Sie fertig?« fragte er sanft.

Miles rollte sich auf den Rücken und starrte ausdruckslos zum Licht empor. »Dreimal Hurra auf die literarische Bildung ... Mir ist schlecht.«

»Das überrascht mich nicht.« Galen war bleich und sah selber aus, als sei ihm schlecht. Er war noch schwach von den Nachwirkungen der Betäubung. »Was war das?«

»Meinen Sie das Stück oder die Droge?«

»Das Stück habe ich erkannt, danke. Was für eine Droge?«

»Schnell-Penta.«

»Sie machen Witze.«

»Keine Witze. Ich habe einige seltsame Reaktionen auf Drogen. Es gibt eine ganze chemische Klasse von Beruhigungsmitteln, die ich nicht vertrage. Anscheinend gehört Schnell-Penta dazu.«

»Was für ein Glück!«

Ich zweifle ernstlich, ob es einen Nutzen bringt, ihn noch länger am Leben zu lassen ...

»Das meine ich nicht«, sagte Miles wie aus der Ferne. Er rappelte sich hoch, torkelte in die Toilette, erbrach sich und wurde ohnmächtig.

Als Miles erwachte, stach ihm der stetige grelle Schein des Lichtes an der Decke in die Augen. Er warf einen Arm über das Gesicht, um das Leuchten auszuschließen. Irgend jemand –Galeni? – hatte ihn wieder auf seine Bank gelegt. Galeni schlief jetzt auf der anderen Seite des Raums und schnarchte laut. Am Ende von Miles' Bank stand Essen auf einem Tablett, kalt und geronnen. Es mußte tiefe Nacht sein. Miles betrachtete mit Unbehagen das Essen, dann schob er es außer Sicht unter seine Bank. Die Zeit dehnte sich unerbittlich, während er sich hin und her warf, umdrehte, aufsetzte, wieder hinlegte. Ihm schmerzte und war schlecht. Selbst die Flucht in den Schlaf wurde unerreichbar.

Am nächsten Morgen kamen sie nach dem Frühstück und holten Galeni, nicht Miles. Der Hauptmann ging mit einem Ausdruck grimmigen Widerwillens in den Augen. Vom Korridor kamen Geräusche einer heftigen Auseinandersetzung. Galeni versuchte die anderen zu provozieren, ihn zu betäuben. Das war eine drakonische, aber sicher effektive Methode, um ein Verhör zu vermeiden. Aber er hatte keinen Erfolg. Ihre Gefängniswärter brachten ihn nach einer Marathon-Anzahl von Stunden zurück, und dabei kicherte er geistlos.

Galeni lag schlaff und sabbernd auf seiner Bank und gab gelegentlich ein Kichern von sich. Das dauerte vielleicht eine Stunde, und dann fiel er in einen stumpfen Schlaf. Miles widerstand ritterlich dem Impuls, die Nachwirkungen der Droge auszunutzen und ein paar eigene Fragen zu stellen. Leider erinnerten sich Schnell-Penta-Opfer an ihre Erlebnisse. Miles war sich inzwischen ziemlich sicher, daß einer der persönlichen Auslöser für Galeni in dem Schlüsselwort *Verrat* lag.

Endlich kam Galeni wieder zu sich; er sah aus, als sei ihm übel. Die Nachwirkungen von Schnell-Penta waren eine bemerkenswert unangenehme Erfahrung; in dieser Hinsicht war Miles' Reaktion auf die Droge überhaupt nicht außergewöhnlich gewesen. Miles zuckte mitfühlend zusammen, als Galeni seinen Ausflug in den Waschraum unternahm.

Galeni kehrte zurück und setzte sich schwer auf die Bank nieder. Sein Blick fiel auf sein Tablett mit dem kalten Abendessen; er probierte mißtrauisch mit dem Zeigefinger daran herum. »Wollen Sie das haben?« fragte er Miles.

»Nein, danke.«

»Mm.« Galeni schob das Tablett außer Sicht unter seine Bank und setzte sich ziemlich schlapp wieder hin.

»Worauf waren die diesmal aus«, Miles ruckte mit dem Kopf in Richtung Tür, »bei Ihrem Verhör?«

»Diesmal ging es vor allem um persönliche Geschichte.« Galeni betrachtete seine Socken, die vor Dreck starrten, aber Miles war sich nicht sicher, ob Galeni sah, worauf er blickte. »Er scheint diese seltsame Schwierigkeit zu haben, zu begreifen, daß ich tatsächlich meine, was ich sage. Er war anscheinend wirklich der Überzeugung, er müßte sich nur offenbaren und pfeifen, um mich hinter sich zu bringen, so wie ich gerannt bin, als ich vierzehn war. Als zählte das Gewicht meines Erwachsenenlebens überhaupt nichts. Als hätte ich diese Uniform nur zum Scherz angelegt, oder aus Verwirrung oder Verzweiflung – alles scheint ihm möglich, nur nicht eine wohlüberlegte, auf Prinzipien beruhende Entscheidung.«

Miles mußte nicht fragen, wer ›er‹ war. Er grinste säuerlich. »Was, es hat also nicht an den todschicken Stiefeln gelegen?«

»Ich bin einfach geblendet vom glitzernden Flitter des Neofaschismus«, informierte Galeni ihn kühl.

»Hat er es so formuliert? Auf jeden Fall handelt es sich um Feudalismus, nicht Faschismus, abgesehen vielleicht von manchen der Experimente des verstorbenen Kaisers Ezar Vorbarra in puncto Zentralisierung. Den glitzernden Flitter des Neofeudalismus würde ich Ihnen durchgehen lassen.«

»Ich bin völlig vertraut mit den Prinzipien der barrayaranischen Regierungsform, danke«, bemerkte Dr. Galeni.

»So wie sie nun einmal sind«, murmelte Miles. »Man ist auf alles durch Improvisation gekommen, wissen Sie.«

»Ja, ich weiß. Schön zu wissen, daß Sie nicht so historisch ungebildet sind wie die durchschnittlichen jungen Offiziere heutzutage.«

»Also …«, sagte Miles, »wenn es nicht wegen der goldenen Tressen und der glänzenden Stiefel ist, warum *sind* Sie dann bei uns dabei?«

»Oh, *natürlich*«, Galeni rollte mit den Augen in Richtung auf den Lichtschlitz, »mir gibt es einen sadistischen psychosexuellen Kick, als Schläger, Schleifer und Kameradenschinder zu wirken. Das ist für mich ein Powertrip.«

»Hallo«, Miles winkte von der anderen Seite des Zimmers, »sprechen Sie zu mir, nicht zu ihm, ja? Er war schon dran.«

»Mm.« Galeni überkreuzte deprimiert die Arme. »In einem gewissen Sinn stimmt es vermutlich. Ich bin auf einem Powertrip. Oder war es.«

»Das ist nun für das barrayaranische Oberkommando wirklich kein Geheimnis.«

»Und auch für keinen Barrayaraner, obwohl es Leuten außerhalb eurer Gesellschaft regelmäßig zu entgehen scheint. Wie stellen sie sich vor, daß eine anscheinend so kastenstrenge Gesellschaft die unglaublichen Belastungen des Jahrhunderts seit dem Ende des Zeitalters der Isolation überlebt hat, ohne zu explodieren? In gewisser Weise hat der Kaiserliche Militärdienst in etwa die gleiche gesellschaftliche Funktion ausgeübt, wie es die mittelalterliche Kirche einst hier auf Erden getan hat, als Sicherheitsventil. Durch den Militärdienst kann jeder Mann mit Talent seine Kastenherkunft abstreifen. Nach zwanzig Jahren im Dienst des Kaisers ist man in praktischer Hinsicht ein Vor ehrenhalber. Die Namen mögen sich nicht geändert haben seit Dorca Vorbarras Tagen, als die Vor eine geschlossene Kaste sich selbst bedienender Schläger auf Pferden waren …«

Miles grinste über diese Beschreibung der Generation seines Urgroßvaters.

»… aber der Gehalt hat sich bis zur Unkenntlichkeit verändert. Und doch ist es den Vor gelungen, durch alle Veränderungen hindurch auf gewissen elementaren Prinzipien des Dienstes und des Opfers zu beharren.

Auf dem Wissen, daß es für einen Mann, der nicht stehenbleiben und sich bücken würde, um etwas aufzuheben, möglich ist, immer noch die Straße hinabzurennen, um einer Chance willen, zu geben...« Er brach ab, räusperte sich und errötete. »Meine Dissertation zum Doktor der Philosophie, wissen Sie. ›Der Barrayaranische Kaiserliche Militärdienst – Ein Jahrhundert der Veränderungen.‹«

»Ich verstehe.«

»Ich wollte Komarr dienen...«

»Wie Ihr Vater vor Ihnen«, vollendete Miles den Satz. Galeni warf ihm einen scharfen Blick zu und erwartete Sarkasmus, aber fand, so hoffte Miles, nur mitfühlende Ironie in seinen Augen.

Galeni öffnete die Hand in einer kurzen Geste der Zustimmung und des Verständnisses. »Ja. Und nein. Keiner der Kadetten, der mit mir zusammen in die Armee eintrat, hatte schon einen echten Krieg erlebt. Ich habe einen von der Straße aus gesehen...«

»Ich hatte vermutet, Sie wären enger vertraut mit der komarranischen Revolte, als es die Sicherheitsberichte anzunehmen schienen«, bemerkte Miles.

»Als abkommandierter Lehrling meines Vaters«, bestätigte Galeni. »Einige nächtliche Überfälle, andere Sabotageunternehmen – ich war klein für mein Alter. Es gibt Orte, wo ein Kind, das müßig vor sich hin spielt, durchkommt, während ein Erwachsener angehalten würde. Vor meinem vierzehnten Geburtstag hatte ich schon geholfen, Menschen zu töten... Ich habe keine Illusionen über das Verhalten der glorreichen kaiserlichen Truppen während der komarranischen Revolte. Ich habe gesehen, wie Männer, die diese Uniform trugen«, er streifte mit einer Hand an seinen grünen Hosen entlang, »schändliche Dinge taten. Aus Wut oder Furcht, aus Frustration oder Verzweiflung, manchmal bloß aus gelangweilter Boshaftigkeit. Aber ich konnte nicht sehen, daß es für die Leichen, gewöhnliche Leute, die ins Kreuzfeuer geraten waren, einen praktischen Unterschied machte, ob sie vom bösen Plasmafeuer der Invasoren verbrannt oder von guten patriotischen Gravitationsimplosionen zerfetzt wurden. Freiheit? Wir können kaum so tun, als sei Komarr vor der Ankunft der Barrayaraner wirklich eine Demokratie gewesen. Mein Vater schrie, Barrayar habe Komarr zerstört, aber wenn ich mich umschaute, dann war Komarr noch da.«

»Von Ödland kann man keine Steuern erheben«, murmelte Miles.

»Ich habe einmal ein kleines Mädchen gesehen...« Galeni verstummte, biß sich in die Lippe, dann redete er weiter. »Was einen praktischen Unterschied macht, ist, daß kein Krieg sein soll. Ich habe vor – hatte vor – diesen praktischen Unterschied zu machen. Eine Karriere im Militärdienst, ein ehrenvoller Abschied, Empfehlungen für einen Posten in einem Ministerium – dann ein Aufstieg durch die Ränge auf der zivilen Seite, dann ...«

»Den Posten des Vizekönigs von Komarr?«

»Die Hoffnung darauf wäre etwas größenwahnsinnig«, sagte Galeni. »Aber eine Stelle in seinem Stab wäre gewiß drin.« Seine Vision verblaßte spürbar, als er sich in ihrer Zelle umschaute. Er prustete, ein stummes Lachen, Spott über sich selber. »Mein Vater, auf der anderen Seite, will Rache. Ausländische Herrschaft über Komarr tendiert nicht nur zum Mißbrauch, sondern sie ist an sich schon aus prinzipiellen Gründen böse. Der Versuch, sie durch Integration un-ausländisch zu machen, stellte keinen Kompromiß dar, sondern Kollaboration, Kapitulation. Komarranische Revolutionäre sind für meine Sünden gestorben. Und so weiter. Und so fort.«

»Er versucht also immer noch, Sie zu überreden, daß Sie auf seine Seite überwechseln.«

»O ja. Ich glaube, er wird solange weiterreden, bis er den Abzug drückt.«

»Nicht, daß ich Sie bitten möchte, Ihre Prinzipien zu verraten oder so was, aber ich sehe wirklich nicht, daß es mich belasten würde, wenn Sie, sagen wir mal, für Ihr eigenes Leben plädieren würden«, wandte Miles schüchtern ein. »›Wer kämpft und wegläuft, der überlebt, um am nächsten Tag noch zu kämpfen‹, und diese ganzen Redensarten.«

Galeni schüttelte den Kopf. »Genau wegen dieser Logik kann ich mich nicht ergeben. Nicht ›ich werde nicht‹, sondern ›ich *kann* nicht‹. Er kann mir nicht vertrauen. Wenn ich eine Wendung vollzöge, dann würde er es auch tun und sich gezwungen sehen, sich mit aller Macht zu überreden, er müsse mich töten, so wie er jetzt tut, als wolle er sich davon abbringen. Er hat schon meinen Bruder geopfert. In einem gewissen Sinn war der Tod meiner Mutter letztlich die Folge dieses Verlustes und anderer Opfer, die er ihr im Namen der Sache auferlegte.« In einem Anflug von Selbstkritik fügte er hinzu: »Vermutlich klingt das alles sehr ödipal. Aber – die Qual, harte Entscheidungen treffen zu müssen, hat seine romantische Seite immer gereizt.«

Miles schüttelte den Kopf. »Ich gebe zu, Sie kennen den Mann besser als ich. Und doch … nun, Menschen werden von den harten Entscheidungen fasziniert. Und hören auf, nach Alternativen Ausschau zu halten. Der Wille zur Dummheit ist eine sehr mächtige Kraft …«

Galeni reagierte mit einem kurzen Lachen und einem nachdenklichen Blick.

»… aber es gibt immer Alternativen. Sicher ist es besser, einer Person gegenüber loyal zu sein als einem Prinzip.«

Galeni zog die Augenbrauen hoch. »Vermutlich sollte mich das nicht überraschen, da es von einem Barrayaraner kommt. Von einer Gesellschaft, die sich traditionell mit inneren Lehenseiden organisiert, anstatt durch ein äußeres Gerüst abstrakten Rechts – zeigt sich hier die Politik Ihres Vaters?«

Miles räusperte sich. »In Wirklichkeit die Theologie meiner Mutter. Von zwei völlig verschiedenen Ausgangspunkten her gelangen sie zu dieser seltsamen Überschneidung ihrer Ansichten. Ihre Theorie ist, daß Prinzipien kommen und gehen, aber daß die menschliche Seele unsterblich ist, und deshalb sollte man sein Schicksal mit dem Größeren verbinden. Meine Mutter tendiert dazu, extrem logisch zu sein. Sie ist Betanerin, wissen Sie.«

Galeni beugte sich interessiert vor, die Hände hatte er lose zwischen den Knien verschränkt. »Es überrascht mich mehr, daß Ihre Mutter überhaupt etwas mit Ihrer Erziehung zu tun hatte. Die barrayaranische Gesellschaft tendiert dazu, so aggressiv patriarchal zu sein. Und Gräfin Vorkosigan hat den Ruf, die unsichtbarste aller Politikergattinnen zu sein.«

»Jaa, unsichtbar«, stimmte Miles fröhlich zu, »wie die Luft. Wenn sie verschwinden würde, würde man es kaum merken – bis zum nächsten Atemzug.« Er unterdrückte einen Anflug von Heimweh und eine wildere Angst – *wenn ich es diesmal nicht zurück nach Hause schaffe ...*

Galeni lächelte höflich, doch ungläubig. »Es ist schwer sich vorzustellen, wie der große Admiral Schmeicheleien seiner Gemahlin nachgibt.«

Miles zuckte die Achseln. »Er gibt der Logik nach. Meine Mutter gehört zu den wenigen Leuten, die ich kenne und die den Willen zur Dummheit fast vollkommen besiegt haben.« Miles runzelte die Stirn und dachte nach. »Ihr Vater ist ein ziemlich intelligenter Mann, nicht wahr? Ich meine, unter seinen Voraussetzungen. Er ist dem Sicherheitsdienst durchs Netz gegangen, er hat eine zumindest zeitweilig effektive Aktion auf die Beine gestellt, er zieht einen Plan bis zum Ende durch, er ist sicherlich ausdauernd ...«

»Ja, vermutlich«, sagte Galeni.

»Hm.«

»Was?«

»Nun... an dem ganzen Komplott ist etwas, das mich beunruhigt.«

»Eine Menge, sollte man meinen.«

»Nicht persönlich. Logisch. Abstrakt gesehen. An dem Plan, dem Plan an sich, ist etwas, das nicht ganz zusammenpaßt, selbst vom Standpunkt Ihres Vaters aus gesehen. Natürlich mußten sie überraschend damit loslegen – sie mußten eine Gelegenheit ausnutzen, es ist immer so, wenn man versucht, einen Plan in die Tat umzusetzen – aber über die praktischen Probleme hinaus ist etwas an sich schon verrückt.«

»Der Plan ist wagemutig. Aber wenn er Erfolg hat, dann bekommt er alles. Wenn Ihr Klon die Kaiserherrschaft übernimmt, dann steht mein Vater im Zentrum der Machtstruktur von Barrayar. Er wird alles kontrollieren. Absolute Macht.«

»Quatsch«, sagte Miles.

Galeni zog die Brauen hoch.

»Die Tatsache, daß Barrayars System der gegenseitigen Kontrolle nicht niedergeschrieben ist, bedeutet noch nicht, daß es nicht existiert. Man muß wissen, daß die Macht des Kaisers aus nichts anderem besteht, als aus der Kooperation, zu der er das Militär, die Grafen, die Ministerien, das Volk allgemein bewegen kann. Schreckliche Dinge passieren den Kaisern, denen es nicht gelingt, ihre Funktion zur Zufriedenheit all dieser Gruppen zu erfüllen. Die Zerstückelung Kaiser Yuris des Wahnsinnigen ist noch nicht so lange her. Mein Vater war tatsächlich bei dieser bemerkenswert blutigen Hinrichtung dabei, als Junge. Und doch wundern sich die Leute immer noch, warum er nie versucht hat, die Kaiserherrschaft für sich selbst zu beanspruchen!

Wir haben hier also die Szene, wie diese Nachahmung von mir in einem blutigen Staatsstreich nach der Macht greift, gefolgt von einer schnellen Übertragung von Macht und Privilegien an Komarr, vielleicht sogar der Gewährung von Komarrs Unabhängigkeit. Was sind sie die Ergebnisse?«

»Machen Sie weiter«, sagte Galeni fasziniert.

»Das Militär wird beleidigt sein, weil ich dessen schwer errungene Siege wegwerfe. Die Grafen werden beleidigt sein, weil ich mich über sie gestellt habe. Die Ministerien werden beleidigt sein, denn der Verlust von Komarr als Steuerquelle und Handelsknotenpunkt wird ihre Macht reduzieren. Die Leute werden aus allen drei Gründen beleidigt sein, außerdem noch deshalb, weil ich in ihren Augen ein Mutant bin, physisch unrein nach der Tradition von Barrayar. Kindermord wegen offensichtlicher Geburtsfehler kommt insgeheim immer noch in den abgelegenen Gegenden vor, obwohl das schon seit vier Jahrzehnten verboten ist. Wußten Sie das? Wenn Sie sich ein Schicksal vorstellen können, das noch häßlicher ist, als bei lebendigem Leibe zerstückelt zu werden, nun, dieser arme Klon steuert geradewegs darauf zu. Ich bin mir nicht sicher, ob selbst ich das Kaiserreich beherrschen und überleben könnte, auch ohne die Komplikationen mit Komarr. Und dieser Knabe ist erst – was – siebzehn, achtzehn Jahre alt?« Miles sank zusammen. »Es ist ein dummer Plan. Oder …«

»Oder?«

»Oder es ist ein ganz anderer Plan.«

»Hm.«

»Außerdem«, sagte Miles etwas langsamer, »warum sollte Ser Galen, der, wenn ich ihn recht verstehe, meinen Vater mehr haßt, als er irgend jemanden liebt, sich all die Mühe machen, einen Vorkosigan auf den Kaiserthron von Barrayar zu setzen? Das ist eine äußerst obskure Rache. Und wenn er durch irgendein Wunder Erfolg hat und dem Jungen die Kaisermacht verschafft, wie stellt er es sich dann vor, ihn zu steuern?«

»Konditionierung?« schlug Galeni vor. »Mit der Drohung, ihn zu demaskieren?«

»Mm, vielleicht.« An diesem toten Punkt verfiel Miles in Schweigen. Nach einer langen Weile redete er weiter.

»Ich glaube, der echte Plan ist viel einfacher und klüger. Er hat vor, den Klon mitten in einen Machtkampf zu werfen, einfach um Chaos auf Barrayar zu schaffen. Die Ergebnisse dieses Ringens sind belanglos. Der Klon ist bloß eine Schachfigur. Genau zum Höhepunkt der Unruhen auf Barrayar (und je blutiger sie sind, um so besser) soll auf Komarr eine Revolte ausbrechen. Er muß noch einen Verbündeten im Hintergrund haben, der bereit ist, mit genügend militärischer Macht sich einzuschalten, um Barrayars Wurmlochausgang zu blockieren. Gott, ich hoffe, er hat dazu keinen Teufelspakt mit den Cetagandanern geschlossen.«

»Eine barrayaranische Okkupation durch eine cetagandanische zu ersetzen, erscheint mir ein Nullsummenspiel im Extrem zu sein – bestimmt ist er nicht so verrückt. Aber was geschieht dann mit Ihrem ziemlich teuren Klon?« fragte Galeni, bemüht, die Fäden zu entwirren.

Miles lächelte schief. »Das kümmert Ser Galen nicht. Für ihn ist der Klon nur ein Mittel zum Zweck.« Er öffnete den Mund, schloß ihn, öffnete ihn wieder. »Außer daß – ich ständig die Stimme meiner Mutter im Kopf höre. Von ihr habe ich diesen perfekten betanischen Akzent, wissen Sie, den ich als Admiral Naismith benutze. Ich kann sie jetzt direkt hören.«

»Und was sagt sie?« Galenis Augenbrauen zuckten amüsiert.

»*Miles*, sagt sie, *was hast du mit deinem kleinen Bruder gemacht?!*«

»Ihr Klon ist wohl kaum Ihr kleiner Bruder!« brachte Galeni hervor.

»Im Gegenteil, nach betanischem Recht ist mein Klon *genau* das.«

»Verrückt.« Galeni überlegte. »Ihre Mutter kann doch

wohl kaum erwarten, daß Sie sich um diese Kreatur kümmern.«

»O doch, kann sie schon.« Miles seufzte deprimiert. Ein Knoten unausgesprochener Panik bildete einen Klumpen in seiner Brust. Es war komplex, zu komplex …

»Und das ist die Frau, von der Sie behaupten, daß sie hinter dem Mann steht, der hinter der Kaiserherrschaft von Barrayar steht? Das verstehe ich nicht. Graf Vorkosigan ist der pragmatischste aller Politiker. Schauen Sie sich den ganzen Plan zur Integration von Komarr an.«

»Ja«, sagte Miles freundlich, »schauen Sie sich ihn an.«

Galeni warf ihm einen mißtrauischen Blick zu. »Personen vor Prinzipien, was?« sagte er schließlich langsam.

»Ja.«

Galeni ließ sich müde auf seine Bank sinken. Nach einer Weile zuckte einer seiner Mundwinkel hoch. »Mein Vater«, murmelte er, »war immer ein Mann großer – Prinzipien.«

KAPITEL 10

Mit jeder Minute, die verging, erschienen die Chancen auf Befreiung aussichtsloser. Nach einiger Zeit wurde wieder eine Mahlzeit vom Typ Frühstück gebracht. Damit war, wenn man sich auf diese Zeitmessung verlassen durfte, der dritte Tag von Miles' Gefangenschaft angebrochen. Es schien, daß der Klon noch keinen unmittelbaren und offensichtlichen Fehler begangen hatte, der Ivan oder Elli gegenüber seine wahre Identität enthüllen würde. Und wenn er bei Ivan und Elli durchkam, dann konnte er überall durchkommen. Miles zitterte.

Er holte tief Luft, schwang sich von seiner Bank und absolvierte eine Reihe von Gymnastikübungen. Dabei versuchte er, Körper und Gehirn von den Nachwirkungen der Droge zu befreien. Galeni, der an diesem Morgen in eine unangenehme Mischung aus Drogenkater, Depression und hilfloser Wut versunken war, lag ausgestreckt auf seiner Bank und schaute kommentarlos zu.

Keuchend, schwitzend und schwindelig im Kopf, ging Miles in der Zelle auf und ab, um sich zu beruhigen. Der Raum begann zu stinken, und das war nicht hilfreich. Nicht sonderlich hoffnungsvoll ging er in den Waschraum und versuchte den Trick mit dem Verstopfen des Abflusses durch eine Socke. Wie er schon vermutet hatte, schaltete dasselbe Sensorsystem, das das Wasser auf eine Handbewegung hin fließen ließ, es auch wieder ab, bevor es überfloß. Die Toilette arbeitete auf gleiche Weise störungssicher. Und selbst wenn es ihm gelungen wäre, ihre Bewacher zu bewegen, die Tür zu öffnen, so hatte Galeni demonstriert, wie gering ihre

Chance war, sich gegen Betäuberfeuer den Weg nach draußen zu erkämpfen.

Nein. Sein einziger Berührungspunkt mit dem Feind lag in dem Fluß von Informationen, die man aus ihm herauszuquetschen hoffte. Das war schließlich der einzige Grund, weshalb er noch am Leben war. Und dies war ein potentiell sehr mächtiges Druckmittel. Informationssabotage. Wenn der Klon keine Fehler auf eigene Faust machte, vielleicht brauchte er dann einen kleinen Anstoß. Aber wie konnte Miles das bewirken, vollgepumpt mit Schnell-Penta? Er konnte sich mitten in die Zelle hinstellen und zum Lichtschlitz gewandt falsche vertrauliche Mitteilungen machen, à la Hauptmann Galeni, aber er konnte dabei kaum erwarten, ernstgenommen zu werden.

Er saß auf seiner Bank und blickte mit gerunzelter Stirn auf seine kalten Zehen – die feuchten Socken waren zum Trocknen ausgelegt –, da öffnete sich die Tür mit einem Klicken. Zwei Wachen mit Betäubern. Einer faßt Galeni ins Auge, der den Blick verächtlich erwiderte, ohne sich zu rühren. Der Finger des Wächters zuckte gespannt am Abzug, er würde nicht zögern. Sie brauchten Galeni heute nicht bei Bewußtsein. Der andere winkte Miles hinaus. Falls Hauptmann Galeni auf der Stelle betäubt werden sollte, dann hätte es wenig Sinn, wenn Miles versuchte, allein die Wachen anzugreifen. Er seufzte und gehorchte und trat hinaus in den Korridor.

Dort stieß er überrascht den Atem aus. Der Klon stand wartend da und verschlang ihn mit den Augen.

Der andere Miles war in seine Dendarii-Admiralsuniform gekleidet. Sie paßte ihm perfekt, bis hinab zu den Kampfstiefeln.

Ziemlich atemlos wies der Klon die Wachen an, sie sollten Miles in das Studierzimmer bringen. Diesmal wurde er fest an einen Stuhl in der Mitte des Raumes gebunden. Interessanterweise war Galen nicht zugegen.

»Wartet draußen vor der Tür«, sagte der Klon zu den Wachen. Sie blickten einander an, zuckten die Achseln und gehorchten. Dabei nahmen sie zwei gepolsterte Stühle mit, um es sich draußen bequem zu machen.

Nachdem sie die Tür geschlossen hatten, herrschte tiefes Schweigen im Raum. Sein Doppelgänger ging langsam um Miles herum, in der sicheren Entfernung von einem Meter, als wäre Miles eine Schlange, die plötzlich zustoßen könnte. Gut anderthalb Meter entfernt blieb er stehen, um ihm ins Gesicht zu schauen, lehnte sich mit hochgezogener Hüfte an das Komkonsolenpult und ließ einen der gestiefelten Füße pendeln. Miles erkannte die Haltung als seine eigene wieder. Er würde sie nie wieder benutzen können, ohne schmerzlich befangen zu sein – ein kleines Stück von ihm selbst, das der Klon gestohlen hatte. Eines von vielen kleinen Stücken. Er fühlte sich plötzlich durchlöchert, verschlissen, zerfetzt. Und voller Angst.

»Wie ... äh ...«, begann Miles und mußte dann innehalten, um sich zu räuspern, denn seine Kehle war trocken, »wie ist es dir denn gelungen, aus der Botschaft wegzukommen?«

»Ich habe den Vormittag gerade damit zugebracht, mich um Admiral Naismiths Pflichten zu kümmern«, sagte ihm der Klon. Selbstgefällig, glaubte Miles. »Deine Leibwächterin dachte, sie übergebe mich wieder dem Sicherheitsdienst der barrayaranischen Botschaft. Die Barrayaraner werden denken, mein komarranischer Wächter sei ein Dendarii. Und ich gewinne eine kleine Scheibe freier Zeit. Hübsch, nicht?«

»Riskant«, stellte Miles fest. »Was hoffst du zu gewinnen, das die Sache wert ist? Schnell-Penta funktioniert bei mir nicht richtig, weißt du.« Tatsächlich war das Hypospray nirgends zu sehen, wie Miles bemerkte. Abwesend, wie Ser Galen. Seltsam.

»Das spielt keine Rolle.« Der Klon machte eine heftige, wegwerfende Bewegung, ein weiteres Stück, das er von Miles übernommen hatte. »Mir ist es egal, ob du die Wahrheit redest oder Lügen. Ich möchte dich einfach reden hören. Dich sehen, wenigstens einmal. Dich, dich, dich...«, die Stimme des Klons sank zu einem Flüstern herab, »wie sehr ich dich hasse.«

Miles räusperte sich erneut. »Ich darf darauf hinweisen, daß wir uns tatsächlich zum allererstenmal vor drei Nächten begegnet sind. Was immer man dir angetan hat, ich habe es nicht getan.«

»Du«, sagte der Klon, »hast durch deine bloße Existenz mein Leben verdorben. Es tut mir weh, daß du atmest.« Er legte eine Hand auf die Brust. »Doch das wird in Kürze behoben sein. Aber Galen hat mir ein Gespräch mit dir versprochen.« Er sprang vom Pult herunter und begann auf und ab zu gehen. Miles' Füße zuckten. »Er hat es mir versprochen.«

»Und wo ist dann Ser Galen heute vormittag?« fragte Miles sanft.

»Ausgegangen.« Der Klon verzog das Gesicht zu einem säuerlichen Grinsen. »Eine kleine Zeitscheibe lang.«

Miles zog die Augenbrauen hoch. »Dieses Gespräch findet also ohne seine Zustimmung statt?«

»Er hat es mir versprochen. Aber dann widerrufen. Wollte nicht sagen, warum.«

»Ah ... hm. Seit gestern?«

»Ja.« Der Klon blieb stehen und blickte Miles mit zusammengekniffenen Augen an.

»Ich denke, es kann an etwas gelegen haben, das ich gesagt habe. Ich habe dabei laut gedacht«, sagte Miles. »Ich fürchte, ich habe mir über dieses Komplott zuviel zusammengereimt. Er befürchtete, daß ich es unter Schnell-Penta ausspucken würde. Das paßte mir. Je weniger ihr aus mir herauspumpen könnt, desto wahrscheinlicher ist es, daß ihr einen Fehler macht.« Miles wartete mit angehaltenem Atem, um zu sehen, wie dieser Köder angenommen würde. Ein Anflug der gesteigerten Bewußtheit während des Kampfes durchschauerte seine Nerven.

»Ich beiße an«, sagte der Klon umgänglich. Seine Augen funkelten sarkastisch. »Spuck es also aus.«

Als er siebzehn gewesen war, im Alter dieses Klons, war er gerade dabei, die Dendarii-Söldner zu erfinden, erinnerte sich Miles. Vielleicht wäre es besser, ihn nicht zu unterschätzen. Was würde es bedeuten, ein Klon zu sein? Wie weit unter der Haut endete ihre Ähnlichkeit? »Du bist ein Opfer«, stellte Miles schonungslos fest. »Es ist nicht Galens Absicht, daß du es lebendig bis zum barrayaranischen Kaiserthron schaffst.«

»Meinst du, ich hätte das noch nicht herausgefunden?« sagte der Klon verächtlich. »Ich weiß, er glaubt nicht, daß ich es schaffe. Niemand glaubt, daß ich es schaffe ...«

Miles hielt den Atem an, als hätte er einen Schlag bekommen. Dies ging unter die Haut.

»Aber ich werde es ihnen zeigen. Ser Galen«, die Augen des Klons glitzerten, »wird sehr überrascht sein über das, was geschieht, wenn ich an die Macht komme.«

»Du ebenfalls«, sagte Miles verdrießlich voraus.

»Denkst du, ich bin dumm?« fragte der Klon.

Miles schüttelte den Kopf. »Ich weiß *genau*, wie dumm du bist, fürchte ich.«

Der Klon lächelte verkniffen. »Galen und seine Freunde haben einen Monat auf der Jagd nach dir in London herumgekaspert, bloß bei dem Versuch, eine Falle für die Auswechslung aufzubauen. Ich habe ihnen gesagt, sie sollten dich selbst entführen lassen. Ich habe dich länger und eingehender als jeder von ihnen studiert. Ich wußte, daß du nicht widerstehen konntest. Ich bin dir im Denken überlegen.«

Das war augenfällig wahr, leider, zumindest im

Augenblick. Miles wehrte eine Welle der Verzweiflung ab. Der Junge war gut, zu gut – er hatte alles, bis hin zu der schier schrillen Spannung, die jeder Muskel in seinem Leib ausstrahlte. Oder hatte er das selbst entwickelt? Konnte unterschiedlicher Druck die gleichen Verzerrungen erzeugen? Wie wäre es wohl hinter jenen Augen…?

Miles' Blick fiel auf die Dendarii-Uniform. Seine eigenen Abzeichen funkelten ihm boshaft zu, während der Klon auf und ab ging. »Aber bist du auch Admiral Naismith im Denken überlegen?«

Der Klon lächelte stolz. »Ich habe deine Soldaten heute morgen aus dem Gefängnis geholt. Etwas, das dir offensichtlich nicht gelungen ist.«

»Danio?« krächzte Miles fasziniert. *Nein, nein, sag, daß es nicht wahr ist…*

»Er ist wieder im Dienst.« Der Klon nickte scharf.

Miles unterdrückte ein leichtes Stöhnen.

Der Klon blieb stehen und blickte Miles aufmerksam an. Etwas von seiner Entschlossenheit fiel von ihm ab. »Da wir von Admiral Naismith sprechen – schläfst du mit dieser Frau?«

Was für eine Art von Leben hatte dieser Junge bisher geführt? überlegte Miles aufs neue. Geheim – immerzu beobachtet, beständig bevormundet, Kontakt nur mit einigen ausgewählten Personen gestattet – fast klösterlich. Hatten die Komarraner daran gedacht, auch *das* in sein Training einzubeziehen, oder war er mit siebzehn Jahren noch jungfräulich? In diesem Falle mußte er von Sex besessen sein… »Quinn«, sagte Miles, »ist sechs Jahre älter als *ich.* Äußerst erfahren. Und anspruchsvoll. An einen hohen Grad an Finesse bei ihrem ausgewählten Partner gewöhnt. Bist du in die unterschiedlichen Praktiken des Deeva-Tau-Liebeskults eingeweiht, so wie sie auf Station Kline ausgeübt werden?« Eine Herausforderung, bei der er ziemlich sicher war, denn diesen Kult hatte er gerade im Augenblick erfunden. »Bist du vertraut mit den Sieben Geheimen Wegen der Weiblichen Wonne? Wenn sie allerdings vier- oder fünfmal den Höhepunkt erreicht hat, dann läßt sie einen gewöhnlich frei …«

Der Klon umkreiste ihn und sah dabei deutlich beunruhigt aus. »Du lügst, glaube ich.«

»Vielleicht.« Miles lächelte und fletschte die Zähne. Er wünschte sich, die aus dem Stegreif erfundene Phantasie wäre wahr. »Bedenke, was du riskierst, wenn du es herausfinden willst.«

Der Klon blickte ihn finster an. Miles erwiderte den Blick ebenso finster.

»Brechen deine Knochen ebenso leicht wie meine?« fragte Miles plötzlich. Ein entsetzlicher Gedanke. Angenommen, für jeden Schlag, den Miles erlitten hatte, hatten sie dem da den entsprechenden Knochen gebrochen. Angenommen, für jedes fehlkalkulierte Risiko, das Miles närrischerweise eingegangen war, hatte der Klon voll bezahlen müssen – dann hatte er tatsächlich Grund, ihn zu hassen …

»Nein.«

Miles atmete auf, insgeheim erleichtert. Also würden sie keine genau entsprechenden Anzeigen bei einer Med-Sensor-Überprüfung liefern. »Dieses Komplott muß kurzfristig zustande gekommen sein, was?«

»Ich habe vor, in sechs Monaten an der Spitze zu sein.«

»Das habe ich mir zusammengereimt. Und wessen Raumflotte wird das ganze Chaos auf Barrayar unter Kontrolle halten, hinter seinem Wurmlochausgang, während sich Komarr wieder erhebt?« Miles machte seine Stimme leicht und versuchte den Eindruck zu erwecken, als wäre er an dieser elementaren Information nur beiläufig interessiert.

»Wir wollten die Cetagandaner zu Hilfe rufen. Doch das wurde gestoppt.«

Seine schlimmsten Befürchtungen … »Gestoppt? Das

freut mich, aber warum seid ihr ausgerechnet in diesem Punkt zur Vernunft gekommen, wo es doch der ganzen Eskapade in einzigartiger Weise an gesundem Menschenverstand fehlt?«

»Wir haben etwas Besseres gefunden, einsatzbereit.« Der Klon grinste seltsam spöttisch. »Eine unabhängige Streitmacht mit großer Erfahrung in Raumblockaden, ohne unerwünschte Bindungen an andere Nachbarplaneten, die sich versucht sehen würden, sich bei der Aktion einzumischen. Und jedem meiner Einfälle gegenüber persönlich und heftig loyal, wie es scheint. Die Dendarii-Söldner.«

Miles versuchte, dem Klon an die Kehle zu springen. Der Klon zuckte zurück. Da er noch festgebunden war, fiel Miles mit dem Stuhl nach vorn und schlug mit dem Gesicht schmerzvoll auf dem Teppich auf. »Nein, nein, nein!« schnatterte er, bäumte sich auf und versuchte sich loszukämpfen. »Du Trottel! Das gäbe ein Gemetzel …!«

Die beiden komarranischen Wachen kamen hereingestürzt. »Was, was ist passiert?«

»Nichts.« Der Klon wagte sich, bleich im Gesicht, wieder hinter dem Komkonsolenpult hervor, wohin er sich zurückgezogen hatte. »Er ist umgefallen. Stellt ihn wieder auf, ja?«

»Umgefallen oder umgestoßen«, murmelte einer der Komarraner, während sie den Stuhl wieder aufrecht hinstellten. Gezwungenermaßen kam Miles ebenfalls hoch. Der Wächter schaute ihm interessiert ins Gesicht. Warm und feucht rann etwas über Miles' Oberlippe und die Stoppeln des Dreitagesschnurrbartes herab und kühlte schnell ab. Blutete seine Nase? Miles schielte hinab und leckte daran. Ruhig! Ruhig! Der Klon würde nie mit den Dendarii so weit kommen. Für einen toten Miles wäre allerdings das zukünftige Scheitern seines Doppelgängers ein geringer Trost.

»Brauchen Sie … hm … etwas Hilfe für diesen Teil?«

fragte der ältere der Komarraner den Klon. »Es gibt eine Art Wissenschaft der Folter, wissen Sie? Maximalen Schmerz bei minimalem Schaden erzielen. Ich hatte eine Onkel, der hat mir erzählt, was die Schläger von der barrayaranischen Sicherheit zu tun pflegten ... Vorausgesetzt, daß Schnell-Penta nutzlos ist.«

»Er braucht keine Hilfe«, versetzte Miles. Im gleichen Moment begann der Klon: »Ich will keine Hilfe ...«, dann verstummten beide und starrten einander an, Miles wieder selbstbeherrscht, die Oberhand zurückgewinnend, der Klon leicht verblüfft.

Wenn nicht dieses äußere, sichtbare Merkmal des verdammten Bartes gewesen wäre, dann wäre jetzt der perfekte Zeitpunkt gekommen, zu schreien, Vorkosigan hätte ihn überwältigt und die Kleider ausgetauscht, er sei der Klon, könnten sie denn nicht den Unterschied sehen und mich losbinden, ›... ihr Idioten!‹ Leider gab es die Gelegenheit nicht.

Der Klon richtete sich auf und versuchte, etwas von seiner Würde wiederzugewinnen. »Laßt uns allein, bitte. Wenn ich euch brauche, dann rufe ich euch.«

»Oder vielleicht ich«, bemerkte Miles heiter. Der Klon funkelte ihn wütend an. Die zwei Komarraner verließen den Raum und blickten mißtrauisch zurück.

»Das Ganze ist eine törichte Idee«, begann Miles sofort, als sie allein waren. »Du mußt begreifen, daß die Dendarii ein Elitehaufen sind – im großen und ganzen –, aber nach planetarischen Maßstäben sind sie eine kleine Streitmacht. *Klein,* verstehst du, *klein?* Klein ist gut für verdeckte Operationen, Kommandounternehmen, nachrichtendienstliche Aktivitäten. Keine umfassenden Prügeleien um einen festgelegten Bereich im Raum, wo die ganzen Ressourcen und die ganze Entschlossenheit eines entwickelten Planeten hinter dem Feind stehen. Du hast keinen Sinn für die Ökonomie des Krieges! Ich schwöre bei Gott, daß du nicht weiter denkst als diese ersten sechs Monate. Nicht, daß du es müßtest – du wirst noch vor Ablauf des Jahres tot sein, nehme ich an …«

Das Lächeln des Klons war rasiermesserscharf. »Die Dendarii sind, wie ich selbst, als Opfer vorgesehen. Tote Söldner müssen schließlich nicht bezahlt werden.« Er zögerte und blickte Miles neugierig an. »Wie weit voraus denkst du?«

»Zur Zeit etwa zwanzig Jahre«, gab Miles niedergeschlagen zu. Und es hatte ihm wirklich viel Gutes eingebracht. Wenn man zum Beispiel Hauptmann Galeni in Betracht zog. In seinen Gedanken sah Miles ihn schon als den besten Vizekönig, den Komarr wohl je bekommen würde – sein Tod war nicht der Verlust eines rangniederen kaiserlichen Offiziers zweifelhafter Herkunft, sondern des ersten Gliedes in einer Kette von Tausenden von Leben, die eine weniger sorgenvolle Zukunft anstrebten. Eine Zukunft, in der Leutnant Miles Vorkosigan sicherlich als Graf Miles Vorkosigan vorkam und vernünftige Freunde in hohen Stellungen brauchte. Wenn er Galeni lebend durch dieses Durcheinander brächte, und geistig gesund … »Ich gebe zu«, versicherte Miles, »als ich in deinem Alter war, schaffte ich etwa eine Viertelstunde auf einmal.«

Der Klon schnaubte. »Das war vor einem Jahrhundert, nicht wahr?«

»Sieht so aus. Ich hatte immer das Gefühl, ich sollte lieber schneller leben, wenn ich alles schaffen will.«

»Welch weise Voraussicht. Schauen wir mal, wieviel du in den nächsten vierundzwanzig Stunden schaffst. Dann werde ich nämlich meinen Befehl haben, mit der Flotte auszulaufen. Und mit diesem Zeitpunkt wirst du überflüssig werden.«

Schon so bald … Jetzt war keine Zeit mehr für Experimente. Keine Zeit mehr für irgendwas, nur noch für richtige Entscheidungen.

Miles schluckte. »Der Tod des Premierministers muß geplant werden, sonst wird die Destabilisierung der barrayaranischen Regierung nicht eintreten, selbst wenn Kaiser Gregor ermordet wird. Also sag mir«, forschte er vorsichtig, »welches Schicksal haben du und Galen für unseren Vater geplant?«

Der Klon warf seinen Kopf zurück. »Oh, fang nicht damit an. Du bist nicht mein Bruder, und der Schlächter von Komarr war nie für mich ein Vater.«

»Wie steht es mit deiner Mutter?«

»Ich habe keine. Ich bin aus einem Replikator gekommen.«

»Ich auch«, bemerkte Miles, »bevor die Mediziner fertig waren. Das machte, soweit ich feststellen konnte, für meine Mutter nie einen Unterschied. Als Betanerin hat sie keinerlei Vorurteile gegen Geburtstechniken. Für sie spielt es keine Rolle, wie man hierher gekommen ist, sondern nur, was man tut, nachdem man angekommen ist. Ich fürchte, eine Mutter zu haben ist ein Schicksal, dem du nicht entkommen kannst, von dem Augenblick an, wo sie deine Existenz entdeckt.«

Der Klon schob das Phantom der Gräfin Vorkosigan beiseite. »Ein Null-Faktor. In der barrayaranischen Politik hat sie keinerlei Bedeutung.«

»Wirklich?« murmelte Miles, dann zügelte er seine Zunge. Keine Zeit dafür. »Und du würdest doch weitermachen, obwohl du weißt, daß Ser Galen vorhat, dich zu verraten und über die Klinge springen zu lassen?«

»Wenn ich Kaiser von Barrayar bin – dann werden wir sehen, was mit Ser Galen wird.«

»Wenn du sowieso vorhast, ihn zu verraten, warum willst du dann noch warten?«

Der Klon hob herausfordernd den Kopf. »Ha?«

»Es gibt eine Alternative für dich.« Miles bemühte sich um eine ruhige, überzeugende Stimme. »Laß mich jetzt gehen. Und komm mit mir. Zurück nach Barrayar. Du bist mein Bruder – ob es dir gefällt oder nicht; es ist eine biologische Tatsache, und das wird sich nie ändern. Niemand kann sich sowieso seine Verwandten aussuchen, egal, ob er Klon ist oder nicht. Ich meine, wenn du eine Wahl hättest, würdest du Ivan Vorpatril als Cousin nehmen?«

Der Klon gluckste leicht, unterbrach aber Miles nicht. Es schien ihn allmählich zu faszinieren.

»Aber es gibt ihn nun mal. Und er ist genauso viel dein Cousin wie meiner. Ist dir schon aufgegangen, daß du einen Namen hast?« fragte Miles plötzlich. »Das ist noch etwas, worin du auf Barrayar keine Wahl hast. Ein zweiter Sohn – das bist zu, mein sechs Jahre jüngerer Zwilling – bekommt die zweiten Vornamen seiner Großväter mütterlicher- und väterlicherseits, genau wie der erste Sohn ihre ersten Vornamen verpaßt bekommt. Dann bist du Mark Pierre. Tut mir leid wegen dem Pierre. Großvater hat es nie gemocht. Auf Barrayar bist du Lord Mark Pierre Vorkosigan, aus eigenem Recht.« Er sprach schneller und schneller, inspiriert von dem gefesselten Blick des Klons.

»Was hast du je werden wollen? Du kannst jede Ausbildung haben, die du dir wünschst. Mutter wird dafür sorgen, daß du sie bekommst. Hast du davon geträumt abzuhauen – wie wäre es mit Lizensierter Sternenpilot Mark Vorkosigan? Handel? Landwirtschaft? Wir haben ein Weingut in der Familie, alles von den Weinstöcken bis zu den Exportkisten – interessiert dich Naturwissenschaft? Du könntest bei deiner Großmutter Naismith auf Kolonie Beta wohnen und an den besten Forschungsakademien studieren. Du hast dort auch eine Tante und einen Onkel, bist du dir dessen bewußt? Zwei Cousins und eine Cousine zweiten Grades. Wenn dir das rückständige, finstere Barrayar nicht zusagt, dann wartet da auf dich ein ganzes anderes Leben auf Kolonie Beta, und dort sind Barrayar und all seine Probleme kaum ein Gekräusel am Ereignishorizont. Dein Ursprung als Klon wäre dort nicht ungewöhnlich genug, um des Erwähnens wert zu sein. Jedes beliebige

Leben, das du möchtest. Die ganze Galaxis steht dir offen. Wahl – Freiheit – verlange, und sie gehört dir.« Er mußte eine Pause machen, um Atem zu holen.

Das Gesicht des Klons war bleich. »Du lügst«, zischte er. »Der Sicherheitsdienst von Barrayar würde mich nie am Leben lassen.«

Diese Furcht war leider nicht ohne Grund. »Aber stell dir einen Augenblick lang vor, es sei, es könnte wirklich sein. Es könnte deine Zukunft sein. Ich gebe dir mein Wort darauf als Vorkosigan. Meinen Schutz als Lord Vorkosigan, gegen alle, den Kaiserlichen Sicherheitsdienst eingeschlossen.« Miles schluckte ein bißchen, als er dieses Versprechen gab. »Galen bietet dir auf einem Silbertablett den Tod an. Ich kann dir das Leben verschaffen. Ich kann es dir *en gros* verschaffen, um Himmels willen.«

War das Informationssabotage? Er hatte vorgehabt, dem Klon eine Falle zu stellen, falls er könnte … *was hast du mit deinem kleinen Bruder gemacht?*

Der Klon warf den Kopf zurück und lachte, ein scharfes, hysterisches Bellen. »Mein Gott, schau dich an! Ein Gefangener, an einen Stuhl gefesselt, nur wenige Stunden vom Tod entfernt …« Er zelebrierte eine weite, ironische Verbeugung vor Miles. »O edler Lord, ich bin von Eurer Großzügigkeit überwältigt. Aber irgendwie glaube ich nicht, daß dein Schutz auch nur einen Pfifferling wert ist, gerade jetzt.« Er trat zu Miles, so nahe wie nie zuvor. »Du verdammter Megalomane! Du kannst ja nicht einmal dich selbst schützen …« – impulsiv schlug er Miles ins Gesicht, auf die blauen Flecken vom Vortag –, »oder?« Er trat zurück, verwundert von der Heftigkeit seines Experiments, und hielt für einen Augenblick seine schmerzende Hand an den Mund. Miles verzog die blutenden Lippen zu einem Grinsen, und der Klon ließ hastig die Hand fallen.

Also, der hat noch nie zuvor wirklich einen Menschen geschlagen. Und auch keinen umgebracht, da geh ich jede

Wette ein. Oh, kleine Jungfrau, da steht dir ja noch eine blutige Defloration bevor.

»Oder?« schrie der Klon heftig.

Pah! Er nimmt meine Wahrheiten für Lügen, wo es doch meine Absicht war, daß er meine Lügen für wahr nimmt – was für ein Saboteur bin ich! Warum fühle ich mich gezwungen, ihm die Wahrheit zu sagen?

Weil er mein Bruder ist und wir ihn im Stich gelassen haben. Es ist uns nicht gelungen, ihn schon eher zu entdecken – es ist uns nicht gelungen, ihn zu befreien … »Hast du je von einer Befreiung geträumt?« fragte Miles plötzlich. »Nachdem du erfahren hattest, wer du bist – oder schon vorher? Was für eine Art Kindheit hast du überhaupt gehabt? Waisen träumen von goldenen Eltern, heißt es, die angeritten kommen, sie zu retten – für dich hätte es Wahrheit werden können.«

Der Klon schnaubte verächtlich. »Wohl kaum. Ich wußte schon immer Bescheid. Ich wußte vom Anfang an, was ich war. Die Klons von Jackson's Whole werden in Pflege gegeben, weißt du, zu bezahlten Pflegeeltern, die sie bis zur Reife großziehen. Im Replikator gezüchtete Klons tendieren zu unangenehmen gesundheitlichen Problemen – Anfälligkeit für Infektionen, schlechte kardiovaskuläre Verfassung –, die Leute, die dafür zahlen, daß ihr Gehirn transplantiert wird, erwarten, in einem gesunden Körper zu erwachen.

Ich hatte einmal eine Art Pflegebruder – er war ein bißchen älter als ich …«, der Klon hielt inne, holte tief Luft, »der mit mir zusammen großgezogen wurde. Aber er wurde nicht mit mir zusammen erzogen. Ich brachte ihm Lesen bei, ein bißchen … Kurz bevor die Komarraner kamen und mich holten, brachten die Leute vom Labor ihn fort. Es war purer Zufall, daß ich ihn später wiedersah. Man hatte mich geschickt, ein Paket am Shuttlehafen abzuholen. Allerdings sollte ich nicht in die Stadt gehen. Ich sah ihn auf der anderen Seite der Halle, als er gerade den Wartesaal erster

Klasse betrat. Ich rannte zu ihm hin. Bloß, er war es nicht mehr. In seinem Kopf saß ein schrecklich reicher alter Mann. Sein Leibwächter schob mich zurück...«

Der Klon drehte sich herum und knurrte Miles an. »Oh, ich wußte Bescheid. Aber einmal, einmal, nur dies eine Mal, dreht ein Klon von Jackson's Whole den Spieß herum. Anstatt daß du mein Leben ausschlachtest, werde ich dein Leben führen.«

»Wo wird dann dein Leben bleiben?« fragte Miles verzweifelt. »Begraben in einer Imitation von Miles, wo bleibt da Mark? Bist du sicher, daß nur ich in meinem Grab liegen werde?«

Der Klon zuckte zusammen. »Wenn ich Kaiser von Barrayar bin«, sagte er mit zusammengebissenen Zähnen, »dann wird keiner mir etwas antun können. Macht ist Sicherheit.«

»Darf ich dir einen Hinweis geben«, sagte Miles. »Es gibt keine Sicherheit. Nur unterschiedliche Grade von Gefahr. Und Scheitern.« Und erlaubte er etwa, so spät, seiner alten Einzelkind-Einsamkeit, ihm einen Streich zu spielen? War dort überhaupt jemand, hinter diesen allzu vertrauten grauen Augen, die ihn so wild anblickten? Welcher Köder würde ihn einfangen? Anfänge, der Klon kannte sich offensichtlich mit Anfängen aus. Bei den Enden fehlte es ihm an Erfahrung...

»Ich habe immer gewußt«, sagte Miles sanft – der Klon beugte sich näher heran –, »warum meine Eltern kein zweites Kind mehr bekamen. Außer dem Gewebeschaden vom Soltoxin-Gas. Sie hätten ja noch ein Kind bekommen können, mit den Techniken, die damals auf Kolonie Beta verfügbar waren. Mein Vater gab immer vor, es wäre, weil er nicht wagte, Barrayar zu verlassen, aber meine Mutter hätte seine genetische Probe nehmen und allein nach Kolonie Beta gehen können.

Der Grund war ich. Diese Mißbildungen. Wenn ein gesunder Sohn existiert hätte, dann wären sie unter einem schrecklichen gesellschaftlichen Druck gestanden, mich zu enterben und ihn an meiner Stelle zum Erben zu machen. Du meinst, ich übertreibe den Horror, den Barrayar vor Mutationen hat? Mein eigener Großvater versuchte, nachdem er den Streit um eine Abtreibung verloren hatte, die Entscheidung zu erzwingen und mich in meiner Wiege zu ersticken, als ich ein Säugling war. Sergeant Bothari – er war von meiner Geburt an mein Leibwächter – wagte nicht, eine Waffe gegen den berühmten General zu ziehen, deshalb hob er ihn einfach hoch und hielt ihn über seinen Kopf, unter allerhand Entschuldigungen – es war auf einem Balkon im dritten Stock –, bis General Piotr ebenso höflich darum bat, wieder heruntergelassen zu werden. Danach herrschte zwischen ihnen Einvernehmen. Ich habe diese Geschichte viel später von meinem Großvater gehört; der Sergeant war nicht sehr gesprächig.

Später brachte mein Großvater mir das Reiten bei. Und schenkte mir den Dolch, den du in dein Hemd gesteckt hast. Und vermachte mir die Hälfte seiner Ländereien, von denen die meisten noch insgeheim strahlen, von den Nuklearwaffen der Cetagandaner. Und in hundert peinigenden, typisch barrayaranischen gesellschaftlichen Situationen stand er hinter mir und ließ mich nicht weglaufen, bis ich gezwungenermaßen lernte, mit ihnen fertigzuwerden oder zu sterben. Ich zog den Tod in Erwägung.

Meine Eltern andrerseits waren so *lieb* und so *behutsam* – die Tatsache, daß sie mir absolut keine Vorschläge machten, sprach eine unüberhörbare Sprache. Sie waren sogar noch überfürsorglich, als sie mich meine Knochen in jeder Sportart und in der militärischen Laufbahn riskieren ließen – weil sie mich meine Geschwister unterdrücken ließen, bevor die überhaupt geboren waren. Damit ich nicht einmal einen einzigen Augenblick lang meinen sollte, ich wäre nicht gut genug, um ihnen zu gefallen …« Miles brach abrupt ab, dann fügte er noch hinzu: »Vielleicht hast du Glück, daß du keine Familie hast. Die macht dich schließlich nur verrückt.«

Und wie soll ich diesen Bruder retten, wenn ich nie eine Ahnung hatte, daß es ihn gab? Ganz zu schweigen von der Aufgabe zu überleben, zu entkommen, das komarranische Komplott zu vereiteln, Hauptmann Galeni aus den Händen seines Vaters zu befreien, den Kaiser und meinen Vater vor einem Mordanschlag zu bewahren und zu verhindern, daß die Dendarii-Söldner durch den Fleischwolf gedreht werden …?

Nein. Wenn ich nur meinen Bruder retten kann, dann muß alles andere daraus folgen. Ich habe recht. Hier und jetzt ist der Ort, mich ins Zeug zu legen, zu kämpfen, bevor die erste Waffe überhaupt gezogen wird. Brich das erste Glied auf, und die ganze Kette löst sich.

»Ich weiß genau, was ich bin«, sagte der Klon. »Du wirst mich nicht zum Narren halten.«

»Du bist, was du tust. Triff eine neue Wahl und ändere dich.«

Der Klon zögerte, seine Augen begegneten fast zum erstenmal direkt Miles' Blick. »Welche Garantie könntest du mir wohl geben, auf die ich mich verlassen kann?«

»Mein Wort als Vorkosigan.«

»Pah!«

Miles überdachte dieses Problem ernsthaft, vom Standpunkt des Klons aus gesehen. »Dein ganzes bisheriges Leben war auf Verrat konzentriert, auf der einen oder der anderen Ebene. Da du bisher null Erfahrung mit ungebrochenem Vertrauen hast, kannst du natürlich nicht aus Vertrauen urteilen. Sag *mir* doch zum Beispiel mal, welcher Garantie du glauben würdest?«

Der Klon öffnete den Mund und schloß ihn wieder. Er stand stumm da und errötete leicht.

Miles lächelte fast. »Du siehst den kleinen Haken, ja?« sagte er sanft. »Den logischen Fehler? Der Mann, der annimmt, alles sei Lüge, irrt sich mindestens so sehr wie der, der annimmt, daß alles wahr ist. Wenn dir keine Garantie paßt, dann liegt der Fehler vielleicht nicht bei der Garantie, sondern bei dir. Und du bist der einzige, der das ändern kann.«

»Was kann ich tun?« murmelte der Klon. Einen Moment lang flackerte quälender Zweifel in seinen Augen auf.

»Es versuchen«, hauchte Miles.

Der Klon stand wie gebannt da. Miles' Nasenflügel bebten. Er war so nahe dran – so nahe – er hatte ihn fast …

Die Tür flog auf. Galen stürmte herein, rot vor Wut, flankiert von den verdutzten komarranischen Wachen.

»Verdammt, die Zeit …!« zischte der Klon. Er richtete sich schuldbewußt auf und reckte das Kinn.

Zum Teufel mit dem Timing! schrie Miles stumm in Gedanken. Wenn er nur ein paar Minuten mehr gehabt hätte …

»Was, zum Teufel, machst du hier?« fragte Galen. Seine Stimme klang vor Wut, als würde ein Schlitten über Kies gezogen.

»Ich verbessere hoffentlich meine Überlebenschancen über die ersten fünf Minuten hinaus, nachdem ich meinen Fuß auf Barrayar gesetzt habe«, sagte der Klon kühl. »Es ist doch notwendig für euch, daß ich noch eine Weile überlebe, selbst für eure Ziele, oder?«

»Ich habe dir gesagt, es ist, verdammt noch mal, zu gefährlich!« Galen brüllte fast. »Ich habe ein Leben lang Erfahrung im Kampf mit den Vorkosigans. Sie sind die hinterlistigsten Propagandisten, wenn es darum geht, eigennützige Gier mit dem Mäntelchen des Pseudopatriotismus zu verhüllen. Und der hier ist aus dem gleichen Holz geschnitzt. Seine Lügen werden dich stolpern lassen, du wirst ihm auf den Leim gehen – er ist ein raffinierter kleiner Bastard und verliert nie seine Hauptchance aus dem Auge.«

»Aber seine Auswahl an Lügen war sehr interessant.« Der Klon führte sich auf wie ein nervöses Pferd, stieß mit dem Fuß auf den Teppich, halb trotzig, halb beschwichtigend. »Ihr habt mich studieren lassen, wie er sich bewegt, wie er spricht und schreibt. Aber mir war nie wirklich deutlich, wie er denkt.«

»Und jetzt?« schnurrte Galen drohend.

Der Klon zuckte die Achseln. »Er ist bekloppt. Ich denke, er glaubt wirklich an seine eigene Propaganda.«

»Die Frage ist, glaubst du auch daran?«

Glaubst du, glaubst du? dachte Miles verzweifelt.

»Natürlich nicht.« Der Klon rümpfte die Nase und reckte das Kinn. *Peng.*

Galen schaute die Wachen an und deutete auf Miles. »Bringt ihn weg und schließt ihn ein.«

Mißtrauisch folgte er, als sie Miles losbanden und hinausschleiften. Miles sah, wie sein Klon hinter Galens Schulter auf den Boden starrte und immer noch mit einem Stiefel über den Teppich scharrte.

»Dein Name ist Mark!« schrie Miles, während sich die Tür schloß. »Mark!«

Galen knirschte mit den Zähnen und schlug nach Miles mit einem wütend gezielten Schwinger. Da die Wachen Miles festhielten, konnte er nicht ausweichen, aber er zuckte weit genug zurück, daß Galens Faust ihn nur streifte und ihm nicht den Kieferknochen zerschmetterte. Glücklicherweise schüttelte Galen seine Faust aus und schlug kein zweitesmal zu. Er hatte wieder gerade noch die Herrschaft über sich gewonnen.

»Hat das mir gegolten, oder ihm?« fragte Miles sanft, während der Schmerz in seinem Gesicht zunahm.

»Sperrt ihn ein«, knurrte Galen die Wachen an, »und laßt ihn nicht wieder heraus, bis ich es euch persönlich sage!« Er drehte sich auf dem Absatz um und stapfte durch den Korridor davon, zurück ins Studierzimmer.

Zwei gegen zwei, dachte Miles scharf, als die Wachen ihn das Liftrohr hinab zur nächsten Ebene schubsten.

Oder mindestens zwei gegen anderthalb. Die Chancen werden nie besser sein, und die Zeitmarge kann nur noch enger werden.

Als die Tür zu seiner Zelle aufschwang, sah Miles Galeni schlafend auf der Bank liegen. Der Hauptmann hatte den größten Teil der letzten Nacht damit zugebracht, stumm in der Zelle auf und ab zu gehen, seine Ruhelosigkeit war schon der Hektik nahe gewesen. Der Schlaf, der in der Nacht nicht hatte kommen wollen, hatte ihn nun überwältigt. Wundervoll! Genau *jetzt* wo Miles ihn auf den Füßen brauchte, gespannt wie eine aufgedrehte Sprungfeder.

Aber er mußte es auf jeden Fall versuchen. »Galeni!« schrie Miles. »Jetzt, Galeni! Kommen Sie!«

Gleichzeitig stürzte er sich auf den Wächter, der ihm am nächsten stand und versuchte einen nervenquetschenden Griff an der Hand, die den Betäuber hielt. Ein Gelenk knackste in einem von Miles' Fingern, aber es gelang ihm, den Betäuber aus den Händen des Komarraners zu lösen und über den Boden zu Galeni zu stoßen, der sich verdutzt von der Bank erhob wie ein Warzenschwein aus dem Schlamm. Obwohl er noch halb schlief, reagierte Galeni schnell und präzise, stürzte sich auf den Betäuber, hob ihn auf und rollte über den Boden aus der Schußlinie von der Tür.

Miles' Wächter schlang einen Arm um Miles' Hals, hob ihn von den Füßen und drehte sich taumelnd dem anderen Komarraner zu. Das kleine graue Rechteck der Mündung der Waffe des zweiten Wächters war Miles' Gesicht so nahe, daß er fast schielen mußte, um es scharf zu sehen. Der Finger des Komarraners spannte sich um den Abzug, das Summen des Betäubers ertönte, und Miles' Kopf schien in einer Explosion von Schmerz und bunten Lichtern zu bersten.

KAPITEL 11

Er wachte in einem Krankenhausbett auf, also in einer unangenehmen, aber vertrauten Umgebung. Durch das Fenster schimmerten aus der Ferne die Türme der Skyline von Vorbarr Sultana, der Hauptstadt von Barrayar, seltsam grün durch die Dunkelheit. Also handelte es sich um das Kaiserliche Militärkrankenhaus. Das Zimmer war schmucklos, im gleichen kargen Stil, den er als Kind gekannt hatte, als er so oft zu schmerzhaften Therapien in diesen klinischen Labors und chirurgischen Stationen gewesen war, daß ihm das Militärkrankenhaus schon wie ein Zuhause fern von daheim erschienen war.

Ein Arzt trat ein. Er schien etwa sechzig zu sein: kurz geschnittenes, ergrauendes Haar, ein bleiches, zerfurchtes Gesicht und altersbedingt von beleibter Statur. DR. GALEN stand auf seinem Namensschild. Hyposprays klirrten in seinen Taschen. Die kopulierten da drin vielleicht und vermehrten sich. Miles hatte sich immer schon gefragt, woher Hyposprays kamen.

»Ach, Sie sind wach«, sagte der Doktor erfreut. »Sie werden uns diesmal nicht abhauen, oder?«

»Abhauen?« Er war mit Schläuchen und Sensordrähten, Infusionsleitungen und Kontrollkabeln ans Bett gebunden. Es sah kaum so aus, als könnte er irgendwohin ›abhauen‹.

»Katatonie. Wolkenkuckucksheim. Plemplem. Kurzum, geisteskrank. Das ist vermutlich der einzige Weg, den Sie gehen können, was? Liegt in der Familie. Das Blut wird es uns verraten.«

Miles hörte das Rauschen seiner roten Blutzellen in

den Ohren, die einander Tausende militärischer Geheimnisse zuflüsterten und trunken einen ländlichen Tanz aufführten, zusammen mit Molekülen von Schnell-Penta, die ihm ihre Hydroxylgruppen wie Unterröcke zuschwenkten. Er blinzelte, um das Bild zu vertreiben.

Galens Hand kramte in seiner Tasche herum, dann veränderte sich sein Gesichtsausdruck. »Au!« Er zog seine Hand heraus, schüttelte ein Hypospray ab und saugte an dem blutenden Daumen. »Der kleine Mistkerl hat mich *gebissen.*« Er blickte nach unten, wo das junge Hypospray unsicher auf seinen spindeldürren Metallbeinen herumhopste, und zertrat es mit dem Fuß. Es starb mit einem leisen Quieken.

»Diese Art mentalen Schlupfes ist natürlich bei einem wiederbelebten Kryoleichnam gar nicht ungewöhnlich. Sie werden darüber hinwegkommen«, beruhigte ihn Dr. Galen.

»War ich tot?«

»Glatt gekillt, auf der Erde. Sie haben ein Jahr in kryogenischer Suspension zugebracht.«

Seltsamerweise konnte sich Miles daran erinnern. Er war in einem Glassarg gelegen, wie eine Märchenprinzessin, auf der ein grausamer Fluch lag, während jenseits der reifbedeckten Scheiben stumme Gestalten geistergleich umherhuschten.

»Und Sie haben mich wiederbelebt?«

»O nein. Sie sind kaputtgegangen. Der schlimmste Fall von Gefrierkammer-Verbrennung, den man je gesehen hat.«

»Oh«, Miles zögerte verdutzt und fügte leise hinzu: »Bin ich dann also noch tot? Kann ich Pferde bei meinem Begräbnis haben, wie Großvater?«

»Nein, nein, nein, natürlich nicht.« Dr. Galen gackerte wie eine Glucke. »Sie dürfen nicht sterben, Ihre Eltern würden es nie erlauben. Wir haben Ihr Gehirn in einen Ersatzkörper transplantiert. Glücklicherweise hatten wir einen verfügbar. Hat schon mal jemandem gehört, war aber kaum benutzt. Ich gratuliere Ihnen, Sie sind wieder jungfräulich. War es nicht clever von mir, Ihren Klon für Sie fertig zu machen?«

»Mein Kl –, mein Bruder? Mark?« Miles setzte sich mit einem Ruck auf, Schläuche fielen von ihm ab. Zitternd zog er sein Tischbrett aus und starrte in den Spiegel der polierten Metalloberfläche. Die gepunktete Linie einer mit großen schwarzen Stichen vernähten Narbe lief über seine Stirn. Er starrte auf seine Hände und drehte sie entsetzt um. »Mein Gott. Ich trage eine *Leiche.*«

Er blickte zu Galen empor. »Wenn ich hier drin bin, was haben Sie dann mit Mark gemacht? Wohin haben Sie das Gehirn getan, das in diesem Schädel war?«

Galen zeigte es ihm.

Auf dem Tisch neben Miles' Bett stand ein großes Glasgefäß. In ihm schwamm ein ganzes Gehirn, wie ein Pilz auf einem Stamm, gummiartig, tot und tückisch. Die Einmachflüssigkeit war dick und grünlich.

»Nein, nein, nein!« schrie Miles. »Nein, nein, nein!« Er kämpfte sich aus dem Bett heraus und packte das Glas. Die Flüssigkeit schwappte kalt über seine Hände. Er rannte barfuß hinaus auf den Korridor. Sein Patientenkittel flatterte offen auf dem Rücken. Hier mußten sich noch ein paar freie Körper befinden, schließlich war das hier das Kaiserliche Militärkrankenhaus. Plötzlich erinnerte er sich daran, wo er einen gelassen hatte.

Er stürmte durch eine andere Tür und befand sich auf einmal in dem Kampflandeshuttle über Dagoola IV. Die Shuttleluke war offen und klemmte. Draußen quollen schwarze Wolken auf, durchschossen von den gelben Dendriten der Blitze. Das Shuttle schwankte. Schmutzige, verwundete Männer und Frauen in angesengten Dendarii-Kampfanzügen schlitterten herum und schrien und fluchten. Miles hastete zu der offenen

Luke, immer noch den Glasbehälter in Händen, und trat hinaus.

Teils schwebte er, teils fiel er. Eine schreiende Frau stürzte an ihm vorbei hinab. Sie streckte hilfesuchend die Arme aus, aber er konnte nicht den Glasbehälter loslassen. Ihr Körper zerbarst beim Aufprall auf dem Boden.

Miles landete mit den Füßen voraus auf gummiartigen Beinen und ließ fast den Glasbehälter fallen. Der Schlamm war dick und schwarz und sog ihn bis zu den Knien ein.

Leutnant Murkas Körper und Leutnant Murkas Kopf lagen genau dort, wo er sie auf dem Schlachtfeld hatte liegen lassen. Mit kalten und zitternden Händen nahm Miles das Gehirn aus dem Glas und versuchte, den Hirnstamm in den vom Plasmafeuer verbrannten Hals zu schieben. Das Ding weigerte sich eigensinnig hineinzugehen.

»Er hat sowieso kein Gesicht«, kritisierte Leutnant Murkas Kopf von der Stelle, wo er ein paar Meter entfernt lag. »Er wird häßlich wie die Nacht aussehen, wenn er mit meinem Körper herumläuft und dieses Ding da heraussteht.«

»Halten Sie den Mund, Sie haben nichts zu sagen, Sie sind tot«, knurrte Miles. Das glitschige Hirn glitt ihm aus den Fingern und fiel in den Schlamm. Er hob es wieder auf und versuchte schwerfällig, mit dem Ärmel seiner Dendarii-Admiralsuniform die schwarze Schmiere abzuwischen, aber das rauhe Tuch scheuerte die gewundene Oberfläche von Marks Gehirn auf und beschädigte es. Miles klopfte verstohlen das Gewebe zurück an seinen Platz, in der Hoffnung, niemand würde etwas merken, und versuchte weiterhin, den Hirnstamm wieder in den Nacken zu schieben.

Miles riß die Augen weit auf. Er hielt den Atem an, zitterte und war schweißnaß. Der Lichtschlitz brannte stetig in der immer gleichbleibenden Decke der Zelle.

Die Bank fühlte sich in seinem Rücken hart und kalt an. »Gott. Gott sei Dank«, keuchte er.

Galeni stand besorgt über ihn gebeugt und stützte sich mit einem Arm gegen die Wand. »Alles in Ordnung?«

Miles schluckte und holte tief Luft. »Wissen Sie, es muß wirklich ein schlimmer Traum sein, wenn man es als Verbesserung empfindet, *hier* aufzuwachen.«

Mit einer Hand streichelte er die kühle, beruhigende Festigkeit der Bank. Die andere Hand fand keine Wundnaht auf seiner Stirn, obwohl sich sein Kopf anfühlte, als hätte sich ein Amateurchirurg daran zu schaffen gemacht. Er blinzelte, kniff die Augen zusammen, öffnete sie wieder und stützte sich mit etwas Mühe auf dem rechten Ellbogen auf. Die linke Hand war geschwollen und zitterte. »Was ist passiert?«

»Es ist unentschieden ausgegangen. Einer der Wächter und ich haben uns gegenseitig betäubt. Unglücklicherweise blieb damit noch ein Wächter auf den Beinen. Ich bin vor vielleicht einer Stunde aufgewacht. Es war eine maximale Betäubung. Ich weiß nicht, wieviel Zeit wir verloren haben.«

»Zuviel. Es war jedoch ein guter Versuch. *Verdammt.*« Beinahe hätte er mit den verletzten Hand frustriert auf die Bank gehauen. »Ich war so nahe dran. Ich hab ihn fast gehabt.«

»Den Wächter? Das sah aber eher so aus, als hätte er Sie gehabt.«

»Nein, ich meine meinen Klon. Meinen Bruder. Was immer er ist.« Bilder aus seinem Traum blitzten auf, und er schauderte. »Ein scheuer Kerl. Ich glaube, er fürchtet, daß er in einem Glasgefäß endet.«

»Was?«

»Uff.« Miles versuchte sich aufzusetzen. Die Betäubung hatte ein Gefühl der Übelkeit hinterlassen. Muskeln krampften sich ruckartig in seinen Armen und Beinen zusammen. Galeni, der offensichtlich in keiner besseren Verfassung war, wankte zu seiner Bank zurück und setzte sich.

Etwas später öffnete sich die Tür. *Abendessen,* dachte Miles.

Der Wächter richtete seinen Betäuber auf ihn. »Ihr beide. Raus!« Der zweite Wächter gab ihm mit einem weiteren Betäuber Rückendeckung, einige Meter außerhalb der Reichweite. Miles gefiel der Ausdruck auf ihren Gesichtern nicht. Der eine Wächter war ernst und bleich, der andere lächelte nervös.

»Hauptmann Galeni«, sagte Miles, während sie hinausgingen, mit höherer Stimme als er beabsichtigt hatte, »ich glaube, jetzt ist vielleicht ein guter Zeitpunkt, um mit Ihrem Vater zu reden.«

In Galenis Miene folgten die verschiedensten Gesichtsausdrücke aufeinander: Zorn, störrischer Eigensinn, nachdenkliches Taxieren, Zweifel.

»Dort entlang.« Der Wächter wies sie zum Liftrohr. Sie bewegten sich abwärts, zur Garagenebene.

»Sie können das, ich nicht«, beschwor Miles Galeni halblaut aus dem Mundwinkel.

Galeni zischte durch die Zähne: Frustration, Einwilligung, Entschlossenheit. Als sie die Garage betraten, wandte er sich abrupt an den Wächter, der ihm näher war, und stieß unwillig hervor: »Ich möchte meinen Vater sprechen.«

»Das geht nicht.«

»Ich glaube, Sie sollten mich lieber lassen.« Galenis Stimme klang scharf.

»Das hängt nicht von mir ab. Er hat uns unsere Befehle gegeben und ist gegangen. Er ist nicht hier.«

»Dann rufen Sie ihn an.«

»Er hat mir nicht gesagt, wo er hingeht.« Die Stimme des Wächters klang angespannt und gereizt. »Und wenn er es mir gesagt hätte, würde ich ihn sowieso nicht anrufen. Stellt euch dort an diesem Leichtflieger hin.«

»Wie werden Sie es machen?« fragte Miles plötzlich. »Ich bin wirklich neugierig, es zu erfahren. Nehmen Sie es als meinen letzten Wunsch.« Er trat zu dem Leichtflieger. Seine Augen wanderten umher und suchten Deckung, irgendeine Deckung. Wenn er über den Flieger springen oder hinter ihn rennen könnte, bevor sie feuerten …

»Wir betäuben euch, fliegen euch über die Südküste hinaus zum Meer und lassen euch ins Wasser fallen«, sagte der Wächter. »Wenn die Gewichte abgehen und ihr an Land geschwemmt werdet, dann zeigt die Autopsie nur, daß ihr ertrunken seid.«

»Nicht gerade ein Mord, bei dem man sich die Hände schmutzig macht«, bemerkte Miles. »Auf diese Weise ist es leichter für Sie, nehme ich an.« Diese Männer waren keine professionellen Killer, falls Miles sie richtig einschätzte. Jedoch gab es für alles ein erstes Mal. Diese Säule dort drüben war nicht breit genug, um einen Betäuberschuß abzuhalten.

Das Werkzeug, das an der gegenüberliegenden Wand hing, bot Möglichkeiten … Seine Beine krampften sich wild zusammen …

»Und so bekommt der Schlächter von Komarr endlich eins aufs Dach«, bemerkte der ernste Wächter mit gleichgültiger Stimme. »Indirekt.« Er hob seinen Betäuber.

»Warten Sie!« quiekte Miles.

»Worauf?«

Miles suchte noch nach einer Antwort, während sich das Garagentor öffnete.

»Auf mich!« schrie Elli Quinn. »Stehenbleiben!«

Eine Dendarii-Patrouille rannte an ihr vorbei. In dem Augenblick, den der komarranische Wächter brauchte, um sein neues Ziel zu suchen, fällte ihn ein Scharfschütze der Dendarii. Der zweite Wächter geriet in Panik und stürzte zu dem Liftrohr. Ein Dendarii sprintete los, packte ihn von hinten und warf ihn mit dem Gesicht nach unten auf den Boden. Binnen Sekunden hatte er ihm die Hände auf dem Rücken gefesselt.

Elli trat zu Miles und Galeni und nahm sich einen sonischen Lauschsensor aus dem Ohr. »Du lieber Himmel, Miles, ich konnte nicht glauben, daß es deine Stimme war. Wie hast du das geschafft?« Sie betrachtete ihn von oben nach unten, und auf ihrem Gesicht zeichnete sich der Ausdruck äußerster Besorgnis ab.

Miles nahm ihre Hände und küßte sie. Zu salutieren wäre passender gewesen, aber er war noch vollgepumpt mit Adrenalin, und diese Geste drückte seine Gefühle besser aus. Außerdem war er nicht in Uniform. »Elli, du Genie! Ich hätte wissen sollen, daß der Klon dich nicht zum Narren halten würde.«

Sie starrte ihn an, zuckte fast zurück. »Was für ein Klon?« Ihre Stimme klang einige Töne höher.

»Was meinst du damit – welcher Klon? Deshalb bist du doch hier, nicht wahr? Er hat sich verraten – und du bist gekommen, mich zu retten – nicht wahr?«

»Retten vor was? Miles, vor einer Woche hast du mir befohlen, Hauptmann Galeni zu suchen, weißt du noch?«

»Oh«, sagte Miles. »Ja, habe ich.«

»Und das haben wir gemacht. Wir waren die ganze Nacht vor diesem Häuserblock gesessen und haben darauf gewartet, eine positive Stimmprobe von ihm aufzunehmen, damit wir die örtlichen Behörden informieren konnten. Sie mögen keinen falschen Alarm. Aber was wir schließlich über die Sensoren hereinbekamen, hat uns bewogen, lieber nicht auf die örtlichen Behörden zu warten, also riskierten wir es – und mir gaukelten ständig Bilder durch den Kopf, wie wir *en masse* wegen Einbruchs verhaftet wurden ...«

Ein Dendarii-Sergeant kam herbei und salutierte. »Verdammt, Sir, wie haben Sie das geschafft?« Er ging weiter und schwenkte einen Scanner, ohne auf eine Antwort zu warten.

»Und dann finden wir heraus, daß du uns zuvorgekommen bist.«

»Na ja, in einem gewissen Sinn schon …« Miles massierte seine schmerzende Stirn. Galeni stand da, kratzte sich den Bart und nahm alles kommentarlos auf. Er konnte noch nichts in wahrnehmbarer Lautstärke von sich geben.

»Weißt du noch, vor drei oder vier Nächten, als du mich mitgenommen hast, damit ich entführt werde und so bei den Gegnern eindringen kann, um herauszufinden, wer sie sind und was sie wollen?«

»Jaa …«

»Nun«, Miles holte tief Luft. »Es hat funktioniert. Meine Glückwünsche. Du hast gerade ein absolutes Desaster in ein großes Bravourstück umgewandelt. Danke, Kommandantin Quinn. Übrigens, der Kerl, mit dem du aus dem leeren Haus weggegangen bist, war nicht ich.«

Elli riß die dunklen, schimmernden Augen weit auf, dann kniff sie sie zusammen. Wilde Gedanken schienen ihr durch den Kopf zu schießen. »Dieser Mistkerl«, keuchte sie. »Aber Miles – ich dachte, die Klon-Story hättest du dir einfach nur ausgedacht.«

»Das dachte ich auch. Ich hoffe, sie hat alle in die Irre geführt.«

»Es gibt – er ist – ein echter Klon?«

»Das behauptet er. Fingerabdrücke – Retina – Stimmprobe – alles gleich. Es gibt, Gott sei Dank, einen objektiven Unterschied. Wenn du ein Radiogramm von meinen Knochen machst, dann findest du ein Flickendeckenmuster alter Brüche, ausgenommen bei den synthetischen Knochen in meinen Beinen. Seine Knochen haben keine Brüche. Sagt er zumindest.« Miles steckte die schmerzende linke Hand in sein Hemd. »Ich glaube, ich lasse den Bart vorerst mal dran, für alle Fälle.«

Dann wandte er sich Hauptmann Galeni zu. »Wie

sollen wir – der Kaiserliche Sicherheitsdienst – die Sache behandeln, Sir?« sagte er respektvoll. »Wollen wir wirklich die örtlichen Behörden zu Hilfe rufen?«

»Aha, jetzt bin ich also wieder ›Sir‹, was?« brummelte Galeni. »Natürlich wollen wir, daß sich die Polizei damit befaßt. Wir können nicht die Auslieferung dieser Leute verlangen. Aber jetzt, wo sie hier auf der Erde ein Verbrechen begangen haben, werden die Eurolaw-Behörden sie für uns hinter Schloß und Riegel bringen. Das wird diese ganze radikale Splittergruppe sprengen.«

Miles bremste seine persönliche Ungeduld und versuchte, seine Stimme kühl und logisch klingen zu lassen. »Aber eine öffentliche Gerichtsverhandlung würde die ganze Klon-Geschichte ans Licht bringen. Mit allen Einzelheiten. Vom Sicherheitsstandpunkt aus gesehen, würde eine Menge unerwünschter Aufmerksamkeit auf mich gelenkt. Einschließlich Aufmerksamkeit von seiten der Cetagandaner, da können Sie sicher sein.«

»Es ist zu spät, das Ganze noch unter Kontrolle zu behalten.«

»Da bin ich mir nicht so sicher. Ja, Gerüchte werden umgehen, aber ein paar hinlänglich konfuse Gerüchte könnten wirklich nützlich sein. Diese beiden da«, Miles zeigte auf die gefangenen Komarraner, »sind kleine Fische. Mein Klon weiß mehr als sie, und er ist schon wieder in der Botschaft. Was juristisch bedeutet: auf barrayaranischem Territorium. Wofür brauchen wir die beiden? Jetzt, da wir Sie wiederhaben, Sir, und auch den Klon haben, ist das Komplott hinfällig. Lassen Sie diese Gruppe überwachen, wie den Rest der komarranischen Exilanten hier auf der Erde, und sie sind keine weitere Gefahr mehr für uns.«

Galeni fing seinen Blick auf, dann schaute er weg. Das bleiche Gesicht war angespannt; dem Hauptmann war die unausgesprochene Folgerung bewußt: *Und Ihre Karriere wird nicht durch einen öffentlichen Skandal gefähr-*

det. Und Sie werden nicht mit Ihrem Vater konfrontiert werden. »Ich … weiß nicht.«

»Ich schon«, sagte Miles zuversichtlich. Er winkte einen der wartenden Dendarii herbei. »Sergeant. Nehmen Sie ein paar Techniker nach oben und schnappen Sie sich die Dateien in der Komkonsole dieser Leute. Starten Sie eine Schnellsuche nach geheimen Dateien. Und während Sie das machen lassen, durchsuchen Sie das Haus auch nach ein paar Geräten zur Scannerabschirmung, die am Gürtel getragen werden. Die müssen irgendwo aufbewahrt sein. Bringen Sie die zu Kommodore Jesek und sagen Sie ihm, ich möchte, daß er den Hersteller herausfindet. Sobald Sie grünes Licht geben, machen wir uns aus dem Staub.«

»Also, das ist illegal«, bemerkte Elli.

»Was werden die machen? Zur Polizei gehen und sich dort beschweren? Ich glaube nicht. Ah – möchten Sie eine Botschaft auf der Komkonsole hinterlassen, Hauptmann?«

»Nein«, sagte Galeni nach kurzem Nachdenken sanft. »Keine Botschaften.«

»In Ordnung.«

Ein Dendarii leistete Miles' gebrochenem Finger Erste Hilfe und betäubte die Hand. Nach weniger als einer halben Stunde war der Sergeant wieder unten, die Gürtel mit den Scannerabschirmern über der Schulter, und reichte Miles eine Datendiskette. »Da haben Sie alles, Sir.«

»Danke.«

Galen war noch nicht zurückgekehrt. Alles in allem hielt Miles dies für einen Pluspunkt.

Miles kniete neben dem Komarraner nieder, der noch bei Bewußtsein war, und hielt ihm einen Betäuber an die Schläfe.

»Was machen Sie mit mir?« krächzte der Mann.

Miles verzog den Mund zu einem Grinsen. »Natürlich werde ich Sie betäuben, über die Südküste hinaus zum Meer fliegen und ins Wasser fallen lassen. Was sonst? Gute Nacht.« Der Betäuber summte, der Komarraner zappelte, bäumte sich auf und sank zusammen. Der Dendarii-Söldner nahm dem Mann die Fesseln ab. Miles ließ die beiden Komarraner nebeneinander auf dem Boden der Garage liegen. Dann verließen sie die Garage und schlossen sorgfältig das Tor.

»Jetzt zurück zur Botschaft und den kleinen Bastard schnappen«, sagte Elli Quinn grimmig, während sie an der Konsole des gemieteten Bodenwagens die Strecke zu ihrem Ziel aufrief. Die übrigen Dendarii der Patrouille zogen sich auf verdeckte Beobachtungsposten zurück.

Miles und Galeni lehnten sich zurück. Galeni sah so erschöpft aus, wie Miles sich fühlte.

»Bastard?« seufzte Miles. »Nein. Das ist er sicherlich nicht, fürchte ich.«

»Schnappen wir ihn erst«, murmelte Galeni. »Dann können Sie immer noch definieren, was er ist.«

»Einverstanden«, sagte Miles.

»Wie sollen wir hineingehen?« fragte Galeni, während sie sich im Licht des späten Morgens der Botschaft näherten.

»Da gibt es nur einen Weg«, sagte Miles. »Durch den Vordereingang. Halte an der Vorderseite an, Elli.«

Miles und Galeni schauten einander an und kicherten.

Miles' Bart war noch nicht so weit entwickelt wie Galenis – schließlich hatte Galeni vier Tage Vorsprung –, aber seine aufgeplatzten Lippen, die blauen Flecken und das getrocknete Blut auf seinem Hemd glichen das wieder aus und verstärkten den allgemeinen Eindruck von Schäbigkeit und Verwahrlosung. Außerdem hatte Galeni seine Stiefel und seine Uniformjacke im Haus der Komarraner wiedergefunden, Miles jedoch nicht. Vielleicht hatte sie der Klon mitgenommen. Miles war sich nicht sicher, wer von beiden schlechter roch – Galeni war länger eingesperrt gewesen, aber Miles meinte, er selber hätte mehr geschwitzt –, und er wollte nicht Elli Quinn bitten, sie solle an ihnen riechen und dann ein Urteil fällen. Galenis Lippen zuckten, um seine Augen erschienen Fältchen. Daraus schloß Miles, daß der Hauptmann jetzt die gleiche verzögerte Reaktion verrückter Erleichterung erlebte, die auch in seiner Brust aufwallte. Sie waren noch am Leben, und das war ein Wunder und des Staunens wert.

Als sie die Rampe hinaufgingen, glichen sie ihre Schritte einander an. Elli kam hinterhergeschlendert und beobachtete interessiert die Gangart der beiden Männer.

Der Wachsoldat am Eingang salutierte reflexartig, während sich Erstaunen auf seinem Gesicht abzeichnete. »Hauptmann Galeni! Sie sind wieder da! Und … äh …« – er blickte Miles an, öffnete den Mund und schloß ihn wieder – »Sie, Sir.«

Galeni erwiderte den Gruß freundlich. »Rufen Sie Leutnant Vorpatril hierher, ja? Nur Vorpatril.«

»Jawohl, Sir.« Während der Wachsoldat in seinen Armbandkommunikator sprach, wandte er nicht den Blick von ihnen ab; mit einem sehr verdutzten Gesichtsausdruck blickte er immerzu seitwärts auf Miles. »Äh – freut mich, Sie wieder hier zu haben, Hauptmann.«

»Freut mich, wieder hier zu sein, Korporal.«

Einen Moment später sprang Ivan aus einem Liftrohr und kam über den Marmorboden der Vorhalle geeilt.

»Mein Gott, Sir, wo sind Sie gewesen?« schrie er und packte Galeni an den Schultern. Dann besann er sich und salutierte.

»Meine Abwesenheit war unfreiwillig, das kann ich Ihnen versichern.« Galeni zupfte sich an einem Ohrläppchen und fuhr sich mit der Hand durch die Bartstoppeln. Er war von Ivans Begeisterung sichtlich gerührt. »Wie ich Ihnen später in Einzelheiten erzählen werde. Nun – Leutnant Vorkosigan? Vielleicht ist es jetzt an der Zeit, Ihren ... äh ... anderen Verwandten zu überraschen.«

Ivan blickte auf Miles. »Sie haben dich also rausgelassen?« Er schaute etwas genauer hin, dann starrte er verdutzt. »Miles ...«

Miles fletschte die Zähne und winkte sie aus der Hörweite des gebannt dreinblickenden Korporals. »Alles wird enthüllt, wenn wir mein anderes Ich verhaften. Wo bin ich übrigens?«

Ivan begann es zu dämmern. Er schürzte die Lippen. »Miles ... willst du mich durcheinanderbringen? Das ist nicht sehr komisch ...«

»Nicht durcheinanderbringen. Und nicht komisch. Das Individuum, mit dem du die letzten vier Tage zusammengewohnt hast – war nicht ich. Ich habe mit Hauptmann Galeni zusammengehaust. Eine komarranische revolutionäre Gruppe hat versucht, bei euch einen Doppelgänger einzuschleusen. Der Trottel ist mein Klon, echt. Sag mir nicht, du hast nie etwas bemerkt!«

»Na ja ...«, sagte Ivan. Glaube und wachsende Verlegenheit begann sich auf seinem Gesicht abzuzeichnen. »Du schienst irgendwie ... hm ... keinen Appetit mehr zu haben, diese letzten paar Tage.«

Elli nickte nachdenklich, voller Mitgefühl für Ivans Verlegenheit.

»In welcher Hinsicht?« fragte Miles.

»Nun ... ich habe dich schon manisch erlebt. Und ich habe dich depressiv erlebt. Aber nie habe ich dich – nun ja – *neutral* erlebt.«

»Ich mußte das fragen. Und doch hast du nie einen Verdacht gehabt? War er so gut?«

»Oh, ich habe mich in der allerersten Nacht gewundert!«

»Und was?« rief Miles. Ihm war, als müßte er sich die Haare ausreißen.

»Und ich kam zu dem Schluß, daß es nicht sein konnte. Schließlich hattest du diese Klon-Story selber ein paar Tage zuvor erfunden.«

»Ich werde jetzt mein erstaunliches Vorherwissen demonstrieren. Wo ist er?«

»Nun, das ist es ja gerade, weshalb ich so überrascht bin, dich zu sehen, weißt du.«

Galeni stand jetzt mit überkreuzten Armen da; mit einer Hand stützte er seine Stirn. Miles konnte seine Lippen nicht lesen, obwohl sie sich leicht bewegten – vielleicht bis zehn zählten. »Warum, Ivan?« sagte Galeni und wartete.

»Mein Gott, er ist doch nicht etwa schon nach Barrayar abgereist, oder?« drang Miles in ihn. »Wir müssen ihn aufhalten ...«

»Nein, nein«, sagte Ivan. »Es sind die örtlichen Behörden. Deshalb sind wir alle hier ja in heller Aufregung.«

»*Wo ist er?*« knurrte Miles und packte mit seiner unverletzten Hand Ivan an der grünen Uniformjacke.

»Beruhige dich, ich versuche es dir ja zu erzählen!« Ivan blickte auf Miles' Faust, an der die Knöchel weiß hervortraten. »Jawohl, du bist es schon, nicht wahr? Die örtliche Polizei kam vor ein paar Stunden hier vorbei und verhaftete dich – ihn – wen auch immer. Nun, nicht genau verhaftet, aber sie hatten einen Arrestbefehl, der dir verbietet, den hiesigen Gerichtsbezirk zu verlassen. Du – er – geriet in Panik. Weil es bedeutete, daß du dein Raumschiff verpassen würdest. Du solltest heute abend abfliegen. Du wurdest unter Strafandrohung zum Verhör vorgeladen, vor den Ermittlungsrichter am hiesigen Stadtgericht. Man will feststellen, ob hinreichend Beweise für eine offizielle Anklage vorliegen.«

»Anklage weswegen? Wovon brabbelst du, *Ivan!*«

»Nun, das ist alles ein großes Durcheinander. Die Polizei ist gekommen und hat dich, Leutnant Vorkosigan, wegen des Verdachts auf Verschwörung zum Mord verhaftet. Das heißt, du wirst verdächtigt, diese beiden Killer angeheuert zu haben, die letzte Woche am Shuttlehafen versuchten, Admiral Naismith zu ermorden.«

Miles stampfte im Kreis herum. »Ah, ah, ach!«

»Der Botschafter legte überall Protest ein. Natürlich konnten wir den Leuten nicht sagen, warum wir meinten, daß sie sich irrten.«

Miles packte Quinn am Ellbogen. »Gerate nicht in Panik.«

»Ich gerate nicht in Panik«, bemerkte Quinn, »ich beobachte, wie du in Panik gerätst. Das ist unterhaltsamer.«

Miles drückte die Hand an die Stirn. »Richtig. Richtig. Nehmen wir mal zunächst an, daß noch nicht alles verloren ist. Nehmen wir mal an, daß der Junge nicht in Panik geraten, nicht zusammengebrochen ist. Jedoch was ist, wenn er sich auf ein aristokratisches hohes Roß gesetzt hat und ihnen verächtlich jede Aussage verweigert. Das würde er gut machen, denn er denkt, daß Vor vermutlich so handeln. Der kleine Fiesling. Nehmen wir mal an, daß er durchhält.«

»Nimm das nur ruhig an«, bemerkte Ivan. »Was dann?«

»Wenn wir uns noch beeilen, dann retten wir noch …«

»Deinen guten Ruf?« fragte Ivan.

»Ihren … Bruder?« vermutete Galeni.

»Unsere Haut?« fragte Elli.

»Admiral Naismith«, schloß Miles. »Er ist jetzt in Gefahr.« Miles Blick traf sich mit dem von Elli; auf ihrem Gesicht zeichnete sich wachsende Besorgnis ab. »Das Stichwort ist *Tarnung*, wie in *aufgeflogen* – oder, möglicherweise, auf Dauer gesichert.«

»Ich und Sie« – er nickte Galeni zu –, »wir müssen uns herrichten. Treffen wir uns hier in fünfzehn Minuten wieder. Ivan, bring ein Sandwich. Zwei Sandwiches. Wir nehmen dich als Muskelmann mit.« In dieser Hinsicht war Ivan sehr begabt. »Elli, du fährst.«

»Wohin?« fragte Quinn.

»Zum Geschworenengericht. Wir werden den armen, mißverstandenen Leutnant Vorkosigan retten. Der mit uns dankbar zurückkehren wird, ob er will oder nicht. Ivan, nimm lieber noch ein Hypospray mit 2 Kubikzentimetern Tholizon mit, zusätzlich zu den Sandwiches.«

»Wart mal, Miles«, sagte Ivan. »Wenn der Botschafter ihn nicht freibekommen hat, wie glaubst du denn, sollen wir das schaffen?«

Miles grinste. »Nicht wir. Admiral Naismith.«

Das Londoner Geschworenengericht war ein großer, schwarzer Kristall von einem Gebäude, etwa zwei Jahrhunderte alt.
In diesem Stadtviertel, dessen Häuser im allgemeinen in einem noch älteren Stil gebaut waren, zeigten Einsprengsel ähnlicher Architektur, wo die Bombenexplosionen und Brände der Fünften Inneren Unruhen gewütet hatten. Stadterneuerung schien hier immer erst auf eine Katastrophe zu warten. London war so dicht bebaut, ein verworrenes Puzzle nebeneinanderstehender Epochen, und die Londoner klammerten sich hartnäckig an die Fragmente ihrer Vergangenheit. Es gab sogar ein Komitee zur Rettung der einzigartig häßlichen, zerfallenden Überbleibsel des späten zwanzigsten Jahrhunderts. Miles überlegte, ob Vorbarr Sultana, das sich gegenwärtig wie verrückt ausdehnte, in tausend Jahren genauso aussehen oder in einem Drang zur Modernisierung seine Geschichte austilgen würde.

Miles hielt in der hohen Vorhalle des Geschworenengerichts an, um seine Dendarii-Admiralsuniform in Ordnung zu bringen. »Sehe ich respektabel aus?« fragte er Quinn.

»Der Bart macht dich … hm …«

Miles hatte schnell die Bartränder getrimmt. »Distinguiert? Älter?«
»Verkatert.«
»Ha.«
Die vier nahmen das Liftrohr zum 97. Stock.
»Amtszimmer W«, informierte sie der elektronische Wegweiser, nachdem sie seine Dateien befragt hatten, »Kabine 19.«
Kabine 19 enthielt, wie sich herausstellte, ein gesichertes Euronet-JusticeComp-Terminal und ein lebendiges menschliches Wesen, einen ernsthaften jungen Mann.
»Ah, Ermittlungsrichter Reed.« Elli lächelte ihm gewinnend zu, als sie eintraten. »Da treffen wir uns wieder.«
Offensichtlich war Ermittlungsrichter Reed allein. Miles räusperte sich und vertrieb damit einen Anflug von Panik.
»Ermittlungsrichter Reed ist damit beauftragt, den unangenehmen Zwischenfall am Shuttlehafen zu untersuchen, Sir«, erklärte Elli, da sie sein Würgen irrtümlich als Wunsch um Vorstellung interpretierte und wieder in ihre professionelle Rolle schlüpfte. »Richter Reed, das ist Admiral Naismith. Wir hatten ein längeres Gespräch, als ich letztesmal hier war.«
»Ich verstehe«, sagte Miles. Er machte ein höfliches Gesicht.
Reed starrte ihn offen an. »Das ist ja unheimlich. Also sind Sie wirklich Vorkosigans Klon!«
»Ich sehe in ihm lieber meinen Zwillingsbruder«, legte Miles los, »zweiten Grades. Im allgemeinen gehen wir uns lieber so weit wie möglich aus dem Weg. Sie haben also mit ihm gesprochen.«
»Ziemlich ausführlich. Ich fand ihn nicht sehr kooperativ.« Reed blickte unsicher zwischen Miles und Elli einerseits und den beiden uniformierten Barrayaranern andrerseits hin und her. »Er behindert meine Arbeit. In der Tat ziemlich unangenehm.«

»Das kann ich mir vorstellen. Sie sind ihm auf die Zehen getreten. Er ist sehr empfindlich, was mich angeht. Möchte lieber nicht an meine peinliche Existenz erinnert werden.«

»Ach? Warum?«

»Rivalität zwischen Geschwistern«, phantasierte Miles daher. »Ich bin in meiner militärischen Karriere weiter als er. Er faßt das als Vorwurf auf, als Makel auf seinen eigenen, vollkommen angemessenen Errungenschaften ...« *Lieber Gott oder sonst wer, gebt mir noch einen vernünftigen Satz ein ...* Reeds Blick wurde durchdringend.

»Kommen Sie bitte zur Sache, Admiral Naismith«, brummte Hauptmann Galeni.

Danke. »Ganz recht. Richter Reed – ich gebe nicht vor, daß Vorkosigan und ich Freunde sind, aber wie sind Sie zu diesem seltsamen Mißverständnis gekommen, daß er versucht hätte, auf ziemlich blutige Weise meinen Tod zu arrangieren?«

»Ihr Fall war nicht leicht. Die beiden potentiellen Killer«, Reed warf Elli einen Blick zu, »waren eine Sackgasse. Also folgten wir anderen Hinweisen.«

»Doch nicht etwa Lise Vallerie, oder? Ich fürchte, ich habe sie ein bißchen in die Irre geführt. Ein unpassender Sinn für Humor, fürchte ich. Es ist eine Schwäche ...«

»... die wir alle ertragen müssen«, murmelte Elli.

»Ich habe Valleries Hinweise interessant gefunden, aber nicht schlüssig«, sagte Reed. »Bisher habe ich immer gefunden, daß sie ihrerseits sehr sorgfältig recherchiert, unbehindert von gewissen Vorschriften, die mich etwa hemmen. Und sie ist äußerst hilfsbereit, wenn es darum geht, interessante Fakten weiterzugeben.«

»Worüber recherchiert sie zur Zeit?« wollte Miles wissen.

Reed blickte ihn ausdruckslos an. »Illegales Klonen. Vielleicht könnten Sie ihr ein paar Tips geben.«

»Ach – ich fürchte, meine Erfahrungen sind für Ihre Zwecke etwa zwanzig Jahre veraltet.«

»Nun, das tut nichts zur Sache. In diesem Fall war der Hinweis ganz objektiv. Zum Zeitpunkt des Angriffs wurde ein Luftwagen gesehen, der den Shuttlehafen verließ. Er passierte illegal einen Raum, der der Luftverkehrskontrolle unterliegt. Wir haben die Spur bis zur Botschaft von Barrayar verfolgt.«

Sergeant Barth. Galeni blickte drein, als wollte er spucken; Ivan setzte diese gefällige, leicht schwachsinnige Miene auf, die er in der Vergangenheit so nützlich gefunden hatte, wenn es darum ging, jeder Beschuldigung von Verantwortlichkeit aus dem Weg zu gehen.

»Oh, das«, sagte Miles lässig. »Das waren lediglich meine übliche langweilige Überwachung durch die Leute von Barrayar. Offen gesagt, die Botschaft, die ich verdächtigen würde, daß sie hier die Hand im Spiel hat, ist die der Cetagandaner. Denen haben kürzlich Dendarii-Operationen in ihrem Einflußbereich – weit außerhalb Ihres Gerichtsbezirks – äußerst mißfallen. Aber es lag nicht in meiner Macht, diese Beschuldigung zu beweisen, und so überließ ich das gern Ihren Leuten.«

»Aha, die bemerkenswerte Befreiungsaktion auf Dagoola. Davon habe ich gehört. Das wäre ein zwingendes Motiv.«

»Zwingender, würde ich meinen, als die alte Geschichte, die ich Lise Vallerie anvertraut habe. Klärt das die Panne auf?«

»Und bekommen Sie etwas als Gegenleistung für diesen wohltätigen Dienst für die Botschaft von Barrayar, Admiral?«

»Meine heutige gute Tat? Nein, Sie haben recht, ich habe Sie über meinen Sinn für Humor gewarnt. Sagen wir einfach, meine Belohnung ist ausreichend.«

»Nichts, das als Behinderung der Justiz ausgelegt

werden könnte?« Reed zog nüchtern die Augenbrauen hoch.

»Ich bin ein *Opfer,* wissen Sie das noch?« Miles biß sich auf die Zunge. »Meine Belohnung hat nichts mit dem Londoner Strafrecht zu tun, das kann ich Ihnen versichern. Darf ich Sie bitten, den armen Leutnant Vorkosigan einstweilen der Aufsicht seines zuständigen Offiziers hier, Hauptmann Galeni, zu übergeben?«

Reeds Gesichtsausdruck wurde mißtrauisch, seine Wachsamkeit hatte sich verdoppelt. *Was stimmt denn da nicht, verdammt noch mal?* fragte sich Miles. *Das hätte ihn doch einlullen müssen ...*

Reed legte die Hände an den Fingerspitzen zusammen, lehnte sich zurück und hob herausfordernd den Kopf. »Leutnant Vorkosigan ist vor einer Stunde mit einem Mann weggegangen, der sich als Hauptmann Galeni vorgestellt hat.«

»Aaah ...«, sagte Miles. »Ein älterer Mann in Zivilkleidung? Mit ergrauendem Haar, etwas untersetzt?«

»Ja ...«

Miles holte Luft und lächelte starr. »Danke, Richter Reed. Wir werden Ihre wertvolle Zeit nicht länger in Anspruch nehmen.«

Als sie wieder in der Vorhalle waren, sagte Ivan: »Was jetzt?«

»Ich glaube«, sagte Hauptmann Galeni, »es ist Zeit, in die Botschaft zurückzukehren. Und einen vollen Bericht ans Hauptquartier zu schicken.«

Der Drang zum Geständnis, wie? »Nein, nein, schicken Sie grundsätzlich nie Zwischenberichte«, sagte Miles. »Nur Abschlußberichte. Zwischenberichte haben die Tendenz, Befehle zu provozieren. Die Sie dann entweder befolgen müssen, oder Sie müssen wertvolle Zeit und Energie aufwenden, um sie zu umgehen, und diese Zeit und Energie könnten Sie dazu benutzen, das Problem zu lösen.«

»Eine interessante Philosophie; die muß ich mir merken. Teilen Sie diese Auffassung, Kommandantin Quinn?«

»O ja.«

»Es muß *faszinierend* sein, für die Dendarii-Söldner zu arbeiten.«

Quinn grinste. »Das finde ich auch.«

KAPITEL 12

Sie kehrten trotzdem zur Botschaft zurück, Galeni, um seine Leute zu veranlassen, sofort eine gründliche Untersuchung des Kurieroffiziers zu beginnen, der jetzt unter schwerstem Verdacht stand, Miles, um wieder seine grüne barrayaranische Uniform anzulegen und den Botschaftsarzt aufzusuchen, damit der ihm die Hand richtig einrichtete. Wenn es nach der Klärung dieses Durcheinanders in seinem Leben eine Ruhepause geben sollte, so überlegte Miles, dann sollte er vielleicht die Zeit lieber dazu nutzen, die Knochen und Gelenke in seinen Armen und Händen durch Synthetiks ersetzen zu lassen, nicht nur die langen Knochen in den Beinen. Sich die Füße operieren zu lassen war schmerzlich und langweilig gewesen, aber wenn er die Sache mit den Armen aufschob, dann würde es dadurch auch nicht besser. Und er konnte sicher nicht so tun, als würde er noch wachsen.

Etwas verdrossen wegen dieser Gedanken, verließ er die Krankenstation der Botschaft und wanderte hinab in den Souterrain des Sicherheitsbüros. Er fand Galeni allein an seiner Komkonsole sitzen. Der Hauptmann hatte gerade einen Wirbel von Befehlen ausgegeben, mit denen seine Untergebenen in alle möglichen Himmelsrichtungen losgeschickt worden waren. Die Lichter im Büro waren gedämpft. Galeni lehnte sich zurück, die Füße auf dem Tisch, an den Knöcheln überkreuzt, und Miles hatte den Eindruck, der Hauptmann hätte lieber eine Flasche mit einem hochprozentigen alkoholischen Getränk in der Hand gehabt als den Lichtgriffel, den er jetzt immerzu umdrehte.

Galeni lächelte düster, setzte sich auf und begann mit dem Griffel auf den Tisch zu klopfen, als Miles eintrat. »Ich habe darüber nachgedacht, Vorkosigan. Ich fürchte, wir kommen nicht umhin, die örtlichen Behörden zu Hilfe zu rufen.«

»Ich wünschte, Sie würden das nicht tun, Sir.« Miles zog einen Stuhl herbei, setzte sich rittlings darauf und legte die Arme auf der Lehne über Kreuz. »Wenn Sie sie hier mit hineinziehen, dann entgleiten die Konsequenzen unserer Kontrolle.«

»Es wird eine kleine Armee notwendig sein, um diese beiden jetzt auf der Erde zu finden.«

»Ich habe eine kleine Armee«, erinnerte ihn Miles, »die gerade ihre Wirksamkeit für die Art von Unternehmen bewiesen hat, meine ich.«

»Ha. Das stimmt.«

»Lassen Sie die Botschaft die Dendarii-Söldner engagieren, um unsere … vermißten Personen zu finden.«

»Engagieren? Ich dachte, Barrayar zahlt schon für sie!«

Miles blinzelte unschuldig. »Aber Sir, es ist Teil ihrer Tarnung, daß die Beziehung selbst den Dendarii nicht bekannt ist. Wenn die Botschaft sie mit einem formellen Kontrakt für diesen Job engagiert, dann – ist das sozusagen eine Tarnung für die Tarnung.«

Galeni hob sarkastisch die Augenbrauen. »Ich verstehe. Und wie wollen Sie ihnen Ihren Klon erklären?«

»Falls nötig, als Klon – von Admiral Naismith.«

»Sind Sie jetzt zu dritt?« sagte Galeni mißtrauisch.

»Dann weisen Sie sie einfach an, Ihren – Ser Galen zu suchen. Wo er ist, da wird auch der Klon sein. Es hat einmal schon funktioniert.«

»Hm«, sagte Galeni.

»Das ist nur eine Sache«, fügte Miles hinzu. Er fuhr mit einem Finger nachdenklich oben an der Stuhllehne entlang. »Wenn wir Erfolg haben und sie einfangen – was haben wir dann eigentlich mit ihnen vor?«

Der Lichtgriffel klopfte auf den Tisch. »Es gibt nur zwei oder drei Möglichkeiten«, sagte Galeni. »Erstens können sie für die Verbrechen, die sie hier auf der Erde begangen haben, verhaftet, verurteilt und eingesperrt werden.«

»Dabei wird die Tarnung von Admiral Naismith als angeblich unabhängig Operierender fast sicher gefährdet, seine wahre Identität öffentlich enthüllt«, sagte Miles ernst. »Ich kann nicht behaupten, daß das Kaiserreich von Barrayar mit den Dendarii-Söldnern steht oder fällt, aber der Sicherheitsdienst hat uns in der Vergangenheit nützlich gefunden. Das Oberkommando mag das – hoffe ich – als einen armseligen Tausch betrachten. Außerdem, hat mein Klon Verbrechen begangen, derentwegen er festgehalten werden kann? Ich glaube, er ist vielleicht sogar minderjährig, nach den Regeln von Eurolaw.«

»Die zweite Alternative«, fuhr Galeni fort, »ist, sie zu entführen und heimlich nach Barrayar zu bringen, um ihnen dort den Prozeß zu machen, das bedeutet, die Regeln der Erde über Nichtauslieferung zu umgehen. Wenn wir einen Befehl von ganz oben hätten, dann würde er meiner Meinung nach so lauten, denn das ist die minimale gewöhnliche paranoide Reaktion des Sicherheitsdienstes.«

»Für einen Prozeß«, sagte Miles, »oder daß sie auf unbestimmte Zeit in einem Kerker sitzen … Für meinen – Bruder würde sich das vielleicht als nicht so schlecht herausstellen, wie er zuerst meinen mag. Er hat einen Freund an sehr hoher Stelle. Wenn er dem Schicksal entgehen kann, heimlich ermordet zu werden, von einem – allzu erregten Untergebenen unterwegs.« Galeni und Miles tauschten Blicke. »Aber niemand wird für Ihren Vater ein gutes Wort einlegen. Barrayar hat immer die Tötungen während der Komarr-Revolte als bürgerliche Verbrechen betrachtet, nicht als Kriegshandlungen, und er hat nie den Loyalitätseid abgelegt und auf Amnestie plädiert. Er wird wegen Schwerverbrechen angeklagt werden. Seine Hinrichtung ist die unvermeidliche Folge.«

»Unvermeidlich.« Galeni schürzte die Lippen und starrte auf die Spitzen seiner Stiefel. »Die dritte Möglichkeit wäre – wie Sie schon sagten –, es käme ein Befehl, sie heimlich umzubringen.«

»Kriminellen Befehlen kann man sich erfolgreich widersetzen«, bemerkte Miles, »wenn man Nerven hat, die stark genug dafür sind. Das Oberkommando geht mit diesen Dingen glücklicherweise nicht mehr so frei um wie in den Tagen des Kaisers Ezar. Ich stelle eine vierte Möglichkeit zur Diskussion. Es ist vielleicht besser, diese – schwierigen Verwandten überhaupt nicht zu fangen.«

»Offen gesagt, Miles, wenn ich Ser Galen nicht liefere, dann löst sich meine Karriere in Rauch auf. Es muß schon Verdacht erregen, daß es mir nicht gelungen ist, ihn während dieser letzten zwei Jahre aufzustöbern. Ihr Vorschlag bedeutet – nicht Insubordination, das scheint ja Ihr normaler Operationsmodus zu sein –, sondern etwas Schlimmeres.«

»Wie steht es mit Ihrem Vorgänger hier auf diesem Posten, der ihn in fünf Jahren nicht entdeckt hat? Und wenn Sie ihn jetzt beibringen, wird dann Ihre Karriere besser verlaufen? Sie werden auf jeden Fall verdächtig sein, und zwar im Denken derjenigen, die entschlossen sind, Verdacht zu haben.«

»Ich wünschte mir«, Galenis Gesicht hatte einen nach innen gerichteten Ausdruck angenommen, gefährlich ruhig, seine Stimme war nur noch ein nachdenkliches Gemurmel, »ich wünschte mir, er wäre von Anfang an tot geblieben. Sein erster Tod war viel besser, heldenhaft, in der Hitze des Gefechts. Er hatte seinen Platz in der Geschichte, und ich war allein, jenseits des Schmerzes, ohne Mutter oder Vater, die mich quälen konnten. Wie gut, daß es der Wissenschaft noch nicht gelungen ist, die menschliche Unsterblichkeit zu schaffen. Es ist ein großer Segen, daß wir alte Kriege überleben können. Und alte Krieger.«

Miles dachte über das Dilemma nach. In einem Gefängnis auf der Erde sitzend, würde Galen sowohl die Karriere von Galeni wie von Admiral Naismith zerstören – aber überleben. Nach Barrayar geschickt, würde er sterben; Galenis Karriere würde ein bißchen davon profitieren, aber Galeni selbst – seine geistige Gesundheit würde darunter leiden, vermutete Miles. Die Schuld am Tod des Vaters hätte nicht die tief verwurzelte Gelassenheit zur Folge, Komarrs komplexen zukünftigen Bedürfnissen zu dienen. *Aber Naismith würde überleben,* flüsterte ihm ein Gedanke verlockend ein. Wenn man sie frei herumlaufen ließe, dann blieben der hartnäckige Galen und Mark eine Bedrohung unbekannten und somit unerträglichen Ausmaßes. Wenn Miles und Galeni nichts täten, dann würde das Oberkommando ihnen ganz gewiß die Entscheidung abnehmen und wer weiß was für Befehle ausgeben, die das Schicksal ihrer enttarnten Feinde besiegeln würden.

Miles war der Gedanke zuwider, Galenis vielversprechende Karriere diesem halsstarrigen alten Revolutionär zu opfern, der sich weigerte, aufzugeben. Doch Galens Vernichtung würde genauso sicher auch Galeni schaden. Verdammt, warum hatte der alte Mann sich nicht als Pensionär in irgendein tropisches Paradies zurückgezogen, anstatt herumzuhängen und der jüngeren Generation Probleme zu schaffen, mit der Begründung (zweifellos), das sei gut für sie? Zwangsweise Pensionierung von Revolutionären, das hätten sie jetzt gebraucht.

Was soll man wählen, wenn alle Alternativen schlecht sind?

»Diese Entscheidung steht mir zu«, sagte Galeni. »Wir müssen hinter ihnen her.«

Sie starrten einander an, beide sehr müde.

»Machen wir einen Kompromiß«, schlug Miles vor. »Schicken Sie die Dendarii-Söldner los, um die beiden aufzuspüren, zu verfolgen und zu überwachen. Versuchen Sie nicht, sie schon zu schnappen. Das erlaubt Ihnen, alle Ressourcen der Botschaft zur Lösung des Problems mit dem Kurier einzusetzen, das in jeder Hinsicht ein rein internes Problem für Barrayar ist.«

Zunächst schwieg Galeni. »Einverstanden«, sagte er schließlich. »Aber was immer am Ende passiert – ich möchte schnell damit fertig werden.«

»Einverstanden«, sagte Miles.

Miles fand Elli in der Cafeteria der Botschaft. Sie saß allein, müde und ein bißchen gleichgültig über die Reste ihres Abendessens gebeugt und ignorierte die verstohlenen Blicke und das zaghafte Lächeln der verschiedenen Botschaftsangestellten. Er nahm sich einen Imbiß und Tee und ließ sich auf den Stuhl ihr gegenüber gleiten. Sie faßten sich kurz über den Tisch hinweg an den Händen, dann legte Elli das Kinn wieder in ihre Hände und stützte sich mit den Ellbogen auf.

»Was kommt als nächstes?« fragte sie.

»Was ist in der Armee dieses Mannes die traditionelle Belohnung für einen Job, den man gut erledigt hat?«

Um ihre dunklen Augen herum erschienen Fältchen. »Ein neuer Job.«

»Du hast es erfaßt. Ich habe Hauptmann Galeni überredet, er soll die Dendarii-Söldner Galen suchen lassen, genauso wie du uns gefunden hast. Wie hast du uns übrigens gefunden?«

»Das war ein verdammt großes Stück Arbeit, kann ich dir sagen. Wir haben damit angefangen, daß wir die gewaltige Masse Daten durchhechelten, die du uns aus den Dateien der Botschaft über die Komarraner hochgefunkt hast. Wir eliminierten die gut dokumentierten Fälle, die kleinen Kinder, und so weiter. Dann schickten wir das Computerteam unseres Nachrichtendienstes auf die Erde hinunter, damit sie in das Wirtschaftsnetz eindringen und Kreditdateien herauskopieren und in das Eurolaw-Netz – *das* war schwierig – und da Dateien über Kriminelle herausholen, und dann fingen wir an, nach Anomalien zu suchen. Und da hatten wir den Durchbruch. Vor etwa einem Jahr schnappten die Bullen von Eurolaw den auf der Erde geborenen Sohn eines komarranischen Exilanten wegen irgendeines kleinen Vergehens und entdeckten, daß er einen unregistrierten Betäuber in seinem Besitz hatte. Da es sich nicht um eine tödliche Waffe handelte, kam er mit einer Geldstrafe davon, und soweit es Eurolaw anging, war die Sache damit beendet. Aber der Betäuber war kein Produkt von der Erde. Er war ein altes barrayaranisches Militärmodell.

Wir begannen ihn zu verfolgen, sowohl physisch wie auch durch das Computernetz, und fanden heraus, wer seine Freunde waren, Leute, die im Botschaftscomputer nicht vorkamen. Zur gleichen Zeit verfolgten wir einige andere Spuren, die sich als unergiebig erwiesen. Aber bei diesem Kerl bekam ich ein Gefühl, das mich nicht mehr losließ. Dieser Junge hatte häufigen Kontakt zu einem Mann namens Van der Poole, der als Einwanderer vom Planeten Frost IV registriert war. Nun, während der Recherchen, die ich vor ein paar Jahren durchführte, wo es um die gestohlenen Gene ging, da kam ich in Jackson's Whole durch…«

Miles erinnerte sich daran und nickte.

»Also wußte ich, daß man sich dort eine gut dokumentierte Vergangenheit kaufen konnte – das war einer der kleinen Dienste mit hoher Profitmarge, die gewisse Labors leisten, zusammen mit den neuen Gesichtern, Fingerabdrücken und Netzhautmustern, die sie anbieten. Einer der Planeten, den sie häufig dafür benutzen, ist Frost IV, weil vor achtundzwanzig Jahren eine tektonische Katastrophe das dortige Computernetz zerstört hat – ganz zu schweigen von den sonstigen Verwüstungen dort. Eine Menge völlig legitimer Leute, die damals Frost IV verließen, haben Dokumente, deren Korrektheit man nicht überprüfen kann. Wenn man über achtundzwanzig Jahre alt ist, kann Jackson's Whole einen da einbauen. Folglich bin ich immer automatisch mißtrauisch, wenn ich jemandem über einem bestimmten Alter begegne, der behauptet, von Frost IV zu stammen. Van der Poole war natürlich Galen.«

»Natürlich. Mein Klon ist übrigens ein weiteres schönes Produkt von Jackson's Whole.«

»Aha, dann paßt ja alles zusammen, wie schön.«

»Ich gratuliere dir und dem ganzen Nachrichtendienstteam. Erinnere mich, daß ich euch offiziell belobige, sobald ich wieder auf der *Triumph* bin.«

»Wann wird das sein?« Sie zerkaute knirschend ein Eisstückchen aus ihrem Glas und wirbelte des Rest des Drinks herum. Dabei bemühte sie sich, nur professionell interessiert zu wirken.

Jetzt würde ihr Mund kalt schmecken, und scharf... Miles blinzelte und zwang sich selbst ebenfalls zu professionellem Verhalten, da er sich der neugierigen Augen der Botschaftsmitarbeiter bewußt war, die auf sie gerichtet waren. »Weiß nicht. Wir sind sicher hier noch nicht fertig. Wir sollten auf jeden Fall alle neuen Daten, die die Dendarii gesammelt haben, zurück in die Dateien der Botschaft übertragen. Ivan arbeitet jetzt an dem Material, das wir aus Galens Komkonsole abgezogen haben. Diesmal wird es schwieriger werden. Galen – Van der Poole – wird sich verstecken. Und er hat eine Menge Erfahrung darin, ernsthaft zu verschwinden. Aber falls ihr ihn aufstöbert, dann meldet es direkt an mich. Ich berichte dann an die Botschaft.«

»Was der Botschaft berichten?« wollte Elli wissen, die ein waches Ohr für seine Untertöne hatte.

Miles schüttelte den Kopf. »Ich bin mir noch nicht sicher. Vielleicht bin ich zu müde, um klar denken zu können. Schauen wir mal, ob es morgen früh sinnvoller aussieht.«

Elli nickte und erhob sich.

»Wohin gehst du?« fragte Miles überrascht.

»Zurück zur *Triumph* natürlich, um die Sache in Bewegung zu bringen.«

»Aber du kannst eine Nachricht über den Dichtstrahl – wer hat dort oben jetzt im Augenblick das Kommando?«

»Bel Thorne.«

»Stimmt, ganz recht. Jetzt holen wir Ivan und dann können wir die Datenübertragung von hier aus über Dichtstrahl durchführen. Und ebenso die Befehle schicken.« Er betrachtete die dunklen Ringe um ihre leuchtenden Augen. »Und wie lange bist du überhaupt schon auf den Beinen?«

»Och, etwa die letzten … hm …« – sie blickte auf ihr Chrono – »dreißig Stunden.«

»Wer hat Schwierigkeiten damit, Arbeit zu delegieren, Kommandantin Quinn? Schick die Befehle, nicht dich selbst. Und leg eine Schlafschicht ein, bevor auch du anfängst, Fehler zu machen. Ich werde für dich hier in der Botschaft einen Platz finden, wo du übernachten kannst …«, sie fing seinen Blick auf und grinste plötzlich, »wenn du willst«, fügte Miles hastig hinzu.

»Machst du das?« sagte sie sanft. »Mir würde es gefallen.«

Sie statteten Ivan einen Besuch ab, der an seiner Komkonsole voll beschäftigt war, und führten die gesicherte Datenübertragung zur *Triumph* durch. Ivan hatte, wie Miles zufrieden feststellte, noch jede Menge Arbeit zu erledigen. Er eskortierte Elli die Liftrohre hinauf zu seiner Unterkunft.

Elli verschwand als erste im Bad. Während Miles seine Uniform aufhängte, fand er in einem dunklen Winkel des Schrankes seine Katzenfelldecke auf einem Haufen; zweifellos hatte sein Klon in der ersten Nacht sie entsetzt dorthin geworfen. Der schwarze Pelz brach in ein ekstatisches Knurren aus, als er ihn hochnahm. Miles breitete ihn sorgfältig über sein Bett aus und klopfte ihn glatt. »Na!«

Nach bemerkenswert wenigen Minuten kam Elli von der Dusche zurück, ein Handtuch attraktiv um die Hüften geschlungen, und fuhr sich mit den Fingern durch ihre nassen kurzen Locken. Sie entdeckte die Katzenhaardecke, lächelte, sprang darauf und schob zappelnd ihre nackten Zehen in den Pelz. Die Decke zitterte und schnurrte lauter.

»Ach«, seufzte Miles und betrachtete beide vollkommen zufrieden. Dann meldete sich die Schlange des Zweifels in seinem Garten der Wonne. Elli blickte sich interessiert in seinem Zimmer um. Er schluckte. »Ist das ... äh ... das erstemal, daß du hier oben bist?« fragte er sie in einem – wie er hoffte – beiläufigen Ton.

»O ja. Ich weiß nicht, warum ich etwas Mittelalterliches erwartet habe. Sieht mehr aus wie ein gewöhnliches Hotelzimmer als das, was ich von Barrayar erwartet hätte.«

»Wir sind hier auf der Erde«, bemerkte Miles, »und das Zeitalter der Isolation ist schon mehr als hundert Jahre vorbei. Du hast seltsame Vorstellungen über Barrayar. Aber ich habe mich gerade gefragt, ob mein Klon ... äh ... bist du sicher, daß du während dieser vier Tage *nie* einen Unterschied gespürt hast? War er so gut?« Er lächelte unglücklich und klammerte sich an ihre Antwort. Was, wenn sie nichts bemerkt hatte? War er wirklich so durchsichtig und einfach, daß jeder ihn spielen konnte? Schlimmer noch: was, wenn sie einen Unterschied bemerkt hatte – und den Klon lieber mochte ...?

Elli blickte verlegen drein. »Bemerkt, ja. Aber spüren, daß etwas mit dir nicht stimmt, und erkennen, daß es nicht du warst, sind zwei verschiedene Dinge ... Vielleicht, wenn wir mehr Zeit miteinander verbracht hätten. Wir haben nur über den Kommunikator miteinander gesprochen, abgesehen von einem Trip von zwei Stunden in die Innenstadt, um Danio und seine fröhlichen Burschen aus dem Knast der hiesigen Behörden zu holen. Und dabei dachte ich, du hättest deinen Verstand verloren. Dann kam ich zu dem Schluß, du müßtest noch ein As im Ärmel haben und würdest mir nur nichts sagen, weil ich ...« – ihre Stimme wurde plötzlich leiser – »irgendwie in Ungnade gefallen wäre.«

Miles rechnete und atmete erleichtert auf. Also hatte der Klon keine Zeit gehabt, um ... hm. Er lächelte gequält.

»Weißt du, wenn du mich anschaust«, fuhr sie fort zu erklären, »dann fühle ich mich dabei – nun – gut. Nicht in dem warmen und flauschigen Sinn, obwohl das auch ...«

»Warm und flauschig«, seufzte Miles glücklich und beugte sich über sie.

»Hör auf damit, du Trottel, ich meine es ernst.« Aber sie schlang die Arme um ihn. Ganz fest, als wäre sie bereit, sofort mit jedermann zu kämpfen, der versuchen sollte, ihn ihr wieder wegzunehmen. »Gut, etwa wie – ich schaffe es. Kompetent. Du machst mich furchtlos. Furchtlos, etwas zu versuchen, furchtlos dem gegenüber, was andere denken mögen. Dein Klon – guter Gott, was für eine Erleichterung zu wissen, daß er das war – bewirkte, daß ich anfing mich zu fragen, was mit mir nicht stimmt. Allerdings, wenn ich daran denke, wie leicht sie dich in jener Nacht in dem leeren Haus geschnappt haben, dann könnte ich ...«

»Pst, pst«, Miles legte ihr einen Finger auf die Lippen. »Mit dir ist alles in Ordnung, Elli«, sagte er, auf angenehme Weise gedämpft. »Du bist ganz vollkommen Quinn.« *Seine* Quinn ...

»Verstehst du, was ich meine? Ich nehme an, es hat dir das Leben gerettet. Es war meine Absicht gewesen, dich – ihn – über die Jagd nach Galeni informiert zu halten, selbst wenn es sich nur um einen Zwischenbericht über mangelnden Fortschritt handelte. Dadurch hätte *er* zum erstenmal erfahren, daß eine Jagd stattfand.«

»Deren Abbruch er dann befohlen hätte.«

»Genau. Aber dann, als der Durchbruch kam, da dachte ich, ich sollte lieber meiner Sache sicher sein. Alles aufheben und dich dann mit dem Endergebnis überraschen, es dir mit einer großen Verneigung überreichen – deine Achtung wiedergewinnen, um es offen zu sagen. Irgendwie hat er mich davon abgehalten, ihm zu berichten.«

»Wenn es ein Trost für dich ist, es war keine Abneigung bei ihm. Du hast ihn eingeschüchtert. Dein Gesicht – ganz zu schweigen vom Rest – hat auf manche Männer diese Wirkung.«

»Ja, das Gesicht...« Ihre Hand berührte halb unbewußt seine Wange, dann griff sie zärtlich nach seinem Haar und zerzauste es. »Ich glaube, du hast den Finger auf den wunden Punkt gelegt, was da so komisch war. Du hast mich gekannt, als ich noch mein altes Gesicht hatte, und dann kein Gesicht und jetzt das neue Gesicht, und für dich allein war alles dasselbe Gesicht.«

Seine nichtbandagierte Hand folgte dem Bogen ihrer Augenbrauen und der vollkommen geformten Nase, hielt an ihren Lippen an, um einen Kuß einzuheimsen, dann wanderte sie an dem idealen Winkel ihres Kinns entlang und über die samtige Haut ihres Halses. »Ja, das Gesicht... Damals war ich jung und dumm. Zu jener Zeit erschien es mir eine gute Idee zu sein. Erst später erkannte ich, daß es für dich ein Handikap sein könnte.«

»Ich auch«, seufzte Elli. »Die ersten sechs Monate war ich hoch erfreut. Aber als zum zweitenmal ein Soldat mir Avancen machte, anstatt einem Befehl zu gehorchen, da wußte ich, daß ich auf dem Holzweg war. Ich mußte alle Arten von Tricks entdecken und mir beibringen, um die Leute so rumzukriegen, daß sie auf mein Inneres und nicht auf das Äußere reagierten.«

»Ich verstehe«, sagte Miles.

»Bei den Göttern, du schon.« Sie schaute ihn an, als sehe sie ihn zum allerersten mal, dann küßte sie ihn auf die Stirn. »Ich habe erst jetzt erkannt, wie viele dieser Tricks ich von dir gelernt habe. Wie ich dich liebe!«

Als sie nach dem folgenden Kuß wieder Luft holten, bot Elli an: »Soll ich dich massieren?«

»Du bist der Traum eines Trinkers, Quinn.« Miles ließ sich mit dem Gesicht nach unten auf den Pelz fallen und überließ sich ihren Händen. Fünf Minuten der Massage durch diese starken Hände ließen ihn alle Wünsche vergessen, bis auf zwei. Als die befriedigt waren, schliefen sie beide wie Steine, ungestört von irgendeinem Alptraum, an den Miles später sich hätte erinnern können.

Miles erwachte benommen, als es an der Tür klopfte.

»Hau *ab*, Ivan«, stöhnte Miles in das Fleisch und den Pelz, die er umarmt hielt. »Geh und schlaf irgendwo auf einer Bank, hm ...?«

Das Fleisch schüttelte ihn entschlossen ab. Elli schaltete das Licht ein, schwang sich aus dem Bett, schlüpfte in ihr schwarzes T-Shirt und die grauen Uniformhosen und tapste zur Tür. Dabei ignorierte sie Miles' gebrummeltes »Nein, nein, laß ihn nich' rein ...« Das Klopfen wurde lauter und hartnäckiger.

»Miles!« Ivan fiel durch die Tür. »Oh, hallo, Elli. Miles!« Ivan schüttelte ihn an der Schulter.

Miles versuchte sich unter seinem Pelz zu vergraben. »Schon gut, du kannst dein Bett haben«, murmelte er. »Du brauchst mich doch nicht, daß ich dich zudecke ...«

»Steh *auf*, Miles!«

Miles streckte den Kopf heraus und kniff die Augen gegen das Licht zusammen. »Warum? Wie spät ist es?«

»Etwa Mitternacht.«

»Öh.« Er tauchte wieder unter den Pelz. Nach dem, was er in den letzten vier Tagen erlebt hatte, zählten drei Stunden Schlaf kaum. Doch Ivan legte eine grausame und rücksichtslose Seite an den Tag, die Miles nie an ihm vermutet hätte, zog den lebenden Pelz aus Miles' zuckenden Händen und warf ihn beiseite.

»Du mußt aufstehen.« Ivan ließ nicht locker. »Dich anziehen. Dir den Bart rasieren. Ich hoffe, du hast hier irgendwo eine saubere Uniform ...«, er begann Miles' Schrank zu durchwühlen. »Hier!«

Miles griff benommen nach dem grünen Tuch, das Ivan ihm zuwarf. »Steht die Botschaft in Flammen?« wollte er wissen.

»Nein, aber es kommt dem verdammt nahe. Elena Bothari-Jesek ist gerade von Tau Ceti hereingeschneit. Ich wußte nicht einmal, daß du sie weggeschickt hattest!«

»Oh!« Miles erwachte vollends. Quinn war inzwischen komplett angezogen, einschließlich der Stiefel, und überprüfte ihren Betäuber in seinem Halfter. »Ja, da muß ich mich anziehen, gewiß. Aber der Bart wird ihr nichts ausmachen.«

»Sie kratzt er ja nicht«, murmelte Elli und kratzte sich zerstreut am Schenkel. Miles unterdrückte ein Grinsen; sie zwinkerte ihm mit einem Augenlid zu.

»Vielleicht nicht«, sagte Ivan grimmig, »aber ich glaube, Kommodore Destang wird nicht sehr begeistert sein.«

»Destang ist *hier?*« Jetzt war Miles hellwach. Anscheinend war immer noch etwas Adrenalin übrig. »Warum?« Dann erinnerte er sich an einige der Verdachtsmomente, die er in seinen Bericht eingearbeitet hatte, und ihm wurde klar, warum der Sicherheitschef von Sektor Zwei auf den Gedanken gekommen sein konnte, die Sache höchstpersönlich zu untersuchen.

»O Gott… ich muß ihn aufklären, bevor er den armen Galeni ohne Warnung niederschießt…«

Er stellte die Dusche auf kalt und auf nadelfeine Wasserstrahlen ein. Elli schob ihm einen Becher Kaffee in die Hand, als er das Bad verließ, und inspizierte ihn, als er angezogen war.

»Alles in Ordnung, abgesehen vom Gesicht«, informierte sie ihn, »und dagegen kannst du nichts tun.«

Er fuhr sich mit der Hand über das jetzt nackte Kinn. »Habe ich mit dem Depilator eine Stelle vergessen?«

»Nein, ich hab' die blauen Flecken bewundert. Und die Augen. Selbst bei einem drogensüchtigen Juba-Freak, der drei Tage keinen Nachschub mehr bekommen hat, habe ich schon glänzendere Augen gesehen.«

»Danke.«

»Du hast mich ja danach gefragt.«

Während sie in den Liftrohren nach unten fuhren, überlegte Miles, was er über Destang wußte. Seine bisherigen Kontakte mit dem Kommodore waren kurz, offiziell und, soweit Miles wußte, für beide Seiten zufriedenstellend gewesen. Der Sicherheitsbefehlshaber von Sektor Zwei war ein erfahrener Offizier, gewöhnt, seine vielfältigen Pflichten zu erfüllen – Koordination der Informationsbeschaffung, Überwachung der Sicherheit barrayaranischer Botschaften und Konsulate sowie zu Besuch weilender VIPs, gelegentlich die Rettung barrayaranischer Untertanen aus Schwierigkeiten – mit wenig direkter Kontrolle aus dem fernen Barrayar. Während der zwei oder drei Operationen, die die Dendarii in Gebieten des Sektors Zwei durchgeführt hatten, waren Befehle und Gelder und auf dem Rückweg Miles' Abschlußberichte problemlos durch Destangs Hände gegangen.

Als Miles, Ivan und Elli Galenis Büro betraten, saß Kommodore Destang mitten im Raum in Galenis Bürostuhl vor Galenis aktivierter Komkonsole. Hauptmann Galeni stand daneben, obwohl es an der Wand noch zusätzliche Stühle gab. Seine steife Haltung wirkte wie eine Rüstung, er hatte die Augen gesenkt, und sein Gesicht war so ausdruckslos wie ein Visier. Elena Bothari-Jesek hielt sich unsicher im Hintergrund, mit dem besorgten Gesichtsausdruck eines Menschen, der Zeuge einer Kette von Ereignissen war, die er zwar ausgelöst hatte, aber nicht mehr kontrollieren konnte. Als sie Miles sah, leuchteten ihre Augen erleichtert auf, und sie salutierte – was nicht korrekt war, da er keine Dendarii-Uniform trug; der Gruß glich mehr einer stummen Übertragung der Verantwortung, wie bei jemandem, der sich einen Sack mit lebendigen Schlangen vom Hals schaffte: *Hier, das gehört alles dir …*

Er nickte ihr zu: *Schon gut!*

»Sir.« Miles salutierte.

Destang erwiderte den Gruß und blickte ihn finster an. In einem Anflug von Nostalgie fühlte sich Miles an den frühen Galeni erinnert. Wieder ein Kommandeur, der unter Druck stand. Destang war ein Mann von vielleicht sechzig Jahren, schlank, mit grauem Haar, von etwas geringerer Größe als der Durchschnitt der Barrayaraner. Zweifellos war er nach dem Ende der cetagandanischen Okkupation geboren, als weitverbreitete Unterernährung viele Menschen ihres vollen Wachstumspotentials beraubt hatte. Zur Zeit der Eroberung von Komarr war er wohl ein junger Offizier gewesen, später, während der Revolte, stand er sicher in mittlerem Rang. Er war kampferfahren, wie alle, die diese von Kriegen geplagte Vergangenheit durchlebt hatten.

»Hat Sie schon jemand über den neuesten Stand informiert, Sir?« begann Miles besorgt. »Mein ursprüngliches Memo ist äußerst veraltet.«

»Ich habe gerade Hauptmann Galenis Version gelesen.« Destang nickte in Richtung auf die Komkonsole.

Galeni bestand natürlich auf dem Schreiben von Berichten. Miles seufzte innerlich. Es war zweifellos ein Reflex aus den akademischen Jahren des Hauptmanns. Miles hätte am liebsten den Hals gereckt und einen Blick auf Galenis Bericht geworfen, aber er hielt sich zurück.

»Sie scheinen noch nichts geschrieben zu haben«, stellte Destang fest.

Miles machte eine vage Geste mit seiner bandagierten linken Hand. »Ich bin auf der Krankenstation gewesen, Sir. Aber haben Sie schon erkannt, daß die Komarraner den Kurieroffizier der Botschaft gesteuert haben müssen?«

»Wir haben den Kurier vor sechs Tagen auf Tau Ceti verhaftet«, sagte Destang.

Miles atmete erleichtert aus. »Und war er ...?«

»Es war die übliche schmutzige Geschichte.« Destang runzelte die Stirn. »Er hatte eine kleine Sünde begangen; das gab ihnen die Macht, ihm immer größere abzufordern, bis er nicht mehr zurück konnte.«

Ein kurioses mentales Judo, diese Art von Erpressung, überlegte Miles. In der letzten Analyse war es die Furcht vor seinen eigenen Leuten, nicht vor den Komarranern, die den Kurier in die Arme der Feinde getrieben hatte. Ein System, das Loyalität erzwingen sollte, zerstörte sie so am Ende – irgendwas stimmte da nicht ...

»Sie hatten ihn schon seit mindestens drei Jahren in der Hand«, fuhr Destang fort. »Alles, was seitdem in die Botschaft kam oder von ihr wegging, ist ihnen möglicherweise unter die Augen gekommen.«

»Autsch.« Miles unterdrückte ein Grinsen und hoffte, sein Gesicht zeige statt dessen den Ausdruck angemessenen Erschreckens. Also hatten die Komarraner den Kurier schon umgedreht, bevor Galeni auf der Erde eingetroffen war. Gut.

»Ja«, sagte Ivan, »in den Massen von Daten, die du aus Ser Galens Komkonsole herausgeholt hattest, Miles, habe ich nämlich vorhin Kopien einiger unserer Dateien gefunden. Das war ein ziemlicher Schock.«

»Ich hatte mir schon gedacht, daß es so sein müßte«, sagte Miles. »Es gab nicht sehr viele andere Möglichkeiten, sobald ich erkannt hatte, daß man uns betrogen hatte. Ich hoffe, das Verhör des Kuriers hat Hauptmann Galeni von jedem Verdacht befreit?«

»Falls Hauptmann Galeni mit den komarranischen Exilanten auf der Erde zu tun hatte«, sagte Destang neutral, »so wußte der Kurier davon nichts.«

Das war nicht gerade der Ausdruck tiefempfundenen Vertrauens. »Es war ganz offensichtlich«, sagte Miles, »daß Ser Galen dachte, der Hauptmann wäre noch ein As, das er in Reserve hielt. Aber die Karte weigerte sich mitzuspielen. Unter Gefährdung seines eigenen Lebens. Es war ja schließlich Zufall, daß Hauptmann Galeni auf die Erde versetzt wurde…«, Galeni schüttelte den Kopf und preßte die Lippen zusammen, »oder nicht?«

»Nein«, sagte Galeni, immer noch in Rührt-euch-Haltung. »Ich habe darum ersucht, auf die Erde zu kommen.«

»Aha. Nun, ich bin sicherlich zufällig hierher gekommen«, übersprang Miles den Einwurf, »aus Zufall und wegen meiner Verwundeten und Kryoleichen, die so bald wie möglich Behandlung in einem größeren medizinischen Zentrum brauchten. – Da wir von den Dendarii-Söldnern sprechen, Kommodore, hat der Kurier die achtzehn Millionen Mark unterschlagen, die Barrayar ihnen schuldet?«

»Das Geld wurde nie abgeschickt«, sagte Destang. »Bis Kapitänin Bothari-Jesek in mein Büro kam, war unser letzter Kontakt mit Ihren Söldnern der Bericht, den Sie von Mahata Solaris geschickt hatten, als die die Dagoola-Geschichte erledigt war. Dann sind Sie verschwunden. Vom Standpunkt des Hauptquartiers von Sektor Zwei aus gesehen waren Sie über zwei Monate lang vermißt. Zu unserer Bestürzung. Besonders, als der Chef des Kaiserlichen Sicherheitsdienstes, Illyan, nicht mehr nur wöchentlich Berichte über Ihren Status anforderte, sondern täglich.«

»Ich – verstehe, Sir. Dann haben Sie nie unsere dringenden Ersuchen um Geldmittel bekommen? – Dann bin ich nie wirklich an die Botschaft versetzt worden!«

Ein sehr leiser Laut, wie von tiefer und gedämpfter Qual, entwich dem ansonsten mit ausdruckslosem Gesicht dastehenden Galeni.

Destang sagte: »Nur durch die Komarraner. Anscheinend war es eine List, um Sie festzuhalten, bis sie ihren geplanten Austausch durchführen konnten.«

»Das hatte ich mir auch schon gedacht. Ach – Sie haben nicht zufällig meine achtzehn Millionen Mark mitgebracht, oder? In diesem Punkt ändert sich nichts. Das habe ich in meinem Memo erwähnt.«

»Einige Male sogar«, sagte Destang trocken. »Ja, Leutnant, wir werden Ihre irreguläre Truppe bezahlen. Wie üblich.«

»Ah.« Miles schmolz innerlich dahin und lächelte strahlend. »Danke, Sir. Da bin ich wirklich sehr erleichtert.«

Destang hob neugierig den Kopf. »Wovon haben die Dendarii im letzten Monat gelebt?«

»Das war – ein bißchen kompliziert, Sir.«

Destang öffnete den Mund, als wollte er noch mehr fragen, dann besann er sich offensichtlich eines besseren. »Ich verstehe. Nun, Leutnant, Sie können zu Ihrer Einheit zurückkehren. Ihre Arbeit hier ist erledigt. Sie hätten überhaupt nie als Lord Vorkosigan auf der Erde erscheinen sollen.«

»Zu welcher Einheit – meinen Sie die Dendarii-Söldner, Sir?«

»Ich denke, Simon Illyan schickt keine dringenden Anforderungen nach den Dendarii nur deshalb, weil er sich einsam fühlt. Sie dürfen es als sicher annehmen, daß neue Befehle kommen werden, sobald Ihr Aufenthaltsort dem Hauptquartier bekannt ist. Sie sollten sich bereit machen zum Aufbruch.«

Elli und Elena, die sich während dieses ganzen Wortwechsels in ihrer Ecke sehr leise unterhalten hatten, blickten auf diese Nachricht hin sehr erfreut drein. Ivan sah eher niedergeschlagen aus.

»Jawohl, Sir«, sagte Miles. »Was wird hier geschehen?«

»Da Sie, Gott sei Dank, die irdischen Behörden nicht eingeschaltet haben, steht es uns frei, diesen mißglückten Verrat selber aufzuklären. Ich habe ein Team von Tau Ceti mitgebracht …«

Das Team war eine Säuberungsmannschaft, vermutete Miles, Geheimdienstkommandos, die – auf Destangs Befehl – bereit waren, in einer vom Verrat infizierten Botschaft die Ordnung wieder herzustellen, und das mit aller Gewalt oder List, die dafür notwendig sein mochte.

»Ser Galen wäre schon lange vor dieser Sache auf unserer Liste der meistgesuchten Leute gestanden, wenn wir nicht geglaubt hätten, er sei tot. Galen!« Destang schüttelte den Kopf, als könnte er es selbst nicht glauben. »Hier auf der Erde, die ganze Zeit. Wissen Sie, ich habe während der Revolte von Komarr gedient – damals fing ich im Sicherheitsdienst an. Ich war bei dem Team, das den Schutt der Halomar-Kaserne durchgrub, nachdem die Mistkerle sie mitten in der Nacht in die Luft gejagt hatten. Wir suchten Überlebende und Beweise, wir fanden Leichen und verdammt wenige Spuren … An jenem Morgen gab es eine Menge neuer freier Stellen im Sicherheitsdienst. Verdammt. Wie mir jetzt wieder alles kommt. Falls wir Galen wiederfinden können, nachdem Sie ihn haben entkommen lassen«, Destangs mißmutiger Blick fiel auf Galeni, »zufällig oder sonstwie, dann werden wir ihn nach Barrayar bringen, damit er für diesen blutigen Morgen zur Verantwortung gezogen wird, wenn schon für nichts anderes. Ich wünschte mir, er könnte für alles verantwortlich gemacht werden, aber er reicht dafür nicht aus. Sonst müßte man eher mit ihm verfahren wie mit Kaiser Yuri dem Wahnsinnigen.«

»Ein lobenswerter Plan«, sagte Miles vorsichtig. Galeni biß die Zähne aufeinander, er war hier keine Hilfe. »Aber es gibt auf der Erde ein Dutzend ehemaliger komarranischer Rebellen, deren Vergangenheit ebenso blutig ist wie die von Ser Galen. Nun, da er enttarnt ist, bedeutet er für uns keine größere Bedrohung als die anderen.«

»Sie waren seit Jahren nicht mehr aktiv«, sagte Destang. »Galen hingegen schon, offensichtlich.«

»Aber wenn Sie eine illegale Entführung in Erwägung ziehen, so könnte das unsere diplomatischen Beziehungen zur Erde beeinträchtigen. Ist es das wert?«

»Dauernde Gerechtigkeit ist durchaus einen zeitweiligen beleidigten Protest wert, das kann ich Ihnen versichern, Leutnant.«

Galen war für Destang schon so gut wie erledigt. Nun ja.

»Mit welcher Begründung würden Sie dann meinen – Klon kidnappen, Sir? Er hat nie auf Barrayar ein Verbrechen begangen. Er ist nie auf Barrayar gewesen.«

Halt die Klappe, Miles! Mit einem Ausdruck wachsender Besorgnis im Gesicht formte Ivan, der hinter Destang stand, diese Warnung unhörbar mit den Lippen. *Man streitet sich nicht mit einem Kommodore herum!* Miles ignorierte ihn.

»Das Schicksal meines Klons betrifft mich sehr, Sir.«

»Das kann ich mir vorstellen. Ich hoffe, wir können die Gefahr weiterer Verwechslungen mit Ihnen bald ausschalten.«

Miles hoffte, daß diese Worte nicht das bedeuteten, was er aus ihnen heraushörte. Wenn er Destang von seinem Gleis abbringen mußte … »Es gibt keine Gefahr der Verwechslung, Sir. Ein einfacher medizinischer Scan kann den Unterschied zwischen uns zeigen. Seine Knochen sind normal, meine nicht. Aufgrund welcher Beschuldigung oder welcher Ansprüche sind wir an ihm weiter interessiert?«

»Verrat, natürlich. Verschwörung gegen das Kaiserreich.«

Da die zweite Beschuldigung nachweislich wahr war, konzentrierte sich Miles auf die erste. »Verrat? Er ist auf Jackson's Whole geboren. Er ist kein kaiserlicher Untertan, weder durch Eroberung noch aufgrund seines Geburtsortes. Um ihn des Verrats zu beschuldigen«, Miles holte kurz Luft, »müssen Sie ihm erlauben, kaiserlicher Untertan durch Abstammung zu sein. Und falls er das ist, dann ist er es in jeder Hinsicht, ein Lord der Vor mit allen Rechten seines Ranges, eingeschlossen Gerichtsverfahren vor seinen Standesgenossen – dem Rat der Grafen in Vollversammlung.«

Destang zog die Augenbrauen hoch. »Würde er auf eine so ausgefallene Verteidigung kommen?«

Wenn nicht, dann würde ich ihn darauf aufmerksam machen. »Warum nicht?«

»Danke, Leutnant, für den Hinweis. Das ist eine Komplikation, an die ich nicht gedacht hatte.« Destang blickte tatsächlich nachdenklich drein, und zunehmend härter.

Miles' Plan, Destang davon zu überzeugen, den Klon laufen zu lassen sei seine eigene Idee, schien gefährlich nach hinten loszugehen. Er mußte wissen – »Sehen Sie eine Option darin, ihn umbringen zu lassen, Sir?«

»Sie ist zwingend.« Destangs Rückgrat straffte sich.

»Es könnte ein juristisches Problem geben, Sir. Entweder ist er kein kaiserlicher Untertan, dann haben wir keinen Anspruch auf ihn, oder er ist es, dann dürfte der volle Schutz des kaiserlichen Rechts auf ihn anwendbar sein. In beiden Fällen wäre seine Ermordung …«, Miles befeuchtete seine Lippen; Galeni, der allein wußte, worauf er hinauswollte, schloß die Augen wie jemand, der einen Unfall auf sich zukommen sah, »ein verbrecherischer Befehl, Sir.«

Destang blickte ziemlich ungeduldig drein. »Ich hatte nicht geplant, *Ihnen* den Befehl zu geben, Leutnant.«

Er denkt, ich möchte saubere Hände behalten … Falls Miles die Konfrontation mit Destang zu ihrem logischen Schluß vorantrieb, mit zwei kaiserlichen Offizieren als Zeugen, dann gab es eine Chance, daß der Kommodore nachgeben würde; es gab aber zumindest ebenso die Chance, daß Miles sich sehr tief in der Bredouille wiederfinden würde. Wenn die Konfrontation bis zu einem Verfahren vor dem Kriegsgericht auf die Spitze getrieben würde, dann käme keiner von beiden unbeschädigt davon. Selbst wenn Miles gewinnen würde, wäre Barrayar damit nicht gedient, und Destangs vierzig Jahre im Dienste des Kaisers verdienten kein so unrühmliches Ende. Und wenn Miles es jetzt soweit trieb, daß er Stubenarrest bekam, dann wären ihm alle anderen Möglichkeiten zu handeln verschlossen (und woran dachte er jetzt, um Gottes willen?). Er wollte nicht wieder eingesperrt werden. Inzwischen würde Destangs Team ohne Zögern jeden Befehl ausführen, den der Kommodore gab …

Miles fletschte die Zähne in einer Art Lächeln und sagte nur: »Danke, Sir.« Ivan sah erleichtert aus.

Destang zögerte. »Es ist unüblich, daß ein Spezialist für verdeckte Operationen sich so spät Gedanken über Legalität macht, nicht wahr?«

»Wir alle haben unsere unlogischen Momente.«

Jetzt war Quinns Aufmerksamkeit auf ihn geheftet; ein leichtes Zucken ihrer Augenbrauen fragte: *Was, zum Teufel …?*

»Sorgen Sie dafür, daß Sie nicht zu viele davon haben, Leutnant Vorkosigan«, sagte Destang trocken. »Mein Adjutant hat die neutrale Kreditanweisung für Ihre achtzehn Million Mark bei sich. Sprechen Sie mit ihm, bevor Sie gehen. Und nehmen Sie diese Frauen da mit.« Er deutete auf die beiden uniformierten Dendarii.

Ivan, der dadurch an ihre Anwesenheit erinnert wurde, lächelte ihnen zu. *Sie sind meine Offizierinnen, verdammt noch mal, nicht mein Harem,* knurrte Miles stumm in Gedanken. Aber kein barrayaranischer Offizier in Destangs Alter würde es so sehen. Einige Einstellungen konnte man nicht ändern; sie mußten sich einfach überleben.

Destangs Worte sagten deutlich, daß Miles entlassen war. Doch Miles ignorierte sie auf eigene Gefahr. Noch hatte Destang nicht erwähnt…

»Ja, Leutnant, machen Sie sich auf den Weg.« Hauptmann Galenis Stimme war äußerst kühl. »Ich habe meinen Bericht noch nicht zu Ende geschrieben. Ich gebe Ihnen noch ein'n Mark, zusätzlich zu den achtzehn Millionen des Kommodore, wenn Sie jetzt die Dendarii mit sich nehmen.«

Miles' Augen weiteten sich leicht, als ihm aufging, warum Galeni den unbestimmten Artikel so undeutlich ausgesprochen hatte. *Galeni hat Destang noch nicht erzählt, daß die Dendarii an dem Fall dran sind. Deshalb kann der Kommodore sie nicht davon abziehen, oder?* Ein Vorsprung – falls Miles Galen und Mark eher finden konnte als Destangs Team… »Ich nehme den Handel an, Hauptmann«, hörte sich Miles sagen. »Es ist erstaunlich, wieviel ein' Mark zählt.«

Galeni nickte und wandte sich dann wieder Destang zu.

Miles machte sich aus dem Staub.

KAPITEL 13

Ivan trottete hinter ihm her, als Miles in ihre Unterkunft zurückkehrte, um sich ein letztesmal umzuziehen, wieder in die Admiralsuniform der Dendarii, in der er vor einer Ewigkeit angekommen war.

»Ich möchte wirklich nicht da unten zuschauen«, erklärte Ivan. »Destang wird jetzt dort ganz mächtig aufräumen. Ich wette, er wird Galeni die ganze Nacht auf Trab halten und versuchen, ihn fertigzumachen, wenn er kann.«

»Verdammt!« Miles legte seine grüne barrayaranische Uniformjacke zu einem Bündel zusammen und warf es gegen die Wand, aber das reichte als Ventil für seine Frustration nicht aus. Er ließ sich auf ein Bett plumpsen, zog einen Stiefel aus und wog ihn in der Hand, dann schüttelte er den Kopf und ließ den Stiefel angewidert fallen. »Das regt mich auf. Galeni verdient einen Orden, nicht eine Menge Kummer. Na ja – wenn Ser Galen ihn nicht fertiggekriegt hat, dann wird es Destang wahrscheinlich auch nicht schaffen. Aber es ist nicht recht, es ist nicht recht ...« Er brütete vor sich hin. »Und ich habe ihm das noch eingebrockt. Verdammt, verdammt, verdammt ...«

Elli reichte ihm kommentarlos seine graue Uniform. Ivan war nicht so klug.

»Also, dann eine gute Reise, Miles. Ich werde an dich denken, wenn du dort oben sicher im Orbit bist, während Destangs Mannschaft hier unten Hausputz macht. Mißtrauisch wie der Teufel – die würden nicht einmal der eigenen Großmutter trauen. Jetzt sind wir alle dran. Wir werden geschrubbt, gespült und dann zum Trocknen in den kalten Wind gehängt.« Er wanderte zu seinem Bett hinüber und betrachtete es sehnsüchtig. »Hat keinen Zweck, sich hinzulegen. Die werden mich noch vor dem Morgengrauen wegen irgendwas kommen lassen.« Er setzte sich niedergeschlagen aufs Bett.

Miles blickte Ivan an. Plötzlich kam ihm eine Vermutung. »Uff. Ja, du wirst dich die nächsten paar Tage ziemlich im Mittelpunkt des Geschehens befinden, oder?«

Ivan hörte die Veränderung in Miles' Ton und beäugte den Cousin mißtrauisch. »Das ist nur allzu wahr. Na und?«

Miles schüttelte seine Hosen aus. Seine Hälfte der gesicherten Kommunikatorverbindung fiel aufs Bett. Er zog seine graue Dendarii-Uniform an. »Nehmen wir mal an, ich denke daran, meinen Kommunikator abzugeben, bevor ich weggehe. Und nehmen wir mal weiter an, Elli vergißt ihren abzuliefern.« Miles hob den Finger, und Elli hörte auf, in ihrer Jacke zu suchen. »Und nehmen wir überdies an, du steckst meinen Kommunikator in die Tasche, in der Absicht, ihn an Sergeant Barth zurückzugeben, sobald du die andere Hälfte bekommst.« Er warf seinen Kommunikator Ivan zu. Der fing ihn automatisch auf, hielt ihn aber dann mit Daumen und Zeigefinger von sich weg, als handelte es sich um etwas, das zappelte und das er unter einem Stein gefunden hatte.

»Und jetzt nehmen wir an, ich erinnere mich daran, was mir das letztemal passiert ist, wo ich dir unter dem Siegel der Verschwiegenheit geholfen habe?« sagte Ivan aufsässig. »Das kleine Kunststück, das ich vollbracht habe, um dich wieder in die Botschaft zu schleusen, in jener Nacht, wo du versucht hast, London niederzubrennen, ist jetzt in meiner Dienstakte. Angesichts der gegenwärtigen Umstände werden Destangs Spürnasen

Krämpfe bekommen, sobald sie das ausgraben. Nehmen wir mal an, ich stopfe dir das Ding statt dessen in dein …« – sein Blick fiel auf Elli – »Ohr?«

Miles schob Kopf und Arme durch sein schwarzes T-Shirt und zog es über die Brust. Dabei grinste er. Dann schlüpfte er in seine Dendarii-Kampfstiefel. »Das ist nur eine Vorsichtsmaßnahme. Vielleicht benutze ich das Ding gar nicht. Es ist bloß für den Fall, daß ich eine private Verbindung zur Botschaft brauche, in einer Notlage.«

»Ich kann mir keine Notlage vorstellen«, sagte Ivan besserwisserisch, »in der sich ein loyaler junger Offizier nicht seinem eigenen Sektor-Sicherheitsbefehlshaber anvertrauen kann.« Seine Stimme wurde hart, »Und sicher Destang auch nicht. Was brütest du bloß in deinem verdrehten kleinen Hinterkopf aus, Cousin?«

Miles hakte seine Stiefel zu. »Ich bin mir nicht sicher. Aber ich sehe vielleicht noch eine Chance, etwas aus diesem Durcheinander zu retten.«

Elli, die aufmerksam zugehört hatte, bemerkte: »Ich dachte, wir hätten schon etwas gerettet. Wir haben einen Verräter enttarnt, eine undichte Stelle in der Sicherheitsabteilung zugestopft, eine Entführung vereitelt und eine größere Verschwörung gegen das Kaiserreich von Barrayar platzen lassen. Und wir sind bezahlt worden. Was möchtest du mehr haben für eine Woche?«

»Nun, es wäre schön gewesen, wenn eines davon absichtlich passiert wäre, anstatt zufällig«, sagte Miles nachdenklich.

Ivan und Elli schauten sich über Miles' Kopf hinweg an. Auf ihren Gesichtern spiegelte sich ein ähnliches Unbehagen. »Was möchtest du noch mehr retten, Miles?« wollte Ivan wissen.

Miles schaute auf seine Stiefel, die Falten in seiner Stirn wurden tiefer. »Etwas. Eine Zukunft. Eine zweite Chance. Eine … Möglichkeit.«

»Es geht um den Klon, nicht wahr?« sagte Ivan und bekam einen harten Zug um den Mund. »Du bist besessen von diesem gottverdammten Klon.«

»Fleisch von meinem Fleisch, Ivan.« Miles drehte seine Hände um und schaute sie an. »Auf einigen Planeten würde er als mein Bruder gelten. Auf anderen könnte er vielleicht sogar als mein Sohn bezeichnet werden, je nach den Gesetzen über das Klonen.«

»Eine einzige Zelle! Auf Barrayar«, sagte Ivan, »nennen sie ihn deinen Feind, wenn er auf dich schießt. Hast du ein wenig Schwierigkeiten mit deinem Kurzzeitgedächtnis? Diese Leute haben gerade versucht, dich umzubringen! Heute – gestern – morgen!«

Miles lächelte Ivan kurz zu, gab aber keine Antwort.

»Weißt du«, sagte Elli vorsichtig, »wenn du zu dem Schluß kommen solltest, daß du wirklich einen Klon brauchst, dann könntest du dir einen anfertigen lassen. Ohne die … äh … Probleme, die es mit diesem Kerl gibt. Du hast Milliarden von Zellen …«

»Ich möchte keinen Klon«, sagte Miles. *Ich möchte einen Bruder.* »Aber es scheint mir dieser geliefert worden zu sein.«

»Ich dachte, Ser Galen hat ihn gekauft und bezahlt«, protestierte Elli. »Das einzige, was dieser Komarraner dir liefern wollte, war der Tod. Nach dem Recht von Jackson's Whole, dem Planeten seines Ursprungs, gehört der Klon unzweifelhaft Galen.«

John von Norfolk, laß klüglich dir raten, raunte das alte Zitat durch Miles' Gedächtnis, *Richard, dein Herr, ist verkauft und verraten …* »Selbst auf Barrayar«, sagte er sanft, »kann kein Mensch einen anderen besitzen. Galen ist weit gekommen, bei seinem Streben nach seinem … Prinzip der Freiheit.«

»Auf jeden Fall«, sagte Ivan, »bist du jetzt aus dem Spiel. Das Oberkommando hat die Sache übernommen. Ich habe deinen Marschbefehl gehört.«

»Hast du auch Destang sagen hören, daß er die Absicht hat, meinen – den Klon umzubringen, falls er kann?«

»Ja, und?« Ivan blickte wirklich störrisch drein, mit einer fast panischen Halsstarrigkeit. »Ich habe ihn sowieso nicht gemocht. Ein mürrischer kleiner Kriecher.«

»Destang ist auch Meister der Kunst des Schlußberichts«, sagte Miles. »Selbst wenn ich mich jetzt sofort unerlaubt von der Truppe entfernte, dann wäre es für mich physisch unmöglich, nach Barrayar zurückzukehren, meinen Vater um das Leben des Klons zu bitten, ihn zu veranlassen, auf Simon Illyan Druck auszuüben, damit der einen Gegenbefehl erläßt, und dann mit diesem Befehl wieder hierher auf die Erde zu kommen, bevor die Tat vollbracht ist.«

Ivan wirkte schockiert. »Miles – ich habe mir immer vorgestellt, wie peinlich es sein müßte, Onkel Aral um einen Gefallen für die Karriere zu bitten, aber ich dachte, du würdest dich lieber teeren und federn lassen, bevor du deinen Vater um etwas anbetteln würdest! Und du möchtest damit anfangen, indem du einen Kommodore überspringst? Kein kommandierender Offizier auf der ganzen Welt würde dich danach noch haben wollen!«

»Ich würde lieber sterben«, stimmte Miles tonlos zu, »aber ich kann nicht einen anderen bitten, für mich zu sterben. Aber das ist belanglos. Es würde nicht klappen.«

»Gott sei Dank!« Ivan schaute ihn zutiefst besorgt an.

Wenn ich zwei meiner besten Freunde nicht davon überzeugen kann, daß ich recht habe, dachte Miles, *dann habe ich vielleicht unrecht.*

Oder ich muß das vielleicht allein machen.

»Ich möchte einfach eine Verbindung offenhalten, Ivan« sagte er. »Ich bitte dich nicht, etwas zu tun ...«

»Noch nicht«, warf Ivan deprimiert ein.

»Ich würde den Kommunikator Hauptmann Galeni geben, aber er wird sicher gründlich überwacht. Sie würden ihm das Ding einfach wegnehmen, und die ganze Sache würde … zweideutig aussehen.«

»Und bei mir sieht sie gut aus?« fragte Ivan vorwurfsvoll.

»Tu's.« Miles knöpfte seine Jacke zu, richtete sich auf und hielt Ivan die Hand hin, um den Kommunikator zurückzunehmen. »Oder tu's nicht.«

»Grrr.« Ivan senkte den Blick und schob den Kommunikator deprimiert in die Hosentasche. »Ich werde darüber nachdenken.«

Miles neigte dankbar den Kopf.

Sie erwischten ein Dendarii-Shuttle, das gerade am Londoner Shuttlehafen starten wollte, um Flottenangehörige vom Planetenurlaub zurückzubringen. Elli hatte vorher schon angerufen und das Shuttle aufhalten lassen. Miles genoß es direkt, daß er sich nicht beeilen mußte, und er wäre regelrecht dahingeschlendert, wenn der Druck von Admiral Naismiths Pflichten, die ihm jetzt durch den Kopf gingen, nicht automatisch seine Schritte beschleunigt hätte.

Ihre Verspätung war für einen anderen von Vorteil. Ein letzter Dendarii mit seinem Matchbeutel über dem Rücken sprintete über das Landfeld, als die Motoren auf Touren kamen, und schaffte es gerade noch über die Rampe, die schon zurückgezogen wurde. Der aufmerksame Wächter steckte seine Waffe weg, als er den Sprinter erkannte, und reichte ihm die Hand, als das Shuttle zu rollen begann.

Miles, Elli Quinn und Elena Bothari-Jesek saßen im rückwärtigen Teil. Der zuletzt eingetroffene Soldat hielt inne, um wieder zu Atem zu kommen. Er entdeckte Miles, grinste und salutierte.

Miles grinste zurück und erwiderte den Gruß. »Ah, Sergeant Siembieda.« Ryann Siembieda war ein gewissenhafter Techniker-Sergeant von der Ingenieurabteilung, verantwortlich für die Wartung und Reparatur der Kampfanzüge und anderer leichter Ausrüstung. »Sie sind aufgetaut.«

»Jawohl, Sir.«

»Man hat mir gesagt, die Prognose für Sie sei gut.«

»Ich bin schon vor zwei Wochen aus dem Krankenhaus entlassen worden. Ich war im Urlaub. Sie auch, Sir?« Siembieda nickte in Richtung auf den silbernen Einkaufsbeutel zu Miles' Füßen, der den lebenden Pelz enthielt.

Miles schob den Beutel unauffällig mit dem Stiefelabsatz unter seinen Sitz. »Ja und nein. In Wirklichkeit habe ich gearbeitet, während Sie sich erholt haben. Das Ergebnis davon ist, daß wir alle bald wieder arbeiten werden. Es ist gut, daß Sie Ihren Urlaub bekommen haben, während es noch möglich war.«

»Die Erde war großartig«, seufzte Siembieda. »Es war schon eine tolle Überraschung, hier aufzuwachen. Haben Sie den Einhorn-Park gesehen? Er ist direkt hier auf dieser Insel. Ich war gestern dort.«

»Ich fürchte, ich habe nicht viel gesehen«, gestand Miles mit Bedauern.

Siembieda holte einen Holokubus aus der Tasche und reichte ihn Miles.

Der Einhorn- und Wildtier-Park (ein Zweig der Firma GalacTech Biotechnik) befand sich in den Parkanlagen des großen und historisch bedeutsamen Anwesens von Wooton in Surrey, informierte ihn der Kubus. Im Vid-Display sprang ein glänzendes weißes Tier, das wie eine Kreuzung zwischen einem Pferd und einem Hirsch aussah (und es wahrscheinlich auch war), über den Rasen und verschwand zwischen kunstvoll beschnittenem Buschwerk.

»Man durfte dort die zahmen Löwen füttern«, informierte ihn Siembieda.

Miles zwinkerte. Ungewollt war ihm ein Bild gekommen, wie Ivan, in eine Toga gekleidet, von der Ladefläche eines Schwebelasters einer Schar hungriger, gelbbrauner Katzen zugeworfen wurde, die aufgeregt hinter dem Vehikel her galoppierten. Er hatte zuviel über die Geschichte der Erde gelesen. »Was fressen die?«

»Proteinwürfel, genau wie wir.«

»Aha«, sagte Miles und bemühte sich, nicht enttäuscht zu wirken. Er reichte den Kubus an Siembieda zurück.

Der Sergeant blieb jedoch neben ihm stehen. »Sir ...«, begann er zögernd.

»Ja?« sagte Miles in einem ermutigenden Ton.

»Ich habe meine Prozeduren absolviert – bin getestet worden und darf wieder leichten Dienst tun –, aber ... ich habe keine Erinnerung an den Tag, an dem ich getötet wurde. Und die Ärzte wollten mir nichts sagen. Es ... beunruhigt mich ein bißchen, Sir.«

Siembiedas nußbraune Augen blickten reserviert und argwöhnisch. Es beunruhigt ihn sehr, vermutete Miles. »Ich verstehe. Nun, die Ärzte konnten Ihnen sowieso nicht viel erzählen, denn sie waren ja nicht dabei.«

»Aber Sie waren dabei, Sir«, sagte Siembieda, als wollte er Miles zum Reden bewegen.

Natürlich, dachte Miles. *Und wenn ich nicht gewesen wäre, dann wären Sie nicht den Tod gestorben, der mir zugedacht war.* »Erinnern Sie sich noch an unsere Ankunft auf Mahata Solaris?«

»Ja, Sir. An einige Dinge, direkt bis zum vorhergehenden Abend. Aber der ganze Tag ist weg, nicht nur der Kampf.«

»Ach so. Nun, da gibt es kein Geheimnis. Kommodore Jesek, ich, Sie und Ihr Technikerteam besuchten ein Lagerhaus, um eine Qualitätsprüfung an unserem Nachschub vorzunehmen – mit der ersten Sendung hatte es Probleme gegeben ...«

»Daran erinnere ich mich«, sagte Siembieda und nickte. »Angeknackste Energiezellen, aus denen Strahlung austrat.«

»Richtig, sehr gut. Sie hatten übrigens den Defekt

entdeckt, als Sie die Zellen ausluden. Es gibt Leute, die hätten sie einfach ins Lager gelegt.«

»Nicht in *meinem* Team«, murmelte Siembieda.

»In dem Lagerhaus überfiel uns ein Mordkommando der Cetagandaner. Wir haben nie herausgefunden, ob es da Kollusion gab, allerdings vermuteten wir ein geheimes Einverständnis höherer Stellen, als unsere Orbit-Genehmigung widerrufen wurde und wir von den Behörden aufgefordert wurden, den Lokalraum von Mahata Solaris zu verlassen. Oder vielleicht gefiel denen bloß die Aufregung nicht, die wir mit uns gebracht hatten. Auf jeden Fall ging eine Gravitationsgranate los und jagte die Hinterseite des Lagerhauses in die Luft. Sie wurden am Hals getroffen, von einem versprengten Bruchstück von irgend etwas aus Metall, das bei der Explosion abprallte. Sie waren binnen Sekunden verblutet.« Ganz unglaubliche Mengen von Blut bei einem so schlanken jungen Mann, die da im Kampf verspritzt und verschmiert worden waren – während er sprach, wurden Miles der Geruch und der Brand wieder gegenwärtig, aber er behielt den ruhigen, gleichmäßigen Ton bei. »Wir brachten Sie zurück auf die *Triumph* und hatten Sie binnen einer Stunde eingeeist. Die Flottenärztin war sehr optimistisch, da Sie keinen schweren Gewebeschaden hatten.« Nicht wie einer der Techniker, der im gleichen Augenblick in Stücke gerissen wurde.

»Ich hatte ... mich gefragt, was ich getan hatte. Oder nicht getan.«

»Sie hatten kaum Zeit, etwas zu tun. Sie waren praktisch das erste Opfer.«

Siembieda blickte etwas erleichtert drein. Und was geht im Kopf eines toten Mannes vor sich, der wieder herumläuft? überlegte Miles. Welches persönliche Versagen konnte er wohl mehr fürchten als den Tod selbst?

»Wenn das ein Trost für Sie ist«, warf Elli ein, »diese Art von Gedächtnisverlust kommt bei Trauma-Opfern aller Art vor, nicht nur bei Kryo-Reanimierten. Wenn Sie sich mal umhören, dann werden Sie herausfinden, daß Sie nicht der einzige sind.«

»Sie gurten sich jetzt besser an«, sagte Miles, während das Shuttle zum Start herumgierte.

Siembieda nickte und suchte sich einen Sitz. Er sah jetzt ein bißchen fröhlicher aus.

»Erinnerst du dich an deine Verbrennungen?« fragte Miles Elli neugierig.

Ellis strich sich mit der Hand über die Wange. »Ich hatte nie das Bewußtsein ganz verloren.«

Das Shuttle schoß los und stieg in die Höhe. Leutnant Ptarmigan am Steuerknüppel, vermutete Miles lakonisch. Einige höhnische Kommentare von Passagieren auf den vorderen Sitzen bestätigten seine Annahme. Miles Hand zögerte über den Tasten des Kommunikators in der Armlehne seines Sitzes, dann zog er sie zurück. Er würde Ptarmigan nicht schelten, solange er nicht mit dem Kopf nach unten flog. Zu Ptarmigans Glück stabilisierte sich das Shuttle.

Miles reckte den Hals und blickte zum Fenster hinaus, während die glitzernden Lichter von Groß-London und seiner Insel unter ihnen zurückblieben. Im nächsten Moment konnte er die Flußmündung sehen, mit ihren großen Deichen und Schleusen, die sich vierzig Kilometer weit erstreckten und die Küste als Menschenwerk darstellten, das das Meer ausschloß und die historischen Schätze und mehrere Millionen Einwohner des Stromgebiets der unteren Themse schützte. Eine der riesigen Brücken, die das Flußbett überspannten, schimmerte vor dem Hintergrund des bleifarbenen Wassers in der Dämmerung. Und so organisierten sich die Menschen um ihrer Technologie willen, wie sie es nie ihren Prinzipien zuliebe getan hatten. Gegen die Politik des Meers gab es keine Argumente.

Das Shuttle kreiste und gewann schnell an Höhe. Miles erhaschte einen letzten Blick auf das zusammenschrumpfende Labyrinth von London. Irgendwo dort unten in dieser riesigen Stadt verbargen sich Galen und Mark, oder waren auf der Flucht, oder schmiedeten ein neues Komplott, während Destangs Geheimdienstteam Galens alte Schlupfwinkel und das Komkonsolennetz auf der Suche nach Spuren der beiden wieder und immer wieder durchstöberte – ein tödliches Versteckspiel. Sicher war Galen so vernünftig, seinen Freunden aus dem Weg zu gehen und unter allen Umständen sich aus dem Netz fernzuhalten. Wenn er die Sache aufgab und sich aus dem Staub machte, dann hatte er die Chance, ein weiteres halbes Leben lang der barrayaranischen Rache zu entkommen.

Aber falls Galen davonlief, warum hatte er dann kehrtgemacht und Mark mitgenommen? Welchen möglichen Nutzen versprach er sich jetzt von dem Klon? Hatte Galen ein väterliches Verantwortungsgefühl gegenüber seiner Schöpfung? Irgendwie bezweifelte Miles, daß es Liebe war, was diese beiden aneinander band. Konnte der Klon benutzt werden – als Diener, Sklave, Soldat? Konnte der Klon verkauft werden – an die Cetagandaner, an ein medizinisches Labor, an eine Schaubude?

Konnte der Klon an Miles verkauft werden?

Nun, es gab ein Vorhaben, das sogar der überaus mißtrauische Galen glauben würde. Sollte er doch glauben, Miles wolle einen neuen Körper, ohne die Knochendyskrasien, die ihn seit seiner Geburt plagten ... sollte er doch glauben, Miles würde einen hohen Preis zahlen, um den Klon für diesen schändlichen Zweck in die Hände zu bekommen ... und Miles könnte Mark in seine Gewalt bringen und Galen genügend Tarnung und Geld zukommen lassen, um dessen Flucht zu finanzieren, ohne daß Galen je erkennen würde, daß er um seines Sohnes willen zu einem Objekt der Wohltätigkeit geworden war. Die Idee hatte nur zwei schwache Punkte: erstens: solange Miles keinen Kontakt zu

Galen hatte, konnte er keinen Handel mit ihm machen; zweitens: wenn Galen einem solchen diabolischen Tausch zustimmen würde, dann war sich Miles nicht sicher, ob ihm überhaupt daran lag, daß Galen der barrayaranischen Rache entging. Ein seltsames Dilemma.

Wieder an Bord der *Triumph* zu gehen war wie eine Heimkehr. Knoten, deren er sich nicht bewußt gewesen war, lösten sich in seinem Nacken, während er die vertraute recycelte Luft einatmete und die unterschwelligen Piepser und Vibrationen des zweckmäßig funktionierenden Schiffs in sich aufnahm. Alles war jetzt im seit Dagoola besten Zustand, und Miles nahm sich vor herauszufinden, welchem energischen Ingenieursergeanten er dafür zu danken hatte. Es wäre gut, einfach wieder Naismith zu sein, mit keinen komplizierteren Problemen als denen, die vom Hauptquartier in gewöhnlicher militärischer Sprache dargestellt werden konnten, fest umrissen und eindeutig.

Er erteilte Befehle. Stornierung weiterer Arbeitskontrakte von einzelnen Dendarii oder Gruppen. Alle Söldner, die gegenwärtig auf dem Planeten verstreut an der Arbeit oder im Urlaub waren, sollten in Alarmbereitschaft versetzt werden, damit sie binnen sechs Stunden zurückgerufen werden konnten. Alle Schiffe sollten ihre vierundzwanzigstündigen Routineüberprüfungen vor Abflug beginnen. Leutnantin Bone sollte zu ihm kommen.

Das alles gab ihm das angenehm megalomane Gefühl, alle Dinge in einer Mitte zusammenlaufen zu lassen, bei ihm selber. Allerdings wurde diese Stimmung etwas getrübt, als er über das ungelöste Problem nachdachte, das auf ihn in seiner nachrichtendienstlichen Abteilung wartete.

Mit Quinn im Schlepptau ging Miles zum Nachrichtendienst, um dort einen Besuch abzustatten. Er fand Bel Thorne an der Komkonsole der Sicherheitsabteilung. Thorne gehörte zur Minderheit der Hermaphroditen auf Kolonie Beta, zu den unglücklichen Erben eines vor einem Jahrhundert stattgefundenen genetischen Projekts von zweifelhaftem Wert. Nach Miles' Einschätzung hatte es sich dabei um eines der verrückteren Experimente der fanatischen Genetiker gehandelt. Die meisten dieser Männer/Frauen blieben in ihrer eigenen komfortablen kleinen Subkultur auf dem toleranten Planeten Kolonie Beta; daß Thorne sich in die größere galaktische Welt hinausgewagt hatte, zeugte entweder von Mut, von tödlicher Langeweile oder – höchstwahrscheinlich, wenn man Thorne kannte – von einer fragwürdigen Neigung, andere Menschen zu verwirren. Kapitän Thornes weiches braunes Haar war in einem absichtlich mehrdeutigen Stil geschnitten, doch die hart verdiente Dendarii-Uniform mit seinen Rangabzeichen trug er mit schneidiger Eindeutigkeit.

»Hallo, Bel!« Miles zog einen Stuhl heran und hakte ihn in seine Klampen ein. Thorne begrüßte seinen Admiral mit einem freundlichen, angedeuteten militärischen Gruß. »Spiel mir noch mal alles vor, was das Überwachungsteam in Galens Haus auf- und mitgenommen hat, nachdem Quinn und ich den barrayaranischen Militärattaché befreit und in die Botschaft zurückgebracht hatten.« Quinn verzog keine Miene bei dieser beschönigten Darstellung der Aktion.

Thorne ließ gehorsam eine halbe Stunde Schweigen schnell durchlaufen, dann schaltete er auf langsam, als die zusammenhanglose Konversation der beiden unglücklichen komarranischen Wachen kam, die aus ihrer Betäubung erwachten. Schließlich summte die Komkonsole und es erschien ein etwas verzerrtes Bild, das aus dem Vid-Strahl rekonstruiert worden war: die langsame tonlose Stimme und das Gesicht von Galen selbst, der einen Bericht über den mörderischen Auftrag der Wachen verlangte; sein Ton wurde scharf, als er statt dessen von der dramatischen Rettung hörte ... »Ihr Narren!« Eine Pause. »Versucht nicht, mit mir noch einmal Kontakt aufzunehmen.« Schluß.

»Wir haben doch den Ursprungsort dieses Anrufs ausfindig gemacht, hoffe ich«, sagte Miles.

»Eine öffentliche Komkonsole an einem U-Bahnhof«, sagte Thorne. »Als jemand von uns dort ankam, war der mögliche Suchradius schon auf etwa hundert Kilometer angewachsen. Das ist ein gutes U-Bahn-System.«

»Stimmt. Und er ist seitdem nicht mehr in das Haus zurückgekehrt?«

»Hat offensichtlich alles zurückgelassen. Ich nehme an, er hat schon früher Erfahrung darin gesammelt, dem Sicherheitsdienst aus dem Weg zu gehen.«

»Darin war er schon ein Experte, bevor ich noch geboren war«, seufzte Miles. »Wie steht es mit den beiden Wachen?«

»Sie waren immer noch in dem Haus, als die Überwachungsleute von der barrayaranischen Botschaft ankamen und den Fall übernahmen. Da packten wir unsere Siebensachen zusammen und gingen heim. Haben uns übrigens die Barrayaraner schon für diesen kleinen Job bezahlt?«

»Großzügig.«

»Ah, das ist gut. Ich hatte schon gefürchtet, sie würden die Bezahlung zurückhalten, bis wir auch Van der Poole abgeliefert hätten.«

»Was Van der Poole – Galen angeht«, sagte Miles. »Hm – an diesem Fall arbeiten wir nicht länger für die Barrayaraner. Sie haben ihr eigenes Team von ihrem Sektor-Hauptquartier auf Tau Ceti mitgebracht.«

Thorne runzelte verwirrt die Stirn. »Aber wir arbeiten noch daran?«

»Einstweilen. Aber du solltest es lieber unseren Leuten auf dem Planeten durchgeben. Von diesem Augenblick an soll Kontakt mit den Barrayaranern vermieden werden.«

Thorne zog die Augenbrauen hoch. »Für wen arbeiten wir dann?«

»Für mich.«

Thorne zögerte. »Bist du in dieser Sache nicht ein bißchen arg zugeknöpft, Sir?«

»Viel zu sehr, wenn meine eigenen Geheimdienstleute effektiv bleiben sollen.« Miles seufzte. »In Ordnung. Mitten in diesem Fall habe ich einen seltsamen und unerwarteten Tip bekommen. Hast du je darüber nachgedacht, warum ich nie über meinen familiären Hintergrund oder über meine Vergangenheit spreche?«

»Nun – es gibt eine Menge Dendarii, die das nicht tun, Sir.«

»Ganz recht. Ich wurde als Klon geboren, Bel.«

Thorne zeigte nur leises Mitgefühl. »Einige meiner besten Freunde sind Klone.«

»Vielleicht sollte ich sagen, ich wurde als Klon geschaffen. Im militärischen Labor einer galaktischen Macht, die nicht genannt werden soll. Ich wurde für ein Komplott geschaffen, wo ich insgeheim gegen den Sohn eines bestimmten wichtigen Mannes einer anderen galaktischen Macht ausgetauscht werden sollte – um wen es sich handelt, kannst du mit ein klein wenig Nachforschungen herausbekommen, da bin ich mir sicher –, aber vor etwa sieben Jahren lehnte ich die Ehre ab. Ich entkam, floh und machte mich selbständig, indem ich die Dendarii-Söldner schuf, aus Material, das schon vorhanden war.«

Thorne grinste. »Ein denkwürdiges Ereignis.«

»Aber an dieser Stelle kommt Galen ins Spiel. Die galaktische Macht gab ihr Komplott auf, und ich dachte, ich wäre meine unglückliche Vergangenheit los. Aber bei dem Versuch, ein exaktes physisches Duplikat hervorzubringen, waren etliche Klone entwickelt worden, mit gewissen mentalen Verfeinerungen, bis das Labor schließlich mich hervorbrachte. Ich dachte, sie wären alle schon längst tot, gefühllos ermordet, beseitigt. Aber anscheinend war einer der früheren, weniger erfolgreichen Versuche in Kryo-Suspension aufbewahrt worden. Und irgendwie ist er in Ser Galens Hände gefallen. Mein einziger überlebender Klon-Bruder, Bel.« Miles ballte die Faust. »Von einem Fanatiker versklavt. Ich möchte ihn retten.« Er öffnete bittend die Hand. »Kannst du verstehen, warum?«

Thorne blinzelte. »Da ich dich kenne ... vermute ich schon. Ist es dir sehr wichtig, Sir?«

»Sehr.«

Thorne straffte sich leicht. »Dann wird es erledigt.«

»Danke.« Miles zögerte. »Laß an alle unsere Patrouillenführer unten auf dem Planeten einen kleinen medizinischen Scanner ausgeben. Den sollen sie immer mit sich führen. Wie du weißt, habe ich vor etwas mehr als einem Jahr meine Beinknochen gegen Synthetiks austauschen lassen. Er hat normale Knochen. Das ist die schnellste Methode, um den Unterschied zwischen uns festzustellen.«

»Ihr seid euch in der äußeren Erscheinung so ähnlich?«

»Der äußeren Erscheinung nach sind wir anscheinend identisch.«

»Das sind sie«, bestätigte Quinn. »Ich habe ihn gesehen.«

»Ich ... verstehe. Da gibt es interessante Möglichkeiten, um Verwirrung zu stiften, Sir.« Thorne blickte Quinn an, die reumütig nickte.

»Das ist nur allzu richtig. Ich hoffe, die Verteilung der medizinischen Scanner wird die Sache entschärfen. Mach weiter – ruf mich sofort an, wenn ihr einen Durchbruch in dem Fall habt.«

»In Ordnung, Sir.«

Auf dem Korridor bemerkte Quinn: »Hübsch pariert, Sir.«

Miles seufzte. »Ich mußte eine Methode finden, um die Dendarii vor Mark zu warnen. Ich kann nicht zulassen, daß er wieder ungehindert Admiral Naismith spielt.«

»Mark?« sagte Elli. »Wer ist Mark, oder darf ich raten? Miles Mark Zwo?«

»Lord Mark Pierre Vorkosigan«, sagte Miles ruhig. Zumindest hoffte er, daß er ruhig erschiene. »Mein Bruder.«

Elli, die sich der Bedeutungen der barrayaranischen Sippenansprüche bewußt war, runzelte die Stirn. »Hat Ivan recht, Miles? Hat der kleine Trottel dich hypnotisiert?«

»Ich weiß es nicht«, sagte Miles langsam. »Falls ich der einzige bin, der ihn so sieht, dann vielleicht, nur vielleicht ...«

Elli gab einen ermutigenden Laut von sich.

Miles verzog einen Mundwinkel zu einem leichten Lächeln. »Dann haben vielleicht alle unrecht, außer mir.«

Elli schnaubte.

Miles wurde wieder ernsthaft. »Ich weiß es wirklich nicht. Sieben Jahre lang habe ich nie Admiral Naismiths Machtbefugnisse für persönliche Zwecke mißbraucht. Das ist ein Rekord, den ich nicht brechen möchte. Nun ja, vielleicht stöbern wir sie gar nicht auf, und dann bleibt die Frage rein hypothetisch.«

»Wunschdenken«, sagte Elli mißbilligend. »Falls du sie nicht aufstöbern möchtest, dann solltest du vielleicht lieber aufhören, nach ihnen zu suchen.«

»Eine zwingende Logik.«

»Und warum wirst du dann nicht davon bezwungen? Und was willst du mit ihnen anfangen, falls du sie einfängst?«

»Das«, sagte Miles, »ist nicht zu kompliziert. Ich möchte Galen und meinen Klon finden, bevor Destang es tut, und sie dann trennen. Und dann sicherstellen, daß Destang sie nicht findet, bis ich einen persönlichen Bericht nach Hause schicken kann. Schließlich, wenn ich für ihn bürge, dann glaube ich, daß ein Unterlassungsbefehl kommen wird, der die Ermordung meines Klons widerruft, ohne daß ich direkt darin verwickelt erscheinen muß.«

»Was ist mit Galen?« fragte Elli skeptisch. »Du bekommst auf keinen Fall einen Unterlassungsbefehl für seinen Fall.«

»Wahrscheinlich nicht. Galen ist – ein Problem, das ich noch nicht gelöst habe.«

Miles kehrte zu seiner Kabine zurück, wo seine Flottenbuchhalterin ihn einholte.

Leutnantin Bone schnappte sich die Kreditanweisung über achtzehn Millionen Mark mit tiefempfundener und unmilitärischer Freude. »Gerettet!«

»Machen Sie sie flüssig nach Bedarf«, sagte Miles. »Und lösen Sie die *Triumph* aus. Wir müssen in der Lage sein, jederzeit abzufliegen, ohne daß wir uns mit der Solaren Raumflotte wegen Diebstahl rumstreiten müssen. Äh – hm. Glauben Sie, Sie könnten einen Kreditbrief kreieren – aus der Portokasse oder woher auch immer, und zwar in galaktischen Geldern –, der auf keinen Fall auf uns zurückverfolgt werden könnte?«

Ihre Augen leuchteten auf. »Eine interessante Herausforderung, Sir. Hat das irgend etwas mit unserem bevorstehenden Kontrakt zu tun?«

»Geheimsache, Leutnantin«, sagte Miles freundlich. »Ich kann darüber nicht einmal mit Ihnen reden.«

»Geheimsachen«, sagte sie mit einem Naserümpfen, »sind für die Buchhaltung längst nicht so geheim, wie man meint.«

»Vielleicht sollte ich die Abteilungen Geheimdienst und Buchhaltung zusammenlegen. Nein?« Er grinste, als sie ihn entsetzt anschaute. »Na ja, vielleicht doch nicht.«

»An wen geht die Zahlungsanweisung?«

»An den Überbringer.«

Sie zog die Augenbrauen hoch. »Sehr gut, Sir. Wieviel?«

Miles zögerte. »Eine halbe Million Mark. Was immer das in lokaler Währung sein mag.«

»Eine halbe Million Mark«, bemerkte sie kritisch, »kommt nicht aus der Portokasse.«

»Nur solange es Bargeld ist.«

»Ich tue mein Bestes, Sir.«

Nachdem sie gegangen war, saß er allein in seiner Kabine, die Stirn in tiefe Falten gelegt. Der tote Punkt war offensichtlich. Man konnte nicht erwarten, daß Galen Kontakt aufnehmen würde, solange er keine Methode, geschweige denn einen Grund sah, die Situation zu kontrollieren oder eine Überraschung zu erzielen. Galen die Choreographie seiner Bewegungen zu überlassen erschien fatal, und Miles gefiel der Gedanke gar nicht, umherzuwandern, bis Galen sich entschloß, ihn zu überraschen. Doch angesichts des schrumpfenden Zeitlimits war es vielleicht besser, mit irgendeinem Täuschungsmanöver eine Eröffnung einzuleiten, anstatt überhaupt keinen Schritt zu tun. Den verdammten Nachteil der defensiven Haltung beiseite schieben; agieren, anstatt zu reagieren … Ein großer Entschluß, der nur den kleinen Fehler aufwies, daß Miles kein Objekt hatte, an dem er agieren konnte, solange Galen nicht entdeckt war. Er knurrte frustriert und ging erschöpft zu Bett.

Er erwachte von selbst etwa zwölf Stunden später in seiner dunklen Kabine, las von den leuchtenden Ziffern seiner Wanduhr die Zeit ab und blieb noch eine Weile liegen, wobei er in dem bemerkenswerten Gefühl schwelgte, endlich genug Schlaf bekommen zu haben. Sein gieriger Leib legte ihm gerade in der bleiernen Langsamkeit seiner Glieder nahe, noch *mehr* wäre schön, da summte die Komkonsole seiner Kabine. Bewahrt vor der Sünde der Trägheit, taumelte Miles aus dem Bett und beantwortete den Anruf.

»Sir.« Es erschien das Gesicht eines der Kommunikationsoffiziere der *Triumph.* »Da ist ein Dichtstrahl-Anruf von der barrayaranischen Botschaft drunten in London. Man will Sie persönlich sprechen, über Zerhacker.«

Ivan konnte es nicht sein; er hätte über die persönliche Kommunikatorverbindung angerufen. Es mußte sich um eine offizielle Mitteilung handeln. »Entschlüsseln Sie den Anruf und leiten Sie ihn zu mir um.«

»Soll ich ihn aufzeichnen?«

»Ach – nein.«

Konnte es sein, daß schon die neuen Befehle für die Dendarii-Flotte vom Hauptquartier eingetroffen waren? Miles fluchte stumm. Wenn sie gezwungen wurden, den Orbit zu verlassen, bevor seine Dendarii-Geheimdienstleute Galen und Mark fanden …

Destangs grimmiges Gesicht erschien über der Vid-Scheibe. »›Admiral Naismith‹«, Miles konnte förmlich die Anführungszeichen um seinen Namen hören. »Sind wir allein?«

»Völlig, Sir.«

Destangs Gesicht entspannte sich leicht. »Sehr gut. Ich habe einen Befehl für Sie – Leutnant Vorkosigan. Sie sollen an Bord Ihres Schiffes im Orbit bleiben, bis ich persönlich Sie wieder anrufe und Ihnen andere Anweisungen gebe.«

»Warum, Sir?« fragte Miles, obwohl er es verdammt gut erraten konnte.

»Zugunsten meines Seelenfriedens. Wenn eine einfache Vorsichtsmaßnahme die geringste Möglichkeit eines Unfalls ausschließen kann, dann wäre es töricht, sie nicht zu ergreifen. Verstehen Sie mich?«

»Völlig, Sir.«

»Sehr gut. Das ist alles. Destang Ende.« Das Gesicht des Kommodore löste sich in Luft auf.

Miles fluchte laut und herzhaft. Destangs ›Vorsichtsmaßnahme‹ konnte nur bedeuten, daß seine Burschen vom Sektor-Hauptquartier Mark schon entdeckt hatten, vor den Dendarii – und daß sie sich daran machten, ihn umzubringen. Wie schnell? Gab es noch eine Chance …?

Miles schlüpfte in seine grauen Hosen, die schon bereit hingen, holte den gesicherten Kommunikator aus der Tasche und schaltete ihn ein. »Ivan?« sagte er ruhig. »Bist du da?«

»Miles?« Es war nicht Ivans Stimme, sondern die von Galeni.

»Hauptmann Galeni? Ich habe den anderen Kommunikator gefunden … äh … sind Sie allein?«

»Im Augenblick.« Galeni Stimme klang trocken. Allein sein Ton verriet seine Meinung über die Geschichte vom verlegten Kommunikator und über deren Erfinder. »Warum?«

»Wie sind Sie an diesen Kommunikator gekommen?«

»Ihr Cousin hat ihn mir übergeben, bevor er sich zur Erfüllung seiner Pflichten begeben hat.«

»Wohin begeben? Welche Pflichten?« Hatte man Ivan Destang für dessen Menschenjagd zugeteilt? Falls das der Fall war, dann hätte Miles ihn gerne dafür erdrosselt, daß er Miles' Ohr an den Vorgängen ausgerechnet dann aufgegeben hatte, als es den meisten Nutzen gebracht hätte – ängstlicher Idiot! – wenn nur …

»Er begleitet die Gattin des Botschafters zur Botanischen Weltausstellung und zur Zierblumen-Schau in der Gartenbauhalle der Universität von London. Sie geht jedes Jahr dorthin, um sich mit der hiesigen Gesellschaft zu treffen. Zugegeben, sie interessiert sich auch für das Thema.«

Miles hob leicht die Stimme. »Mitten in einer Sicherheitskrise schicken Sie Ivan zu einer *Blumenschau?*«

»Nicht ich«, wehrte Galeni ab. »Kommodore Destang. Ich glaube, er war der Meinung, auf Ivan könne man am leichtesten verzichten. Er ist von Ivan nicht begeistert.«

»Wie steht es mit Ihnen?«

»Von mir ist er auch nicht begeistert.«

»Nein, ich meine, was machen Sie? Sind Sie direkt in die … laufende Operation verwickelt?«

»Kaum.«

»Ah, ich bin erleichtert. Ich hatte ein bißchen befürchtet, irgend jemand könnte auf den Kurzschluß verfallen sein, Sie müßten da mitmachen, zum Beweis Ihrer Loyalität oder irgend so was.«

»Kommodore Destang ist weder ein Sadist noch ein Narr.« Galeni hielt inne. »Er ist jedoch vorsichtig. Ich habe Stubenarrest.«

»Sie haben also keinen direkten Zugang zu der Operation. Etwa, wo man jetzt ist und wie nahe, und wann man plant, einen … Schritt zu unternehmen.«

Galenis Stimme klang sorgfältig unbeteiligt, bot keine Hilfe an, verweigerte sie jedoch auch nicht. »Nicht ohne weiteres.«

»Hm. Er hat mir gerade auch praktisch Stubenarrest verpaßt. Ich glaube, er hat eine Art Durchbruch erzielt und die Dinge laufen auf eine Entscheidung zu.«

Es folgte ein kurzes Schweigen. Dann sagte Galeni mit einem Seufzer: »Tut mir leid, das zu hören …« Seine Stimme schlug um. »Es ist so verdammt nutzlos! Die toten Hände der Vergangenheit ziehen mit galvanischen Reflexen immer noch an den Drähten, und wir armen Puppen tanzen – niemandem ist gedient, nicht uns, nicht ihm, nicht Komarr …«

»Wenn ich mit Ihrem Vater Kontakt aufnehmen könnte«, begann Miles.

»Das wäre nutzlos. Er wird kämpfen und weiterkämpfen.«

»Aber jetzt hat er ja nichts mehr. Er hat seine letzte Chance platzen lassen. Er ist ein alter Mann, er ist müde – er könnte bereit sein sich zu ändern, endlich aufzugeben«, argumentierte Miles.

»Ich wünschte mir … nein. Er kann nicht aufgeben. Wichtiger als das Leben ist ihm, daß er sich beweist, er hat recht. Recht zu haben wäscht ihn von allen Verbrechen rein. All das getan zu haben, was er getan hat, und dann unrecht zu haben – das wäre unerträglich!«

»Ich ... verstehe. Nun, ich werde Sie wieder kontaktieren, wenn ich ... etwas Nützliches zu sagen habe. Es hat ja keinen Zweck, den Kommunikator abzuliefern, solange Sie nicht beide Teile haben, oder?«

»Wie Sie wünschen.« Galenis Ton klang nicht gerade sehr hoffnungsvoll.

Miles brach die Verbindung ab.

Er rief Thorne an, und der konnte von keinem sichtbaren Fortschritt berichten.

»In der Zwischenzeit«, sagte Miles, »gibt es hier einen weiteren Hinweis für euch. Einen bedauerlichen. Das barrayaranische Team hat offensichtlich innerhalb der letzten Stunde oder so unsere Zielperson entdeckt.«

»Ha! Vielleicht können wir ihnen folgen und sie uns so zu Galen führen lassen.«

»Ich fürchte, nein. Wir müssen ihnen zuvorkommen, ohne ihnen auf die Zehen zu treten. Ihre Jagd ist tödlich.«

»Bewaffnet und gefährlich, was? Ich werde es weitergeben.« Thorne pfiff nachdenklich. »Dein Krippenkamerad ist offensichtlich populär.«

Miles wusch sich, kleidete sich an, aß und machte sich bereit: Stiefelmesser, Scanner, Betäuber (einen im Halfter an der Hüfte, den anderen versteckt), Kommunikatoren, ein reiches Sortiment von Geräten und Instrumenten, die man vielleicht durch die Sicherheitsüberprüfungen am Londoner Shuttlehafen brachte. Leider noch himmelweit entfernt von einer Kampfausrüstung, obwohl seine Jacke fast klirrte, wenn er ging. Er rief den Offizier vom Dienst, ließ ein Personentransportshuttle auftanken und den Piloten in Bereitschaft gehen. Dann wartete er ungeduldig.

Was hatte Galen vor? Wenn er nicht einfach auf der

Flucht war – und die Tatsache, daß das barrayaranische Sicherheitsteam ihn fast eingeholt hatte, deutete darauf hin, daß er aus irgendeinem Grund noch herumhing – warum? Bloße Rache? Etwas Tiefgründigeres? War die Analyse seiner Persönlichkeit, die Miles angestellt hatte, zu einfach oder zu subtil – was übersah er? Was gab es noch in diesem Leben für einen Mann, der immer recht haben mußte?

Die Komkonsole seiner Kabine summte. Miles schickte ein stummes Stoßgebet gen Himmel: *Laß es ein Durchbruch sein, ein Hoffnungsstrahl, ein Angriffspunkt ...*

Es erschien das Gesicht des Kommunikationsoffiziers. »Sir, ich habe einen Anruf, der aus dem kommerziellen Komkonsolennetz drunten von der Erde kommt. Ein Mann, der sich weigert, sich zu identifizieren, sagt, Sie wollten mit ihm sprechen.«

Miles zuckte wie elektrisiert zusammen. »Verfolgen Sie den Anruf und machen Sie eine Kopie für Kapitän Thorne in der Nachrichtendienstlichen Abteilung. Stellen Sie ihn durch zu mir.«

»Wollen Sie, daß Ihr Bild gesendet wird, oder soll nur der Audiokanal rausgehen?«

»Beide Kanäle.«

Das Gesicht des Kommunikationsoffiziers verblaßte, und das eines anderen Mannes erschien und vermittelte die beunruhigende Illusion, hier wäre eine Umwandlung vonstatten gegangen.

»Vorkosigan?« sagte Galen.

»Also was?« sagte Miles.

»Ich werde mich nicht wiederholen.« Galen sprach leise und schnell. »Mir ist es völlig gleich, ob Sie aufzeichnen oder das Gespräch zu meinem Standort zurückverfolgen. Das ist belanglos. Sie werden mich in genau siebzig Minuten treffen. Sie kommen zur Themse-Gezeitenbarriere, zu der Stelle auf halbem Weg zwischen den Türmen Sechs und Sieben. Sie gehen allein zu Fuß zum unteren Ausguck auf der Seeseite.

Allein. Dann unterhalten wir uns. Wenn Sie irgendeine Bedingung nicht einhalten, dann werden wir einfach nicht dasein, wenn Sie kommen. Und Ivan Vorpatril wird um 2:07 Uhr sterben.«

»Sie sind zu zweit. Ich muß auch zu zweit sein«, erwiderte Miles. *Ivan?*

»Ihre hübsche Leibwächterin? Sehr gut. Also zu zweit.« Das Vid blinkte, und das Bild verschwand.

»Nein ...«

Schweigen.

Miles rief Thorne an. »Hast du das mitbekommen, Bel?«

»Sicher. Klang bedrohlich. Wer ist Ivan?«

»Jemand sehr wichtiger. Woher ist der Anruf gekommen?«

»Aus einer öffentlichen Komkonsole in einem U-Bahn-Knotenpunkt. Ich habe einen Mann unterwegs, der es in sechs Minuten schaffen kann. Unglücklicherweise ...«

»Ich weiß. Sechs Minuten gibt einen Suchradius von einigen Millionen Menschen. Ich denke, wir machen es so, wie er es will. Bis zu einem gewissen Punkt. Schick eine Patrouille in den Luftraum über der Gezeitenbarriere, melde einen Flugplan für mein Shuttle hinab auf die Erde an, stell einen Luftwagen samt Dendarii-Fahrer und Wache ab, der mich unten aufnimmt. Sag Bone, daß ich jetzt diesen Kreditbrief brauche. Sag Quinn, sie soll auf mich im Korridor vor der Shuttleluke warten und ein paar medizinische Scanner mitbringen. Und sich bereithalten. Ich möchte etwas überprüfen.«

Er holte tief Luft und aktivierte den Kommunikator. »Galeni?«

Pause.

»Ja?«

»Sind Sie noch in Stubenarrest?«

»Ja.«

»Ich habe einen dringenden Informationswunsch. Wo ist Ivan wirklich?«

»Soweit ich weiß, ist er immer noch bei ...«

»Überprüfen Sie es. Und zwar schnell.«

Es gab eine lange, lange Pause, die Miles ausnutzte, um noch einmal seine Ausrüstung zu überprüfen, Leutnantin Bone ausfindig zu machen und zum Korridor vor der Shuttleluke zu gehen. Dort wartete schon Elli Quinn, voller Neugier.

»Was ist jetzt los?«

»Wir haben unseren Durchbruch. Sozusagen. Galen wünscht ein Treffen, aber ...«

»Miles?« meldete sich endlich Galenis Stimme. Sie klang ziemlich bedrückt.

»Ja.«

»Der Gefreite, den wir als Fahrer und Wächter mitgeschickt hatten, hat sich vor etwa zehn Minuten gemeldet. Er hatte Ivan in der Begleitung von Mylady abgelöst, während Ivan zum Pinkeln ging. Als Ivan nach zwanzig Minuten immer noch nicht zurückkam, machte sich der Fahrer auf die Suche nach ihm. Dreißig Minuten lang suchte er – die Gartenbauhalle ist riesengroß und heute abend wimmelt es dort vor Leuten –, bevor er sich wieder bei uns meldete. Wie haben Sie das gewußt?«

»Ich glaube, ich habe jetzt das andere Ende zu fassen bekommen. Erkennen Sie, wessen Stil das ist?«

Galeni fluchte.

»Ganz richtig. Hören Sie, mir ist egal, wie Sie es machen, aber ich möchte, daß Sie mich in fünfzig Minuten treffen, und zwar an der Themse-Gezeitenbarriere, Abschnitt Sechs. Nehmen Sie mindestens einen Betäuber mit und schauen Sie, daß Sie wegkommen, ohne Destang zu alarmieren. Wir haben eine Verabredung mit Ihrem Vater und meinem Bruder.«

»Falls er Ivan hat ...«

»Er mußte eine Trumpfkarte auf den Tisch legen,

sonst würde er nicht mehr ins Spiel kommen. Wir haben eine letzte Chance, dafür zu sorgen, daß es richtig ausgeht. Keine gute Chance, aber die letzte. Machen Sie mit?«

Es folgte eine kleine Pause. »Ja.« Galenis Stimme klang entschlossen.

»Also, bis nachher.«

Miles steckte den Kommunikator in die Tasche und wandte sich Elli zu. »Machen wir uns auf den Weg.«

Sie schwangen sich durch die Shuttleluke. Diesmal hatte Miles keinen Einwand gegen Ptarmigans Gewohnheit, alle Flüge hinab zum Planeten in Kampfgeschwindigkeit zu absolvieren.

KAPITEL 14

Die Themse-Gezeitenbarriere, die der spöttische Volksmund als König-Knut-Denkmal bezeichnete, sah aus hundert Metern Höhe viel eindrucksvoller aus als aus dem Shuttle. Der Luftwagen ging in die Kurve und flog im Kreis. Der Berg aus Synthabeton erstreckte sich in beide Richtungen weiter, als Miles Auge folgen konnte. Die Scheinwerfer, die wie Messer durch die leicht nebelige mitternächtliche Schwärze schnitten, erzeugten mit ihrem weißen Licht die Illusion, das Bauwerk sei aus Marmor.

Die Wachttürme, die im Abstand von jeweils einem Kilometer aufragten, beherbergten nicht Soldaten, die die Mauer bewachten, sondern die Nachtschicht der Ingenieure und Techniker, die die Schleusen und Pumpstationen im Auge behielten. Falls die See jemals die Barriere durchbräche, dann würde sie die Stadt erbarmungsloser dem Erdboden gleichmachen als jede Armee.

Aber in dieser Sommernacht war die See ruhig, übersät mit bunten Positionslichtern, rot, grün, weiß, und dem fernen, sich bewegenden Geblinke der Lichter von Schiffen. Den östlichen Horizont säumte ein schwaches Glühen – die Lichter der europäischen Städte jenseits des Wassers.

Auf der anderen Seite der weißen Barriere, in Richtung auf London, wurden aller Schmutz und Ruß und alle verfallenen Häuser von der Nacht verschluckt, die nur die juwelengeschmückte Illusion von etwas Magischem, Unbeschädigten, Unsterblichen hinterließ.

Miles preßte sein Gesicht an die Kabinenhaube des

Luftwagens, um einen letzten strategischen Überblick über die Arena zu gewinnen, in die sie jetzt treten würden, bevor sie auf dem nahezu leeren Parkbereich hinter der Barriere landeten. Abschnitt Sechs lag an der Peripherie der wichtigeren Kanalabschnitte mit ihren riesengroßen Navigationsschleusen, die rund um die Uhr arbeiteten, und bestand nur aus einem Deich und zusätzlichen Pumpstationen und war um diese Zeit wie ausgestorben. Das paßte Miles. Falls die Lage in eine Art Schießerei umschlug, dann war es umso besser, je weniger zivile Passanten vorbeiwanderten. Laufstege und Leiter führten zu den Zugangspforten in dem Gebäude, schwarze geometrische Akzente auf den weißen Mauern. Spinnwebartige Geländer markierten Gehwege. Einige davon waren breit und öffentlich, andere eng und zweifellos nur für Befugte reserviert. Im Augenblick erschienen sie alle menschenleer; es gab kein Zeichen von Galen oder Mark. Kein Zeichen von Ivan.

»Was ist so bedeutungsvoll an 2:07 Uhr?« überlegte Miles laut. »Ich habe das Gefühl, das müßte offensichtlich sein. Es ist eine so exakte Zeitangabe.«

Elli, die im Weltraum Geborene, schüttelte den Kopf, aber der Dendarii-Soldat, der den Luftwagen steuerte, meldete sich: »Das ist der Höchststand der Flut, Sir.«

»Aha!« sagte Miles. Er lehnte sich zurück und dachte krampfhaft nach. »Wie interessant. Das läßt an zwei Dinge denken. Sie haben Ivan hier irgendwo versteckt – und wir sollten am besten unsere Suche auf die Höhe unterhalb der Flutlinie konzentrieren. Haben sie ihn vielleicht an ein Geländer unten an den Felsen oder an sonst irgendwas angekettet?«

»Die Luftpatrouille könnte mal drüberfliegen und es überprüfen.«

»Ja, sag ihnen, sie sollen das tun.«

Der Luftwagen landete in einem Kreis, der auf das Pflaster gemalt war.

Quinn und der zweite Soldat stiegen als erste vorsichtig aus, dann scannten sie schnell den Umkreis des Platzes. »Es nähert sich jemand zu Fuß«, berichtete der Soldat.

»Hoffentlich ist es Hauptmann Galeni«, murmelte Miles und blickte auf sein Chrono. Es blieben ihm noch sieben Minuten von seiner Frist.

Der Fußgänger war ein Mann, der mit seinem Hund joggte. Beide starrten auf die vier uniformierten Dendarii, dann machten sie ängstlich einen großen Bogen um sie, in Richtung auf die gegenüberliegende Seite des Parkplatzes, bevor sie in den Büschen verschwanden, die das Nordende säumten. Alle nahmen wieder ihre Hände von den Betäubern. Eine zivilisierte Stadt, dachte Miles. In einigen Vierteln von Vorbarr Sultana würde man um diese Stunde sich das nicht trauen, es sei denn, man hätte einen viel größeren Hund.

Der Soldat blickte auf seinen Infrarot-Scanner. »Da kommt noch einer.«

Diesmal erklang nicht das weiche Tappen von Laufschuhen, sondern der schnelle Tritt von Stiefeln. Miles erkannte den Schritt, bevor er das Gesicht in dem ungewissen Licht erkennen konnte. Als Galeni in die hellere Beleuchtung des Parkplatzes trat, wurde das Dunkelgrau seiner Uniform zu Grün.

»Okay«, sagte Miles zu Elli, »hier trennen wir uns. Halte dich unbedingt zurück und außer Sichtweite, aber wenn du einen guten Aussichtspunkt finden kannst, ist es schön. Ist der Armbandkommunikator aktiv?«

Elli schaltete ihren Kommunikator ein. Miles zog sein Stiefelmesser und entfernte mit der Spitze das winzige Lämpchen der Sendeanzeige an seinem eigenen Kommunikator, dann blies er in das Gerät; an Ellis Handgelenk ertönte ein wisperndes Zischen. »Sendet perfekt«, bestätigte Elli.

»Hast du deinen medizinischen Scanner dabei?«

Sie zeigte ihn.

»Nimm mal eine Grundlinie auf.«

Elli zeigte mit dem Scanner auf Miles und schwenkte ihn auf und ab. »Aufgezeichnet und bereit für automatischen Vergleich.«

»Fällt dir sonst noch etwas ein?«

Sie schüttelte den Kopf, sah aber immer noch nicht zufrieden aus. »Was soll ich machen, wenn *er* zurückkommt, und nicht du?«

»Schnapp ihn und verhör ihn unter Schnell-Penta – hast du deine Verhörausrüstung dabei?«

Sie öffnete kurz ihre Jacke: ein kleiner brauner Kasten guckte aus einer Innentasche.

»Rette Ivan, falls du kannst. Dann«, Miles holte tief Luft, »kannst du dem Klon den Kopf wegpusten oder was du sonst möchtest.«

»Was ist jetzt los mit ›er ist auf jeden Fall mein Bruder‹?« fragte Elli.

Galeni, der mitten in diesem Gespräch zu ihnen gestoßen war, hob interessiert den Kopf, um die Antwort auf diese Frage zu hören. Doch Miles schüttelte nur den Kopf. Ihm fiel keine einfache Antwort ein.

»Wir haben noch drei Minuten«, sagte Miles zu Galeni. »Wir sollten uns lieber in Bewegung setzen.«

Sie folgten einem Weg, der zu einer Treppenflucht führte und stiegen über die Kette hinweg, die gesetzestreuen Bürgern zeigte, daß die Treppen während der Nacht geschlossen waren. Die Stufen führten an der Rückseite der Gezeitenbarriere zu einer öffentlichen Promenade hoch, die oben entlanglief und Schaulustigen tagsüber einen Blick auf das Meer erlaubte. Galeni, der sich offensichtlich sehr schnell bewegt hatte, atmete schon heftig, als sie ihren Aufstieg erst begannen.

»Hatten Sie Schwierigkeiten, aus der Botschaft wegzukommen?« fragte Miles.

»Nicht wirklich«, sagte Galeni. »Wie Sie wissen, ist die heikle Sache, wieder hineinzukommen. Ich denke, Sie haben demonstriert, daß die einfachste Methode auch die beste ist. Ich bin einfach durch den Seiteneingang hinausgegangen und habe die nächste U-Bahn genommen. Glücklicherweise hatte die diensthabende Wache keinen Befehl, auf mich zu schießen.«

»Wußten Sie das schon vorher?«

»Nein.«

»Dann weiß Destang, daß Sie weggegangen sind.«

»Er wird es sicher erfahren.«

»Glauben Sie, daß man Ihnen gefolgt ist?« Miles blickte unwillkürlich über die Schulter. Er konnte unten den Parkplatz und den Luftwagen sehen; Elli und die beiden Soldaten waren verschwunden; sicher suchten sie jetzt ihren Aussichtspunkt.

»Nicht sofort. Die Sicherheitsabteilung der Botschaft ist im Augenblick unterbesetzt.« Galenis Zähne blitzten in der Dunkelheit auf. »Ich habe meinen Armbandkommunikator zurückgelassen und die Marken für die U-Bahn bar gekauft, anstatt meine Passierkarte zu verwenden. Also gibt es nichts, womit man mich schnell aufspüren kann.«

Keuchend kamen sie oben an. Die feuchte Luft wehte Miles kühl ins Gesicht. Sie roch nach Flußschlamm und Meersalz, mit einem leicht modrigen Beigeschmack aus der Mündung. Miles überquerte die breite Promenade und guckte über das Geländer auf die Außenseite des Deiches hinab, die aus Synthabeton bestand. Etwa zwanzig Meter unter ihnen lief ein schmaler Sims mit einem Geländer vorbei und verschwand zur Rechten hinter einer Ausbuchtung der Barriere. Er gehörte nicht zum öffentlichen Bereich und konnte über festgekeilte Ausziehleitern erreicht werden, die in bestimmten Abständen am Geländer angebracht und jetzt natürlich während der Nacht zusammengeklappt und abgeschlossen waren. Miles und Galeni konnten versuchen, eine der verschlossenen Leitersteuerungen aufzubrechen und zu entschlüsseln – das brauchte Zeit und würde wahrscheinlich ein Licht auf der Alarmtafel eines Nachtschichtaufsehers in einem der fernen Wachttürme aufleuchten lassen –, oder auf die schnelle Art hinuntergehen.

Miles seufzte leise. Sich über eine felsenharte Oberfläche aus der Höhe abzuseilen gehörte zu den Aktivitäten, die er am wenigsten mochte. Er fischte die Spule mit dem Fallseil aus der entsprechenden kleinen Tasche seiner Dendarii-Jacke, befestigte sorgfältig den Gravitationsgreifer am Geländer und überprüfte den Halt. Auf einen Fingerdruck hin traten an den Seiten der Spule Handgriffe in Form von Teleskopstäben heraus und gaben das weite Gurtwerk frei, das trotz seiner phänomenalen Zugfestigkeit immer schrecklich zart wirkte. Miles schlang es um sich, gurtete es fest zu, hüpfte über das Geländer und tanzte rückwärts die Mauer hinab, ohne hinunterzuschauen. Als er unten ankam, war er ganz schön mit Adrenalin vollgepumpt.

Er schickte die Spule, die sich automatisch aufrollte, wieder zu Galeni hoch. Der Hauptmann begann seinen Abstieg. Als Galeni das Gerät an Miles zurückgab, verriet er nicht, was für Gefühle eine solche Höhe bei ihm auslöste, und auch Miles sagte nichts. Miles drückte auf den Knopf, der den Greifer löste, rollte die Spule wieder auf und steckte sie in die Tasche.

»Wir gehen gerade weiter«, sagte Miles mit einem Nicken. Er zog den Betäuber, der im Halfter steckte. »Was haben Sie mitgebracht?«

»Ich habe nur einen Betäuber bekommen«, erwiderte Galeni, zog die Waffe aus der Tasche und überprüfte Ladung und Einstellung. »Und Sie?«

»Zwei. Und ein paar weitere Sachen. Für das, was man durch die Sicherheitsprüfungen am Shuttlehafen schleusen kann, gibt es strenge Beschränkungen.«

»Wenn man überlegt, wie es dort von Menschen wimmelt, dann ist diese Regel meiner Meinung nach vernünftig«, bemerkte Galeni.

Mit den Betäubern in Händen gingen sie hintereinander auf dem Sims entlang, Miles voran. Direkt unter ihren Füßen wirbelte und gurgelte Meerwasser, innerhalb des Lichtkreises grün-braun und fast durchsichtig, von Schaumstreifen überzogen, außerhalb des Lichtes von seidiger Schwärze. Nach der Verfärbung des Betons zu schließen geriet dieser Laufgang bei Flut unter Wasser.

Miles bedeutete Galeni mit einer Geste stehenzubleiben und schob sich vorwärts. Direkt hinter der Ausbuchtung endete der Laufgang in einem Rondell von vier Metern Durchmesser, das Geländer machte einen Bogen und traf auf die Mauer. In der Wand gab es einen Eingang, eine stabile, wasserdichte ovale Luke.

Vor der Luke standen Galen und Mark, Betäuber in der Hand. Mark trug ein schwarzes T-Shirt und graue Dendarii-Hosen und Stiefel, allerdings keine Jacke. Miles fragte sich, ob es seine eigenen Kleider waren, von Mark geklaut, oder nur Duplikate. Seine Nasenflügel bebten, als er an der Taille des Klons den Dolch seines Großvaters in seiner Scheide aus Eidechsenhaut entdeckte.

»Ein Patt«, bemerkte Galen im Plauderton, als Miles stehenblieb, und er warf einen Blick auf Miles' Betäuber und seinen eigenen. »Wenn wir alle auf einmal feuern, dann bleibe entweder ich übrig, oder mein Miles. Aber wenn Sie wie durch ein Wunder uns beide umlegen, dann können wir Ihnen nicht sagen, wo Ihr Ochse von einem Cousin ist. Er würde sterben, bevor Sie ihn finden könnten. Sein Tod würde automatisch erfolgen. Ich muß nicht zu ihm zurückkehren, um das Urteil zu vollziehen. Ganz im Gegenteil. Ihre hübsche Leibwächterin darf sich ruhig uns anschließen.«

Galeni trat um die Kurve. »Manche Patts sind seltsamer als andere«, sagte er.

Galens Gesicht verlor seinen harten, sarkastischen Ausdruck, die Lippen öffneten sich zu einem Seufzer tiefer Verzweiflung, dann preßte er sie wieder zusammen und straffte die Hand um die Waffe. »Sie sollten die Frau mitbringen«, zischte er.

Miles lächelte. »Sie ist in der Gegend. Aber Sie haben zwei gesagt, und wir sind zwei. Jetzt sind alle interessierten Parteien anwesend. Was nun?«

»Es bleibt immer noch ein Patt«, sagte Galen. »Wenn Sie beide betäubt werden, dann verlieren Sie; wenn wir beide betäubt werden, dann verlieren Sie auch. Es ist absurd.«

»Was würden Sie vorschlagen?« fragte Miles.

»Ich schlage vor, wir legen alle unsere Waffen in der Mitte auf den Boden. Dann können wir ohne Ablenkung miteinander reden.«

Er hat noch einen Betäuber irgendwo versteckt, dachte Miles.

Genau wie ich.

»Ein interessanter Vorschlag. Wer legt seinen zuletzt hin?«

An Galens Gesicht war abzulesen, wie er irritiert überlegte. Er öffnete den Mund und machte ihn wieder zu, dann schüttelte er leicht den Kopf.

»Auch ich würde gerne ohne Ablenkung reden«, sagte Miles vorsichtig. »Ich schlage folgende Reihenfolge vor: Ich lege als erster meinen hin. Dann M… – der Klon. Dann Sie. Hauptmann Galeni zuletzt.«

»Welche Garantie …?« Galen warf seinem Sohn einen scharfen Blick zu. Die Spannung zwischen beiden war fast körperlich zu spüren, eine seltsame, stumme Mischung aus Empörung, Verzweiflung und Qual.

»Er wird Ihnen sein Wort geben«, sagte Miles. Mit einem Blick bat er Galeni um Bestätigung. Der Hauptmann nickte langsam.

Drei Atemzüge lang herrschte Schweigen, dann sagte Galen: »In Ordnung.«

Miles trat vor, kniete nieder, legte seinen Betäuber in der Mitte auf den Boden und trat zurück. Mark tat es ihm gleich und blickte ihn dabei die ganze Zeit an.

Galen zögerte einen langen, gequälten Augenblick, wobei seine Augen verrieten, daß er immer noch hin und her kalkulierte, dann legte er seine Waffe neben den anderen nieder. Galeni folgte ihm ohne Zögern. Sein Lächeln war scharf wie eine Schwertklinge. In seinen Augen war nichts zu lesen außer dem Grundgefühl dumpfen Schmerzes, das in ihm lauerte, seit sein Vater von den Toten auferstanden war.

»Also dann zuerst Ihren Vorschlag«, sagte Galen zu Miles. »Falls Sie einen haben.«

»Das Leben«, sagte Miles. »An einem Ort, den nur ich kenne und den Sie nie rechtzeitig entdecken würden, wenn Sie mich betäubten, habe ich eine Baranweisung für hunderttausend betanische Dollar versteckt – das sind eine halbe Million barrayaranische Mark, Freunde –, zahlbar an den Überbringer. Ich kann sie Ihnen geben, zusammen mit einem Vorsprung und nützlichen Informationen, wie Sie dem barayarranischen Geheimdienst entkommen können – der Ihnen übrigens sehr nah auf den Fersen ist…«

Der Klon sah äußerst interessiert aus; seine Augen weiteten sich, als die Summe genannt wurde, und sie weiteten sich noch mehr, als der barrayaranische Geheimdienst erwähnt wurde.

»…im Austausch für meinen Cousin«, Miles holte kurz Luft, »meinen Bruder und Ihr Versprechen – in Ruhestand zu treten und sich weiterer Komplotte gegen das Kaiserreich von Barrayar zu enthalten. Die ja nur nutzloses Blutvergießen und unnötigen Schmerz für Ihre wenigen überlebenden Verwandten zur Folge haben würden. Der Krieg ist vorbei, Ser Galen. Es ist Zeit, daß jemand anderer etwas anderes versucht. Eine andere Methode, vielleicht eine bessere Methode – alles in allem könnte es kaum eine schlechtere Methode sein.«

»Der Aufstand«, sagte Galen leise, fast zu sich selbst, »darf nicht sterben.«

»Auch wenn alle dabei sterben? ›Es hat nicht funktioniert, also versuchen wir es noch einmal‹? In meiner Branche nennt man das militärische Dummheit. Ich weiß nicht, wie man das im Zivilleben nennt.«

»Meine ältere Schwester hat sich einmal auf das Wort eines Barrayaraners hin ergeben«, bemerkte Galen. Sein Gesicht wirkte jetzt sehr kalt. »Admiral Vorkosigan hat sie auch sanft und logisch überredet und Frieden versprochen.«

»Das Wort meines Vaters wurde von einem Untergebenen verraten«, erwiderte Miles, »der nicht erkennen wollte, daß der Krieg vorbei und Zeit zum Aufhören war. Der Mann hat für diesen Fehler mit seinem Leben bezahlt, er wurde für sein Verbrechen hingerichtet. Damals hat mein Vater für Sie Rache verübt. Das war alles, was er für Sie tun konnte; die Toten konnte er nicht wieder lebendig machen. Ich kann es auch nicht. Ich kann nur versuchen zu verhindern, daß noch mehr sterben.«

Galen lächelte säuerlich. »Und du, David. Welche Bestechung bietest du mir an, zusätzlich zum Geld deines barrayaranischen Herrn, damit ich Komarr verrate?«

Galeni hatte mit einem eigenartigen Lächeln auf den Lippen zugehört und dabei auf seine Fingernägel geschaut. Er rieb sie kurz an seiner Hosennaht, dann verschränkte er die Arme und zwinkerte. »Enkel?«

Einen Augenblick lang wirkte Galen verblüfft. »Du hast ja noch nicht einmal eine feste Beziehung!«

»Eines Tages werde ich sie haben. Natürlich nur, wenn ich überlebe.«

»Und sie wären alle gute kleine Untertanen des Kaisers«, sagte Galen verächtlich und bemühte sich, seine anfängliche Fassung wiederzugewinnen.

Galeni zuckte die Achseln. »Scheint zu Vorkosigans Angebot in Sachen Leben zu passen. Sonst kann ich dir nichts geben, was du von mir erwartest.«

»Sie beide sind sich ähnlicher, als Sie selber es wissen, glaube ich«, murmelte Miles. »Also, was ist Ihr Vorschlag, Ser Galen? Warum haben Sie uns hierher kommen lassen?«

Galen fuhr mit der rechten Hand zu seiner Jacke, hielt aber dann inne. Er lächelte entwaffnend und legte den Kopf schief, als bäte er um Erlaubnis. *Jetzt kommt der zweite Betäuber,* dachte Miles. *Er gibt sich so spröde und tut bis zum letzten Augenblick so, als hätte er in Wirklichkeit gar keine Waffe mehr.* Miles zuckte nicht, aber er überlegte unwillkürlich, wie schnell er übers Geländer springen und wie weit er bei starker Brandung unter Wasser schwimmen konnte, wenn er die Luft anhielt. Mit den Stiefeln. Galeni rührte sich nicht, kühl wie immer.

Auch nicht, als die Waffe, die Ser Galen abrupt zog, sich als tödlich wirkender Nervendisruptor entpuppte.

»Einige Patts«, sagte Galen, »sind gleicher als die anderen.« Sein Lächeln wurde zu einer verkniffenen Parodie seiner selbst. »Heb die Betäuber da auf«, sagte er zu dem Klon. Der beugte sich, nahm sie hoch und steckte sie in seinen Gürtel.

»Was wollen Sie jetzt machen?« sagte Miles in leichtem Ton und versuchte, sich nicht von der silbrigen, glockenförmigen Mündung des Disruptors hypnotisieren oder paralysieren zu lassen.

»Sie umbringen«, erklärte Galen. Sein Blick zuckte immer wieder zu seinem Sohn, dann heftete er ihn auf Miles, als müßte er seine Entschlossenheit bestärken.

Warum reden Sie dann noch, anstatt zu feuern? Miles sprach diesen Gedanken nicht laut aus, damit Galen nicht auffiel, wie sinnvoll er war. Laß ihn weiterreden, er möchte mehr sagen, er fühlt sich angetrieben, mehr zu sagen. »Warum? Ich sehe nicht, wie das so spät noch Komarr nützen soll, außer vielleicht Ihre Gefühle zu erleichtern. Handelt es sich um bloße Rache?«

»Nichts dabei ist bloß. Vollständig. Mein Miles wird hier als der einzige Miles weggehen.«

»Ach, kommen Sie!« Miles brauchte nicht erst sein Schauspielertalent bemühen, damit sein Ton empört klang. Seine Empörung war ganz echt. »Sie hängen doch nicht noch immer an diesem verdammten Austauschkomplott! Der barrayaranische Sicherheitsdienst ist gewarnt, man wird Sie jetzt auf der Stelle entdecken. Das funktioniert doch nicht.« Er blickte auf den Klon. »Willst du, daß er dich Hals über Kopf in einen Schnellvernichter laufen läßt? In dem Augenblick, wo du dich den Barrayaranern präsentierst, bist du erledigt. Es ist nutzlos. Und es ist nicht *notwendig*.«

Der Klon blickte ausgesprochen unbehaglich drein, aber er riß das Kinn hoch und produzierte ein stolzes Lächeln. »Ich werde nicht Lord Vorkosigan sein. Sondern Admiral Naismith. Ich bin es schon einmal gewesen, deshalb weiß ich, daß ich es kann. Deine Dendarii werden uns hier rausschaffen – und eine neue Machtbasis gewähren.«

»Grrr!« Miles machte eine Geste, als wolle er sich die Haare ausraufen. »Glaubst du, ich wäre hierher gekommen, wenn das auch nur entfernt möglich wäre? Die Dendarii sind auch gewarnt. Jeder Patrouillenführer dort draußen – und du solltest es mir glauben, daß ich Patrouillen dort draußen habe – trägt einen medizinischen Scanner bei sich. Bei dem ersten Befehl, den du gibst, wirst du gescannt. Wenn man bei dir in den Beinen natürliche Knochen anstelle meiner synthetischen findet, dann pustet man dir den Schädel weg. Ende der Geschichte.«

»Aber meine Beinknochen *sind* synthetisch«, sagte der Klon in einem verwirrten Ton.

Miles erstarrte. »Was? Du hast mir doch gesagt, daß deine Knochen nicht brechen ...«

Galen drehte den Kopf dem Klon zu. »Wann hast du ihm das gesagt ...?«

»Sie brechen nicht«, antwortete der Klon Miles. »Aber nachdem deine ausgetauscht worden waren, wurden auch meine ausgetauscht. Sonst hätte schon der erste oberflächliche medizinische Scan-Test alles verraten.«

»Aber du hast trotzdem kein Muster alter Brüche in deinen anderen Knochen ...?«

»Nein, aber dafür müßte viel gründlicher gescannt werden. Und wenn erst einmal die drei eliminiert sind, dann dürfte ich in der Lage sein, das zu vermeiden. Ich werde deine Logbücher studieren ...«

»Welche drei?«

»Die drei Dendarii, die wissen, daß du Vorkosigan bist.«

»Ihre hübsche Leibwächterin und das andere Paar«, erklärte Galen auf Miles' entsetzten Blick hin. »Es tut mir leid, daß Sie sie nicht mitgebracht haben. Jetzt müssen wir sie aufspüren.«

Sah es wirklich so aus, als sei Mark davon unangenehm berührt?

»Du könntest es trotzdem nicht schaffen«, argumentierte Miles. »Es gibt fünftausend Dendarii. Ich kenne Hunderte von ihnen mit Namen, nach dem Gesicht. Wir waren im Kampf zusammen. Ich weiß Dinge von ihnen, die ihre eigene Mutter nicht weiß und die auch in keinem Logbuch verzeichnet sind. Und sie haben mich unter jeder Art von Stress erlebt. Du könntest nicht einmal die richtigen Witze machen. Und selbst wenn es dir für einige Zeit gelingt, Admiral Naismith zu werden, so wie du einmal geplant hast, Kaiser zu werden – wo bleibt dann Mark? Vielleicht mag Mark kein Weltraumsöldner sein. Vielleicht will er Textildesigner sein. Oder Arzt ...«

»Oh«, keuchte der Klon mit einem Blick auf seinen verkrüppelten Körper, »*kein* Arzt ...«

»... oder Holovid-Programmierer oder Sternenpilot oder Ingenieur. Oder einfach sehr weit weg von *ihm*.« Miles wies mit dem Kopf auf Galen. Einen Moment lang erschien ein leidenschaftliches Verlangen in den

Augen des Klons, wurde aber schnell wieder unterdrückt. »Wie wirst du das je herausfinden?«

»Das ist wahr«, sagte Galen und blickte den Klon mit plötzlich zusammengekniffenen Augen an, »du mußt als erfahrener Soldat durchgehen. Und du hast noch keinen getötet.«

Der Klon trat verlegen von einem Bein aufs andere und blickte seitwärts auf seinen Mentor.

Galens Stimme war sanft geworden. »Du mußt lernen zu töten, wenn du überleben willst.«

»Nein, mußt du nicht«, warf Miles ein. »Die meisten Menschen gehen durch ihr Leben, ohne irgend jemanden zu töten. Das ist ein falsches Argument.«

Der Nervendisruptor zielte beständig auf Miles. »Sie reden zuviel.« Galens Blick fiel ein letztesmal auf seinen Sohn, der stumm die Szene verfolgt hatte und das Kinn trotzig hob, dann aber zur Seite blickte, als hätte ihn der Anblick geblendet. »Es ist Zeit zu gehen.«

Galen wandte sich dem Klon zu. »Hier.« Er reichte ihm den Nervendisruptor. »Es ist Zeit, deine Ausbildung abzuschließen. Erschieße sie, und dann gehen wir.«

»Was ist mit Ivan?« fragte Hauptmann Galeni sanft.

»Ich habe so wenig Verwendung für Vorkosigans Neffen wie für seinen Sohn«, sagte Galen. »Sie können zusammen zur Hölle fahren.« Er wandte das Gesicht dem Klon zu und fügte hinzu: »Los! Töte sie!«

Mark schluckte und hob die Waffe mit beiden Händen in Feuerstellung. »Aber – was ist mit der Geldanweisung?«

»Es gibt keine Geldanweisung. Kannst du nicht eine Lüge erkennen, wenn du eine hörst, du Narr?«

Miles hob seinen Armbandkommunikator und sprach deutlich hinein. »Elli, hast du alles mitbekommen?«

»Aufgezeichnet und an Kapitän Thorne im Hauptquartier übertragen«, antwortete Quinns Stimme fröhlich. »Brauchst du schon Gesellschaft?«

»Noch nicht.« Er ließ die Hand sinken, richtete sich auf und blickte Galen in die wütenden Augen. »Wie ich schon sagte. Ende der Geschichte. Diskutieren wir Alternativen.«

Mit bestürzter Miene hatte Mark den Nervendisruptor gesenkt.

»Alternativen? Rache reicht aus!« zischte Galen. »Feuer!«

»Aber ...«, sagte der Klon erregt.

»Von diesem Augenblick an bist du ein freier Mann.« Miles sprach leise und schnell. »Er hat dich gekauft und für dich bezahlt, aber er besitzt dich nicht. Aber wenn du für ihn tötest, dann wird er dich für immer besitzen. Für immer und ewig.«

Nicht unbedingt, sagte Galenis Gesicht. Er verzog den Mund, mischte sich aber nicht ein.

»Du mußt deine Feinde töten«, knurrte Galen.

Mark ließ die Hand sinken und öffnete den Mund zum Protest.

»Jetzt, verdammt!« schrie Galen und setzte an, den Nervendisruptor wieder an sich zu reißen.

Galeni trat vor Miles. Miles suchte in seiner Jacke nach dem zweiten Betäuber. Der Nervendisruptor knisterte. Miles zog seine Waffe, zu spät, verdammt noch mal zu spät – Hauptmann Galeni keuchte – *wegen meiner Langsamkeit ist er tot, wegen meiner Dummheit von wegen der einen letzten Chance* –, Miles sprang hinter Galeni hervor und zielte mit seinem Betäuber ...

Und sah, wie Galen zusammenbrach und in Krämpfen zuckte, den Rücken gebogen, das Gesicht verzerrt, und in den Tod wegsank.

»Die Feinde töten«, keuchte Mark. Sein Gesicht war weiß wie Papier. »Ganz recht. Ah!« fügte er hinzu und hob die Waffe wieder, als Miles auf ihn zugehen wollte. »Bleib auf der Stelle stehen!«

Zu Miles Füßen zischte etwas – er blickte hinab und sah eine dünne Schaumschicht, die an seinen Stiefel vorbeigeschwemmt wurde, an Schwung verlor und wieder zurückwich. Einen Moment später kam die nächste. Die Flut stieg über den Sims. Die Flut stieg…

»Wo ist Ivan?« wollte Miles wissen und packte den Betäuber fester.

»Wenn du feuerst, wirst du es nie erfahren«, sagte Mark. Seine Blicke huschten nervös von Miles zu Galeni, von Galens Leiche zu seinen Füßen zu der Waffe in seiner Hand, als liefe das alles zu einer unmöglich unrichtigen Summe zusammen. Er atmete flach und panisch. Seine Fingerknöchel, um den Nervendisruptor gekrallt, waren bleich wie Knochen. Galeni stand sehr, sehr still da. Er hatte den Kopf gehoben und den Blick auf das, was da am Boden lag, oder nach innen gerichtet. Er schien die Waffe oder den, der sie hielt, nicht wahrzunehmen.

»Schön«, sagte Miles. »Du hilfst uns, und wir helfen dir. Bring uns zu Ivan!«

Mark wich zur Mauer zurück und senkte den Nervendisruptor nicht. »Ich traue dir nicht.«

»Wohin willst du jetzt gehen? Du kannst nicht zu den Komarranern zurück. Ein barrayaranisches Einsatzkommando, das dich umlegen soll, ist dir auf den Fersen. Du kannst die hiesigen Behörden nicht um Schutz bitten, denn du mußt diese Leiche erklären. Ich bin deine einzige Chance.«

Mark blickte auf die Leiche, auf den Nervendisruptor, auf Miles.

Das sanfte Sirren einer Seilspule, die abgerollt wurde, drang kaum durch das Zischen der Gischt am Boden. Miles blickte auf. Quinn kam heruntergesaust, wie ein Falke, der auf seine Beute herabstieß. In der einen Hand hielt sie eine Waffe, mit der anderen steuerte sie die Seilspule.

Mark stieß die Luke auf und stolperte rückwärts hindurch. »Sucht nur Ivan! Er ist nicht weit weg. Ich muß keine Leiche erklären – aber *du!* Auf der Mordwaffe sind deine Fingerabdrücke!« Er warf den Nervendisruptor auf den Boden und schlug die Luke hinter sich zu.

Miles sprang zur Tür und fummelte daran herum, aber sie war schon verschlossen – er knackste sich fast noch ein paar Fingerknochen an. Gedämpft war durch die Luke das Schieben und Klirren eines Schließmechanismus zu hören, der der Gewalt des Meeres trotzen sollte. Miles zischte mit zusammengebissenen Zähnen.

»Soll ich sie aufsprengen?« keuchte Quinn, als sie landete.

»D… du lieber Himmel, nein!« Die Verfärbung der Mauer an der Flutmarke befand sich gute zwei Meter über der Oberschwelle der Luke. »Wir könnten London unter Wasser setzen. Versuch sie zu öffnen, ohne sie zu beschädigen. Hauptmann Galeni!« Miles wandte sich um. Galeni hatte sich nicht bewegt. »Haben Sie einen Schock?«

»Hm? Nein… nein, ich glaube nicht.« Galeni kam mühsam zu sich. In einem seltsam ruhigen, nachdenklichen Ton fügte er hinzu: »Vielleicht später.«

Quinn stand vor der Luke, holte Instrumente aus ihren Taschen, klatschte sie an die senkrechte Fläche und las Meßwerte ab. »Elektromechanisch mit einer manuellen Notbedienung… wenn ich ein magnetisches…«

Miles zog Quinn das Abseilgurtwerk herunter und reichte es Galeni. »Gehen Sie hoch«, zischte er ihm zu, »und schauen Sie, ob Sie auf der anderen Seite einen anderen Eingang finden. Wir müssen diesen kleinen Trottel schnappen!«

Galeni nickte und zog sich das Gurtwerk über.

Miles hielt ihm einen Betäuber und ein Stiefelmesser hin. »Wollen Sie eine Waffe haben?« Mark war mit allen anderen Betäubern am Gürtel abgehauen.

»Der Betäuber ist nutzlos«, stellte Galeni fest. »Das Messer sollten Sie lieber behalten. Wenn ich ihn einhole, dann benutze ich meine bloßen Hände.«

Mit Vergnügen, fügte Miles stumm hinzu. Er nickte. Sie hatten beide das barrayaranische Grundtraining im waffenlosen Kampf absolviert. Dreiviertel der Bewegungsfolgen waren Miles wegen der geheimen Schwäche seiner Knochen in einem echten Kampf mit vollem Einsatz verwehrt, aber das galt nicht für Galeni. Der Hauptmann stieg in die Nachtluft empor. Er hüpfte an dem fast unsichtbaren Seil die Wand so behende empor wie eine Spinne.

»Hab's schon!« schrie Quinn. Die massive Lukentür schwang auf und gab den Blick auf ein tiefes, dunkles Loch frei.

Miles riß das Handlicht aus seinem Gürtel und sprang hindurch. Er warf noch einmal einen Blick auf Galens Leiche, an der schon der Schaum leckte. Das graue Gesicht war jetzt von Obsessionen und Qualen befreit. Die Stille des Todes war nicht mit der Reglosigkeit des Schlafes zu verwechseln. Sie war absolut. Der Strahl des Nervendisruptors mußte Galens Kopf voll getroffen haben. Quinn zog die Luke hinter ihnen zu und blieb stehen, um das Werkzeug wieder in ihre Taschen zu stopfen, während der Mechanismus der Tür blinkte und piepste, glitt und klirrte und so das niedriger gelegene Themsegebiet wieder sicher machte.

Sie eilten beide den Korridor hinauf. Nach nur fünf Metern mußten sie zum erstenmal stehenbleiben: sie waren an eine T-förmige Einmündung gelangt. Der Hauptkorridor war beleuchtet und krümmte sich in beide Richtungen bis außer Sichtweite.

»Du gehst nach links, ich nach rechts«, sagte Miles.

»Du solltest nicht allein sein«, widersprach Quinn.

»Vielleicht sollte ich Zwillinge sein, was? Geh schon, verdammt noch mal!«

Quinn warf verärgert die Hände hoch und rannte los.

Miles sprintete in die andere Richtung. Seine Schritte erzeugten in dem Korridor ein unheimliches Echo, tief drinnen in diesem Berg aus Synthabeton. Er blieb einen Moment lang stehen und lauschte: er hörte nur Quinns leichte, schwächer werdenden Laufgeräusche. Er lief weiter, vorbei an Hunderten von Metern nacktem Synthabeton, vorbei an dunklen und stummen Pumpstationen, vorbei auch an Pumpstationen, die erleuchtet waren und ruhig summten. Er überlegte gerade, ob er vielleicht einen Ausgang übersehen haben könnte – einen oberirdischen Zugang? –, als er auf dem Boden des Korridors einen Gegenstand entdeckte. Einer der Betäuber war Mark beim Laufen aus dem Gürtel gefallen. Miles hob ihn auf und steckte ihn in das Halfter, während er weiterlief.

Er aktivierte seinen Armbandkommunikator. »Quinn?« Der Korridor bog plötzlich in eine Art kahle Halle mit einem Liftrohr ein. Er mußte sich jetzt unter einem der Wachttürme befinden. Vorsicht vor befugtem Personal! »Quinn?«

Er trat in das Liftrohr und fuhr nach oben. O Gott, auf welcher Ebene war Mark ausgestiegen? Das dritte Stockwerk, das er erreichte, erweiterte sich zu einem Bereich mit Glaswänden und Türen, der wie eine Lobby wirkte. Hinter dem Glas war die Nacht zu sehen. Offensichtlich ein Ausgang. Miles schwang sich aus dem Liftrohr.

Ein völlig fremder Mann in Zivilkleidung drehte sich auf das Geräusch von Miles' Schritten hin blitzschnell herum und fiel auf ein Knie. In seinen erhobenen Händen glitzerte der silberne Blitz eines Parabolspiegels: die Mündung eines Nervendisruptors. »Da ist er!« schrie der Mann und feuerte.

Miles wich so schnell in das Liftrohr zurück, daß er von der gegenüberliegenden Wand abprallte. Er griff nach der Sicherheitsleiter an der Seite des Rohrs und begann die Sprossen schneller hinaufzuflitzen, als das Antigrav-Feld ihn heben konnte. Er bewegte seine

Gesichtsmuskeln, in denen es vom Nimbus des Nervensdisruptors wie von Nadelstichen kribbelte. Jetzt wurde ihm bewußt, daß die Schuhe dieses Mannes, die aus den Hosenbeinen unten herausgeglänzt hatten, barrayaranische Armeestiefel waren. »Quinn!« schrie er erneut in seinen Kommunikator.

Die nächste Ebene war ein Korridor ohne Bewaffnete. Die ersten drei Türen, die Miles ausprobierte, waren verschlossen. Die vierte öffnete sich zischend. Dahinter war ein hell erleuchtetes Büro, in dem sich anscheinend niemand befand. Als Miles schnell eine Runde durch den Raum machte, fiel sein Blick auf eine leichte Bewegung im Schatten unter einer Konsole. Er bückte sich und erblickte zwei Frauen in den blauen Technikeroveralls der Gezeitenbehörde, die dort kauerten. Die eine quiekste und verdeckte die Augen, die andere umarmte sie und schaute Miles trotzig an.

Miles versuchte freundlich zu lächeln. »Ach... hallo!«

»Wer *sind* Sie?« fragte die zweite Frau mit schriller Stimme.

»Oh, ich gehöre nicht zu denen. Die sind ... hm ... angeheuerte Killer.« Diese Beschreibung traf schließlich zu. »Machen Sie sich keine Sorgen, die sind nicht hinter Ihnen her. Haben Sie schon die Polizei angerufen?«

Die Frau schüttelte stumm den Kopf.

»Das sollten Sie auf der Stelle tun. Ach – haben Sie mich vorhin schon einmal gesehen?«

Sie nickte.

»Welchen Weg habe ich genommen?«

Die Frau zuckte zurück, offensichtlich erschrocken bei dem Gedanken, von einem Geisteskranken in die Enge getrieben zu sein. Miles breitete in einer stummen Geste der Entschuldigung die Hände aus und ging zur Tür. »Rufen Sie die Polizei!« rief er ihnen über die Schulter zurück. Als er auf dem Korridor war, hörte er das zarte Piepsen der Tastatur einer Komkonsole.

Mark war nirgendwo auf dieser Ebene. Irgend jemand hatte jetzt das Grav-Feld des Liftrohres abgeschaltet; die automatische Sicherheitsschranke sperrte den Zugang ab, das rote Glühen des Warnlichtes erfüllte den Korridor. Miles steckte vorsichtig den Kopf in das Liftrohr und erblickte einen anderen Kopf, der von der nächst niedrigeren Ebene heraufschaute. Blitzschnell zog Miles den Kopf zurück. Ein Nervendisruptor knisterte.

An der Außenseite lief ein Balkon um den Turm herum. Miles schlüpfte durch die Tür am seeseitigen Ende des Korridors und blickte um sich und nach oben. Darüber war nur noch ein Stockwerk. Für den Wurf eines Greifhakens war der Balkon leicht erreichbar. Miles machte eine Grimasse, holte seine Spule heraus und warf. Schon beim ersten Wurf bekam der Greifer festen Halt am Geländer des Balkons. Miles schluckte, dann baumelte er kurz über dem Deich und der See, die vierzig Meter unter ihm toste, und schon krabbelte er auf den Balkon des obersten Stockwerks.

Auf Zehenspitzen ging er zu der Glastür und warf einen prüfenden Blick in den Korridor. Mark kauerte, vom roten Licht in eine Silhouette verwandelt, am Eingang zum Liftrohr und hatte den Betäuber gezogen. Auf dem Korridorboden lag ausgestreckt ein Mann im Technikeroverall – bewußtlos, hoffte Miles.

»Mark?« rief Miles sanft und zuckte zurück. Mark schnellte herum und schoß mit dem Betäuber in Miles' Richtung. Miles preßte den Rücken gegen die Wand und rief: »Arbeite mit mir zusammen, und ich hole dich hier lebend heraus. Wo ist Ivan?«

Diese Erinnerung daran, daß Mark noch eine Trumpfkarte in Händen hielt, hatte die erwartete beruhigende Wirkung. Er feuerte nicht noch einmal. »Hol mich hier heraus, und ich sage dir, wo er ist«, konterte Mark.

Miles grinste in die Dunkelheit. »In Ordnung. Ich

komme rein.« Er schlüpfte durch die Tür und gesellte sich zu seinem Klon. Unterwegs hielt er nur kurz an, um am Hals des ausgestreckten Mannes nach dem Puls zu fühlen. Glücklicherweise war er spürbar.

»*Wie* bringst du mich hier raus?« wollte Mark wissen.

»Na ja, das ist jetzt der kitzlige Teil«, gab Miles zu. Er hielt inne und lauschte angestrengt. Jemand war auf der Leiter im Liftrohr und versuchte leise nach oben zu klettern, war aber noch nicht in der Nähe ihrer Ebene. »Die Polizei ist unterwegs, und wenn sie eintrifft, dann werden sich die Barrayaraner in Windeseile zurückziehen. Sie werden sich nicht gern bei einem peinlichen interplanetarischen Vorfall erwischen lassen, den dann der Botschafter den hiesigen Behörden erklären müßte. Die Operation von heute nacht ist schon insofern außer Kontrolle, weil sie jemand gesehen hat. Destang wird seinen Leuten am Morgen die Hölle heiß machen.«

»Die Polizei?« Mark packte seinen Betäuber fester. In seinem Gesicht kämpfte eine Furcht mit einer anderen.

»Ja. Wir könnten es versuchen und in diesem Turm Verstecken spielen, bis die Polizei schließlich hier eintrifft – wann auch immer. Oder wir könnten auf das Dach hinaufgehen und uns sofort von einem Luftwagen der Dendarii mitnehmen lassen. Ich weiß, was ich lieber täte. Wie steht es mit dir?«

»Dann wäre ich dein Gefangener«, flüsterte Mark. In seiner Stimme waren Furcht und Ärger zu hören. »Jetzt tot oder später tot, wo ist da der Unterschied? Ich habe mir schließlich zusammengereimt, wofür du einen Klon brauchen könntest.«

Mark sah sich also wieder als lebende Organbank. Miles seufzte. Er blickte auf sein Chrono. »Nach Galens Zeitplan habe ich noch elf Minuten, um Ivan zu finden.« Auf Marks Gesicht erschien ein listiger Ausdruck. »Ivan ist nicht oben, Er ist unten. Dort, wo wir hergekommen sind.«

»Ach so?« Miles riskierte einen schnellen Blick in das

Liftrohr. Wer immer hochgeklettert war, war in eine andere Ebene hinausgestiegen. Die Jäger waren gründlich bei ihrer Suche. Sobald sie sich hier hochgearbeitet haben würden, wären sie sich ihrer Beute völlig sicher.

Miles trug noch das Gurtwerk mit dem Seil. Sehr leise langte er nach dem Greifhaken und befestigte ihn, sorgfältig jedes Klirren vermeidend, an der Sicherheitsschranke. Dann prüfte er, ob er hielt. »Du willst also nach unten, nicht wahr? Das kann ich einrichten. Aber dann sollte auch wirklich stimmen, was du über Ivan sagst. Denn wenn er stirbt, dann werde ich dich höchstpersönlich sezieren. Herz und Leber, Steaks und Schnitzel.«

Miles beugte sich vor, überprüfte seine Verbindungen und regulierte die Drehgeschwindigkeit der Spule und den Haltepunkt. Dann ging er unter der Schranke in Positur, bereit zum Sprung. »Kletter auf mich drauf!«

»Bekomme ich keine Gurte?«

Miles blickte über die Schulter und grinste. »Du springst besser als ich.«

Mark blickte äußerst mißtrauisch drein. Er steckte seinen Betäuber wieder in den Gürtel, trat neben Miles und schlang zögernd seine Arme und Beine um Miles' Körper.

»Du solltest dich lieber fester anhalten. Die Abbremsung unten wird ziemlich heftig sein. Und schrei nicht, wenn's hinabgeht. Das würde nur die Aufmerksamkeit auf uns lenken.«

Marks Griff krampfte sich fest. Miles hielt noch einmal nach unerwünschter Gesellschaft Ausschau – das Rohr war immer noch leer – und warf sich hinab.

Ihr doppeltes Gewicht verlieh ihnen einen schrecklichen Schwung. Nahezu lautlos fielen sie ungehindert vier Stockwerke tief – Miles kam es vor, als wäre sein Magen in den Hals gerutscht –, dann jaulte die Seilspule auf und drehte sich nicht mehr. Die Gurte schnitten in Miles' Leib, und Marks Hand-zu-Hand-Griff über Miles' Schlüsselbein begann sich zu lösen. Miles' rechte Hand schnellte hoch und packte Marks Handgelenk. Wenige Zentimeter über dem Boden des Liftrohrs kamen sie zum Halt, wieder tief im Bauch des Bergs aus Synthabeton. Miles spitzte die Ohren.

Das Geräusch ihres Abstiegs war Miles' geschärften Sinnen gewaltig vorgekommen, aber in den Öffnungen über ihnen erschienen keine überraschten Gesichter, und es knisterten keine Waffen. Miles und Mark schlüpften aus der Blickrichtung des Rohres in die kleine Vorhalle neben dem inneren Zugangskorridor der Gezeitenbarriere. Miles löste per Knopfdruck den Greifhaken und ließ die Spule zurückrollen; das dünne Seil machte beim Fallen keinen Lärm, aber der Greifhaken klirrte, als er auf dem Boden aufschlug, und Miles zuckte zusammen.

»Diesen Weg zurück«, sagte Mark und zeigte nach rechts. Nebeneinander liefen sie den Korridor hinab. Eine tiefe, rollende Vibration begann die leichteren Geräusche zu verschlucken. Die Pumpstation, die geblinkt und gesummt hatte, als Miles das erstemal hier vorbeigekommen war, arbeitete jetzt und hob Themsewasser durch verborgene Rohrleitungen zum Flutpegel empor. Die nächste Station, die zuvor dunkel und still gewesen war, war jetzt beleuchtet und bereitete sich darauf vor, in Aktion zu treten.

Mark blieb stehen. »Hier.«

»Wo?«

Mark zeigte: »Jede Pumpkammer hat eine Zugangsluke, für Reinigung und Reparatur. Wir haben ihn da reingesteckt.«

Miles fluchte.

Die Pumpkammer hatte etwa die Größe eines großen Wandschranks. Sie war verschlossen, dunkel, kalt, schleimig, stinkend und völlig still – bis sich der Strom des aufsteigenden Wassers mit gewaltiger Macht in sie ergießen und sie in eine Todeszelle verwandeln würde.

Hereinströmen und die Ohren, die Nase und die ins Dunkel starrenden Augen erfüllen; hereinströmen und die Kammer bis ganz oben füllen, so daß nicht einmal eine kleine Luftblase für einen verzweifelt keuchenden Mund übrigblieb; hindurchströmen und unaufhörlich den Körper peitschen und verdrehen, gegen die dicken, unnachgiebigen Wände schleudern, bis das Gesicht bis zur Unkenntlichkeit zermantscht war und bis mit der Ebbe die dumpfigen Wasser schließlich zurückwichen und nichts von Wert zurückließen.

»Du …«, keuchte Miles und blickte Mark zornig an, »hast dich *dafür* hergegeben …?«

Mark rieb nervös die Hände und trat zurück. »Du bist hier – ich habe dich hierher gebracht«, begann er vorwurfsvoll. »Ich habe gesagt, ich würde …«

»Ist das nicht eine ziemlich harte Bestrafung für jemand, der dir nichts Schlimmeres angetan hat als zu schnarchen und dich wachzuhalten? Grrr!« Miles wandte sich angewidert um und begann Tasten an der Steuerung des Lukenschlosses zu drücken. Der letzte Schritt war eine manuelle Maßnahme: den Riegel umzulegen, der die Luke löste. Als Miles die schwere, abgeschrägte Tür nach innen schob, begann ein Alarmsignal zu piepsen.

»Ivan?«

»Ah!« Der Schrei von drinnen war fast ohne Stimme.

Miles schob sich mit den Schultern durch die Luke und schaltete sein Handlicht ein. Die Luke war nahe der Decke der Kammer. Er blickte hinab auf einen weißen Flecken, einen halben Meter unter sich: Ivans Gesicht, das zu ihm emporschaute.

»Du!« schrie Ivan in einem Ton des Abscheus, taumelte zurück und fiel in den Schlamm.

»Nein, nicht er«, korrigierte Miles. »Ich.«

»Ah?« Ivans Gesicht war von Falten durchzogen, er war erschöpft und kaum noch zu zusammenhängenden Gedanken fähig. Miles hatte den gleichen Gesichtsausdruck schon bei Männern gesehen, die zu lange im Kampf gewesen waren.

Miles warf sein Abseil-Gurtwerk hinab – er schauderte, als er daran dachte, daß er sich bei den Vorbereitungen oben in der *Triumph* fast dafür entschieden hatte, diesen Teil seiner Ausrüstung nicht mitzunehmen – und befestigte die Spule. »Bereit zum Aufstieg?«

Ivan bewegte die Lippen, aber er streifte schweigend das Gurtwerk über. Miles drückte auf die Steuerung der Spule, und Ivan wurde hochgehoben. Miles half ihm durch die Luke zu gleiten. Ivan stellte sich mit gespreizten Beinen hin, stützte sich mit den Händen auf die Knie und atmete schwer. Seine grüne Uniform war feucht, zerknittert und beschmiert. Seine Hände waren schmutzig, seine Nägel bluteten. Er mußte in der Dunkelheit an die Wand getrommelt, gekratzt und geschrien haben, vom Geräusch der Pumpen übertönt, ungehört ...

Miles schwang die Lukentür zurück. Sie klickte fest zu. Er drehte den Handriegel um. Das Alarmpiepsen verstummte. Da der Sicherheitsstromkreis wieder geschlossen war, begann die Pumpe sofort zu vibrieren. Aus der Pumpkammer drang kein lauteres Geräusch als ein monströses unterschwelliges Zischen. Ivan setzte sich mit einem Plumps auf den Boden und drückte das Gesicht gegen die Knie.

Miles kniete sich besorgt neben ihn. Ivan wandte ihm den Kopf zu und brachte ein mattes Grinsen zustande. »Ich glaube«, schluckte er, »ich werde mir von jetzt an Klaustrophobie zu meinem Hobby machen ...«

Miles erwiderte sein Grinsen und klopfte ihm auf die Schulter. Dann stand er auf und wandte sich um. Mark war nirgendwo zu sehen.

Miles spuckte aus und hob seinen Kommunikator an die Lippen. »Quinn? Quinn!« Er trat in den Korridor hinaus, blickte in beide Richtungen und lauschte angestrengt. In der Ferne verklang das schwache Echo laufender Schritte, und zwar in der Gegenrichtung des von den Barrayaranern besetzten Wachtturms. »Der kleine Scheißkerl«, murmelte Miles. »Zum Teufel mit ihm!« Er stellte seinen Kommunikator auf den Kanal für die Luftpatrouille um. »Sergeant Nim? Hier Naismith.«

»Jawohl, Sir.«

»Ich habe den Kontakt zu Kommandantin Quinn verloren. Schauen Sie, ob Sie sie ausfindig machen können. Wenn nicht, dann suchen Sie nach ihr. Ich habe sie zuletzt zu Fuß im Innern der Gezeitenbarriere gesehen, auf halbem Weg zwischen den Türmen Sechs und Sieben, und zwar unterwegs in südlicher Richtung.«

»Jawohl, Sir.«

Miles wandte sich wieder um und half Ivan auf die Beine. »Kannst du gehen?« fragte er besorgt.

»Ja ... sicher«, sagte Ivan. Er blinzelte. »Ich bin nur ein bißchen ...« Sie gingen den Korridor hinab, Ivan stolperte leicht und stützte sich auf Miles, dann wurde er sicherer. »Ich habe nicht gewußt, daß mein Körper soviel Adrenalin hervorbringen kann. Oder für solange. Stunden um Stunden ... Wie lang war ich da drin?«

Miles blickte auf sein Chrono. »Etwas weniger als zwei Stunden.«

»Huch. Mir kam's länger vor.« Ivan schien sein inneres Gleichgewicht allmählich wiederzugewinnen. »Wohin gehen wir? Warum trägst du deinen Naismith-Anzug? Geht es Mylady gut? Sie haben sie nicht geschnappt, oder?«

»Nein, Galen hat nur dich mitgenommen. Das hier ist im Augenblick eine unabhängige Dendarii-Operation. Ich sollte eigentlich jetzt nicht hier unten sein. Destang hat mir befohlen, an Bord der *Triumph* zu bleiben, während seine Gorillas meinen Doppelgänger beseitigen. Um Verwechslungen zu vermeiden.«

»Tja nun, das macht Sinn. So wissen sie, daß sie auf jeden kleinen Burschen feuern können, den sie sehen.« Ivan blinzelte wieder. »*Miles ...*«

»Ganz recht«, sagte Miles. »Deshalb gehen wir ja auch in diese Richtung, anstatt in die andere.«

»Soll ich schneller gehen?«

»Das wäre schön, falls du kannst.«

Sie beschleunigten den Schritt.

»Warum bist du auf den Planeten heruntergekommen?« fragte Ivan. »Erzähl mir nicht, daß du immer noch versuchst, die wertlose Haut dieser widerlichen kleinen Kopie zu retten.«

»Galen schickte mir eine Einladung, die in *deine* Haut geritzt war. Ich habe nicht sonderlich viele Verwandte, Ivan. Für mich sind sie von überraschendem Wert. Und wenn nur wegen ihrer Seltenheit, oder?«

Sie tauschten einen Blick. Ivan räusperte sich. »Na ja. Also. Aber du bewegst dich auf gefährlichem Terrain, wenn du versuchst, Destang zu unterlaufen. Sag mal – falls Destangs Einsatzkommando so nahe ist –, wo ist eigentlich Galen?« Sein Gesicht rötete sich erschrocken.

»Galen ist tot«, berichtete Miles knapp. Tatsächlich kamen sie gerade an dem dunklen Querkorridor zu dem Außensims vorbei, wo die Leiche lag.

»So? Freut mich, das zu hören. Wem gebührt die Ehre? Ich möchte ihm die Hand küssen. Oder ihr.«

»Ich glaube, du wirst gleich die Gelegenheit dazu haben.« Das schnelle Tappen laufender Schritte, wie von einer Person mit kurzen Beinen, war gerade von vorn um die Kurve des Korridors zu hören. Miles zog seinen Betäuber. »Und diesmal muß ich nicht mit ihm argumentieren. Vielleicht hat Quinn ihn hierher zurückgescheucht«, fügte er erwartungsvoll hinzu. Er machte sich allmählich große Sorgen um Quinn.

Mark umrundete die Kurve und kam schlitternd vor ihnen zum Stehen. Er stieß einen hoffnungslosen Schrei aus. Er drehte sich um, ging einen Schritt, blieb stehen, wandte sich wieder um, wie ein Tier in einer Falle. Auf der rechten Seite seines Gesichtes hatte er rote Streifen, sein Ohr war voller nässender gelb-weißer Blasen, und ihn umgab ein schwacher Gestank nach verbranntem Haar.

»Was *jetzt?*« fragte Miles.

Marks Stimme war schrill und klang gequält. »Da hinten ist ein angemalter Irrer hinter mir her, mit einem Plasmagewehr! Die haben den nächsten Wachtturm besetzt …«

»Hast du irgendwo Quinn gesehen?«

»Nein.«

»Miles«, sagte Ivan verwirrt, »unsere Leute würden doch bei einem Auftrag wie diesem keine Plasmabögen mitnehmen, oder? Nicht mitten in einer empfindlichen Anlage wie dieser hier – sie würden doch nicht das Risiko eingehen, die Maschinen hier zu beschädigen …«

»Angemalt?« sagte Miles ungeduldig. »Wie denn? Nicht … nicht etwa zufällig Gesichtsbemalung bei einer Maske der chinesischen Oper?«

»Ich weiß nicht – wie eine chinesische Opernmaske aussieht«, keuchte Mark, »aber sie – na ja, einer hatte Farben von einem Ohr zum anderen.«

»Der Ghem-Kommandant, ohne Zweifel«, hauchte Miles. »Auf formeller Jagd. Es scheint, sie haben den Einsatz erhöht.«

»Cetagandaner?« fragte Ivan scharf.

»Ihre Verstärkungen müssen endlich eingetroffen sein. Sie müssen meine Spur am Shuttlehafen aufgenommen haben. O Gott – und Quinn ist in diese Richtung gegangen …!« Miles drehte sich auch im Kreis und schluckte die aufkommende Panik hinunter, in die tiefsten Eingeweide, wo sie hingehörte. Sie durfte auf keinen Fall bis zu seinem Gehirn aufsteigen. »Aber du kannst dich entspannen, Mark. Die wollen nicht dich killen.«

»Doch, verdammt noch mal! Er hat gerufen: ›Da ist er, Männer!‹ und dann hat er versucht, mir den Kopf wegzupusten!«

Miles verzog den Mund zu einem schmutzigen Grinsen. »Nein, nein«, beruhigte er ihn. »Hier liegt bloß eine Verwechslung vor. Diese Leute wollen mich umbringen – Admiral Naismith. Die sind am anderen Ende des Tunnels, das Gegenstück zu denen, die dich umbringen wollen. Natürlich«, fügte er jovial hinzu, »beide Parteien können uns nicht auseinanderhalten.«

Ivan zischte spöttisch.

»Zurück in diese Richtung«, sagte Miles entschlossen und lief voran. Er fegte in den Querkorridor und kam vor der Außenluke schlitternd zum Stehen. Ivan und Mark kamen hinter ihm angaloppiert.

Miles stellte sich auf die Zehenspitzen und knirschte mit den Zähnen. Die Lukensteuerung zeigte an, daß die Flut schon über die Oberschwelle der Luke gestiegen war. Dieser Ausgang war durch das Meer versperrt.

KAPITEL 15

Miles aktivierte seinen Kommunikator. »Nim!« rief er.

»Sir!«

»In Turm Sieben ist ein verdecktes Kommando der Cetagandaner. Stärke unbekannt, aber sie haben Plasmabögen.«

»Jawohl, Sir«, antwortete Nim atemlos. »Wir haben sie gerade gefunden.«

»Wo sind Sie und Ihre Leute und was können Sie sehen?«

»Ich habe je zwei Soldaten vor jedem der drei Turmeingänge, dazu Verstärkung in den Büschen im Parkbereich. Die – Cetagandaner, sagen Sie, Sir? – haben gerade ein paar Plasmaschüsse zum Hauptkorridor herausgepustet, als wir versuchten hineinzukommen.«

»Ist jemand getroffen?«

»Noch nicht. Wir sind noch komplett.«

»Irgendein Zeichen von Kommandantin Quinn?«

»Nein, Sir.«

»Können Sie ihren Kommunikator orten?«

»Er befindet sich irgendwo auf den unteren Ebenen dieses Turms. Sie antwortet nicht und bewegt sich nicht.«

Betäubt? Tot? War ihr Puls unter dem Armband des Kommunikators auch still? Niemand konnte es sagen.

»Okay« – Miles holte tief Luft –, »richten Sie einen anonymen Anruf an die hiesige Polizei. Sagen Sie ihr, in Turm Sieben seien bewaffnete Männer – vielleicht Saboteure, die versuchen, die Barriere in die Luft zu jagen. Machen Sie es überzeugend – versuchen Sie, erschrocken zu klingen.«

»Kein Problem, Sir«, sagte Nim ernst.

Miles fragte sich, wie nahe der Plasmastrahl an Nims Haar vorbeigezischt war. »Bis die Konstabler eintreffen, halten Sie die Cetagandaner im Turm fest. Betäuben Sie jeden, der versucht, ihn zu verlassen. Die Polizei kann die Leute dann später auseinandersortieren. Schicken Sie ein paar Männer in Turm Acht, um das dortige Ende zu sperren. Sie sollen sich nach Norden vorarbeiten und die Cetagandaner zurücktreiben, falls sie nach Süden entwischen wollen. Aber ich denke, sie werden nach Norden gehen.« Er legte die Hand auf den Kommunikator und fügte an Mark gerichtet hinzu: »Auf der Jagd nach dir.« Dann hob er die Hand wieder und fuhr fort: »Sobald die Polizei kommt, ziehen Sie sich zurück. Vermeiden Sie Kontakt mit ihr. Aber wenn Sie in die Enge getrieben werden sollten, dann geben Sie sich friedlich. Wir sind die guten Jungs. Die Polizei sollte hinter diesen schlimmen Ausländern mit den illegalen Plasmabögen im Turm her sein. Wir sind nur Touristen, die auf einem Abendspaziergang etwas Seltsames entdeckt haben. Verstanden?«

In Nims Stimme klang ein gequältes Grinsen an: »Verstanden, Sir.«

»Behalten Sie einen Beobachter in Sichtweite von Turm Sechs. Melden Sie sich, wenn die Polizei kommt. Naismith Ende.«

»Verstanden, Sir. Nim Ende.«

Mark stieß ein gedämpftes Stöhnen aus, stürzte sich auf Miles und packte ihn an der Jacke. »Du Idiot, was machst du denn? Ruf die Dendarii zurück – befiehl ihnen, die Cetagandaner aus Turm Sieben zu vertreiben! Oder ich werde …«, er griff nach Miles' Handgelenk. Miles schob ihn von sich und hielt die linke Hand hinter den Rücken.

»Mensch! Beruhige dich. Ich täte nichts lieber als mit

den Betäubern hinter den Cetagandanern herzuschleichen und Fangen zu spielen, zumal wir ihnen zahlenmäßig überlegen sind – aber sie haben Plasmabögen. Plasmabögen haben mehr als die dreifache Reichweite eines Betäubers. Ich verlange nicht von meinen Leuten, daß sie einen solchen taktischen Nachteil ohne zwingende Notwendigkeit auf sich nehmen.«

»Wenn diese Mistkerle dich erwischen, werden sie dich umbringen. Wie zwingender muß es noch werden?«

»Aber, Miles«, sagte Ivan, während er mißtrauisch den Korridor hinauf und hinab blickte, »hast du uns nicht gerade in eine Falle mitten in eine Zangenbewegung gelotst?«

»Nein«, erwiderte Miles heiter grinsend, »habe ich nicht. Nicht, solange wir eine Möglichkeit haben, uns unsichtbar zu machen. Kommt mit!« Er trabte zurück zur T-Kreuzung und wandte sich dann nach rechts, zurück zum Turm Sechs, den die Barrayaraner besetzt hielten.

»Nein!« weigerte sich Mark. »Dich töten die Barrayaraner vielleicht aus Versehen, aber mich werden sie absichtlich umbringen!«

»Die Leute da hinten«, Miles zeigte mit einem Ruck seines Kopfes über die Schulter, »würden uns beide umbringen, nur um auf Nummer Sicher zu gehen. Seit der Dagoola-Operation sind die Cetagandaner viel schlechter auf Admiral Naismith zu sprechen, als du wahrscheinlich begriffen hast. Los, weiter!«

Mark folgte widerstrebend. Ivan bildete das Schlußlicht.

Miles' Herz pochte. Er wünschte sich, er wäre halb so selbstbewußt, wie sein Grinsen Ivan gegenüber vorgegeben hatte. Aber Mark durfte seine Zweifel nicht spüren. Ein paar hundert Meter kahlen Synthabetons huschten vorüber, während er dahinlief, auf Zehenspitzen, um möglichst wenig Lärm zu machen. Falls sich die Barrayaraner schon so weit in den Tunnel vorgearbeitet hatten …

Sie kamen zur letzten Pumpstation, und immer noch gab es vor ihnen kein Anzeichen von Gefahr. Und auch nicht hinter ihnen.

Diese Pumpstation war wieder ruhig. Bis zur nächsten Flut waren es weitere zwölf Stunden. Falls keine unerwarteten Wellen flußabwärts kamen, würde sie bis dahin ausgeschaltet sein. Doch Miles war nicht geneigt, es dem Zufall zu überlassen, und wenn er Ivan anschaute, der von einem Fuß auf den anderen trat und ihn mit zunehmender Unruhe beobachtete, dann sollte er lieber eine Garantie bieten können.

Er begann die verschiedenen Steuertafeln zu inspizieren und hob eine an, um einen Blick in ihr Inneres zu werfen. Glücklicherweise war sie viel simpler als etwa der Steuernexus der Antriebskammer eines Sprungschiffes. Wenn man hier und da etwas durchschnitt, dann sollte man die Pumpe stillegen können, ohne daß im Wachtturm ein Warnlicht aufleuchtete. Das hoffte er zumindest. Obwohl gerade in diesem Augenblick wohl kaum jemand im Turm den Anzeigetafeln viel Aufmerksamkeit schenkte. Er blickte auf Mark. »Ich brauche mein Messer, bitte.«

Widerwillig reichte Mark den altertümlichen Dolch und – auf einen Blick von Miles hin – auch die Scheide. Miles trennte mit der Dolchspitze die haarfeinen Drähte durch. Seine Vermutung, welche wohin führten, schien zuzutreffen; er versuchte dreinzublicken, als hätte er es selbstverständlich gewußt. Als er fertig war, gab er das Messer nicht an Mark zurück.

Er ging zur Luke der Pumpkammer und öffnete sie. Diesmal piepste nichts. Sein gravitischer Greifhaken diente sofort auf der glatten Innenfläche als Handgriff. Das letzte Problem war diese verdammte manuelle Sperre. Wenn irgendein Unschuldiger – oder auch nicht so Unschuldiger – vorbeikam und an ihr drehte – ach, nein. Das gleiche Modell eines Tensorfeld-Hebels, mit dem Quinn die Luke zum Sims geöffnet hatte, funktionierte auch hier. Miles blies erleichtert den Atem aus. Er kehrte zu der Steuertafel im Korridor zurück und klatschte auf das Ende einer Reihe von Skalen seinen Fischaugen-Scanner. Er paßte hübsch dazu.

Er wies auf die offene Luke zur Pumpenkammer, als lade er in einen Sarg ein. »Okay. Alle hinein.«

Ivan erbleichte. »O Gott, ich hatte doch befürchtet, daß du das vorhast.« Mark sah nicht viel begeisterter aus als Ivan.

Miles dämpfte seine Stimme und sprach sanft auf ihn ein: »Schau mal, Ivan, ich kann dich nicht zwingen. Du kannst den Korridor hochrennen und es darauf ankommen lassen, ob deine Uniform dich davor bewahrt, daß einer dir in einem nervösen Reflex das Hirn röstet. Wenn du den Kontakt mit Destangs Kommando überlebst, dann wirst du von den Einheimischen verhaftet werden, was wahrscheinlich nicht tödlich ist. Aber mir wäre lieber, du bleibst bei mir.« Er dämpfte seine Stimme noch mehr. »Und läßt mich nicht allein mit *ihm*.«

»Oh.« Ivan blinzelte.

Wie Miles erwartet hatte, hatte diese Bitte um Hilfe mehr Gewicht als Logik, Forderungen oder gutes Zureden. Er fügte hinzu: »Schau, es ist einfach, wie wenn man in einem Taktikraum wäre.«

»Es ist, als ob man in einer Falle säße!«

»Bist du je in einem Taktikraum gewesen, wenn der Strom ausgefallen war? Das ist eine Falle. Alles Gefühl von Kommando und Kontrolle ist dann eine Illusion. Da wäre ich lieber im Feld.« Er grinste spöttisch und deutete mit dem Kopf auf seinen Doppelgänger. »Außerdem, glaubst du nicht, Mark sollte die Chance bekommen, deine neue Erfahrung zu teilen?«

»Wenn du es so formulierst«, knurrte Ivan, »dann hat dein Vorschlag etwas für sich.«

Miles ging als erster geduckt in die Pumpkammer. Er meinte ferne Schritte zu hören, die durch den Korridor schlurften. Mark blickte drein, als wollte er abhauen, doch da er Ivan im Nacken hatte, blieb ihm keine Wahl. Schließlich ließ sich Ivan neben ihnen niedersinken. Miles schaltete sein Handlicht an. Ivan, als einziger groß genug, schob die schwere Lukentür zu. Einen Augenblick lang herrschte – abgesehen von ihrer Atmung – tiefe Stille, während sie sich Knie an Knie niederkauerten.

Ivan ballte seine geschwollenen, purpurn angelaufenen Hände zu Fäusten und öffnete sie wieder. Sie waren klebrig von Schweiß und Blut. »Wenigstens weiß man, daß sie uns nicht hören können.«

»Gemütlich ist's hier«, grunzte Miles. »Hoffentlich sind unsere Verfolger so dumm, wie ich war. Zweimal bin ich an dieser Stelle vorbeigerannt.« Er öffnete die Scanner-Box und stellte den Empfänger auf eine Nordsüd-Sicht des noch leeren Korridors ein. In der Kammer war ein sehr schwacher Luftzug. Würde er stärker, so würde er einen Wasserstrom ankündigen, und dann müßten sie abhauen, egal ob draußen Cetagandaner warteten oder nicht.

»Und was jetzt?« sagte Mark matt. Er blickte drein, als fühlte er sich wirklich in einer Falle sitzend, eingeklemmt zwischen zwei Barrayaranern.

Miles lehnte sich mit einer gespielten Pose von Gelassenheit an die schleimig-nasse Wand. »Jetzt warten wir. Einfach wie in einem Taktikraum. In einem Taktikraum verbringt man eine Menge Zeit mit Warten. Wenn man eine lebhafte Phantasie hat, dann ist es – die reine Hölle.« Er schaltete seinen Kommunikator ein. »Nim?«

»Jawohl, Sir. Ich wollte Sie gerade anrufen.« Nims Stimme klang, als würde er rennen oder kriechen. »Gerade ist ein Luftwagen der Polizei bei Turm Sieben gelandet. Wir ziehen uns über den Parkplatz hinter der

Barriere zurück. Der Beobachter berichtet, daß die Polizisten auch gerade Turm Sechs betreten haben.«

»Haben Sie irgend etwas über Quinns Kommunikator gehört?«

»Er hat sich noch nicht von der Stelle bewegt.«

»Hat jemand schon Kontakt mit Hauptmann Galeni gehabt?«

»Nein, Sir. War er nicht bei Ihnen?«

»Er ging etwa um die Zeit weg, als ich Quinn verlor. Ich habe ihn zuletzt an der Außenseite der Gezeitenbarriere gesehen, etwa in mittlerer Höhe. Ich habe ihn geschickt, einen anderen Weg nach drinnen zu suchen. Ah... melden Sie es mir sofort, wenn ihn irgend jemand entdeckt.«

»Jawohl, Sir.«

Verdammt, noch ein Problem. War Galeni in Schwierigkeiten geraten, mit den Cetagandanern, den Barrayaranern oder den hiesigen Polizisten? Hatte ihn die eigene seelische Verfassung zu einer Torheit veranlaßt? Miles wünschte sich jetzt, er hätte Galeni bei sich behalten, wie er sich genauso von Herzen wünschte, er hätte Quinn bei sich behalten. Aber da hatten sie ja Ivan noch nicht gefunden; Miles hätte sich kaum anders verhalten können. Er kam sich vor wie ein Mann, der versucht, ein Puzzle aus lebendigen Einzelteilen zusammenzusetzen, die sich bewegten und in zufälligen Intervallen mit leisem, boshaftem Kichern die Formen änderten. Mark schaute ihn nervös an. Ivan saß niedergekauert und achtete kaum auf etwas; er biß sich auf die Lippe, die er in einem inneren Kampf mit seiner neu erworbenen Klaustrophobie zusammenpreßte.

In dem etwas verzerrten Bild des Korridors, das der 180°-Scanner lieferte, war eine Bewegung zu erkennen: ein Mann kam mit federnden Schritten stumm um die Biegung vom Südende her. Ein Cetagandaner, vermutete Miles, trotz der Zivilkleidung, die der Mann trug. Er hatte einen Betäuber in der Hand, keinen Plasmabogen – anscheinend waren sich die Cetagandaner bewußt, daß die Londoner Polizei jetzt zu zahlreich auf der Szene erschienen war, als daß man sie durch einen bequemen Mord zum Schweigen bringen konnte, und sie dachten jetzt wohl daran, die Situation zu entschärfen. Der Cetagandaner erkundete den Korridor noch ein paar Meter, dann verschwand er in die Richtung, aus der er gekommen war.

Eine Minute später sah man eine Bewegung von der Nordseite her: zwei Männer kamen auf Zehenspitzen daher, so leise wie zwei Gorillas dieser Größe sich überhaupt bewegen konnten. Einer der beiden war der Trottel, der es fertiggebracht hatte, bei einer verdeckten Operation mit seinen Armeestiefeln zu erscheinen. Er hatte auch seine ursprüngliche Waffe gegen einen bescheideneren Betäuber ausgetauscht, doch sein Kamerad trug noch einen tödlichen Nervendisruptor. Es sah so aus, als liefe es wirklich auf eine Runde Fangenspielen mit Betäubern hinaus. Ach, der Betäuber, die ideale Waffe für alle ungewissen Situationen, die einzige Waffe, mit der man wirklich zuerst schießen und dann später Fragen stellen konnte.

»Steck deinen Nervendisruptor ins Halfter, so ist's recht, guter Junge!« murmelte Miles, als der zweite Mann auch die Waffen austauschte. »Kopf hoch, Ivan, das könnte die beste Show werden, die wir dieses Jahr zu sehen bekommen.«

Ivan blickte auf, sein versonnenes unsicheres Lächeln verwandelte sich in ein sardonisches Grinsen, das mehr nach dem alten Ivan aussah. »Oh, Scheiße, Miles. Destang wird dir die Eier abreißen dafür, daß du das eingefädelt hast.«

»Im Augenblick weiß Destang nicht einmal, daß ich darin verwickelt bin. Pst. Jetzt geht's los.«

Der Cetagandaner war zurückgekehrt. Er winkte nach hinten und wurde von einem zweiten Cetagandaner überholt. Am anderen Ende des Korridors, wegen der Biegung außer Sichtweite der Cetagandaner, kamen die übrigen drei Barrayaraner angetrabt. Das waren dann alle Barrayaraner, die in dem Turm gewesen waren; durch den Kordon der Londoner Polizei waren sie jetzt von jeder Verstärkung draußen abgeschnitten. Die Barrayaraner hatten anscheinend ihr auf geheimnisvolle Weise verschwundenes Jagdwild aufgegeben und waren dabei, sich zurückzuziehen, wobei sie hofften, so schnell wie möglich über Turm Sieben hinauszukommen, ohne daß sie einem Haufen verständnisloser Erdbewohner Erklärungen abgeben mußten. Die Cetagandaner, die tatsächlich den angeblichen Admiral Naismith in diese Richtung hatten rennen sehen, waren immer noch in Jagdformation, wenn auch ihre Nachhut wahrscheinlich sich zurückzog, da der Druck der Polizisten hinter ihnen zu stark wurde.

Es gab noch kein Zeichen von der Nachhut, kein Zeichen davon, daß Quinn als Gefangene mitgeschleppt wurde. Miles wußte nicht, ob er darauf hoffen sollte oder nicht. Es wäre sehr schön gewesen zu erfahren, daß sie noch am Leben war, aber verteufelt schwierig, sie den Klauen der Cetagandaner zu entreißen, bevor die Konstabler anrückten. Das billigste Szenario empfahl, sie betäubt der Verhaftung durch die Polizisten zu überlassen und dann später in Ruhe bei der Polizei abzuholen – aber was war, wenn ein cetagandanischer Gorilla in der Hitze des Endkampfes zu dem Schluß kam, daß tote Frauen nicht reden konnten? Bei diesem Gedanken bekam Miles einen Heidenbammel.

Vielleicht hätte er Ivan und Mark antreiben und mit ihnen zusammen angreifen sollen. Der Zerbrechliche hätte dann den Kampfunfähigen und den Unzuverlässigen in einem Angriff auf den Unbekannten geführt … nein. Aber hätte er für irgendeinen anderen Offizier unter seinem Kommando mehr getan, oder weniger? War er so besorgt, daß seine Befehlslogik von seinen Emotionen überwältigt wurde, daß er jetzt in die entgegengesetzte Richtung irrte? Das wäre Verrat an Quinn wie an den Dendarii …

Der vorderste Cetagandaner sauste in die Blicklinie des vordersten Barrayaraners. Sie feuerten beide sofort und schossen einander über den Haufen.

»Betäuberreflexe«, murmelte Miles. »Wie wunderbar.«

»Mein Gott«, sagte Ivan, der so entzückt war, daß er völlig vergaß, wie hermetisch eingeschlossen er war, »das ist genau, wie wenn das Proton das Antiproton vernichtet. Puff!«

Die restlichen Barrayaraner, die über den Korridor verteilt waren, drückten sich an die Wand. Der Cetagandaner ließ sich auf den Boden fallen und kroch zu seinem umgestürzten Kameraden. Ein Barrayaraner sprang in den Korridor und schoß auf ihn wie ein Blitz, der erwidernde Schuß des Cetagandaners ging daneben. Zwei der vier Barrayaraner eilten zu den bewußtlosen Körpern ihrer mysteriösen Gegner. Einer bereitete sich darauf vor, Feuerschutz zu geben, der andere begann sie zu durchsuchen, Waffen, Taschen, Kleidung. Natürlich fand er keine Ausweise. Der verdutzte Barrayaraner zog gerade einen Schuh von einem Fuß, um ihn zu zerlegen – Miles kam es vor, als würde er im nächsten Moment am Körper weitermachen –, als von hinten eine verzerrte, megaphonverstärkte Stimme den Korridor herabdröhnte. Miles konnte die vom Echo zersplitterten Worte nicht ganz verstehen, aber ihr Sinn war klar: »Hier! Halt! Was ist denn da los?«

Einer der Barrayaraner half einem anderen, ihren betäubten Kameraden über die Schulter zu laden; natürlich war der größte Mann getroffen worden, wie nicht anders zu erwarten, der mit den Armeestiefeln. Sie waren nahe genug am Fischauge dran, daß Miles sehen konnte, wie die Beine des Trägers leicht zitterten, während er sich aufrichtete und unter seiner Last südwärts lostaumelte. Zwei Mann gingen vor ihm, einer bildete die Nachhut.

Die verlorene kleine Armee war vielleicht vier Schritte gegangen, als weitere zwei Cetagandaner um die Südkurve erschienen. Einer feuerte im Laufen seinen Betäuber über die Schulter nach hinten ab. Seine Aufmerksamkeit war so abgelenkt, daß er nicht sah, wie sein Partner im Betäuberfeuer eines der Barrayaraner zu Boden ging, bis er über den hingestreckten Körper stolperte und hinfiel. Er hielt seinen Betäuber fest, verwandelte seinen Fall in eine kontrollierte Rolle und erwiderte das Feuer. Einer der Barrayaraner ging zu Boden.

Der barrayaranische Hintermann überholte den, der seinen Kameraden trug, und half seinem vorderen Partner, den rollenden Cetagandaner zu erwischen, dann lief er, eng an der Wand entlang, mit ihm zusammen nach vorn. Unglücklicherweise verließen sie den Bogen der Deckung im gleichen Augenblick, als eine Salve massierten, ungezielten Betäuberfeuers von jenseits der Biegung den Korridor für den Vorstoß der Unbekannten räumte – das Kampfteam der Polizei, wie Miles aus der Taktik schloß, sowie aus der Tatsache, daß der Cetagandaner in diese Richtung gefeuert hatte. Die Männer trafen auf die Energiewelle, und es gab die vorhersehbaren Ergebnisse.

Der übriggebliebene Barrayaraner stand im Korridor, gebeugt unter der Last seines bewußtlosen Kameraden und fluchte unaufhörlich. Er hatte die Augen geschlossen, als wollte er die ganze überwältigend peinliche Situation ignorieren. Als die Polizisten hinter ihm erschienen, drehte er sich stampfend um und hob die Hände, so gut er konnte, mit den Handflächen nach außen, und ließ seinen Betäuber auf den Boden fallen.

»Ich kann die Vid-Meldung an Kommodore Destang richtig vor mir sehen«, sagte Ivan. »›Äh… Sir? Wir haben da ein kleines Problem. Kommen Sie und holen Sie mich raus ...?‹«

»Vielleicht zieht er es vor zu desertieren«, bemerkte Miles.

Die beiden Polizeikommandos, die sich einander aus entgegengesetzten Richtungen näherten, hätten sich um ein Haar gegenseitig umgelegt, wie ihre flüchtigen Verdächtigen, doch sie konnten sich gerade noch rechtzeitig über ihre wahre Identität verständigen. Miles war fast enttäuscht. Doch es konnte nicht immer so weitergehen, irgendwann wäre der Korridor durch die Haufen dort liegender Körper unpassierbar geworden ... Wahrscheinlich war es zuviel zu erwarten, daß die Polizei sich samt den neun Attentätern schnell aus dem Fluchtweg zurückzog. Miles stand ein weiteres Warten bevor. Verdammt!

Mit knackenden Gelenken stand Miles auf, streckte sich und lehnte sich mit verschränkten Armen an die Wand. Es wäre besser, wenn das Warten nicht zulange dauerte. Sobald das Einsatzteam der Polizei Entwarnung gab, würden das Sprengstoffkommando und die Techniker der Gezeitenbehörde erscheinen und jeden Zentimeter des Tatortes untersuchen. Die Entdeckung von Miles' Gruppe war unvermeidlich. Aber nicht lebensgefährlich, solange – Miles warf einen Blick auf Mark, der zu seinen Füßen hockte – niemand in Panik geriet.

Miles folgte Marks Blick auf das Scanner-Display, wo die Polizisten gerade die betäubten Körper untersuchten und sich am Kopf kratzten. Der gefangene Barrayaraner war ziemlich mürrisch und nicht sonderlich mitteilsam. Als Agent für verdeckte Operationen war er darauf konditioniert, Folter und auch Schnell-Penta zu widerstehen; mit den ihnen zur Verfügung stehenden Methoden würden die Londoner Konstabler wahrscheinlich wenig aus ihm herausbekommen, und dies wußte er offensichtlich.

Mark schüttelte den Kopf und beobachtete das Chaos im Korridor. »Auf wessen Seite bist du übrigens?«

»Hast du nicht aufgepaßt?« fragte Miles. »Das Ganze dreht sich um dich.«

Mark blickte ihn scharf und finster an. »Warum?«

Warum – ja, wirklich. Miles musterte das Objekt seiner Faszination. Er konnte verstehen, wie ein Klon zu einer Obsession werden konnte, und umgekehrt. Er hob das Kinn, ein gewohnheitsmäßiger Tick; Mark tat dasselbe, offensichtlich unbewußt. Miles hatte seltsame Geschichten über die Beziehungen zwischen Menschen und ihren Klonen gehört. Aber schließlich mußte jeder, der sich absichtlich einen Klon machen ließ, irgendwie verrückt sein. Viel interessanter war, ein Kind zu haben, vorzugsweise mit einer Frau, die intelligenter, schneller und besser aussehend war als man selbst; dann gab es wenigstens eine Chance für ein bißchen Weiterentwicklung in der Sippe. Miles kratzte sich am Handgelenk. Einen Moment später kratzte sich Mark am Arm. Miles unterdrückte den Impuls, absichtlich zu gähnen. Es wäre besser, nicht etwas zu starten, was man nicht aufhören konnte.

Also. Er wußte, was Mark war. Vielleicht war es wichtiger zu erkennen, was er nicht war. Mark war kein Duplikat von Miles, trotz Galens intensiver Bemühungen. Er war nicht einmal der Bruder aus den Träumen eines Einzelkinds; Ivan, mit dem Miles Sippe, Freunde, Barrayar und private Erinnerungen aus der immer weiter zurückweichenden Vergangenheit teilte, war hundertmal mehr sein Bruder, als es Mark je sein konnte. Es war einfach möglich, daß er Ivans Verdienste unterschätzt hatte. Ein verpfuschter Anfang konnte nie wiederholt werden. Allerdings – Miles blickte auf seine Beine und sah die künstlichen Knochen in ihrem Innern vor sich – konnte er repariert werden. Manchmal.

»Ja, warum?« unterbrach Ivan Miles' Schweigen.

»Was«, piepste Miles, »magst du deinen neuen Cousin nicht? Wo ist dein Familiensinn?«

»Einer von euch ist mehr als genug, danke. Dein Böser Zwilling hier«, Ivan machte mit den Fingern die Geste der Böses abwehrenden Hörner, »ist mehr als ich vertrage. Außerdem habt ihr beide die Angewohnheit, mich einzusperren.«

»Aha, aber ich habe wenigstens nach Freiwilligen gerufen.«

»Ja, das kenne ich schon. ›Ich möchte drei Freiwillige haben, dich, dich und dich.‹ Du hast mich und die Tochter deines Leibwächters schon auf diese Weise herumkommandiert, bevor du zum Militär kamst, damals, als wir kleine Kinder waren. Daran erinnere ich mich gut.«

»Geboren, um zu befehlen«, sagte Miles und grinste kurz. Mark senkte die Augenbrauen und versuchte anscheinend sich vorzustellen, wie Miles als Spielplatztyrann den recht großen und gesunden Ivan herumkommandierte. »Es ist ein mentaler Trick«, informierte ihn Miles.

Er studierte Mark, der unbequem dahockte und den Kopf wie eine Schildkröte zwischen die Schultern zog, um Miles Blick auszuweichen. War das das Böse? Verwirrung ja, sicherlich. Verdreht an der Seele wie am Leib – obwohl Galen als Mentor eines Kindes nur wenig schrecklicher gewesen sein konnte als Miles' eigener Großvater. Aber um ein wirklicher Soziopath zu sein, mußte man in extremem Maß egozentrisch sein, was auf Mark nicht zuzutreffen schien; man hatte ihm überhaupt kaum erlaubt, ein Selbst zu haben. Vielleicht war er nicht egozentrisch genug. »Bist du böse?« fragte Miles ihn leichthin.

»Ich bin ein Mörder, nicht wahr?« sagte Mark höhnisch. »Was willst du mehr?«

»War das ein Mord? Ich dachte, ich hätte ein Element der Verwirrung gespürt.«

»Er packte den Nervendisruptor. Ich wollte ihn nicht hergeben. Er ging von selbst los.« Marks Gesicht wurde bleich, als er sich erinnerte, weiß, mit tiefen Schatten durch die scharfe seitliche Beleuchtung aus Miles' Handlicht, das an die Wand gesteckt war. »Ich wollte, daß er losging.«

Ivan zog die Augenbrauen hoch, aber Miles nahm auf ihn keine Rücksicht und setzte ihn nicht ins Bild. »Vielleicht unüberlegt.«

Mark zuckte die Achseln.

»Wenn du frei wärst...«, begann Miles zögernd.

Mark kräuselte die Lippen. »Frei? Ich? Welche Chance hätte ich? Die Polizei wird inzwischen die Leiche gefunden haben.«

»Nein. Die Flut ist höher gestiegen, über das Geländer hinaus. Das Meer hat die Leiche mitgenommen. Es dürfte drei, vier Tage dauern, bis sie wieder hochkommt. Falls sie überhaupt wieder hochkommt.« Und sie würde dann abscheulich ausschauen. Würde Hauptmann Galeni dann die Leiche haben wollen, um sie gebührend bestatten zu lassen? Wo *war* Galeni? »Angenommen, du wärest frei. Frei von Barrayar und Komarr, auch frei von mir. Frei von Galen und der Polizei. Frei von jeder Obsession. Wofür würdest du dich entscheiden? Wer bist du? Oder bist du nur Reaktion, nie Aktion?«

Mark zuckte sichtlich zusammen. »Laß mich in Ruhe damit!«

Miles zog einen Mundwinkel hoch. Er fuhr mit seinem Stiefel durch den Schlamm am Boden, hielt aber inne, bevor er begann, mit den Stiefelspitzen etwas zu kritzeln. »Wahrscheinlich wirst du das nie wissen, solange ich über dir stehe.«

Mark spuckte den letzten Tropfen seines Hasses aus. »Du bist der Freie!«

»Ich?« erwiderte Miles überrascht. »Ich werde nie so frei sein, wie du es im Augenblick bist. Dich hatte

Galen mit Angst unterjocht. Seine Kontrolle entsprach nur seiner Reichweite, und beide sind zusammen zerbrochen. Ich werde von – anderen Dingen unterjocht. Ob ich wache oder schlafe, nahe oder fern bin, macht keinen Unterschied. Doch ... Barrayar kann ein interessanter Ort sein, wenn man es durch andere Augen als die von Galen sieht. Der eigene Sohn dieses Mannes hat die Möglichkeiten gesehen.«

Mark grinste säuerlich und starrte an die Wand. »Hast du es erneut auf meinen Körper abgesehen?«

»Wofür? Du hast nicht die Körpergröße, auf die meine – unsere – Gene hingezielt hatten. Und meine Knochen sind sowieso allmählich alle aus Plastik. Da hätte ich keinen Vorteil davon.«

»Dann würde ich in Reserve gehalten. Als Ersatzteillager für Notfälle.«

Miles warf die Hände hoch. »Das glaubst du doch selber nicht. Aber mein ursprüngliches Angebot gilt immer noch. Komm mit mir zu den Dendarii, und ich werde dich verstecken. Dich nach Hause schmuggeln. Wo du dir Zeit lassen und herausfinden kannst, wie es ist, der echte Mark zu sein, nicht irgend jemandes Imitation.«

»Ich möchte diesen Leuten nicht begegnen«, stellte Mark kategorisch fest.

Damit meinte er Miles' Mutter und Vater, was Miles ohne weiteres kapierte, während Ivan offensichtlich den Faden verlor. »Ich glaube nicht, daß sie sich unpassend verhalten würden. Schließlich sind sie schon in dir vorhanden, auf einer fundamentalen Ebene. Du kannst nicht vor dir selbst davonrennen.« Er hielt inne und versuchte es dann erneut. »Wenn du alles könntest, was würdest du dann tun?«

Marks Blick wurde noch finsterer. »Das ganze Klon-Business auf Jackson's Whole in die Luft sprengen.«

»Hm.« Miles überlegte. »Das ist dort ziemlich tief verwurzelt. Doch was willst du von den Nachkommen einer Kolonie erwarten, die als Basis von Entführern begonnen hat? Natürlich haben sie sich zu einer Aristokratie entwickelt. Ich werde dir bei Gelegenheit ein paar Geschichten über deine Vorfahren erzählen müssen, die nicht in den offiziellen Geschichtsbüchern enthalten sind ...« Mark hatte also von seiner Verbindung mit Galen etwas Gutes mitbekommen, einen Durst nach Gerechtigkeit, der über seine Person hinausging, auch wenn er sie einschloß. »Wie das mit Lebenszielen so ist, es würde dich sicher beschäftigt halten. Wie würdest du es anfangen?«

»Ich weiß es nicht.« Mark schien verblüfft zu sein, welche praktische Wendung das Gespräch plötzlich nahm. »Die Labors in die Luft jagen. Die Kinder retten.«

»Gute Taktik, schlechte Strategie. Sie würden einfach alles wieder aufbauen. Du brauchst mehr als eine Ebene für den Angriff. Wenn du eine Methode herausfändest, das ganze Geschäft unrentabel zu machen, dann würde es von selbst absterben.«

»Wie?« fragte jetzt Mark seinerseits.

»Überlegen wir mal ... Da ist der Kundenstamm. Unmoralische reiche Leute. Vermutlich kann man kaum erwarten, sie zu überreden, sie sollten den Tod dem Leben vorziehen. Ein medizinischer Durchbruch, der eine andere Form persönlicher Lebensverlängerung anbietet, könnte sie vom Klonen abbringen.«

»Wenn man sie umbringt, dann bringt sie das auch davon ab.«

»Stimmt, ist aber unpraktisch bei der Masse. Leute dieser Gesellschaftsschicht haben im allgemeinen ihre Leibwächter. Früher oder später würde man dich erwischen, und damit wäre alles vorbei. Schau mal, es muß vierzig Angriffspunkte geben. Klammere dich nicht an den ersten, der dir einfällt. Stell dir zum Beispiel mal vor, daß du mit mir zusammen nach Barrayar gehst. Als Lord Mark Vorkosigan könntest du mit der Zeit dir eine persönliche und finanzielle Machtbasis schaffen. Vervollständige deine Bildung – mach dich wirklich fähig, das Problem strategisch anzugehen, nicht nur dich von den ersten Mauer zu stürzen, auf die du stößt, und dann hinzuknallen.«

»Ich werde nie nach Barrayar gehen«, sagte Mark mit zusammengebissenen Zähnen.

Tja, und es sieht so aus, als würden dir da die meisten Frauen in der Galaxis voll zustimmen … Du bist vielleicht gescheiter, als du weißt. Miles seufzte leise. *Quinn, Quinn, Quinn, wo bist du?* Im Korridor luden die Polizisten gerade die letzten bewußtlosen Attentäter auf eine Schwebepalette. Die Gelegenheit zur Flucht würde bald kommen – oder überhaupt nicht.

Miles bemerkte, daß Ivan ihn anstarrte. »Du bist wohl völlig verrückt«, stellte Ivan voller Überzeugung fest.

»Wie, meinst du nicht auch, daß es an der Zeit ist, daß sich mal jemand mit diesen Mistkerlen von Jackson's Whole befaßt?«

»Sicher, aber …«

»Ich kann nicht überall sein. Aber ich könnte das Projekt unterstützen«, Miles blickte Mark an, »das heißt, wenn du damit fertig bist zu versuchen, ich zu sein. Bist du's?«

Mark beobachtete, wie der letzte der Attentäter weggebracht wurde. »Das kannst du haben. Es ist ein Wunder, daß du nicht mit *mir* die Identität tauschen möchtest.« Er wandte mit plötzlich neu aufflammendem Mißtrauen Miles den Kopf zu.

Miles lachte gequält. Was für eine Versuchung! Die Uniform wegwerfen, zur U-Bahn gehen und mit einer Kreditanweisung für eine halbe Million Mark in der Tasche verschwinden. Ein freier Mensch zu sein … Sein Blick fiel auf Ivans verschmutzte grüne Uniform, Symbol ihres Dienstes. *Du bist, was du tust – entscheide dich erneut …* Nein. Barrayars häßlichstes Kind entscheidet sich dafür, noch immer für dieses Reich einzutreten. Und wird sich nicht in einem Loch verkriechen und überhaupt niemand sein.

Apropos Löcher – es war höchste Zeit, aus diesem hier hinauszukommen. Die letzten Polizisten marschierten hinter der Schwebepalette um die Biegung des Korridors davon. Binnen kurzem würden hier überall die Techniker der Gezeitenbehörde herumrennen. Sie sollten also lieber schnell abhauen.

»Es ist Zeit zu gehen«, sagte Miles, schaltete den Scanner aus und nahm sein Handlicht.

Ivan grunzte erleichtert und zog die Luke auf. Er hob Miles hindurch. Miles seinerseits warf ihm, wie schon zuvor, das Seil seiner Abseilspule zu. Einen Moment lang überflutete Panik Marks Gesicht, als er zu Miles hochschaute und ihm einfiel, warum er vielleicht der letzte war. Sein Gesichtsausdruck wurde wieder verschlossen, als Miles das Seil hinunterließ. Miles nahm das Fischauge seines Scanners ab, steckte es wieder in die Box und aktivierte seinen Kommunikator. »Nim, Statusbericht«, flüsterte er.

»Wir haben wieder beide Wagen in der Luft, Sir, etwa einen Kilometer landeinwärts. Die Polizei hat einen Kordon um Ihr Gebiet gezogen. Dort wimmelt es von Polizisten.«

»In Ordnung. Haben Sie etwas von Quinn gehört?«

»Da hat sich nichts geändert.«

»Geben Sie mir Ihre exakten Koordinaten im Innern des Turms.«

Nim befolgte den Befehl.

»Sehr gut. Ich bin im Innern der Barriere in der Nähe von Turm Sechs mit Leutnant Vorpatril von der barrayaranischen Botschaft und meinem Klon. Wir versuchen jetzt über Turm Sieben die Barriere zu verlassen und unterwegs Quinn mitzunehmen. Oder zumindest«, Miles schluckte, sein Hals war törichterweise wie zugeschnürt, »wollen wir herausfinden, was mit ihr passiert ist. Behalten Sie Ihren augenblicklichen Standort bei. Naismith Ende.«

Sie zogen ihre Stiefel aus und tapsten in südlicher Richtung durch den Korridor, eng an die Wand gedrückt. Miles hörte Stimmen, aber die waren hinter ihnen. Die T-Kreuzung war jetzt beleuchtet. Miles hielt die Hand hoch, als sie sich der Kreuzung näherten, schlich sich weiter und spähte um die Ecke. Ein Mann im Overall der Gezeitenbehörde und ein uniformierter Konstabler untersuchten die Luke. Sie wandten ihm den Rücken zu. Miles winkte Mark und Ivan weiter. Sie flitzten alle schweigend an der Tunnelmündung vorbei.

In der Halle vor dem Liftrohr von Turm Sieben stand eine Polizeiwache. Miles, die Stiefel in der einen Hand und den Betäuber in der anderen, fletschte enttäuscht die Zähne. So stand es also mit seinem optimistischen Vorhaben, die Barriere spurlos zu verlassen.

Es half nichts. Vielleicht konnten sie an Schnelligkeit gutmachen, was ihnen an Raffinesse fehlte. Außerdem stand der Mann jetzt zwischen Miles und Quinn, und so hatte er sein Schicksal verdient. Miles zielte mit seinem Betäuber und feuerte. Der Konstabler sackte zusammen.

Sie schwebten im Liftrohr nach oben. *Diese Ebene,* zeigte Miles stumm. Der Korridor war hell erleuchtet, aber Miles hörte keine Geräusche von Personen. Er schritt die Anzahl Meter ab, die Nim ihm angegeben hatte, und hielt vor einer geschlossenen Tür mit der Aufschrift VERSORGUNG. Sein Magen drehte sich um. Was, wenn die Cetagandaner sie einem langsamen Tod überantwortet hatten, was, wenn die Minuten, die Miles so cool und vernünftig im Versteck zugebracht hatte, den ganzen Unterschied ausmachten …

Die Tür war verschlossen. Die Steuerung war blockiert. Miles riß sie auseinander, schloß sie kurz und öffnete die Tür manuell, wobei er sich fast die gespreizten Finger brach.

Sie lag zusammengesunken da, zu bleich und zu still. Miles fiel neben ihr auf die Knie. Halspuls, Halspuls – war vorhanden. Ihre Haut war warm. Ihre Brust hob und senkte sich. Sie war betäubt, nur betäubt. Nur betäubt! Er blickte zu Ivan hoch, der besorgt neben ihm stand, schluckte und beruhigte seine Atmung. Schließlich war dies doch die logischste Möglichkeit gewesen.

KAPITEL 16

Am Seiteneingang von Turm Sieben hielten sie an, um ihre Stiefel wieder anzuziehen. Zwischen ihnen und der Stadt lag der Parkstreifen, der entlang der beleuchteten Gehsteige mit weißen Lichtbögen und grünen Flecken geschmückt, dazwischen jedoch dunkel und geheimnisvoll war. Miles schätzte ab, wie schnell man zu den nächsten Büschen rennen konnte, und peilte die Polizeifahrzeuge an, die über das Parkareal verteilt waren.

»Hast du vielleicht deinen Flachmann dabei?« flüsterte Miles Ivan zu.

»Wenn ich ihn dabeihätte, dann hätte ich ihn schon vor Stunden ausgetrunken. Warum?«

»Ich habe gerade überlegt, wie man es erklären kann, wenn drei Kerle zu dieser Nachtstunde eine bewußtlose Frau durch den Park schleifen. Wenn wir Quinn mit ein bißchen Brandy bespritzten, dann könnten wir wenigstens so tun, als brächten wir sie von einer Party oder so was nach Hause. Ein Kater nach einer Betäubung ist einem echten Kater ziemlich ähnlich, das Ganze wäre sogar noch überzeugend, wenn sie groggy aufwacht.«

»Ich hoffe, sie hat Sinn für Humor. Nun, was macht schon ein bißchen Rufmord unter Freunden aus?«

»Immer noch besser als ein echter Mord.«

»Grr. Auf jeden Fall habe ich meine Flasche nicht bei mir. Sind wir bereit?«

»Ich nehme es an. Nein, halt mal…« Ein weiterer Luftwagen setzte zur Landung an. Ein Zivilwagen, aber die Polizeiwache am Haupteingang des Turmes ging ihm entgegen. Ein älterer Mann stieg aus, und zusammen eilten sie zum Turm. »Jetzt!«

Ivan nahm Quinn an den Schultern, Mark nahm sie an den Füßen. Miles trat vorsichtig über den betäubten Leib des Polizisten, der diesen Ausgang bewacht hatte, und sie liefen im Laufschritt über den Parkplatz in Deckung.

»O Gott, Miles«, keuchte Ivan, als sie im Gebüsch anhielten, um die nächste Strecke zu scannen, »warum kannst du dich nicht für kleine, zierliche Frauen begeistern? Das wäre sinnvoller ...«

»Jetzt mach aber mal halblang. Sie wiegt nur etwa doppelt soviel wie ein voller Feldtornister. Das schaffst du schon ...« Von hinten kamen keine Rufe, keine eiligen Verfolger. Das Gebiet, das dem Turm am nächsten lag, war wahrscheinlich wirklich das sicherste. Man hatte es sicher schon zuvor gescannt und abgesucht und für frei von Eindringlingen erklärt. Die Aufmerksamkeit der Polizei würde sich auf die Grenzen des Parks konzentrieren. Die sie überschreiten mußten, um die Stadt und sichere Zuflucht zu erreichen.

Miles starrte in den Schatten. Mit all der künstlichen Beleuchtung ringsum paßten sich seine Augen nicht so gut an die Dunkelheit an, wie ihm lieb gewesen wäre.

Ivan starrte ebenfalls in die Dunkelheit. »Ich kann in den Büschen keine Bullen entdecken«, murmelte er.

»Ich halte nicht nach Polizisten Ausschau«, antwortete Miles flüsternd.

»Wonach dann?«

»Mark hat gesagt, ein Mann mit Gesichtsbemalung hätte auf ihn gefeuert. Hast du schon jemanden mit Gesichtsbemalung gesehen?«

»Ah ... vielleicht hat ihn die Polizei als ersten geschnappt, bevor wir die anderen gesehen haben.« Doch Ivan schaute über die Schulter.

»Vielleicht. Mark, in welcher Farbe war sein Gesicht bemalt? In welchem Muster?«

»Vor allem blau. Mit weißen und gelben und schwarzen Wirbeln. Ein Ghem-Lord mittleren Ranges, nicht wahr?«

»Hauptmann einer Zenturie. Falls du ich sein solltest, müßtest du in der Lage sein, Ghem-Markierungen vorwärts und rückwärts zu lesen.«

»Es gab soviel zu lernen …«

»Auf jeden Fall, Ivan – möchtest du wirklich einfach annehmen, ein Zenturienhauptmann, hochtrainiert, vom Hauptquartier entsandt, formell auf seine Jagd eingeschworen, ließe sich von irgendeinem Londoner Konstabler überraschen und betäuben? Die anderen waren nur gewöhnliche Soldaten. Die Cetagandaner werden sie später gegen Kaution freibekommen. Ein Ghem-Lord würde eher sterben, als sich in eine so peinliche Lage bringen zu lassen. Er dürfte auch ganz schön hartnäckig sein.«

Ivan rollte mit den Augen. »Wunderbar.«

Sie schlängelten sich durch ein paar hundert Meter Bäume, Büsche und Schatten. Jetzt hörte man schwach das Zischen und Summen des Verkehrs auf der Hauptverkehrsstraße entlang der Küste. Die Unterführungen für Fußgänger wurden sicherlich überwacht. Die Hochgeschwindigkeitstraße war umzäunt und für Fußgänger streng verboten.

In der Nähe des Hauptwegs zur Fußgängerunterführung stand ein Kiosk aus Synthabeton. Büsche und Kletterpflanzen nahmen dem Bauwerk seinen nüchternen Zweckcharakter. Zuerst hielt Miles ihn für eine öffentliche Toilette, bei näherem Hinsehen entdeckte er aber nur eine geschlossene Tür ohne Aufschrift. Die Scheinwerfer, die diese Seite des Gebäudes hätten beleuchten sollen, waren zerbrochen. Während Miles noch schaute, begann die Tür langsam zur Seite zu gleiten. In der Dunkelheit schimmerte schwach eine Waffe in einer bleichen Hand. Miles zielte mit seinem Betäuber und hielt den Atem an. Die dunkle Gestalt eines Mannes schlüpfte aus der Tür.

Miles atmete aus. »Hauptmann Galeni!« zischte er.

Galeni zuckte zusammen, als sei er getroffen, duckte sich und sauste auf sie los. Auf Händen und Knien erreichte er sie in ihrem Versteck. Er fluchte leise, als er (wie Miles schon zuvor) entdeckte, daß diese Ziersträucher Dornen hatten. Mit einem Blick überflog er die kleine Gruppe, Miles und Mark, Ivan und Elli. »Nicht zu glauben – Sie leben noch!«

»Danke, gleichfalls«, sagte Miles.

Galeni sah bizarr aus, empfand Miles. Die ausdruckslose Unbewegtheit, mit der er Ser Galens Tod kommentarlos beobachtet hatte, war verschwunden. Er grinste fast und war aufgekratzt, als hätte er zuviel von einer Aufputschdroge zu sich genommen. Er atmete schwer, sein Gesicht wies blaue Flecken auf, am Mund war Blut. Seine geschwollene Hand spannte sich um seine Waffe. Zuletzt hatte man ihn ohne Waffe gesehen, jetzt trug er einen Plasmabogen des cetagandanischen Militärs bei sich. Ein Messergriff schaute aus dem Schaft seines Stiefels hervor.

»Sind Sie auf einen Kerl mit blauer Gesichtsbemalung gestoßen?« forschte Miles.

»O ja«, sagte Galeni im Ton einer gewissen Befriedigung.

»Was, zum Teufel, ist mit Ihnen passiert, Sir?«

»Ich konnte in der Nähe der Stelle, wo ich Sie verlassen hatte, keinen Eingang in die Barriere finden«, erzählte Galeni in einem hastigen Geflüster. »Ich entdeckte diesen Versorgungseingang dort drüben«, er zeigte mit einer Kopfbewegung auf den Kiosk, »und dachte, da gebe es vielleicht eine Energieleitung oder Grundwasserrohre zurück zur Barriere. Zur Hälfte hatte ich recht. Unter diesem ganzen Park gibt es Versorgungstunnel. Aber unter der Erde bin ich irgendwie im Kreis gegangen, und anstatt in der Barriere herauszukommen, landete ich am Ende an einer Pforte in der Fußgängerkreuzung unter der Kanalstraße. Raten Sie mal, auf wen ich dort stieß?«

Miles schüttelte den Kopf. »Polizei? Cetagandaner? Barrayaraner?«

»Sie sind nahe dran. Es handelte sich um meinen alten Freund und Kollegen von der cetagandanischen Botschaft, Ghem-Leutnant Tabor. Ich brauchte tatsächlich ein paar Minuten, bis mir aufging, was er hier tat. Er spielte an der äußeren Peripherie Verstärkung für die Experten vom Hauptquartier. Dasselbe, was ich getan hätte, wenn ich nicht Stubenarrest gehabt hätte.« Galeni kicherte.

»Er hat sich nicht gefreut, mich zu sehen«, fuhr Galeni fort. »Er konnte sich seinerseits ebenfalls nicht vorstellen, was ich hier tat. Wir beide gaben vor, spazierenzugehen und den Mond zu betrachten, während ich mir die Ausrüstung anschaute, die er in seinen Bodenwagen gepackt hatte. Vielleicht hat er mir wirklich geglaubt. Ich glaube, er dachte, ich sei betrunken oder stehe unter Drogen.«

Miles unterdrückte höflicherweise die Bemerkung: *Ich kann verstehen, warum.*

»Aber dann bekam er Signale von seinem Team und mußte mich schnell loswerden. Er zog einen Betäuber und schoß – ich duckte mich – er traf mich nicht voll, aber ich blieb ruhig liegen und tat so, als sei ich schlimmer getroffen, als ich wirklich war. Dabei bekam ich zur Hälfte sein Gespräch mit dem Kommando im Turm mit und hoffte auf eine Chance, die Situation umkehren zu können.

Ich konnte gerade in meiner linken Körperhälfte wieder etwas fühlen, da tauchte Ihr blauer Freund auf. Sein Eintreffen lenkte Tabor ab, und ich fiel über beide her.«

Miles zog die Augenbrauen hoch. »Wie, zum Teufel, haben Sie das geschafft?«

»Ich weiß es … nicht genau«, gab Galeni zu. »Ich erinnere mich, daß ich sie schlug …« Er warf einen Blick auf Mark. »Es war schön, zur Abwechslung mal einen klar definierten Feind zu haben.«

Auf den Galeni einfach die ganze angesammelte Anspannung der letzten unmöglichen Woche und dieser verrückten Nacht abgeladen hatte, vermutete Miles. Er hatte schon früher einmal Leute gesehen, die sich wie Berserker aufführten. »Sind die noch am Leben?«

»O ja.«

Miles beschloß, das erst zu glauben, wenn er selbst eine Chance gehabt hatte, es zu überprüfen. Es war beunruhigend, wie Galeni lächelte, wie all diese langen Zähne in der Dunkelheit schimmerten.

»Was ist mit dem *Wagen* der Cetagandaner«, drängte Ivan.

»Ja, der Wagen«, stimmte Miles zu. »Ist er noch hier? Können wir zu ihm gehen?«

»Vielleicht«, sagte Galeni. »In den Tunnels ist jetzt mindestens ein Polizeikommando. Ich habe sie gehört.«

»Wir müssen es riskieren.«

»Das kannst du leicht sagen«, murmelte Mark aufsässig. »Du hast ja diplomatische Immunität.«

Miles starrte ihn an. Ihn überkam ein Berserkerimpuls. Seine Finger strichen über eine Innentasche seiner grauen Jacke. »Mark«, hauchte er, »wie würde es dir gefallen, dir diesen Kreditbrief über hunderttausend betanische Dollar zu *verdienen?*«

»Es gibt keinen solchen Kreditbrief.«

»Das hat Ser Galen gesagt. Du solltest mal darüber nachdenken, wo er sonst noch heute nacht unrecht gehabt hat.« Miles blickte auf Galeni, um zu prüfen, welche Wirkung die Erwähnung des Namens seines Vaters auf ihn hatte. Eine abkühlende, anscheinend. Noch während Miles ihn beobachtete, kehrte etwas von dem abgespannten und nach innen gerichteten Ausdruck in seine Augen zurück. »Hauptmann Galeni. Sind diese beiden Cetagandaner bei Bewußtsein, oder können sie zu Bewußtsein gebracht werden?«

»Zumindest einer. Inzwischen vielleicht beide. Warum?«

»Zeugen. Zwei Zeugen sind ideal.«

»Ich dachte, bei dem ganzen Davonschleichen anstatt sich zu ergeben ging es darum, Zeugen zu vermeiden«, sagte Ivan vorwurfsvoll.

»Ich glaube«, ging Miles über Ivans Einwurf hinweg, »ich sollte lieber Admiral Naismith sein. Ich möchte dir nicht zu nahe treten, Mark, aber dein betanischer Akzent stimmt nicht ganz. Deine r am Wortende klingen nicht hart genug oder so. Außerdem hast du den Lord Vorkosigan mehr geübt.«

Galeni hob die Augenbrauen, als ihm Miles' Idee aufging. Er nickte nachdenklich, doch als er sein Gesicht Mark zuwandte, war es so ausdruckslos, daß Mark zusammenzuckte. »Ja. Sie schulden uns Ihre Zusammenarbeit, denke ich.« Noch sanfter fügte er hinzu: »Sie schulden sie mir.«

Das war nicht der Augenblick, um darauf hinzuweisen, wieviel Galeni seinerseits Mark schuldete, obwohl schnell ausgetauschte Blicke Miles davon überzeugten, daß sich Galeni zumindest völlig bewußt war, wie diese grimmige Schuld auf beide Seiten verteilt war. Aber Galeni würde sich diese Gelegenheit nicht entgehen lassen.

Sich seiner Verbündeten sicher, sagte Admiral Naismith: »Also dann, in den Tunnel! Führen Sie uns, Hauptmann!«

Der Bodenwagen der Cetagandaner war an einer schattigen Stelle unter einem Baum geparkt, ein paar Meter zu ihrer Linken, als sie aus dem Liftrohr traten, das von der Fußgängerunterführung zum Park der Barriere führte. Immer noch war an diesem Ende keine Polizei. Am parkseitigen Ende stand ein Zweimannkommando, hatte Galeni sie informiert, aber sie hatten es nicht riskiert, diese Tatsache selber zu überprüfen. Der Sprint durch die Tunnel hatte ihnen schon gereicht, denn nur um ein Haar waren sie einem Bombenkommando der Polizei ausgewichen.

Die Platane schirmte mit ihrer breiten Krone den Wagen vor Blicken aus den meisten (um diese Stunde geschlossenen) Läden und Appartements ab, die die andere Seite der schmalen Stadtstraße säumten. Kein schlafloser Beobachter an einem der oberen Fenster konnte Galenis Begegnung mit den Cetagandaner gesehen haben, hoffte Miles. Die Hauptverkehrsstraße über und hinter ihnen war durch eine Mauer abgetrennt. Von dort konnte niemand etwas sehen. Trotzdem kam sich Miles sehr exponiert vor.

Der Bodenwagen trug kein Emblem der Botschaft und hatte auch sonst nichts Ungewöhnliches an sich, was die Aufmerksamkeit auf ihn gelenkt hätte. Ein unauffälliger Wagen, weder alt noch neu, ein bißchen schmutzig. Er sah ausgesprochen nach verdeckter Operation aus. Miles zog die Augenbrauen hoch und pfiff stumm, als er die frischen Dellen an der Seite sah, etwa so groß wie der Kopf eines Mannes, und das Blut, das auf dem Boden verspritzt war. In der Dunkelheit wirkte die rote Farbe glücklicherweise gedämpft.

»War das nicht etwas laut?« wollte Miles von Galeni wissen und zeigte auf die Dellen.

»Mm? Nicht wirklich. Nur ein dumpfer Bums. Niemand hat geschrien.« Galeni blickte schnell die Straße hinauf und hinab, wartete, bis ein einsamer Bodenwagen vorbeigewispert war, und öffnete dann das verspiegelte, kugelförmige Verdeck.

Auf den Rücksitzen saßen zwei Gestalten aneinandergeschmiegt. Sie waren mit ihrer eigenen Ausrüstung gefesselt. Leutnant Tabor, in Zivilkleidung, blinzelte über seinem Knebel. Der Mann mit der blauen Gesichtsbemalung saß zusammengesunken neben ihm. Miles hob prüfend eines seiner Augenlider und stellte fest, daß das Auge immer noch zurückrollte. Er suchte im Vorderteil des Wagens nach einem Erste-Hilfe-Kasten. Ivan hob Elli in den Wagen, setzte sie hin und übernahm das Steuer. Mark schlüpfte neben Tabor, Galeni setzte sich auf der anderen Seite neben ihre Gefangenen. Auf einen Knopfdruck von Ivan hin senkte sich das Verdeck seufzend und schloß sich. Zu siebt waren sie eingepfercht. Es wurde ganz schön eng.

Miles beugte sich über die Lehne des Vordersitzes und drückte ein Hypospray mit Synergin, der Ersten Hilfe bei Schock, gegen den Hals des Zenturien-Kapitäns. Das konnte ihn wieder zu sich bringen und würde ihm gewiß nicht schaden. Im gegenwärtigen, besonderen Augenblick waren das Leben und die fortdauernde Gesundheit dieses auf ihn angesetzten Killers ein äußerst wertvolles Pfand. Nachträglich gab Miles Elli auch eine Dosis. Sie gab ein Stöhnen von sich, das ihn aufatmen ließ.

Der Bodenwagen hob sich auf seine Luftkissenwülste und zischte los. Miles atmete erleichtert auf, als sie die Küste hinter sich ließen und ins Labyrinth der Stadt einschwenkten. Er aktivierte seinen Kommunikator und sagte mit seinem stärksten betanischen Akzent: »Nim?«

»Jawohl, Sir.«

»Machen Sie eine Ortung auf meinen Kommunikator. Folgen Sie uns. Wir sind hier fertig.«

»Wir haben Sie, Sir.«

»Naismith Ende.«

Er bettete Ellis Kopf in seinen Schoß und drehte sich nach hinten, um Tabor über die Sitzlehne zu beobachten. Tabor blickte zwischen Miles und Mark, der neben ihm saß, hin und her.

»Hallo, Tabor«, sagte Mark mit seinem besten barrayaranischen Vor-Akzent (er war darin sorgfältig trainiert worden) – klang der wirklich so höhnisch? –, »Wie geht es Ihren Bonsai?«

Tabor zuckte leicht zurück. Der Zenturien-Kapitän rührte sich und blickte sie mit zusammengekniffenen Augen an. Er versuchte sich zu bewegen, entdeckte seine Fesseln und lehnte sich wieder zurück – nicht entspannt, aber entschlossen, keine Energie auf einen nutzlosen Kampf zu verschwenden.

Galeni langte über ihn hinweg und lockerte den Knebel in Tabors Mund. »Tut mir leid, Tabor. Aber Sie können Admiral Naismith nicht haben. Auf jeden Fall nicht hier auf der Erde. Diese Nachricht können Sie in Ihrer Befehlskette nach oben weitergeben. Er steht unter unserem Schutz, bis seine Flotte den Orbit verläßt. Das ist Teil des vereinbarten Honorars dafür, daß er der barrayaranischen Botschaft geholfen hat, die Komarraner zu finden, die kürzlich einige unserer Leute entführt hatten. Also halten Sie sich da raus.«

Tabor schaute immer noch hin und her, während er den Knebel ausspuckte, seinen Unterkiefer bewegte und schluckte. Er krächzte: »Sie arbeiten zusammen?«

»Unglücklicherweise«, knurrte Mark.

»Ein Söldner«, sagte Miles fröhlich, »holt sich sein Geld, wo er kann.«

»Sie haben einen Fehler gemacht«, zischte der Zenturien-Kapitän, »als Sie den Vertrag gegen uns auf Dagoola übernahmen.«

»Das können Sie laut sagen«, stimmte Miles fröhlich zu. »Nachdem wir die verdammte Armee der Marilacaner gerettet hatten, hat uns die Untergrundbewegung gelinkt. Hat uns um die Hälfte unserer versprochenen Bezahlung beschissen. Vermutlich würde Cetaganda uns nicht gern anheuern, um jetzt auf die Marilacaner loszugehen, oder? Nein? Leider kann ich mir persönliche Rache nicht leisten. Zumindest nicht im Augenblick. Sonst hätte ich mich nicht von diesen alten Freunden«, er entblößte seine Zähne zu einem unfreundlichen Lächeln in Marks Richtung, der es verächtlich erwiderte, »engagieren lassen.«

»Also sind Sie wirklich ein Klon«, keuchte Tabor und starrte den legendären Söldnerführer an. »Wir dachten …«, er verstummte.

»Wir dachten jahrelang, er gehöre Ihnen«, sagte Mark als Lord Vorkosigan.

Uns! formten Tabors Lippen erstaunt.

»Aber diese Operation hat seinen komarranischen Ursprung bestätigt«, schloß Mark.

»Wir haben eine Vereinbarung«, meldete sich Miles, als sei er durch Marks Ton beunruhigt, und blickte zornig von Mark zu Galeni. »Sie geben mir Deckung, bis ich die Erde verlasse.«

»Wir haben eine Vereinbarung«, sagte Mark, »solange Sie nie näher an Barrayar herankommen.«

»Sie können das verdammte Barrayar behalten. Ich nehme den Rest der Galaxis, danke.«

Der Zenturien-Hauptmann war wieder nahe daran, ohnmächtig zu werden, doch er kämpfte dagegen an, kniff die Augen zusammen und atmete kontrolliert. Eine Gehirnerschütterung, vermutete Miles. In seinem Schoß öffnete Elli die Augen. Er streichelte ihre Locken. Sie gab einen damenhaften Rülpser von sich. Das Synergin hatte ihr das Erbrechen erspart, das gewöhnlich auf eine Betäubung folgte. Sie setzte sich auf, blickte um sich, sah Mark, die Cetagandaner und Ivan und klappte den Mund hörbar zu, wobei sie ihre Desorientierung verbarg. Miles drückte ihre Hand. *Ich werde dir später alles erklären,* versprach sein Lächeln. Sie zog verärgert die Augenbrauen zusammen: *Das solltest du auch.* Sie hob das Kinn. Selbst in Verwirrung blieb sie vor dem Feind gelassen.

Ivan drehte den Kopf nach hinten und fragte Galeni aus dem Mundwinkel: »Was sollen wir jetzt mit diesen Cetagandanern tun, Sir? Irgendwo rauswerfen? Aus welcher Höhe?«

»Es gibt keine Notwendigkeit für einen interplanetarischen Zwischenfall.« Galeni war auf eine wölfische Art fröhlich und übernahm Miles' Ton. »Nicht wahr, Leutnant Tabor? Oder wünschen Sie, daß die hiesigen Behörden erfahren, was der Ghem-Kamerad wirklich vergangene Nacht in der Barriere vorhatte? Nein? Hab ich's mir doch gedacht. Na schön. Sie brauchen beide medizinische Behandlung, Ivan. Leutnant Tabor hat unglücklicherweise seinen Arm gebrochen, und ich glaube, sein … hm … Freund hat eine Gehirnerschütterung. Unter anderem. Sie können wählen, Tabor. Sollen wir Sie an einem Krankenhaus aussteigen lassen, oder würden Sie eine Behandlung in Ihrer eigenen Botschaft vorziehen?«

»Botschaft«, krächzte Tabor, der sich offensichtlich der möglichen juristischen Komplikationen bewußt war. »Es sei denn, Sie wollen versuchen, sich aus einer Anklage wegen versuchten Mordes herauszureden«, äußerte er seine Gegendrohung.

»Gewiß handelte es sich nur um einen tätlichen Angriff.« Galenis Augen glitzerten.

Tabor lächelte unsicher und blickte drein, als würde er sich gerne davonstehlen, wenn er nur Raum zur Bewegung hätte. »Wie auch immer. Keiner unserer Botschafter wäre sehr erfreut.«

»Ganz recht.«

Es ging auf die Morgendämmerung zu. Der Verkehr nahm allmählich zu. Ivan kurvte durch einige Straßen, bis er einen verlassenen Taxistand erreichte, an dem keine Schlange von Kunden wartete. Diese Vorstadt am Meer war weit vom Botschaftsdistrikt entfernt. Galeni war sehr bemüht und half, ihre Passagiere abzusetzen – aber den Codeschlüssel für die Hand- und Fußfesseln des Zenturien-Hauptmanns warf er Tabor erst zu, als Ivan wieder in die Straße einbog. »Ihren Wagen lasse ich Ihnen heute nachmittag schicken«, rief Galeni den Cetagandanern zu, während sie davonfuhren. Er prustete und lehnte sich wieder in seinem Sitz zurück. »Nachdem wir ihn gründlich untersucht haben.«

»Glaubst du, daß diese Farce funktioniert?« fragte Ivan.

»Auf kurze Sicht – wenn es darum geht, die Cetagandaner zu überzeugen, daß Barrayar nichts mit Dagoola zu tun hatte – vielleicht, vielleicht nicht«, seufzte Miles. »Aber wenn es um das hauptsächliche Sicherheitsproblem geht – da haben wir jetzt zwei loyale Offiziere, die unter Chemohypnose schwören werden, daß Admiral Naismith und Lord Vorkosigan ohne Frage zwei verschiedene Leute sind. Das wird uns eine Menge wert sein.«

»Aber wird Destang das auch so sehen?« fragte Ivan.

»Ich glaube nicht«, sagte Galeni distanziert und starrte durch das Verdeck nach draußen, »daß ich auch nur einen Pfifferling darauf gebe, was Destang denkt.«

Miles fand sich in innerer Übereinstimmung mit diesem Gefühl. Aber schließlich waren sie alle sehr müde. Doch sie waren alle hier. Er blickte sich um und erfreute sich an den Gesichtern, Elli und Ivan, Galeni und Mark – alle am Leben, alle durch die Nacht hindurch gebracht bis zu diesem Augenblick des Überlebens.

Fast alle.

»Wo sollen wir dich rauslassen, Mark?« fragte Miles. Er blickte durch die Wimpern auf Galeni und erwartete einen Widerspruch, aber Galeni sagte nichts. Seit sie die Cetagandaner abgeladen hatten, war Galenis Adrenalinspiegel gesunken, der ihn vorher so aufgeputscht hatte. Jetzt sah er erschöpft aus. Und alt. Miles provozierte keinen Widerspruch. *Sei vorsichtig, was du verlangst. Du könntest es sogar bekommen.*

»An einem U-Bahnhof«, sagte Mark. »An irgendeinem U-Bahnhof.«

»Gut.« Miles rief auf der Konsole des Wagens einen Stadtplan auf. »Drei Straßen weiter und dann zwei nach rechts, Ivan.«

Als der Wagen in der Aussteigezone auf den Haltestreifen niedergegangen war, stieg er mit Mark zusammen aus. »Bin in einer Minute zurück.« Sie gingen zusammen zum Eingang des nach unten führenden Liftrohrs. Hier in diesem Distrikt herrschte noch

Nachtruhe; nur wenige Leute gingen vorbei, aber das morgendliche Verkehrsgedränge würde bald beginnen.

Miles öffnete seine Jacke und holte die codierte Karte heraus. Nach dem angespannten Ausdruck auf Marks Gesicht zu schließen, hatte dieser einen Nervendisruptor erwartet – bis zum letzten Augenblick dachte er im Stil von Ser Galen. Mark nahm die Karte und drehte sie staunend und mißtrauisch herum.

»Da hast du das Geld«, sagte Miles. »Wenn du mit deinem Hintergrund und diesem Geld nicht auf der Erde verschwinden kannst, dann kann es niemand. Viel Glück.«

»Aber ... was willst du von mir?«

»Nichts. Überhaupt nichts. Du bist ein freier Mann, solange du frei bleiben kannst. Wir werden sicher Galens Tod, der teilweise ein Unfall war, nicht melden.«

Mark schob die Karte in seine Hosentasche. »Du hast mehr gewollt.«

»Wenn man nicht bekommen kann, was man will, dann nimmt man, was man bekommt. Wie du herausfinden wirst.« Er nickte in Richtung auf Marks Tasche. Marks Hand legte sich schützend darüber.

»Was soll ich nach deinem Willen tun?« fragte Mark. »Worauf setzt du mich an? Hast du diesen Quatsch über Jackson's Whole wirklich ernst genommen? Was erwartest du von mir?«

»Du kannst das Geld nehmen und dich in die Vergnügungskuppeln des Mars zurückziehen, solange es reicht. Oder dir eine Ausbildung finanzieren, oder auch zwei oder drei. Oder in den ersten Müllschlucker stecken, an dem du vorbeikommst. Ich bin nicht dein Besitzer. Ich bin nicht dein Mentor. Ich bin nicht deine Eltern. Ich habe keine Erwartungen. Ich habe keine Wünsche.« *Rebelliere dagegen – wenn du herausbekommst, wie – kleiner Bruder ...* Miles drehte seine leeren Hände nach außen und trat zurück.

Mark schwang sich in das Liftrohr. Dabei drehte er

Miles nicht den Rücken zu. »WARUM NICHT?« schrie er plötzlich, verdutzt und wütend.

Miles warf den Kopf zurück und lachte. »Das mußt du herausbekommen!« rief er.

Das Feld des Rohres packte Mark, und er verschwand, von der Erde verschluckt.

Miles kehrte zu seinen Freunden zurück, die auf ihn warteten.

»War das klug?« Elli unterbrach Ivan, der sie schnell über das Vorgefallene informiert hatte, als Miles sich neben ihr niederließ. »Ihn einfach so weggehen zu lassen?«

»Ich weiß es nicht«, seufzte Miles. »›Wenn du nicht helfen kannst, dann behindere nicht.‹ Ich kann ihm nicht helfen. Galen hat ihn zu verrückt gemacht. Er ist besessen von mir. Ich habe den Verdacht, daß er immer von mir besessen sein wird. Das Beste, was ich tun kann, ist, ihm aus dem Weg zu gehen. Vielleicht beruhigt er sich mit der Zeit, wenn er nicht auf mich reagieren muß. Mit der Zeit – rettet er sich vielleicht.«

Seine Müdigkeit überflutete ihn. Elli schmiegte sich warm an ihn, und darüber war er sehr, sehr froh. Ihm fiel Nim ein, er aktivierte seinen Kommunikator und schickte den Sergeanten samt seiner Patrouille zurück zum Shuttlehafen.

»Nun«, sagte Ivan blinzelnd, nachdem sie alle eine volle Minute geschwiegen hatten, »wohin jetzt? Wollt ihr beide auch zum Shuttlehafen?«

»Ja«, hauchte Miles, »und dann vom Planeten abhauen… Aber ich fürchte, es wäre nicht praktisch, zu desertieren. Destang würde mich früher oder später sowieso einholen. Wir können genauso gut alle zur Botschaft zurückkehren und Bericht erstatten. Den wahren Bericht. Es gibt keinen Grund mehr zu lügen, oder?« Er kniff die Augen zusammen und versuchte nachzudenken.

»Was mich anlangt, so gibt es keinen Grund«,

brummte Galeni. »Ich mache mir aus frisierten Berichten sowieso nichts. Schließlich werden sie Geschichte. Vergrabene Sünden.«

»Wissen Sie … es war nicht meine Absicht, daß es so ausgeht«, sagte Miles nach einem Moment des Schweigens. »Die Konfrontation heute nacht.« Eine verdammt schwache Entschuldigung, dafür, daß der Vater dieses Mannes umgepustet worden war …

»Hatten Sie sich vorgestellt, Sie hätten das Ganze in der Hand? Allwissend und allmächtig? Niemand hat Sie zu Gott ernannt, Vorkosigan.« Geisterhaft schwach zuckte einer von Galenis Mundwinkeln nach oben. »Ich bin mir sicher, es war ein Versehen.« Er lehnte sich zurück und schloß die Augen.

Miles räusperte sich. »Also dann zurück zur Botschaft, Ivan. Ach … keine Eile. Fahr langsam. Ich hätte nichts dagegen, noch ein letztes bißchen was von London zu sehen, okay?« Er lehnte sich an Elli an und beobachtete, wie der frühe Sommermorgen in der Stadt anbrach. Die Zeit und alle Zeiten waren durcheinander und nebeneinander, wie Licht und Schatten zwischen einer Straße und der nächsten.

Als sie alle in Galenis Sicherheitsbüro in einer Reihe angetreten waren, fielen Miles die drei chinesischen Affen ein, die Tung, der Stabschef der Dendarii, in seiner Unterkunft auf einem Wandbrett stehen hatte. Ivan glich zweifellos dem, der nichts Böses sah. So wie Galeni seine Zähne zusammenbiß und Kommodore Destangs finsteren Blick erwiderte, war er ein vorzüglicher Kandidat für den Affen, der nichts Böses sprach. Damit blieb für Miles, der zwischen beiden stand, der übrig, der nichts Böses hörte, aber es würde ihm wahrscheinlich nicht viel helfen, wenn er sich die Hände auf die Ohren legte.

Miles hatte erwartet, daß Destang wütend sein würde, doch der Kommodore sah eher angewidert aus.

Er erwiderte ihren militärischen Gruß und lehnte sich auf Galenis Stuhl zurück. Als seine Augen auf Miles fielen, wurden seine Lippen zu einem dünnen Strich.

»Vorkosigan.« Miles' Name hing wie ein sichtbares Objekt vor ihnen in der Luft. Destang betrachtete ihn ohne Wohlwollen und fuhr fort: »Als ich um 7 Uhr heute morgen meine Verhandlungen mit einem gewissen Untersuchungsrichter Reed vom Londoner Geschworenengericht beendete, war ich entschlossen, daß nur ein göttliches Eingreifen Sie vor meinem Zorn retten könnte. Das göttliche Eingreifen erfolgte um 9 Uhr mit der Ankunft eines Sonderkuriers vom Kaiserlichen Hauptquartier.« Destang hielt zwischen Daumen und Zeigefinger eine Datendiskette hoch, die mit dem Kaiserlichen Siegel gekennzeichnet war. »Hier sind die neuen und dringenden Befehle für Ihre irregulären Dendarii.«

Da Miles dem Kurier in der Cafeteria begegnet war, kam das nicht ganz unerwartet. Er unterdrückte den Impuls vorzustürzen. »Ja, Sir?« sagte er aufmunternd.

»Es scheint, daß eine gewisse freie Söldnerflotte, die in dem fernen Sektor IV operiert – vermutlich unter Kontrakt einer subplanetarischen Regierung –, die Grenze vom Guerillakrieg zur offenen Piraterie überschritten hat. Ihre Wurmlochblockade ist vom Anhalten und Durchsuchen von Schiffen zur Konfiszierung ausgeartet. Vor drei Wochen haben sie ein registriertes Passagierschiff von Tau Ceti gekapert und in einen Truppentransporter umgewandelt. So weit, so gut, aber dann ist ein schlauer Kopf unter ihnen auf die Idee verfallen, ihren Sold zu erhöhen, indem sie die Passagiere als Geiseln nahmen. Einige planetarische Regierungen, deren Bürger gefangengehalten werden, haben ein Verhandlungsteam losgeschickt, das von den Tau-Cetanern angeführt wird.«

»Und wie sind wir in die Sache verwickelt, Sir?« Sektor IV war in jeder Hinsicht weit von Barrayar entfernt, aber Miles hatte schon eine Ahnung, was kommen würde. Ivan blickte höchst neugierig drein.

»Unter den Passagieren sind zufällig elf barrayaranische Untertanen – einschließlich der Frau des Ministers für Schwerindustrie, Lord Vorvane, und ihrer drei Kinder. Da die Barrayaraner nur eine Minderheit unter den zweihundertsechzehn Gefangenen darstellen, wurde Barrayar natürlich die Leitung des Verhandlungsteams verweigert. Und unfreundlich gesinnte Regierungen haben unserer Flotte die Durchquerung von drei der notwendigen Wurmlochknoten auf der schnellsten Route zwischen Barrayar und Sektor IV verweigert. Die zweitschnellste Alternativroute würde achtzehn Wochen erfordern. Von der Erde aus können Ihre Dendarii in weniger als zwei Wochen in diesem Lokalraumbereich ankommen.« Destang runzelte nachdenklich die Stirn. Ivan blickte fasziniert drein.

»Ihre Befehle lauten natürlich, die Untertanen des Kaisers lebend zu retten, und so viele Bürger anderer Planeten wie möglich, und Strafmaßnahmen zu ergreifen, die mit dem ersten Ziel vereinbar sind und ausreichen, um die Täter davon abzuhalten, jemals so etwas zu wiederholen. Da wir selbst uns mitten in kritischen Vertragsverhandlungen mit den Tau-Cetanern befinden, wollen wir nicht, daß sie etwas über den Ausgangspunkt dieser einseitigen Rettungsbemühungen erfahren, falls etwas schiefgeht. Die Methoden, mit denen Sie diese Ziele erreichen, scheinen völlig Ihrer Entscheidung überlassen zu sein. Alle nachrichtendienstlichen Details, die das Hauptquartier bis vor acht Tagen hatte, finden Sie hier drauf.« Er reichte endlich die Datendiskette herüber. Miles nahm sie mit nervöser Hand im Empfang. Ivan blickte jetzt neidisch drein. Destang holte noch einen anderen Gegenstand hervor und reichte ihn Miles mit der Miene eines Mannes, dem gerade die Leber herausgeschnitten wurde. »Der Kurier hat auch eine weitere Kreditanweisung über achtzehn Millionen Mark mitgebracht. Für Ihre Betriebsausgaben in den nächsten sechs Monaten.«

»Danke, Sir!«

»Ha. Wenn Sie damit fertig sind, dann melden Sie sich bei Kommodore Rivik im Hauptquartier von Sektor IV auf Station Orient«, beendete Destang seine Ausführungen. »Wenn ich Glück habe, werde ich schon im Ruhestand sein, wenn Ihre Flotte wieder in Sektor II auftaucht.«

»Jawohl, Sir. Danke, Sir.«

Destang richtete seinen Blick auf Ivan. »Leutnant Vorpatril.«

»Sir?« Ivan nahm Haltung an und zeigte alle Anzeichen eifriger Begeisterung. Miles bereitete sich darauf vor zu bezeugen, daß Ivan völlig unschuldig, unwissend und ein bloßes Opfer gewesen war, aber das erwies sich als unnötig. Destang betrachtete Ivan noch einen Augenblick länger und seufzte dann: »Schon gut.«

Destang wandte sich Galeni zu, der steifbeinig und – wie Miles vermutete – steifnackig dastand. Da sie an diesem Morgen eher als Destang in der Botschaft eingetroffen waren, hatten sie sich alle gewaschen, die beiden Botschaftsoffiziere hatten saubere Uniformen angezogen, und sie alle hatte lakonische Berichte abgegeben, die Destang gerade durchgeschaut hatte. Doch keiner von ihnen hatte schon geschlafen. Wieviel mehr Quatsch konnte Galeni noch wegstecken, bevor er explodierte?

»Hauptmann Galeni«, sagte Destang. »Auf militärischer Seite stehen Sie unter der Anschuldigung, einen Befehl zum Verbleib in Ihrem Quartier mißachtet zu haben. Da dies der Anschuldigung entspricht, der Vorkosigan hier mit soviel Glück entkommen ist, sehe ich mich mit einem gewissen Problem der Gerechtigkeit konfrontiert. Es gibt auch den mildernden Umstand von Vorpatrils Entführung. Seine Rettung und der Tod eines Feindes von Barrayar sind die einzigen beiden greifbaren Ergebnisse der … Aktivitäten der vergangenen Nacht. Alles andere sind Spekulationen und unbeweisbare Behauptungen über Ihre Absichten und Ihre seelische Verfassung. Es sei denn, Sie entscheiden sich, sich einem Schnell-Penta-Verhör zu unterwerfen, damit alle verbliebenen Zweifel beseitigt werden.«

Galeni blickte angewidert drein. »Ist das ein Befehl, Sir?«

Galeni war, so erkannte Miles, drauf und dran, sein Offizierspatent zurückzugeben – *jetzt,* wo solche Opfer gebracht worden waren. Er wollte ihm in die Seite stoßen: *Nein, nein!* Wilde Verteidigungssprüche schossen Miles durch den Kopf. *Schnell-Penta ist für die Würde eines Offiziers erniedrigend, Sir!* oder sogar: *Wenn Sie ihm eine Dosis verpassen, dann müssen Sie es bei mir auch tun – ist schon in Ordnung, Galeni, ich habe meine Würde schon vor Jahren abgestreift* – nur daß angesichts von Miles' überempfindlicher Reaktion auf Schnell-Penta dieses Angebot wenig nützlich war. Er biß sich auf die Zunge und wartete.

Destang sah beunruhigt aus. Nach einer Weile des Schweigens sagte er einfach: »Nein.« Er blickte auf und fügte hinzu: »Aber es bedeutet, daß meine Berichte und Ihrer sowie die von Vorkosigan und Vorpatril alle zusammengepackt und zur Überprüfung an Simon Illyan geschickt werden. Ich werde mich weigern, den Fall zu schließen. Ich habe meinen Rang nicht dadurch erreicht, daß ich davor zurückscheue, militärische Entscheidungen zu treffen – und auch nicht dadurch, daß ich mich unaufgefordert in politische Entscheidungen verstricke. Ihre ... Loyalität wie auch das Schicksal von Vorkosigans Klon ist eine allzu undurchsichtig politische Frage geworden. Ich bin nicht von der langfristigen Lebensfähigkeit des Vorhabens der Integration von Komarr überzeugt – aber ich möchte nicht gern in die Geschichte als deren Saboteur eingehen.

Solange das Verfahren schwebt und da es keinen Beweis für Hochverrat gibt, werden Sie Ihre Routineaufgaben hier in der Botschaft wieder aufnehmen. – Danken Sie mir nicht«, fügte er düster hinzu, während

Miles grinste, Ivan ein lautes Lachen hinunterschluckte und Galeni um einen Bruchteil weniger finster dreinschaute, »es war die Bitte des Botschafters.

Sie können wegtreten und Ihren Dienst aufnehmen.«

Miles unterdrückte den Impuls fortzulaufen, bevor Destang seine Meinung änderte. Er erwiderte Destangs militärischen Gruß und ging in normalem Tempo mit den anderen zur Tür. Als sie sie erreicht hatten, fügte Destang hinzu: »Hauptmann Galeni?«

Galeni blieb stehen. »Sir?«

»Mein Beileid.« Die Worte klangen, als hätte man sie mit der Kneifzange aus Destang herausgezogen, aber sein Unbehagen war vielleicht ein Beweis, daß sie ehrlich gemeint waren.

»Danke, Sir.« Galenis Stimme war so tonlos, daß sie wie die eines Toten klang, aber er brachte schließlich ein kurzes, anerkennendes Nicken zustande.

In den Schleusen und Korridoren der *Triumph* klang der Lärm der zurückkehrenden Mannschaften, der Abschlußarbeiten an Ausrüstung und Reparaturen durch die Technikerteams und des Verladens des restlichen Nachschubs. Lärm, aber kein Chaos, Entschlossenheit und Energie, aber keine Hetze. Daß alles ohne Hetze abging, war ein gutes Zeichen, wenn man bedachte, wie lange sie stationär im Orbit gewesen waren. Tungs hartnäckiger Kader von Unteroffizieren hatte nicht zugelassen, daß die routinemäßigen Vorbereitungen bis zur letzten Minute aufgeschoben wurden.

Von dem Augenblick an, da er mit Elli im Gefolge an Bord gekommen war, befand sich Miles im Mittelpunkt eines Wirbelwinds der Neugier – *Worum geht es bei dem neuen Kontrakt, Sir?* Die Schnelligkeit, mit der die Gerüchteküche sowohl gescheite wie auch absurde Spekulationen hervorbrachte, war erstaunlich. Er schickte die Spekulierer ihres Weges mit einem wiederholten: *Ja, wir haben einen Kontrakt – ja, wir verlassen den*

Orbit. Sobald Sie fertig sind. Sind Sie fertig, Mister? Ist der Rest Ihrer Gruppe fertig? Dann sollten Sie lieber gehen und ihnen helfen …

»Tung!« begrüßte Miles seinen Stabschef. Der untersetzte Eurasier trug Zivilkleidung und trug Gepäck mit sich. »Sind Sie gerade zurückgekommen?«

»Ich gehe gerade weg. Hat Auson Sie nicht erreicht, Admiral? Ich habe seit einer Woche versucht, Sie zu erreichen.«

»Was?« Miles zog ihn beiseite.

»Ich habe meinen Abschied eingereicht. Ich aktiviere meine Ruhestandsoption.«

»*Was?* – Warum?«

Tung grinste. »Gratulieren Sie mir. Ich heirate.«

Verdutzt krächzte Miles: »Meinen Glückwunsch. Ah – wann ist das passiert?«

»Im Urlaub natürlich. Sie ist übrigens eine Cousine dritten Grades von mir. Eine Witwe. Seit ihr Ehemann gestorben ist, betreibt sie selbst ein Touristenschiff auf dem Amazonas. Sie ist eine hervorragende Kapitänin – und eine ebensolche Köchin. Sie macht ein Schweinefleisch à la Moo-shu, für das man einen Mord begehen könnte. Aber sie wird ein bißchen älter – braucht einen starken Mann im Haus.« Der bullige Tung war da sicher der Richtige. »Wir werden Partner sein. Verdammt noch mal«, fuhr er fort, »wenn Sie mir die *Triumph* abkaufen, können wir es uns sogar leisten, auf die Touristen zu verzichten. Sollten Sie einmal das Verlangen haben, auf dem Amazonas hinter einer fünfzig Meter langen Luftkissenschaluppe Wasserski zu laufen, mein Sohn, dann schauen Sie mal bei uns vorbei.«

Und die Mutantenpiranhas könnten das fressen, was übrig bliebe, zweifellos. Die Vision, wie Tung seinen Lebensabend damit verbrachte, vom Deck eines Flußschiffes aus Sonnenuntergänge zu beobachten, mit einer drallen eurasischen Dame auf dem Schoß – Miles war sich sicher, daß sie drall war –, in der einen Hand einen Drink, mit der anderen Schweinefleisch à la Mooshu spachtelnd, verlor für Miles etwas von ihrem Zauber, als er nachdachte, a) was es die Flotte kosten würde, Tungs Anteil an der *Triumph* zurückzukaufen, und b) welch riesiges, Tung-förmiges Loch in seiner Kommandostruktur zurückbleiben würde.

Jetzt zu schnattern, zu hyperventilieren oder im Kreis herumzurennen wären keine nützlichen Reaktionen. Statt dessen versuchte es Miles vorsichtig mit: »Ach … sind Sie sicher, daß Sie sich nicht langweilen werden?«

Tung hatte verdammt scharfe Augen. Er dämpfte seine Stimme und beantwortete die wirkliche Frage: »Ich würde nicht abhauen, wenn ich nicht glauben würde, daß Sie es schaffen. Sie sind sehr beständig geworden, mein Sohn. Machen Sie nur weiter wie bisher.« Er grinste wieder und ließ seine Fingerknöchel knacken. »Außerdem haben Sie einen Vorteil, über den kein anderer Söldnerführer in der Galaxis verfügt.«

»Und der wäre?« versetzte Miles.

Tung dämpfte seine Stimme noch mehr. »*Sie* müssen keinen Profit machen.«

Deutlicher als mit diesen Worten und seinem sarkastischen Grinsen würde der schlaue Tung wohl nicht mehr durchblicken lassen, daß er sich längst zusammengereimt hatte, wer ihr wirklicher Auftraggeber war. Er salutierte und ging seines Weges.

Miles schluckte und wandte sich Elli zu. »Na gut … in einer halben Stunde machen wir ein Meeting der nachrichtendienstlichen Abteilung. Ruf alle zusammen. Wir werden unsere Kundschafter so schnell wie möglich losschicken. Idealerweise werden wir ein Team in die feindliche Organisation eingeschleust haben, bevor wir am Schauplatz eintreffen.«

Miles hielt inne, als ihm bewußt wurde, daß er gerade der listigsten Kundschafterin seiner Flotte ins Gesicht schaute. Elli war am besten in personenbezogenen Situationen, im Gegensatz zu terrainbezogenen Situationen, die nach dem Talent eines gewissen Leutnants Christof verlangten. Elli vorauszuschicken, außer Reichweite, in Gefahr hinein – *Nein, nein!* – war von bezwingender Logik. Quinns beste offensive Talente wurden beim Einsatz als Leibwächterin großenteils vergeudet; nur ein Zufall der Geschichte und der Sicherheit bannte sie so oft in diese defensive Aufgabe. Miles zwang seine Lippen, sich weiterzubewegen, als hätte ihn die Unlogik nie in Versuchung geführt.

»Sie sind Söldner; einige von uns sollten einfach bei ihnen anheuern können. Wenn wir jemanden finden, der die niedrige, kriminell-psychotische Mentalität dieser Piraten überzeugend simulieren kann …«

Gefreiter Danio kam im Korridor vorbei und blieb stehen, um zu salutieren. »Danke, daß Sie uns auf Kaution rausgeholt haben, Sir. Ich … hatte das wirklich nicht erwartet. Sie werden es nicht bereuen, das schwöre ich.«

Miles und Elli schauten einander an, während er weitertrottete.

»Der gehört ganz dir«, sagte Miles.

»In Ordnung«, sagte Quinn. »Und als nächstes?«

»Sag Thorne, er soll aus dem Kommunikationsnetz der Erde alles über diesen Entführungsfall herausholen, bevor wir den Lokalraum verlassen. Vielleicht gibt es da ein paar ungewöhnliche Aspekte, die dem Kaiserlichen Hauptquartier nicht ersichtlich waren.« Er klopfte auf die Datendiskette in seiner Jackentasche und seufzte. Dann konzentrierte er sich auf die Aufgabe, die vor ihnen lag. »Zumindest sollte das diesmal einfacher sein, als unser Urlaub auf der Erde«, sagte er voller Hoffnung. »Eine rein militärische Operation, keine Verwandten, keine Politik, keine Hochfinanz. Da gibt es klipp und klar nur die Guten und die Bösen.«

»Großartig«, sagte Quinn, »und wer sind wir?«

Über die Antwort auf diese Frage dachte Miles immer noch nach, als die Flotte den Orbit verließ.